Mit der Welt
auf Buchfühlung

Eli Amir wurde 1937 in Bagdad geboren und emigrierte 1951 nach Israel. Nach dem Studium der arabischen Literatur arbeitete er im Einwanderungsministerium. Er war persönlicher Referent von Schimon Peres und Berater bei den Friedensverhandlungen unter Golda Meir und Jitzchak Rabin. Für seinen Bestseller *Der Taubenzüchter von Bagdad* erhielt er mehrere Literaturpreise. Eli Amir ist verheiratet und Vater dreier Kinder; heute lebt er in Jerusalem und ist Dozent an der Ben-Gurion-Universität.

Eli Amir
Im Schatten der Orangenhaine

Aus dem Hebräischen von
Stefan Siebers

BLT
Band 92154

1. Auflage: April 2004

Vom Autor überarbeitete und ergänzte Fassung

BLT ist ein Imprint der Verlagsgruppe Lübbe

Titel der Originalausgabe: תרנגול כפרות
Erschienen bei Am Oved Publishers Ltd., Tel Aviv
© 1983 by Eli Amir
© für die deutschsprachige Ausgabe: 2004 by
Verlagsgruppe Lübbe GmbH & Co. KG, Bergisch Gladbach
Einbandgestaltung: Gisela Kullowatz
Titelfoto: August Macke: Türkisches Café,
Städtisches Kunstmuseum, Bonn
Autorenfoto: © Dan Porges
Satz: hanseatenSatz-bremen, Bremen
Druck und Verarbeitung: GGP Media, Pößneck
Printed in Germany
ISBN 3-404-92154-2

Sie finden uns im Internet unter
www.luebbe.de

Der Preis dieses Bandes versteht sich einschließlich
der gesetzlichen Mehrwertsteuer.

Für Arieh Lova Eliav

1. KAPITEL

Kindermarkt in Achusah

Der Autobus erklomm mühsam das Karmelgebirge. Alle paar Meter schien ihm die Luft auszugehen, aber dann schöpfte er wieder Kraft und machte einen Satz nach vorn. Mit Blumen geschmückte einstöckige Häuser säumten den kurvigen Weg, Inseln auf grünen Rasenflächen, wie in den bunten Israel-Prospekten, die ich in Bagdad gesehen hatte. Allmählich wurden die Gebäude seltener, und der Pinienwald verdichtete sich. Hier und da waren die jungen grünen Bäume zu einem Dickicht verwoben. Ein leichter Wind wehte, und die Luft war klar. Um uns herum das geheimnisvolle Schweigen des Waldes. Nur das unablässige Stottern des Busses störte die Stille. Umgeben von einem Kranz roter Strahlen spielte die Sonne zwischen den Bäumen, lugte hinter ihnen hervor und verschwand, sobald sich der Weg bog. Der weite Horizont und das blaue Meer. Und in der Ferne das Auffanglager *Scha'ar ha-Alijah* mit seinen hunderten von übel riechenden geflickten Zelten, die von einem Stacheldrahtzaun umgeben waren; sie sahen aus wie ein khakifarbenes Heer besiegter Soldaten, die sich erschöpft in die Dünen des Strandes gerettet hatten.

Die Fahrt ins Unbekannte flößte mir Angst ein. Vorläufig sollte ich nach Achusah, ins Lager für Einwandererkinder, später in einen Kibbuz. Noch steckte der Stachel des Abschieds von meiner Mutter in mir. Schweigend, mit zusammengepressten Lippen, hatte sie am Zelteingang gestanden, die Kante der Zeltplane umklammert und an dem harten Khakistoff gezupft und geknetet. Sie sprach kein Wort, nur Tränen quollen aus ihren schwarzen Augen und rannen in glänzenden Strömen über ihr Gesicht. Mama hatte nicht versucht, mich zurückzuhalten, aber der kleine Herzl klammerte sich an meinen Arm, und ich, der ich in meiner Verlegenheit auch nicht gewusst hatte, was ich sagen sollte, versäumte so den Bus der *Jugendalijah*. Deshalb hatte ich mich allein auf den Weg nach Achusah machen müssen. Die Aufregung des Morgens stieg wieder in mir auf. So viele Ereignisse an einem Tag! Lastend wie Nebel hingen sie in der Luft, und das war noch nicht das Ende, sagte ich mir, noch nicht das Ende.

»Die *Ma'barah* ist eine Katastrophe! Überall Flegel und Rabauken«, hörte ich Papa und meinen großen Bruder Kabi hinter meinem Rücken leise sagen.

Ich fühlte nach den Münzen in meiner Tasche, die von dem Reisegeld, das mir Papa gegeben hatte, übrig geblieben waren, und starrte hinaus in die sich wandelnde Landschaft. So viele Blumen. Ich war wie geblendet. Bilder kamen und gingen, aber nur ein paar kehrten immer wieder: die große Brücke über den Tigris und darauf mein Vater im blauen Anzug mit der ewigen weißen Rose im Knopfloch und dann – oh Gott, wie anders – derselbe Vater in diesem Khakizelt sitzend, auf einer Gemüsekiste zwischen Haufen faulender Apfelsinen, sich vergeblich mühend, das Geschehene zu verstehen, in zerschlissenem Hemd und denselben blauen Hosen, die auf einmal viel zu weit wirkten; sein Blick war ins Leere gerichtet, und nur das Klappern der Bernsteinkette, die zwischen seinen Fingern hindurchglitt, bewies, dass er noch da war. Der Traum vom eigenen Reisfeld raubte ihm den Verstand. Er begriff nicht, weshalb man ihm nicht etwas Sumpfland gab, damit er wie seine Ahnen im Irak Reis anbauen konnte. Warum legte man stattdessen den Hulesee trocken, wo es riesige Feuchtflächen mit wunderbaren Vögeln und Tieren gab? Ich tastete nach dem Rucksack, und ein ketzerischer Gedanke ging mir durch den Kopf: Warum waren wir nicht in Bagdad geblieben? Was würde hier aus mir werden? Mich so plötzlich in einen Kibbuz zu stecken! Wozu sollte das gut sein? Und dann auch noch in eine Gruppe aus Jungen und – Mädchen. Die Mitarbeiterin der *Jugendalijah* war einmal im Monat ins Auffanglager gekommen, von vielen Menschen sehnlichst erwartet. Sie hatte immer wieder vom solidarischen Leben im Kibbuz gesprochen, und irgendwie hatte ich zu verstehen gemeint, wovon die Rede war. Aber jetzt war ich mir nicht mehr so sicher. Hier war ich, allein auf dem Weg dorthin, und spürte bereits Heimweh und das starke Verlangen, den Autobus anzuhalten und zurückzulaufen wie ein verlorener Sohn, der seine Lieben viele Jahre nicht gesehen hatte. Nur ein einziges Mal war ich in Bagdad von zu Hause weg gewesen, um an einem großen Ausflug nach Ninive teilzunehmen und dort die antiken Ruinen zu besichtigen.

Plötzlich sah ich ein Schild:

Achusah – Übergangslager
für jugendliche Einwanderer.

Und da war sie wieder, die Angst vor dem Unbekannten. Aber ich spürte auch einen Funken unerwarteter Freude, weil ich hartnäckig genug gewesen war, das Reiseabenteuer allein zu bestehen – ich war angekommen. Ich zog den Begleitzettel hervor, den man mir vor meiner Abfahrt gegeben hatte. Das Jugendlager befand sich auf einem kleinen Hügel. In der Mitte, an einem hohen Mast, flatterte die blauweiße Fahne. Ein großes Eisentor und rundherum ein Stacheldrahtzaun wie in *Scha'ar ha-Alijah*. Hier also auch, sagte ich zu mir.

Eine Gruppe von Jungen hatte sich um ein Häuschen versammelt, aus dem ein Wärter mit einem Schnauzbart trat. Er begutachtete meinen Begleitzettel, wendete ihn hin und her, ließ einen Blick über meine Haartolle schweifen, grinste und sagte:

»Da entlang.«

Er zeigte auf eins der Gebäude. Mit einem Scheppern fiel das große Tor hinter mir zu.

»Und wie komm ich hier wieder raus?«, fragte ich.

»Nur mit einer Genehmigung der Lagerleitung«, antwortete er und verschwand in dem Häuschen. Die Jungen würdigten mich keines Blicks.

»Da entlang« hieß zu einer länglichen schwarzen Baracke, die kleiner als die meisten anderen hier war. Sie bestand aus rissigen Holzwänden und hatte kleine braune Fenster. Auf einem Schild stand: *Lagerleitung*. Reihen von weißen Steinen umgaben das Gebäude; auch die gekälkten Pinienstämme waren von Steinen eingefasst. Zwischen zwei Bäumen hing eine Schaukel. Rasen und Blumenbeete. Der Duft einer weißen Rose kitzelte meine Nase, und plötzlich nahm ich wie aus unermesslicher, vergessener Ferne noch einen anderen Geruch wahr: ein Garten voller Dattelpalmen, weite Wiesen – ich ging Hand in Hand mit meinem Vater.

Die Büros waren verschlossen.

»Wieso kommst du erst jetzt?«, knurrte der Dienst habende *Madrich*, ein blonder Mann mit roten Wangen und einem strengen Gesichtsausdruck.

»Ich hab den Autobus verpasst«, stotterte ich.

Er musterte mich und führte mich eilig zu einer großen Baracke. Vor mir wogte ein Meer von Jungen und Mädchen. Lauter gleiche Hosen, Röcke und Hemden. Alles khakifarben. Die Jungen trugen Stoffmützen, die Mädchen Kopftücher. Waren hier alle fromm oder vielleicht nur die Mädchen, fragte ich mich? In der Baracke, von deren Wänden die Farbe abblätterte, reihten sich dutzende niedriger Betten wie Dominosteine aneinander. Immerhin ein festes Haus, kein Zelt, dachte ich zufrieden.

»Das ist dein Bett. Darauf liegen deine Kleider. Zieh dich schnell um. In einer Stunde gibt es Abendbrot«, sagte der Mann mit den roten Wangen und ließ mich allein. Er hatte mich nicht mal nach meinem Namen gefragt.

Die Luft in der Baracke war stickig, schwer vom Geruch nach Desinfektionsmitteln und Schimmel. Rucksäcke, Koffer und alle möglichen anderen Gegenstände lagen wild durcheinander. Plötzlich spürte ich, dass von überall Blicke auf mich gerichtet waren. Aha! So was hatte ich gern. Erhobenen Haupts und mit gespielter Selbstverständlichkeit schritt ich durch den Raum. Jetzt erst recht! Ich legte meinen Rucksack auf das Bett.

»Friss angekommen, friss angekommen«, sagte jemand neben mir. Seine Stimme klang, als sänge er. »Biss du ein Neuer?« Der Akzent des Jungen war fremd, und er sah mich an, als wäre ich ein zurückgebliebenes Kind. »Biss jetz gekommen? Neu?«

Endlich verstand ich ihn.

»Ja«, sagte ich leise.

»Bouzaglo«, stellte er sich vor und reichte mir die Hand.

»Nuri.«

Sein Händedruck war kräftig.

»Von wo?«, fragte er.

»Aus dem Durchgangslager ...«

»Da komm ich auch her«, unterbrach er mich. »Aber die Lager sind alle gleich. Ich meinte: aus welchem Land?«

»Aus dem Irak«, sagte ich.

»Ich aus Marokko«, erwiderte er und lächelte breit. Äußerst geschickt ließ er eine Kette mit rundlichen braunen Steinen durch die Finger seiner linken Hand gleiten. »Wie lang biss du sson in Israel?«, fuhr er fort, und ich dachte: Aha, die Kinder Ephraims können sch und s nicht unterscheiden.

»Sechs Monate«, sagte ich.

»Ein Veteran!«, rief Bouzaglo bewundernd, und ich grinste, ohne zu wissen, warum.

»Und du?«, fragte ich.

»Erss drei«, antwortete er leise.

»Wer ist das?« Ich zeigte auf den *Madrich*, der gerade wegging.

»Der rote Rami.«

»Und wie ist er so?«

»Den kannss du vergessen.«

»Ist das unser *Madrich*?«

»Der *Madrich* von allen. Das Wort *unser* gibt es hier nicht.«

»Wo ist deine Familie?«

»Im Lager.«

»Einem großen Lager?«

»Oho!«, rief er und machte mit seinen Händen eine weit ausholende Geste. Wir lachten.

»Willss du in einen Kibbuz?«, fragte er plötzlich.

»Ich weiß nicht. Vielleicht.«

»Das Abendgebet. Kommss Du?«

»Ja«, sagte ich, und wir machten uns auf den Weg.

In der Gebetsbaracke drängten sich viele Kinder. In unterschiedlichen Melodien und Aussprachen beteten sie alle zu demselben Gott. Bouzaglo, der neben mir stand, beugte sich inbrünstig vor und zurück und sang so laut, dass ich dem Vorbeter kaum folgen konnte. Ich sprach mein Gebet leise und fühlte nichts von dem, was ich *dort* empfunden hatte, in der Synagoge in Bagdad. Ich war erleichtert, als ich beim Abschlusssatz angekommen war: »Und er wird König sein über alles Land, und an jenem Tag wird er einzig sein, genau wie sein Name.«

Bouzaglo legte seine Hand auf meinen Rücken und führte mich zum Speisesaal, der sich neben dem Wasserreservoir befand, einer fensterlosen Baracke, aus der Geschrei drang. Am Tisch war es so eng, dass man sich kaum rühren konnte, und die dampfende, übel riechende Luft nahm mir den Atem; ich kam mir vor wie im Armenasyl unseres Viertels in Bagdad. Auf dem Tisch schwarzes Brot, Blechteller und Gabeln. Als uns drei Erwachsene, die in den Gängen standen, aufforderten zu singen, ertönte ein Durcheinander aus religiösen und weltlichen Liedern, auf Arabisch, Französisch, Hebräisch und Jiddisch. So viele unterschiedliche Melodien und Sprachen! Und darunter, noch ungewohnt, Fetzen von israelischen Liedern, fremd für Herz und Ohr. Würden das je meine Lieder sein?

Verlegen und in mich gekehrt, saß ich da und schwieg. Ich beobachtete alles um mich her wie aus einem Hinterhalt. Auf meiner Stirn bildeten sich Schweißperlen, und auch mein Rücken fühlte sich feucht an. Ein *Madrich* bemühte sich, in das musikalische Chaos Ordnung zu bringen und mit uns ein Lied einzuüben, aber seine Stimme ging in dem Getöse unter. Vom Nebentisch lächelte mir ein Junge mit grünen Augen zu. Kneifen, Stoßen, Ohrfeigen. Mützen flogen durch die Luft. Als ich die glatt rasierten Köpfe sah, die im gelblichen Licht der Lampen glänzten, packte mich Angst: Lieber Gott, alle sind kahl geschoren! Das lass ich nicht zu! Keiner durfte meine langen braunen Haare abschneiden, die ich so liebte und immer pflegte und kämmte. Allen, aber nicht mir. Ich würde davonlaufen, jetzt sofort. Ich versuchte mich wegzuschleichen. Vergeblich. Die Türen waren geschlossen, und daneben stand ein Bewacher. Auf den zweiten Blick sahen die Glatzen dann ganz lustig aus. Diese sonderbaren Schädel, sich wölbende, abgeschnittene Stirnen, Berg und Tal, Vorsprünge und Erhöhungen und hier und da krumme Streifen Flaum, die der Rasierapparat nicht erfasst hatte. Sich bewegende, redende Schädel. Heimlich lachte ich. Auf die Tische wurden Teller mit ein bisschen Gemüse gestellt und Platten mit dem allzu bekannten angebrannten Brei aus Eipulver.

»Maison d'Eretz-Israël«, hatte Mama immer gesagt, wenn sie uns im Khakizelt dieses Gericht servierte, »und genauso nahrhaft wie Eier.«

»Aber nur *wie*«, hatte ich geantwortet und mich geweigert, den gelben Pamps zu essen.

»Guten Appetit!«, brüllten die Jungen und Mädchen, und im Handumdrehen waren die Teller und Platten leer. Alles wurde gierig vom Tisch gerissen oder darunter versteckt. Niemand benutzte seine Gabel, alle aßen mit den Fingern oder schmatzend aus der hohlen Hand. Ich saß wie gelähmt.

»Neu?«, fragte Bouzaglo mit vollem Mund, und ich nickte.

»Ssnapp dir was!«

Er machte eine energische Handbewegung.

»Ich kann nicht«, sagte ich lächelnd.

»Der Segen über das Essen!«, schrie der Rabbiner, als einige Jungen bereits aufsprangen.

»Der Neue hat nichss bekommen!«, rief Bouzaglo. »Warum soll er den Segen ssprechen, wenn er nichss gegessen hat?« Sein Protest ging im Lärm unter.

Dabei hatte ich wirklich Hunger. Wie die *Zaddikim* vertröstete ich mich auf später, auf das, was die Zukunft bereithielt, und dabei dachte ich an die Baracke und den Proviant meiner Mutter, den ich gleich kosten würde. Mühsam bahnten wir uns einen Weg hinaus. Die nächste Schicht von Essern belagerte schon den Eingang, stieß, krakeelte und drängelte.

Der Rucksack lag nicht auf dem Bett.

»Mein Rucksack ist weg!«, rief ich aufgeregt und platzte in die Unterkünfte der *Madrichim*.

»Wo hat er gelegen?«, fragte der rothaarige Rami.

»In der Baracke.«

Rami, der klein und flink war, stürmte in unser Gebäude.

»Leute! Dieser Junge sagt, ihr hättet seinen Rucksack gestohlen.«

Alle zuckten mit den Schultern. Viele Augen waren auf mich gerichtet. Eine spannungsgeladene Stille erfüllte den Raum. Bouzaglo rollte nervös die Perlen seiner Kette; in seinem Blick, der blitzschnell zwischen mir und den Jungen hin und her wanderte, stand eine vage Warnung. Er wollte mir einen Hinweis geben, schreckte aber im letzten Moment zurück. Einige Jungen, die sich in der Mitte des Raums versammelten, tuschelten und schauten sich viel sagend an. Einer drohte mir mit der Faust und stampfte mit dem Fuß auf. Rami stand einen Augenblick da und warf mir einen tröstenden Blick zu, dann schüttelte er den Kopf und trat unverrichteter Dinge den Rückzug an. Die Jungen kamen näher, und wie auf ein vereinbartes Zeichen stürzten sie sich auf mich, stießen mich unter das Bett, traten mich und trampelten auf mir herum. Ich krümmte mich wie ein Baby im Mutterleib. Es gab kein Entrinnen. Sie traten und sangen. Nach einer Weile schoben sie das Bett zur Seite und stellten sich im Kreis um mich auf. Wie ein Häufchen Elend lag ich vor ihnen.

»Wir sind also Diebe?«

»Dein Vater ist selbst ein Dieb.«

»Und deine Mutter eine Nutte.«

»Wenn du den *Madrichim* was sagst, machen wir dich fertig!«

Plötzlich hörte ich von draußen eine Stimme:

*»Ich habe Eiskrem, so gut und lecker,
kauft, Kinder, kauft gutes Eis!«*

Alle liefen nach draußen. Ich schob das Bett an seinen Platz zurück und sank hinein. Ich versuchte herauszufinden, wo es mir wehtat, aber jede Körperstelle, die ich berührte, schmerzte. Weshalb? Was hatte ich ihnen getan? Trauriges Dämmerlicht drang durch die schmalen Fenster. Dann kam Bouzaglo herein und zerrte mich zu den stinkenden Toiletten, damit ich mir die blutige Nase wusch.

»Komm mit«, sagte er, als ich fertig war.

Draußen stampften sie mit den Füßen und sangen:

*»Ich habe Eiskrem, so gut und lecker,
kauft, Kinder, kauft gutes Eis!«*

Das Stampfen hallte dumpf auf der Betonfläche wider.

»Los«, drängte Bouzaglo.

»Ich mag nicht«, widersetzte ich mich. »Geh du und kümmere dich nicht um mich.«

»Du darfss den *Madrichim* nichss sagen. Sonss sslagen dich die Jungen windelweich«, sagte er und legte ein nasses Taschentuch auf mein blau unterlaufenes Auge. »Sie sind gemein. Sei froh, dass sie jetz tanzen.«

»Geh tanzen«, sagte ich ihm, »lass mich allein.«

Aber Bouzaglo wollte bei mir in der Baracke bleiben.

»Ich bin auch verprügelt worden«, erzählte er und setzte sich auf die Bettkante. »So läuft das nun mal.«

Ich schaute ihn an. Er war ungefähr vierzehn Jahre alt, klein und muskulös und hatte kurze, kräftige Finger und den elastischen Körper eines Panthers. Stolz berichtete er, dass sein großer Bruder Maurice schon vor zwei Jahren nach Israel ausgewandert war und im Unabhängigkeitskrieg gekämpft hatte.

Der Rest der Familie war erst vor kurzem hergekommen. Bouzaglo hatte neun Brüder und Schwestern. Sein Vater war Goldschmied und fand im Lager keine Arbeit. Sieben seiner Kinder waren auf Kibbuzim und Jugendheime verteilt worden.

»Es iss aus mit der Familie«, sagte Bouzaglo und erzählte mit einer Verlegenheit, die ich nicht verstand, dass seine Mutter wieder schwanger war. Er rückte seine Mütze zurecht und sagte dann stolz: »Sie wird die Ben-Gurion-Medaille kriegen und hundert Lira!« Die Kette in seiner linken Hand bewegte sich ganz langsam, wie von selbst. Schließlich sagte er: »Sslaf jetz«, und ging zu seinem Bett.

»Aufsstehen! Aufsstehen!«

Das Geschrei riss mich aus meinem Traum. Mein ganzer Körper schmerzte.

»Ssteh auf!«, befahl Bouzaglo. »Es gibt Ärger, wenn du nicht zum Morgenappell kommss.«

Humpelnd folgte ich ihm. Wir legten die ledernen Riemen an und sprachen das Morgengebet. Bouzaglo hatte heimlich eine Scheibe Brot und eine Gurke für mich mitgebracht. Vom Omelett hatte diesmal auch er nichts abbekommen. Der neue Tag verging mit dem Ausfüllen dutzender Formulare. Sogar ausziehen musste ich mich, und eine Schwester desinfizierte das dreieckige Haarbüschel zwischen meinen Beinen, das ich vergeblich mit meinen Händen zu verbergen versuchte.

Beim Abendessen schaute mich immerzu der kräftige Junge vom Vortag an. Seine listigen grünen Augen zwinkerten in einem fort. Er hatte eine breite Nase und ein flüchtiges, nervöses Lächeln. Er blickte sich ständig um und gab mir unverständliche Zeichen. Als ich den Speisesaal verließ, kam er auf mich zu. Er redete, stellte Fragen, lächelte und zog Waffeln aus seiner Tasche. Dann berührte er ängstlich meine Schulter, meinen Rücken, mein Haar. Ich begriff nichts. Je mehr ich versuchte mich ihm zu entziehen, desto aufdringlicher wurde er. Schließlich drückte er mich an einen Baum, streichelte und küsste mich. Er schlang seinen Arm um meinen Körper und schnaufte dabei wie eine Lokomotive.

»Du bist schön, wirklich schön. Ich hab Geld, gutes Geld«, sagte er und zog das Portemonnaie aus seiner Tasche.

»Verschwinde!«, rief ich entsetzt, stieß ihn in den Bauch und rettete mich schreiend in die Baracke.

Ich warf mich aufs Bett. Herr der Welt, warum taten sie mir das an? Warum hatte ich auf meine Eltern gehört?

»Was iss los mit dir?«, fragte Bouzaglo, aber ich wagte nicht, es ihm zu erzählen.

»Hat dir jemand was getan? Du kannss es mir sagen.«

Seine Augen lenkten meinen Blick auf die Muskelpakete auf seinen Armen.

»N... nichts, wirklich nichts.«

»Wie du willss«, meinte Bouzaglo, zwischen dessen kräftigen Fingern gemächlich die Kette kreiste.

Ich nickte ein, doch die ganze Zeit fühlte ich den Blick dieser katzenhaften grünen Augen. Was hatte er gewollt? Aber eigentlich wusste ich es. »So etwas gibt es nur bei den Arabern«, hatte es in Bagdad geheißen, und einmal hatte ich es sogar gesehen. Aber hier? Unter Juden im Heiligen Land? Ich versuchte seine grünen Augen zu vergessen und einzuschlafen, aber das, was bei dem Baum geschehen war, wurde ich nicht los. Halb dösend, halb wach wanderte mein Blick durch das vom Vollmond silbrige Fenster. Ich verschränkte die Hände unter dem Kopf und schaute zur Decke. Ich würde diesen Hurensohn umbringen! Eigenhändig! Oder vielleicht zusammen mit Bouzaglo? Nein. Allein! Sollten sie mich ruhig einsperren oder töten, das war mir egal. Die Wut auf meine Eltern ließ nach, und ich dachte an meinen großen Bruder Kabi: Weshalb hatte er sie überredet, mich in einen Kibbuz zu schicken? Er war arm dran, nichts lief richtig für ihn in diesem Land. Er arbeitete im Straßenbau und half Papa, die Familie durchzubringen. In Bagdad hatte ihn eine große Zukunft erwartet. Er war ein ausgezeichneter Schüler gewesen, hatte sich als Redakteur der Schulzeitung hervorgetan und davon geträumt, ein berühmter Schriftsteller zu werden. Und hier? Die Zionisten hatten uns belogen, uns von einem Land erzählt, in dem Milch und Honig flossen, und uns Bilder von Einfamilienhäusern mit grünen Wiesen gezeigt. Und was hatten wir bekommen? Einen Dreck hatten wir bekommen! Dreck – und Sand, nichts als Sand. Morgen früh würde ich zu meinen Eltern fahren und sie nach Bagdad zurückbringen! Und wenn sie nicht mitkommen wollten, dann würde ich mich allein auf den Weg machen.

Graue Dämmerung. Morgennebel stiegen wie Ungeheuer vom Meer auf. Die Sonne konnte sie nicht vertreiben. Ich zog mich schnell an. Immer noch brannte in meinem Körper die Demütigung. Ich stürzte aus der Baracke, lief zum Zaun und rannte, getrieben von der Wut, die der nächtliche Schlaf nicht hatte lindern können, eine Weile an ihm entlang. Steine zerkratzten meine Füße. Ich irrte durch den Wald – wie lange, weiß ich nicht. Die Berge, die mich so fasziniert hatten, als ich auf der Fahrt hierher gewesen war, bauten sich nun fremd und drohend vor mir auf. Ich wollte nicht umkehren, hatte aber Angst, in eine Gegend zu geraten, in der ich mich nicht mehr zurechtfand. Hunger und Durst trieben mich zur Straße zurück. Ein Mann, der einen Jungen hinter sich herzog, hielt mich an.

»Verzeihung bitte, wo ist Achusah für das Kind?«
»Dort«. Ich deutete in die Richtung.

»Kannst du mir Ort zeigen?«

Dem Akzent nach musste er Perser sein. In der Hand trug er eine Tasche, die aus Stofffetzen zusammengenäht war. Sein Gesicht sah müde aus. Auf der Wange hatte er einen schwarzen Fleck, und der Hut auf seinem Kopf war zerschlissen.

»Nein«, antwortete ich und betrachtete den Jungen. Obwohl er hässlich war, hätte ich seinen Vater am liebsten angeschrien: Tu ihm das nicht an!

»Wohin gehst du?«, fragte der Mann.

»Nach Hause«, entgegnete ich, aber meine Khakikleider straften mich Lügen.

»Wo ist dein Haus?«

»Im Lager«, sagte ich.

»Geben sie Brot in Achusah?«

»Ja.«

»Auch ein Bett?«

»Ja.«

»Siehst du«, wandte er sich an seinen Sohn, »wie ich dir gesagt hab, dort gibt es alles.« Dann drehte er sich wieder zu mir und erklärte: »Mein Sohn geht nach Achusah. Ein guter Junge hört auf Stimme des Vaters.«

Als die beiden in der Wegbiegung verschwanden, dachte ich: Gütiger Himmel, das ist Abraham, der Isaak zum Opfer führt! Nur war dieser Mann vielleicht besser als Abraham, denn er wusste nicht, wohin er seinen Sohn brachte. Ich setzte mich auf den Rand eines Bewässerungskanals und atmete den feinen intensiven Duft der Pinien ein. Ich berührte den Boden und die gelben Nadeln, die um mich verstreut lagen. Eine angenehme Trägheit breitete sich in mir aus.

Doch der Perser kehrte zurück.

»Dieser Esel will nicht nach Achusah«, klagte er. »Du sagst ihm.«

Ich sagte gar nichts.

»Gibt es im Lager Essen? – Nein!«, stellte er selbst fest.
»Gibt es in Achusah Essen?«

»Ja«, bestätigte ich.

»Was hab ich gesagt? Also komm!«, rief der Perser seinem Sohn zu und sagte zu mir: »Du komm auch. Ich hab ihm erzählt, du bist sein Freund, jetzt er hat keine Angst mehr.«

»Ihr braucht mich nicht – alle Juden sind Freunde«, zitierte ich den alten Spruch.

Auf einmal, ich weiß nicht, woher, tauchte Bouzaglo auf.

»Hier sstecks du!«

»Ja, hier stecke ich«, antwortete ich.

»Bist du auch in Achusah?«, erkundigte sich der Perser.

»Ja.«

»Da siehst du's«, rief er seinem Sohn zu, »alle sind in Achusah. Hier ist noch ein Freund.« Und Bouzaglo fragte er: »Stimmt's, du bist sein Freund?«

»Klar«, antwortete Bouzaglo widerwillig, aber mit einem Lächeln.

Der Perser nahm seinen Sohn an der Hand und zerrte ihn weiter die Straße entlang, die zum Jugendlager führte.

»Sie suchen dich«, erklärte Bouzaglo, »auch die *Madrichim*. Jemand hat ihnen erzählt, dass man dich gesslagen hat. Das gab ein Theater, die *Madrichim* haben getobt!«

»Ich komme nicht zurück«, sagte ich.

»Wegen der paar Ssläge willss du nicht zurück? Heute sslagen sie dich, und morgen sslägss du sie.«

»Es ist grässlich in Achusah.«

»Das geht vorüber. Bald kommen wir in einen Kibbuz, da iss es gut.«

»Wer behauptet das?«

»Alle.«

»Ich gehe nach Hause, basta!«

»Ins Auffanglager, was?«

»Meinetwegen in die Hölle, aber nicht nach Achusah.«
»Ich werd dir sagen, wie das Lager iss. Wie Moses' Wüste. Dort sstirbt man. Willss du ssterben? Dann geh.«
»Ich will lieber dort sterben als in Achusah.«
»Und das alles wegen ein paar Sslägen? Ssämss du dich nicht?«

Da konnte ich mich nicht mehr zurückhalten und erzählte ihm alles. Bouzaglo legte sich die Hände um den Hals, als wollte er sich erdrosseln, und zischte:

»So ein Sswein, das wollte er mit dir machen? Und ich hab dich gestern Nacht im Bett gefragt, was du hass, und du hass gesagt, nichts. Du biss genauso ein Idiot.«

Dann schwieg er einen Moment und befahl:

»*Jalla*, gehen wir!«

»Wohin?«

»Es ihm heimzahlen.«

Wir kehrten nach Achusah zurück. Unterwegs drückte mir Bouzaglo einen Apfel in die Hand, in den ich gierig hineinbiss, und dann erklärte er mir, was er vorhatte. Laute Akkordeonklänge empfingen uns. Ein Kreis fröhlich Tanzender umringte den Akkordeonspieler und einen Jungen, der neben ihm tanzte.

»Lass uns mitmachen«, schlug Bouzaglo vor, aber ich wollte nicht.

»Biss du immer noch sauer?«, fragte Bouzaglo.

»Mir tut der Fuß weh.«

Ich schämte mich zuzugeben, dass ich Angst hatte, eins der Mädchen könnte mich zum Paartanz auffordern. Der Kerl mit den grünen Augen zog einen gut aussehenden kleineren Jungen in die Mitte des Kreises. Einige der Mädchen protestierten lautstark, und der Kleine versuchte, ihm zu entwischen. Wie abgesprochen, suchte ich den Blick des Grünäugigen auf mich zu ziehen, und als mir das endlich gelungen war, lächelte ich ihm zu. Als sich ein zweiter Tanzkreis bildete, verlor ich ihn aber wieder aus den Augen. Manche der Gesichter kannte ich nicht. Es schienen Neue zu sein, die während meiner Abwesenheit eingetroffen waren. Ich wollte Bouzaglo über sie ausfragen, aber auch er war verschwunden.

»Wer sind die?«, fragte ich einen Jungen, der neben mir stand.

»Franzosen. Eine Zelle.«

»Was ist das, eine Zelle?«

»Das weißt du nicht? So nennt man die Leute, die schon im Ausland zusammengelebt haben.«

»Schämen sie sich nicht? Jungen und Mädchen gemeinsam?«

»Die sind aus Paris, *habibi*, aus Paris!«

Sein Akzent schien mir vertraut.

»Bist du auch Iraki?«

»Bagdadi«, antwortete er.

»*Ahlan wa-sahlan*«, begrüßte ich ihn.

»Schau sie dir an. *Kull tis jaswa al-'umr*, jeder von diesen Ärschen ist ein Leben wert«, flüsterte er.

»Sind hier noch mehr Irakis?«

»Eine ganze Baracke voll.«

Ich war erleichtert.

»Sie haben mich mit lauter Nordafrikanern und Leuten von ich weiß nicht wo zusammengesteckt«, erklärte ich.

»Ihr Name soll ausgelöscht sein. Prügeln und mit dem Hintern wackeln, das ist alles, was sie können.«

»Kann man die Baracke wechseln?«

»Frag den *Madrich*.« Er warf einen begehrlichen Blick auf mein Haar. »Du Bastard, hast dich vorm Friseur gedrückt, was?«

»Vorläufig«, lachte ich.

»Besser man hat die Glatze hier als im Kibbuz«, versicherte er mir und schaute dem Tänzerpaar zu.

»Bekommen alle die Haare abrasiert?«, fragte ich.

»Sogar die Mädchen.«

»Die Mädchen? *Ja allah*, die Ärmsten! Was für ein Leben!« Jetzt verstand ich, warum sie Kopftücher trugen.

»Läuse, Geschmeiß, Pest, Aussatz, Flechte und Pickelgesicht«, sang der Junge aus Bagdad.

»Hör auf!«, rief ich.

»Zum Teufel«, sagte er, »in Bagdad hat meine Mutter auf der Krankenstation der jüdischen Gemeinde gearbeitet. Sie sagt auch, dass sie nicht versteht, warum die Mädchen geschoren werden.«

»Da hat sie gearbeitet und weiß nicht, wie man die Narbe auf deinem Gesicht wegkriegt?«, stichelte ich.

»Die ist schön! Der Schmuck eines richtigen irakischen Mannes.«

»Ich dachte, das wäre der Pyjama.«

Der Junge, der Ruven hieß, lachte schallend und stieß einen saftigen Fluch aus. Hier im Lager hatte jede Nationalität einen Spitznamen: Rumänen hießen *Dieb*, Marokkaner *Messer*, Irakis *Pyjama* und die Jeckes aus Deutschland *Tölpel*.

Die Tänzer zerstreuten sich, und als wir zu den Baracken zurückgingen, begegneten wir hellhäutigen Jungen und Mädchen, die inbrünstig Lieder schmetterten. Ich konnte nicht verstehen, ob sie Rumänisch, Polnisch oder Jiddisch sangen.

»Nimm dich vor denen in Acht«, riet mir Ruven.

»Weshalb?«

»Das sind Diebe.«

»Macht nichts, mein Rucksack ist eh schon weg.«

»Meine Uhr auch.«

Er zeigte auf sein nacktes Handgelenk.

»Wohin sind wir geraten?«, seufzte ich.

»In das Land, wo Milch und Honig fließen«, sang Ruven.

»Wo Milch und Honig fließen«, sang ich ihm nach. »Und als was gelten wir Irakis hier?«

»Als Kohlegesichter und Einfaltspinsel, die nicht singen, nicht tanzen und sich nicht schlagen. Nur *Chaseh-Mar-Olam* ist ein Held.«

»Wer ist das?«

»Du wirst ihn bald kennen lernen.«

Als ich zu meiner Baracke kam, saß Bouzaglo mit gekreuzten Beinen am Eingang. Er summte vor sich hin und spielte mit seiner Kette.

»Er ist da gewesen«, sagte er.

»Gut«, entgegnete ich.

»Also heute Nacht im Wäldchen?«

»Einverstanden.«

»Und danach verschwinden wir in die Stadt und feiern?«

Ich wollte einen Rückzieher machen, sagte dann aber:

»In Ordnung.«

Bouzaglo stand auf und klopfte sich den Staub vom Hosenboden.

Ich fand Ruven bei der Baracke der Irakis. Neben ihm, an die Tür gelehnt, stand ein kräftiger Junge mit länglichem Gesicht und sang:

> »*Ummi ja baja' al-ward,*
> *Rosenverkäufer,*
> *was ist der Preis deiner Rosen?*«

»Und was ist *dein* Preis, Massul?«, rief Ruven dazwischen.

»Du sollst mich nicht Massul nennen, hörst du? Ich hab's dir gesagt, ich heiße Chaim.«

Das Gespräch wäre wahrscheinlich in eine Prügelei übergegangen, wenn sich nicht aus der Baracke eine Ehrfurcht gebietende Stimme gemeldet hätte.

»Wer spricht da?«, fragte ich.

»Das ist *Chaseh-Mar-Olam*«, flüsterte Ruven. »Er ist Kurde und stammt aus Barsan.«

Chaseh-Mar-Olam saß auf seinem Bett, zog die Schuhe aus und schleuderte sie in verschiedene Richtungen. Der eine landete unter einem leeren Bett, der andere auf dem nackten Bauch eines schwarzhaarigen hageren Jungen. Ich rechnete mit Streit, aber stattdessen wurden die beiden Schuhe untertänigst zurückgetragen.

»So sind die Gesetze des *Chaseh-Mar-Olam*«, erklärte mir Ruven flüsternd.

Dann zog er mich hinaus und erzählte mir, dass Mar-Olams Vater Lastenträger in Kirkuk gewesen war. Von ihm habe er die breite Brust und die Muskeln geerbt. Jeden Abend nach dem Essen versammelten sich die Jungen, um zuzuschauen, wie *Chaseh-Mar-Olam* mit glühendem Blick Eisenteile verbog. Die Mädchen hielten sich abseits, kicherten und schüttelten sich schaudernd. Er habe auch eine feste Freundin, erzählte Ruven, eine blonde Rumänin mit zwei runden Fässchen unter der Bluse.

»Frag nicht, was sie jede Nacht im Wald treiben«, sagte er und steckte die Fäuste tief in die Taschen.

Das hatte mir noch gefehlt. Diesem Typen heute Nacht im Wald zu begegnen! Ich fasste erneut den Entschluss, zu Bouzaglo zu gehen und ihm zu erklären, dass ich aus der Sache aussteigen wollte, aber unterdessen erschien ein Junge, den ich nicht kannte, und verkündete, dass der Friseur mich suche. Ich fuhr mir mit der Hand übers Haar und beschloss heimlich bei mir, wieder zur Landstraße zu gehen und mir dort eine Mitfahrgelegenheit zurück ins Auffanglager zu suchen. Doch als ich auf eine Öffnung im Zaun zuging, fand ich mich zu meiner Überraschung vor einer Tür wieder, auf der *Friseur* stand.

»Gut, dass du da bist«, rief ein Mann mit singendem ungarischen Akzent und trat auf mich zu, ein Berg von einem Mann, dem der Bauch fast zwischen den Knien hing. Ich wollte fliehen, aber meine Füße waren wie festgenagelt.

»Geh rein und setz dich!«

»Warum? Ich hab keine Läuse.«

»Das behaupten alle«, erwiderte er mit donnernder Stimme.

»Ich habe wirklich keine, nicht mal Schuppen«, sagte ich angstvoll.

»Hinsetzen!«

Als er sich bückte, um mit tastenden Fingern meinen Kopf zu untersuchen, fiel mir auf, dass sein Haar wild nach allen Seiten hing. Als er fertig war, sagte er:

»Du kannst gehen.«

Ich war sprachlos. Ich hatte über Fluchtwege nachgedacht und mir vorgestellt, wie Strähne für Strähne auf den schmutzigen Fußboden fiel, und plötzlich hieß es: Du kannst gehen. Obwohl ich hinausrennen und einen Freudenschrei ausstoßen wollte, blieb ich starr sitzen.

»Weißt du, warum ich dich gehen lasse? Weil du freiwillig kommst und ich nicht muss rennen und dich fangen. Außerdem, wirklich, der Kopf ist sauber – wie du gesagt hast.«

Ich wollte ihm danken, aber er brüllte:

»Verschwinde, eh' ich's mir anders überlege!«

Ich lief hinaus, und er warf mir die Mütze hinterher, die ich auf seinem Tisch vergessen hatte. Ich suchte Bouzaglo und Ruven, um ihnen zu zeigen, dass ich meine Haarpracht behalten durfte, aber hinter einer der Baracken traf mich der stechende Blick des Grünäugigen.

»Er hat dir deine Haare gelassen?«, fragte er erstaunt.
»So ist es«, entgegnete ich stolz.
»Schön«, sagte er, »aber warum?«
»Ich hab ihm den Arsch hingehalten.«
Die Worte stachen wie Messer in meine Kehle.
Er wurde blass, dann errötete er, doch nicht vor Scham. Sein Hals blähte sich vor Zorn.
»Du hast ihn ihm hingehalten?«, stieß er zwischen den Zähnen hervor. »Du Bastard!«
»Er hat bezahlt«, entgegnete ich ungerührt.
»Ich will auch bezahlen!«
»Und wie viel hast du im Portemonnaie?«
»Zwei Lira.«
»Na, das ist schon mal was.«
»Ich hab noch drei.«
»Dann kommen wir ins Geschäft.«
»Wo und wann?«
»Heute Nacht, wenn alle tanzen, rechts vom Wald, unter dem großen Baum.«
»Ich mach dich fertig, wenn du nicht kommst«, zischte er und rannte wie der Teufel davon.

Nachts, vor der Stunde der Entscheidung, erschien Bouzaglo in der Baracke, und für einen Moment verflüchtigte sich das Bild, das mir schon den ganzen Tag vor Augen stand: eine Erinnerung von *dort*, von weither, aus dem Obsthain neben dem großen Park; ein abgeworfenes Oberkleid, ein Kopftuch und ein Mann, der sich wie ein Verrückter über einen heulenden Jungen beugte. Wir hatten das Feuer in den Augen des halb nackten Mannes gesehen und den Speichel an seinen Mundwinkeln und waren, so schnell wir konnten, ins jüdische Viertel zurückgerannt. Als ich Onkel Hesqel von unserem Erlebnis erzählte, sagte er ohne weitere Erklärung:

»Es ist eine Krankheit.«

Onkel Hesqel fehlte mir sehr. Zwei Jahre waren vergangen, seit er in Bagdad ins Gefängnis gesteckt wurde. Die Nacht damals würde ich nie vergessen. Soldaten waren in unser Haus gestürmt und hatten auf der Suche nach Waffen und zionistischem Propagandamaterial alles auseinander genommen. Mein Onkel war ein Anführer der verbotenen zionistischen Bewegung und der Herausgeber der jüdischen Zeitung *Al-Barid Al-Jaumi*. Seither drohte ihm der Strick, und Papa weinte nachts, weil er sich nicht verzeihen konnte, dass wir ihn und Rachelle, seine schöne Frau, im Irak zurückgelassen hatten. Und wozu das alles? Um in diesem Lager zu sitzen, in Achusah, und sich mit diesem Grünäugigen zu schlagen, der verbotene Dinge von mir wollte.

»Bouzaglo«, sagte ich mit schweißbedeckter Stirn, »vielleicht ...«

»Es gibt kein *vielleicht*«, schnitt mir Bouzaglo das Wort ab.

»Ich kann nicht, das ist alles zu viel für mich.«

Er schaute mich mit funkelnden Augen an.

Dann brach es aus ihm heraus:

»Dieser Bastard, ich werd's ihm zeigen!«, und wie ein Sturmwind stob er davon.

Ich legte mich aufs Bett und sah den Mücken zu, die um die Lampe tanzten, doch in Gedanken war ich am Waldrand bei dem großen Baum. Bouzaglo kam zurück, und meine Zeit war abgelaufen; ich musste mich auf den Weg machen.

»Angsthase!«, fuhr er mich an.

»Was soll ich tun?«, flüsterte ich.

»Ihr seid beide Feiglinge«, sagte er und rieb sich die Hände.

»Was heißt *beide*?«

Ich sprang aus dem Bett.

»Ich hab ihn gessnappt, ihm beide Hände um den Hals gelegt und zugedrückt. Ich hab gesagt: Hör zu, ich weiß alles! Und wenn du nicht tuss, was ich will, erzähl ich alles dem roten Rami. Das hab ich gesagt und seine Kehle fess zugedrückt. Er hat ghustet und gesstammelt: Erzähl ihm nichss, ich tu, was du willss.«

»Aber ich versteh das nicht«, erwiderte ich.

»Jetz hat er zwei Möglichkeiten«, lachte Bouzaglo. »Ich hab ihm gesagt: Entweder seh ich morgen früh deine Fresse nich mehr, oder ich erzähl alles dem *Madrich*, und der wirft dich aus dem Lager.«

»Umso besser«, sagte ich, »du bist wirklich clever.«

»Ach was! Eigentlich iss er ein armes Sswein.«

»Ja, er ist einfach krank.«

Am liebsten hätte ich Bouzaglo dafür geküsst, dass er mich vor der unangenehmen Aufgabe bewahrt hatte, den Grünäugigen zu verführen und dann mit nacktem Hintern durchs Lager zu rennen, um allen zu zeigen, was er von mir gewollt hatte.

»Komm, wir gehen tanzen«.

Bouzaglo nahm meinen Arm und zog mich hinaus, dahin, von wo lauter Gesang zu hören war:

»Wir haben einen Ziegenbock,
und der hat einen Bart.
Vier Füße hat er ebenso
und auch ein Schwänzlein zart.«

In der Mitte des Kreises drehte sich das blonde Mädchen. Die Bluse spannte sich über ihrer Brust und drohte auseinander zu platzen. Um sie herum tanzte *Chaseh-Mar-Olam*, die Hände auf dem Rücken und die Mütze schräg auf dem Kopf wie bei einem Matrosen. Alle applaudierten, aber sie zögerten, sich am Tanz des Königs und seiner Königin zu beteiligen. Schließlich drängte sich Ruven in den Kreis. Seine Nasenflügel bebten, sein Atem ging schneller. Sein Blick war auf eine rundliche Französin gerichtet. Als er zu Bouzaglo und mir herüberkam, seufzte er in seiner typischen Art:

»*Ja allah*, was für ein *tis*!«, und seine Hände bewegten sich ruhelos in seinen Taschen.

Eine unerklärliche Nervosität befiel mich, und ich wollte mich verdrücken, doch als ich mich umsah, funkelten grüne Augen im Schatten der vom Lagerfeuer beleuchteten Pinien. Ohne recht zu wissen, was ich tat, drängte ich mich zwischen den König und die Königin, und der ganze Kreis tat es mir nach; alle sprangen mit wilder, ungezügelter Freude herum.

*»Wir haben einen Ziegenbock,
und der hat einen Bart.«*

2. KAPITEL

Tante Olga

Am nächsten Tag war der Junge mit den grünen Augen aus dem Lager verschwunden. Ganz nach Katzenart, heimlich, still und leise. Die Tage krochen nach dem immer gleichen Muster dahin: erst das Morgengebet und die hastigen gymnastischen Übungen, später das fade Essen, das Herumlungern im Wäldchen und die Vorführungen von *Chaseh-Mar-Olam*, dann wieder der stickige Speisesaal und schließlich die Tänze, die mit der Zeit ihren Reiz verloren. Nachts dann, im Dunkeln, unstillbares Heimweh. Währenddessen änderte das Lager am laufenden Band sein Gesicht. Alte gingen, Neue kamen. Sogar der Sohn des Persers war mittlerweile in einen Kibbuz geschickt worden. Wann würde ich wohl an der Reihe sein? Um mich über die Ungewissheit hinwegzutrösten, schloss ich mich den anderen Jungen an und lugte mit ihnen in die Baracken der Mädchen, die die Köpfe zusammensteckten und aufgeregt kreischten und kicherten.

Bouzaglo schien an dem Leben in Achusah Gefallen gefunden zu haben. Im Schneidersitz saß er auf dem Boden, spielte mit größter Gelassenheit stundenlang mit seiner Kette und sang dabei schmachtende Lieder in seinem unverständlichen marokkanischen Arabisch. Ruven frönte dem süßen Nichtstun und strich auf der Suche nach guten Gelegenheiten im Lager umher. Seine Augen wanderten von irakischen zu rumänischen Hintern, und fiel sein Blick auf einen dicken, saftigen *tis*, dann murmelte er mit aufgeregter, heiserer Stimme: »*Ja allah, ja allah.*« Er gebärdete sich wie ein Mann, wurde aber rot wie ein Junge. Ich beneidete ihn. Ich interessierte mich zwar auch für Mädchen, aber ich wagte mich nicht an sie heran. Er war älter als ich, etwa vierzehneinhalb oder fünfzehn, und hatte auf den Wangen schwarzen Flaum, der den dunklen Ton seines Teints noch vertiefte; seine Hände waren lang und muskulös, und die Narbe in seinem Gesicht wies ihn als waschechten Iraki aus. Ob er es mit dem pummeligen Mädchen aus Frankreich im Wäldchen tat wie *Chaseh-Mar-Olam*? Und was genau war es, was sie dort taten?

Etwas Geheimnisvolles umgab Ruven. Oft verschwand er für mehrere Stunden im Wald und tanzte danach wie ein Satyr auf dem Platz. Wohin ging er? Und mit wem? Einmal kam er ganz außer Atem zurück.

»Bagdader Datteln! Bagdader Datteln!«, rief er und reichte mir ein paar Johannisbrotschoten. Mit denen konnte er mich aber nicht beeindrucken.

»Zum Teufel mit dir und deinen komischen Datteln!«, sagte ich, aß dann aber doch von den trockenen süßlichen Früchten, die ich aus *Scha'ar ha-Alijah* kannte.

Über kurz oder lang hatte Ruven mich und Bouzaglo mit seiner Leidenschaft für Johannisbrot angesteckt, und wir stahlen uns nun zu dritt unter dem Stacheldrahtzaun hindurch. Wir wanderten bis in die Gegend des verhassten *Scha'ar ha-Alijah*, füllten dort sowohl Bäuche als auch Taschen und versteckten dann im Lager unsere Beute unter der Matratze. Einen Teil davon verkauften wir auf Ruvens Vorschlag für ein paar *Agorot*, und der Rest reichte aus, um den ganzen Tag etwas zum Knabbern zu haben. Nur der dicken Französin mit der Stupsnase gab Ruven, der ansonsten knauserig war, immer einige Schoten umsonst und unterhielt sich mit ihr in seinem langsamen, gebrochenen Französisch.

»Tja, ich war eben auf einer Schule der *Alliance, habibi*!«, sagte er dann.

Chaseh-Mar-Olams Königin wurde in einen Kibbuz geschickt. Da halfen alle Tränen der beiden Liebenden nichts. Innerhalb eines Tages schrumpelte unser Muskelprotz wie eine Johannisbrotschote zusammen. Am Abend sah ich, wie er ruhelos durchs Lager strich und jedem, der ihm über den Weg lief, unter irgendeinem Vorwand einen Hieb verpasste. Als es dunkel wurde, versammelten sich die Jungen und Mädchen des Lagers, um zuzusehen, wie er Eisenstücke krumm bog; das war die Quelle seines Stolzes – und unseres Neids. Auch diesmal hob er auf gewohnte Weise den Eisenstab in die Höhe, seine Muskeln schwollen an, und seinem Mund entrang sich ein gepresstes Stöhnen, aber das Eisen krümmte sich nicht. Alle verstummten, und sein erschrockener Blick wanderte von einem Mädchen zum anderen. Plötzlich schmiss er den Stab auf den Boden, ballte seine Faust und schrie:

»Denen werd ich's noch zeigen!«

Dann ging er zum Tor.

Von diesem Abend an stand er oft stundenlang an dem eisernen Tor, als warte er auf jemanden, und starrte auf die Gruppen von Frauen, die sich an den Stacheldraht klammerten und in das Lager schauten.

Eines Tages erschien eine dicke Matrone. Sie trug um den Kopf ein Wolltuch mit runden Troddeln, das den größten Teil ihres Gesichts bedeckte; nur die Runzel auf ihrer Nase war deutlich zu sehen. Ihr Kleid war weit und lang und schleifte auf dem Boden. Ihrer Tracht nach war sie Kurdin. Wie alle Mütter blieb sie am Tor stehen und wagte nicht hindurchzugehen. Sie fragte den Wächter etwas, aber er verscheuchte sie. Mit rotem Gesicht ging sie am Zaun auf und ab, während die anderen Mütter schwatzten; jede Gruppe hatte ihre eigene

Sprache – Rumänisch, Polnisch, Marokkanisch, Irakisch. Als sie sah, dass *Chaseh-Mar-Olam* zum Zaun gelaufen kam, schwenkte sie ihre kräftigen Arme. Ihre Goldreifen blitzten wie Flammen. Langsam, mit einem dünnen Lächeln trat *Chaseh-Mar-Olam* ans Tor, den Blick auf den Autobus gerichtet, der an der Haltestelle wartete.

»Das ist meine Mutter«, sagte er zum Wächter und bedeutete ihm, sie hereinzulassen.

»Na und?«, gab der Wächter barsch zurück und zwirbelte seinen Schnäuzer.

»Es ist meine Mutter«, wiederholte *Chaseh-Mar-Olam* ein bisschen lauter, doch der Torwächter rief lediglich den Frauen zu:

»Fahrt nach Hause. Jeden Tag drängelt ihr euch am Tor, macht Schmutz und brabbelt – *bra bra bra*. Fahrt nach Hause.«

Dann postierte er sich vor dem Häuschen, stemmte die Hände in die Hüften und spreizte seine dünnen Beine. An *Chaseh-Mar-Olams* Hals tanzte eine blaue Ader, und sein Gesicht verfärbte sich, wie wenn er Eisenstücke bog. Er trat auf den Wächter zu, drängte ihn mit seinem Körper gegen die Hütte und sagte:

»Schließ das Tor auf.«

»Nein«, entgegnete der Wächter und stampfte mit dem Fuß auf.

»Sofort, sag ich!«

»Fass mich nicht an!«

»Du sollst das Tor aufmachen!«

»Geh weg, oder ich ruf die *Madrichim*.«

Aus dem Mund des Wächters spritzte Speichel.

»Ruf sie ruhig, Bastard, ruf sie«, fauchte *Chaseh-Mar-Olam*, hob ihn wie einen Strohballen in die Luft und schleuderte ihn zu Boden.

»Dreckiger Asiat!«, fluchte der Wächter, schäumend vor Wut.

»Nicht schlagen, Gott möge dir verzeihen, nicht schlagen!«, kreischte die Mutter und rüttelte am Tor.

Die *Madrichim* eilten herbei, um die Kämpfenden zu trennen. Ihnen folgte humpelnd Tante Olga.

»Was ist los? Was ist los?«, rief sie außer Atem.

»Er hat seine Mutter angesrrien«, empörte sich Bouzaglo, »seine Mutter«.

»Er hat ihn dreckiger Asiat genannt«, rief Ruven und hob die Faust.

»Ach, nicht schön, so zu reden«, meinte Tante Olga, und Bouzaglo, der ebenfalls die Fäuste schwenkte, sagte:

»Er lacht uns aus und beleidigt uns.«

»*Kuss ummuk*, beschissener Pole!«, stieß Ruven zwischen den Zähnen hervor.

»Wir alle Juden, wir alle Juden«, versuchte Olga ihn zu beschwichtigen. Ihre Augen ruhten auf *Chaseh-Mar-Olams* Mutter, die immer noch gegen das Tor hämmerte und schrie:

»Keine Schläge, *kappara alejcha*, keine Schläge.«

»Warum lässt du Mutter nicht rein?«, schalt Tante Olga den Wächter.

»Das ist verboten«, erwiderte er und kam langsam wieder zu Atem.

Tante Olga schlug sich mit den Händen auf die Oberschenkel und feuerte eine Salve jiddischer Sätze auf ihn ab – ich verstand kein Wort –, und als er immer noch Widerstand leistete, trat sie auf ihn zu, riss ihm die Schlüssel aus der Hand und öffnete weit das Tor. Sie lud die Kurdin und alle anderen Mütter ein hereinzukommen, schritt wie bei einer Demonstration vor ihnen her und führte sie mit weit ausholenden Armbewegungen zum Speisesaal, wo sie sie mit Kaffee und Keksen versorgte.

Überwältigt vor Freude, streckte die Kurdin die Hände nach dem Gesicht ihres Sohnes aus.

»Der Heilige, gesegnet sei er, beschütze dich und helfe dir«, sagte sie zu Olga, die tief bewegt an ihren angestammten Platz zurückkehrte – an die Kochtöpfe.

Unter Tante Olgas weißem Kopftuch lugten graue Strähnen hervor, und mir schien, dass ihre Schultern zitterten. Auf ihrem Arm wurde eine Tätowierung sichtbar. Bisher hatte ich Tätowierungen nur bei Seeleuten gesehen, und ich verstand nicht, wie ein solches Zeichen, noch dazu eine einfache blaue Nummer, auf den Arm einer Frau kam. Damals kannte ich die Bedeutung dieser Ziffernreihen noch nicht. Tante Olga sprach kaum Hebräisch, aber das hatte sie auch nicht nötig, denn sie konnte sich gut mit Mimik und Gestik verständlich machen. Als ich am nächsten Tag bei ihr vorbeikam, holte sie eine Hand voll Kekse aus ihrer Tasche und hielt sie mir hin. Sie sang ein Lied, das ich noch nie gehört hatte, und bewegte sich rhythmisch dazu. Als ich wegging, hörte ich es noch lange nachklingen: *jababambam jababambam*.

»Was ist sie? Polin? Rumänin?«, erkundigte ich mich bei unserem ungarischen Friseur.

»Olga?«, fragte er und seufzte. »In was für Dinge steckst du deine Nase?«

Er schor einen neuen Lockenkopf, der in seine Fänge geraten war, und wollte nichts sagen. So suchte ich Rat bei dem verhassten Wächter. Doch er jagte mich fort und brüllte:

»Ihr Asiaten! Ihr Lümmel! Zum Teufel mit euch, und nehmt die Olga am besten mit!«

Danach kehrte ich zum Friseur zurück und bohrte so lange, bis er zu reden begann. Er sperrte die Tür seines Salons ab, setzte sich auf den Stuhl und entblößte seinen Arm. Darauf war eine blaue Nummer, die der von Olga ähnelte.

»Hast du ihren Arm gesehen? Die ganze Familie musste nach Auschwitz, sie hatte fünf Kinder.«

Mit gesenktem Kopf ging ich fort und fand mich plötzlich im Wäldchen wieder, wo ich heftig gegen die Steine trat. Andeutungen über das, was in Europa geschehen war, hatte ich schon in der Synagoge in Bagdad gehört. Aber immer nur im Flüsterton. Undeutliche Erinnerungen an den *farhud*, die Unruhen in meiner Heimatstadt, stiegen in mir auf: die Flucht über Häuserdächer, der Dolch in der Brust von Tafaha, unserer Nachbarin, und das Gespräch mit meinem Vater.

»Papa, ist das *farhud*?«

»Ja ... nein, kümmer dich nicht drum, du bist noch zu jung, mein Junge«, hatte Papa geantwortet, die Lippen zusammengepresst und das Kinn vorgestreckt.

Dann kamen die Gebete in der Synagoge, die Bußgottesdienste und das Fasten, aber die Eisenbahnzüge, von denen die Leute sprachen, fuhren die Juden weiter in den Tod. Zum ersten Mal geriet mein Glaube an die Wirkung von Gebeten ins Wanken.

»Aber warum?«, bedrängte ich Papa.

»Weil wir Juden sind, mein Sohn. Dort sind es die Christen, hier die Moslems – Gott allein kann uns vor ihnen retten.«

»Und weshalb tut er es nicht?«, fragte ich, doch Papa gab mir keine Erklärung.

Fortan besuchte ich Tante Olga oft in ihrer Küche. Wenn sie meinen ehrfurchtsvollen Blick sah, lächelte sie mir aufmunternd zu, und eines Abends, ich weiß nicht, wie es kam, fand ich mich plötzlich in ihren großen Armen wieder. Ein Schleier legte sich über ihre Augen, und ihre Nasenflügel bebten.

Seit Tante Olga die Mütter ins Lager gelassen hatte, gab der Wächter keine Ruhe. Er ging vor seinem Häuschen auf und ab, hieb mit seiner rechten Faust auf seine linke Hand, fluchte auf Jiddisch und sann auf Rache.

»Ich werde dich rausschmeißen, samt Olga«, knurrte er *Chaseh-Mar-Olam* entgegen, der weiterhin am Tor stand und erwartungsvoll zur Haltestelle hinüberstarrte. Erst wenn der letzte Autobus in Achusah angelangt war, erwachte er aus seiner Versunkenheit und stürmte los, um es dem Wächter heimzuzahlen. Blitzschnell schossen Ruven und Bouzaglo herbei und trennten die beiden. Ich hatte nicht den Mut einzugreifen. Eines Tages, nach der täglichen Zusammenkunft der *Madrichim*, trat der Wächter über das ganze Gesicht strahlend aus der Baracke der Lagerleitung und ging mit seinen kurzen Armen fuchtelnd auf *Chaseh-Mar-Olam* zu, der wie üblich am Tor stand.

»Olga muss weg, Olga muss weg!«, rief der Wächter.

»Das werden wir ja sehen!«, schnauzte *Chaseh-Mar-Olam*, lief zur Küche und rührte sich weder an diesem noch am folgenden Tag von dort weg.

»Was machst du hier?«, fragte ihn Tante Olga lächelnd und gab ihm Kekse.

»Nichts. Ich steh einfach da«, brummte er, und an seinem Hals tanzte die blaue Ader.

Als wir wie jeden Abend unter dem großen Baum im Wald zusammensaßen, sagte Bouzaglo:

»Es iss nicht in Ordnung, dass sie Tante Olga raussmeißen.«

»Aber was können wir tun?«, fragte Ruven und kaute auf seinen Lippen.

»Ein Aufstand!«, platzte ich heraus, ohne selbst genau zu wissen, was das heißen sollte.

»Was?«, fragte Bouzaglo zweifelnd.

»Das ist es!«, rief Ruven und hatte sofort einen Plan: »Alle Jungen und Mädchen vor die Küche!«

»Ja, genau!«, begriff ich, »so kann es gehen«.

Wie ein Wahnsinniger rannte Ruven zur Baracke der Irakis, um unsere Landsleute für den Aufstand zu gewinnen; Bouzaglo lief zur Baracke der Marokkaner. Plötzlich erschrak ich und suchte Hilfe beim Friseur.

»Was ist los, Nuri?«, fragte der dicke Ungar, und als ich nicht antwortete, ließ er mich herein und schloss die Gittertür. »Was ist passiert? Red schon.«

Er füllte für mich einen Blechbecher mit Limonade, und ich erzählte aufgeregt die ganze Geschichte.

»Ich spreche mit dem Direktor«, sagte der Friseur, aber noch ehe er die Tür des Salons abgesperrt hatte, ergoss sich ein anschwellender Strom von Irakis und Marokkanern in Richtung Küche und umlagerte sie. *Chaseh-Mar-Olam* führte die Jungen und Mädchen an, und alle skandierten:

»*Weg mit dem Wächter,*
wir brauchen keinen Wächter!
Es lebe Tante Olga,
Mama Achusah.«

Auch die Rumänen, die sich zunächst abseits gehalten hatten, stimmten in den Chor ein, und auf einmal, ohne dass man wusste wie, waren alle Jugendlichen aus dem Lager versammelt – nicht einer fehlte. Die *Madrichim* standen vor der Baracke der Lagerleitung und wussten nicht, wie sie reagieren sollten. Derweil hatte der Friseur das Zimmer des Direktors erreicht. Olga, die als Einzige den Grund des Aufruhrs nicht kannte, erschien auf der Veranda vor der Küche, rundlich und mit roten Wangen, mit einer riesigen Schöpfkelle in der Hand. Stotternd und mehrere Sprachen mischend, fragte sie uns, was los sei, aber ihre Worte wurden vom Lärm verschluckt. Heisere Kehlen gröhlten im Takt:

*»Weg mit dem Wächter,
wir brauchen keinen Wächter!
Es lebe Tante Olga,
Mama Achusah.«*

Die Lagerleitung flüchtete ins Hauptbüro, offenbar um sich zu beraten. Nur undeutliches Gemurmel drang nach draußen, und je länger das Schweigen dauerte, desto lauter wurde unser Geschrei. Es wurde Zeit fürs Abendbrot, aber nichts rührte sich. Der Erste, der aus dem Büro trat, war der Friseur. Doch er wich unseren Fragen aus und eilte mit gesenktem Kopf zu seinem Laden; sein fetter Bauch wackelte wie ein Fass mit losen Eisenringen. Ich schlich heimlich hinterher.
»Was ist?«, fragte ich ihn.
»Direktor ist sehr böse.«
»Was wird geschehen?«
»Morgen sprech ich nochmal mit Direktor.«
Tante Olga, die noch immer nichts vom Grund des Aufstands ahnte, wedelte mit ihren großen Händen:
»Essen! Essen!«
Mit der Schöpfkelle versuchte sie, uns in den Speisesaal zu scheuchen, wie Hühner in den Käfig.

Wir stellten Nachtwachen auf, damit Tante Olga nicht während der Dunkelheit vertrieben wurde. Am nächsten Morgen sprangen wir früh aus unseren Betten, beteten hastig und versammelten uns in Gruppen vor den Zimmern der Lagerleitung. *Chaseh-Mar-Olam* hatte die Veranda vor der Küche die ganze Nacht nicht verlassen, seinem Gesicht war die Müdigkeit anzusehen. Bouzaglo sammelte einige Jungen, die Steine am Zaun beim Wäldchen zusammentragen sollten.
»Wir werden ihre Baracken kaputtsslagen«, flüsterte er.
»Dreckige Asiaten!«, rief der Wächter vom Eingang des

Lagers. Der Bereich vor dem Tor, um dessen Sauberkeit er sich immer sorgte, war mit Abfall und Kieselsteinen übersät.

»Wer hat das gemacht?« Seine Augen funkelten zornig.

Als Antwort bekam er nur dröhnendes Gelächter zu hören, und dann riefen wir wie am Vortag:

>*Weg mit dem Wächter,*
wir brauchen keinen Wächter!
Es lebe Tante Olga,
Mama Achusah.«

Er nahm eine Hand voll Steine und schleuderte sie den Davonlaufenden hinterher. Die Belagerung der Verwaltung dauerte drei Tage, und als wir uns am vierten Tag weigerten, zum Frühstück in den Speisesaal zu gehen, trat plötzlich der bärtige Direktor aus seinem Zimmer, straffte seinen Rücken und sagte:

»Tante Olga bleibt.«

Freudengeschrei brach los.

»*Kefak!*«, brüllte jemand, und von den Hängen des Karmel schallte es: »*Hej Hej Hej.*«

Chaseh-Mar-Olam strahlte vor Glück.

»Ich hab's gesagt, denen werd ich's zeigen. Ich hab's gesagt«, rief er und schwang seine mächtige Faust in die heiße Luft empor.

Die Tage glichen einander wieder wie Abziehbilder. *Chaseh-Mar-Olam* stand von morgens bis abends am Tor. Ruven, der erfahrener war als ich, erklärte mir, dass er auf das blonde Mädchen warte, und seufzte:

»*Ja allah*, was für ein *tis*!«

Lastwagen voll junger Leute fuhren an *Chaseh-Mar-Olam*

vorbei, unterwegs zu den Kibbuzim; für jedes Auto, welches das Lager verließ, traf ein anderes ein mit Jugendlichen, die in den Auffanglagern eingesammelt worden waren. Manchmal erschien auch ein Jeep, meist ein grauer, mit Abgesandten aus den Kibbuzim, die geeignetes »Material« suchten. Jungen und Mädchen erwarteten sie auf der großen Betonfläche vor den Verwaltungsbaracken, und in den Augen aller stand ein stummes Flehen: Nehmt mich! Die Abgesandten zeigten mit dem Finger auf die, die in die engere Wahl kamen, und riefen sie, gewöhnlich in falscher Aussprache, bei ihren Familiennamen. Mit gesenktem Kopf begaben sich die Auserwählten zu einem Test ins Büro, wo sich ihr Schicksal entschied. Manche Jungen wurden ins Auffanglager zurückgeschickt – was würde mit mir geschehen? Während des nervenaufreibenden Wartens sammelte ich Informationen über die Kibbuzim. Ich hörte mich überall um, bei Tante Olga, dem Gärtner, dem Friseur, aber sie wussten auch nicht viel. Sie waren selbst neu im Land, Flüchtlinge wie wir, und doch anders als wir, die Einwanderer aus Arabien. Bisher hatte ich nur begriffen, dass es verschiedene Organisationen gab. Ich übersetzte ihre Namen und nahm an, dass in den Siedlungen des *Kibbuz ha-Me'uchad* alle Einwohner vereinigt waren und dass im *Schomer Ha-Za'ir* junge Leute wohnten, die ständig Wache standen; der *Ichud ha-Kibbuzim we-ha-Kvuzot* schließlich schien beide Gruppen miteinander zu verschmelzen.

Es zirkulierten geheimnisvolle Listen, die von Gott weiß wo stammten und Namen von Kibbuzim enthielten, in die zu gehen sich lohnte. Sobald bekannt wurde, welchen Kibbuz die Abgesandten vertraten, begann die Tuschelei: Man beriet sich, tauschte Listen aus und zahlte manchmal sogar Geld dafür. Jeder wollte in einen guten Kibbuz, in einen, der schon lange existierte und zu Wohlstand gelangt war. Wenn Vertreter einer entlegenen Siedlung, womöglich aus dem Grenzgebiet, auftauchten, flohen wir wie ein aufgeschreckter Vogelschwarm.

Inzwischen waren beinah sämtliche Jungen und Mädchen, die mit mir angekommen waren, weitergereist. Alle bis auf fünf: Massul, *Chaseh-Mar-Olam*, Ruven, Bouzaglo und mich, abgesetzte Könige, aber Könige immerhin, denn wir galten bereits als Veteranen. Unter die Neulinge mischten wir uns fast nie; das war unter unserer Würde. Wir hatten die DDT-Behandlung lange hinter uns, aber sooft ich ein neues Opfer sah, musste ich an jenes erniedrigende und doch komische Erlebnis zurückdenken. Ja, es war auch komisch gewesen, nach dem ersten Schock. Kaum waren wir in Lod gelandet, hatten sich mit Sprühgeräten bewaffnete Desinfektoren auf uns gestürzt. Der weiße Nebel brannte in meinen Augen, ich wollte weinen, wollte schreien: »Ich bin kein befallenes Stück Obst! Was macht ihr mit mir?« Aber plötzlich sah ich Papa, der in seinem Festtagsanzug die lang ersehnte Braut begrüßte, das Land, dem er dreimal täglich sein Gesicht zugeneigt hatte: Sein blau gestreifter Anzug war mit weißen Flecken übersät, und auch sein schwarzer Bart war nicht verschont geblieben. Er wirkte so hilflos, dass ich am liebsten geweint hätte – mein Vater, was hatten sie meinem Vater angetan? Und dann wandte er seinen Blick dem jüngsten seiner Söhne zu, von dem der Schaum in dünnen Rinnsalen herabrann, und in dem Moment, als sich das Gesicht des Jungen zu einer weinerlichen Grimasse verzog, brach Papa in schallendes Gelächter aus, und die ganze Halle, besprüht und stöhnend, stimmte ein. Auch im Jugendlager hatte ich jetzt Kinder vor mir, die erniedrigt und unfreiwillig komisch waren; auch sie waren mit DDT bespritzt worden. Ihnen zuzusehen brachte etwas Farbe in die Stunden grauer Langeweile, aber nach wenigen Tagen verlor auch diese Beschäftigung ihren Reiz. Ich hatte von allem die Nase voll.

Eines Morgens ging ich ins Büro.

»Ich will entweder in einen Kibbuz oder zurück in die *Ma'barah*«, sagte ich.

»Geduld!«, erwiderte der rothaarige *Madrich*.

»Ich hab keine mehr.«

»Woher bist du?«

»Aus dem Irak. Warum nimmt keiner uns vier Irakis? Sind wir euch nicht gut genug?«

»Ihr seid noch nicht dran.«

»Wieso? Müssen Irakis bis zum Schluss warten?«

»Nein, aber das wirst du nicht verstehen.«

»Was heißt das? Sind Irakis etwa dumm?«

Und dann begann der *Madrich* von Festigung und Anpassung zu reden, vom äußeren Rahmen und weiß der Teufel was, und als er erneut *Geduld* sagte, schrie ich:

»Hier heißt es immer nur: Geduld, Geduld! Wo gibt's die zu kaufen?«

Er lachte, und da ich nicht wegging, versicherte er mir:

»Nur noch ein paar Tage.«

Die paar Tage dauerten und dauerten. Ganze Heere von Lastwagen strömten nach Achusah, und unter den Jungen und Mädchen, die sie transportierten, waren viele Irakis, Rumänen und Polen. An einem stickig heißen Tag hatten Ruven und ich im Wäldchen unter der großen Pinie Schutz vor der brennenden Sonne gefunden, da kam plötzlich Bouzaglo angerannt, ganz außer Atem.

»Wo ssteckt ihr? Sie brauchen Irakis.«

»Wohin sollen wir?«, fragte ich ungeduldig.

»Es iss ein guter Platz.«

»Sag schon, wohin?«, drängte Ruven.

»Ein guter Platz, ich sswörs«, wiederholte Bouzaglo und legte seine Hand auf die Brust.

»Wie heißt der Kibbuz?«

»Kirjat Oranim.«

»Moment! Moment!«, rief ich und blätterte aufgeregt in meinen Zetteln. Mit Erleichterung stellte ich fest: Es war ein alter Kibbuz, groß und reich.

»Mach ssnell!«, rief mir Bouzaglo zu und lief voraus.

Die Betonfläche war voll Jugendlicher. Ich drängte mich durch zur Tür des Büros, doch als ich endlich dort anlangte, zögerte ich und fragte die, die herauskamen:

»Was wollen sie? Was fragen sie? Was sind das für Leute?«

Ruven, *Chaseh-Mar-Olam* und Massul, das Pfeifengesicht, gingen mutig hinein und bestanden die Prüfung. Dann erst wagte ich den schicksalhaften Schritt. Ich war einer der Letzten. Zu zweit saßen sie mir gegenüber, blätterten in Stößen von Papier. Die Frau war hübsch, hatte ein offenes, Vertrauen erweckendes Gesicht. Ihre Augen waren blau mit braunen Sprenkeln und ihre Zähne weiß und kräftig, ihr Kinn wirkte energisch. In ihrem schwarzen Haar glänzten Silberfäden. Der Mann war jünger als sie, klein, mit schmalen Lippen. Er spielte mit seinem krausen Haar und rauchte ununterbrochen. Er hatte kleine, lachende braune Augen. Ich wollte ihnen gefallen, in ihre Gemeinschaft aufgenommen werden. Sie fragten nach meinen Eltern, der Familie, meinen Plänen und Träumen, meinen Kenntnissen und meiner Ausbildung.

»Zweite Klasse der Mittelschule in Bagdad«, antwortete ich.

»Wo hast du Hebräisch gelernt?«

»In der *Ma'barah*, mit einem Wörterbuch.«

Hilflos zuckte ich mit den Schultern, doch ihre Gesichter blickten freundlich und anerkennend.

»Und was willst du im Kibbuz tun?«

»Lernen und arbeiten«, antwortete ich wie jemand, der weiß, was von ihm erwartet wird.

»Schön«, sagte die Frau, und ich glaubte, der Test sei beendet, doch der Mann, der bis jetzt geschwiegen hatte, fragte:
»Bist du fromm?«
Da er keine Kopfbedeckung trug, nahm ich an, dass er nicht an Gott glaubte.
»Nein«, entgegnete ich verlegen, »nur ein bisschen, an den Feiertagen und am Schabbat ...« Große Angst befiel mich: Ich log bei einer so wichtigen Sache. War das nicht Gotteslästerung?
»Geh und mach dich fertig«, sagte der Mann schließlich, »am Nachmittag fahren wir ab.«
Freudig rannte ich hinaus.
»Ich hab's geschafft! Ich hab's geschafft!«
Bouzaglo umarmte und beglückwünschte mich.
»Und was ist mit dir?«, fragte ich.
»Ich bleib hier.«
Seine Augen begannen zu glänzen.
»Nein, du kommst mit«, sagte ich.
»Du bist Iraki«, wandte er ein.
»Na und?«
»Sie wollen keine Marokkaner«, erklärte er und ließ die Schultern sinken.
»Geh hinein und red mit ihnen.«
»Gut, aber nich allein.«
Er griff nach meiner Hand wie ein Blinder nach seinem Stock.
»Das ist Bouzaglo. Bouzaglo ist ein prima Kerl. Warum darf er nicht mit?«, fragte ich mit trockenem Mund.
Sie betrachteten Bouzaglo, stellten ihm Fragen und prüften ihn. Schließlich wandte sich die Frau an ihren Kollegen:
»Wird er sich bei den anderen wohl fühlen?«
»Ja, bestimmt, er ist unser Freund, ein guter Freund«, platzte ich heraus.

»In Ordnung«, schloss der Mann.

»Gepriesen sei sein Name«, murmelte Bouzaglo glücklich.

»Super! Super!«, schrien wir draußen und warfen unsere Mützen in die Luft.

»Und was wird aus meiner Französin?«, stammelte Ruven.

»Du wirst einen anderen *tis* finden«, versprach ich ihm.

Ich hastete in die Baracke, packte meine wenigen Habseligkeiten und lief zu dem Platz, auf dem der Kindermarkt abgehalten worden war. Alle waren schon versammelt.

Auf einmal fühlte ich große Müdigkeit, etwas beunruhigte mich. Die Sonne brannte auf uns herab, und der Asphalt schmolz beinahe. Ein Lastwagen hielt am Rand des Platzes an. Wie Quecksilber schoss die *Madrichah*, die uns getestet hatte, von einer Stelle zur anderen und schrieb geheimnisvolle Notizen in ein kleines Buch. Ich trommelte nervös auf meine Knie, schaute in die Gesichter meiner alten Freunde, Ruven, Bouzaglo und *Chaseh-Mar-Olam*, und in die der neuen, die erst vor kurzem eingetroffen waren. Und plötzlich, als erwachte ich aus einem Traum, sprang ich auf und eilte zur Küche. Die anderen folgten mir. Ohne Worte hatten sie verstanden. Vor der Veranda blieb ich stehen. Tante Olga stand vor der Gittertür und lächelte uns freundlich zu.

»Wir fahren in einen Kibbuz«, rief ich und hüpfte von einem Fuß auf den anderen.

»Was?« Lachen und Trauer huschten über ihr Gesicht. Sie machte ein Zeichen, dass wir hereinkommen sollten, drückte uns Kekse in die Hand und sagte: »Sehr gut, sehr gut.«

Geräuschvoll kaute ich die Kekse, bis sie nur noch Staub waren. Derweil stand *Chaseh-Mar-Olam* mit gerötetem Gesicht neben Tante Olga und wusste nicht, was er mit seinen Händen anfangen sollte – sie quollen über von Keksen und Bonbons.

Ruven fasste sich als Erster und versprach:

»Wir kommen dich besuchen.«

»Kibbuz ist gut, Kibbuz ist gut«, sagte Olga schnell, als wollte sie uns zur Eile antreiben, damit wir die Abreise nicht versäumten. *Chaseh-Mar-Olam* trat zögernd auf sie zu, hob seine kräftigen Arme, mit denen er so oft Eisenstücke verbogen hatte, und legte sie um ihre Schultern. Ich hasste Abschiede und fühlte mich wie einer von Olgas Töpfen – gleich würde ich überkochen. Ich drehte mich um und floh.

»Einsteigen!«, rief die *Madrichah*.

An beiden Seiten des Lasters waren klappbare Holzbänke befestigt. Hühnerfedern klebten am Eisengitter, und den Boden bedeckten Köttel. Angewidert verzog ich das Gesicht. Die Mädchen drängten sich in einer Ecke der Ladefläche und warfen den Jungen, die nacheinander aufstiegen, schnelle, durchdringende Blicke zu.

»Nuri, beeil dich«, sagte die *Madrichah* und steckte das Notizbuch in die Tasche ihres karierten Hemds. Wie kam es, dass sie sich an meinen Namen erinnerte?

»Frau Lehrerin, wie weit ist es bis zum Kibbuz?«, fragte ein dünnes, zartes Mädchen.

»Ihr könnt mich Sonja nennen«, erwiderte die *Madrichah* und lächelte. »Die Fahrt dauert eine Stunde.«

»Frau Lehrerin, wie lange brauchen wir bis nach Hause?«, fragte Massul.

»Das habe ich doch gerade gesagt«, entgegnete die *Madrichah*.

»Ich meine, zu uns nach Hause, zur *Ma'barah*.«

»Ich verstehe«, erwiderte sie, und ein Schatten fiel auf ihr freundliches Gesicht. Nach kurzem Überlegen sagte sie: »Dieses Land ist klein, alles liegt dicht beieinander.«

Als sich der Lastwagen in Bewegung setzte, warf ich einen letzten Blick zurück. Ich sah Tante Olga, die in ihrer weißen Schürze zwischen zwei braunen Baracken stand und uns winkte. In diesem Moment wusste ich, dass sie die Einzige in diesem auf Zeit errichteten Lager war, die mir immer in Erinnerung bleiben würde. Dann verschwanden die Baracken, und ein hoher Berg schob sich zwischen uns und diesen verwirrenden Ort.

3. KAPITEL

Kirjat Oranim

Als der Lastwagen nach rechts abbog, fiel ich auf *Chaseh-Mar-Olam*, und gemeinsam plumpsten wir auf die Ladefläche. Alle lachten. Meine Hand war mit klebrigem Kot beschmiert. Bouzaglo reichte mir einen Lappen. Der Wagen raste durch einen Pinienhain den Berg hinunter. Die Bäume reckten sich gerade in die Höhe, und ihr feiner Duft mischte sich mit dem Gestank von Hühnermist.

»Ich heiße Herzl«, verkündete ein Junge jedem, der es hören wollte.

»Was ist das für ein Name?«, fragte ein anderer.

»Weißt du das nicht? So heißt der Vater des Staates!«

»Uns hat man gesagt, der Vater des Staates wäre Ben Gurion«, meinte Ruven.

»Der auch, der auch«, mischte sich ein dicker Junge ein, der Josef hieß.

»*Walla*, nur wir sind Waisenkinder«, sagte Massul und biss sich auf die Wangen.

»Vater des Staates« lächelte zufrieden. Sein Hals streckte sich wie der eines Hahns lang und dünn aus einem viel zu großen Hemd, in dem sein magerer Körper zu versinken schien. Seine Hose, eine Spende der *Jugendalijah*, war um die Hüften mit einer Zeltschnur festgebunden.

Die Jugendlichen auf dem Lastwagen hatten alle den gleichen Gesichtsausdruck: wie Reisende auf einer Fahrt ins

Ungewisse. Die lächerlichen Stoffmützen mit der welligen Krempe konnten die Glatzen der Jungen nicht verstecken, und die rot gepunkteten Kopftücher ließen alle Mädchen gleich aussehen. Ihre Khakiröcke waren geändert worden, und die groben Nähte hielten dem Rütteln des Lastwagens nicht stand. Einige Mädchen hatten sich für die Reise mit ihren bunten Kleidern aus Bagdad herausgeputzt, die nicht hierher zu passen schienen. Die Jungen prusteten, wenn ein nackter Oberschenkel unter dem Stoff hervorrutschte und eine nervöse Hand ihn schnell bedeckte.

»Wem gehört der Kibbuz?«, wollte einer der Jungen wissen.

»Uns. Es ist der älteste im ganzen Land«, sagte Herzl.

»Was uns? Nichss uns!«, widersprach Bouzaglo grinsend.

»Halt die Klappe, Marokkaner!«, fuhr ihn Herzl an.

»Ich sslag dir die Zähne ein!«, rief Bouzaglo und sprang auf, aber das Schaukeln des Lastwagens zwang ihn, sich wieder zu setzen.

»Lass ihn, er ist blöd«, beschwichtigte ich ihn.

»Im Kibbuz gibt es viel Apfelsinen«, sagte Massul.

»Was ist ein Kibbuz?«, fragte plötzlich Josef, und vor seiner Kehle wackelte ein fettes Doppelkinn.

»Alle sind gleich, essen das Gleiche und tun die gleiche Arbeit«, dozierte Herzl, den wir von diesem Tag an Vater des Staates nannten.

»Wie beim Militär?«, fragte Massul.

»Ich kapier das alles nicht«, maulte *Chaseh-Mar-Olam*.

»Ein Kibbuz ist ein großes Haus, in dem alle zusammen wohnen«, fuhr Herzl fort.

»Alle zusammen? Jungen und Mädchen?«, wunderte sich der dicke Josef.

»Nie im Leben!«, rief eine Bohnenstange mit dürren Beinen. Röte überzog sein Gesicht.

Unbehagen. Jeder schaute jeden prüfend an. Und ich, wie erschien ich? Wie alle anderen? Weshalb starrten sie so? Wegen meiner Haartolle? Der Lastwagen schaukelte wie eine Nussschale auf stürmischer See. Vielleicht um die Angst zu bekämpfen, die der Gedanke, in gemeinsamen Unterkünften leben zu müssen, ausgelöst hatte, begannen die Mädchen zu singen:

»Ich komm aus Marokko, du aus dem Irak,
zusammen wohnen wir in Israel.
Ich komm aus Rumänien, du aus der Ukraine,
hilf uns, Gott, wie soll das gut gehen?«

Sonderbar laut stimmten auch die Jungen ein, ein Ohren betäubender Lärm entstand. Aber das Lied hörte so plötzlich auf, wie es angefangen hatte. Dann herrschte wieder Stille auf dem Wagen. Selbst das Rattern des Motors und das Hupen der Autos auf der Straße schienen leiser geworden zu sein. Massul sang traurig:

»Ja hali at-tullam, hinu alaja ...
Oh, grausame Familie,
weshalb habt ihr mich in die Ferne verbannt?«

Was sollte ich in einem Kibbuz? Und was war eigentlich ein Kibbuz? Eine neue Familie, hatte man uns gesagt. Und was geschah mit der alten Familie? Wieso überhaupt »alt«? Hatte ich deshalb den *Madrich* angelogen und behauptet, nur mein Vater sei fromm? Auf einmal, als käme sie aus einer anderen Welt, stand meine Mutter vor mir, die sich wie eine Ertrinkende an der Zeltwand festhielt und flüsterte:
»Sohn, geh nicht fort, tu uns das nicht an.«
Meine Mutter tat mir Leid: Papa hatte die Welt, aus der er

stammte, verloren, mein Bruder Kabi war Straßenarbeiter geworden, ich verschwand in einen Kibbuz, und das Baby, das sie hier zur Welt gebracht hatte, unser *Sabre*, litt an Polio, sodass sie ständig zwischen dem Auffanglager und dem Krankenhaus in Haifa hin und her pendeln musste.

»*Ein Mann unter seinem Weinstock, ein Mann unter seinem Feigenbaum ...*«, intonierte der dicke Josef ein bekanntes Lied, das von den Rufen der anderen Jungen unterbrochen wurde:

»Haifa! Haifa!«

Die Blicke der Passanten hefteten sich auf uns. Zwar glichen die hohen Gebäude der Stadt nicht denen, die *dort*, in der *Schari' ar-Raschid*, der Hauptstraße von Bagdad, standen, doch war etwas in der Luft, das mich an den Ort meiner Kindheit erinnerte. Ein Markt, Restaurants, Eiswagen, Zeitungsverkäufer, Cafés. Ein Araber mit rotem Fez, in ein langes Gewand gekleidet und die Bernsteinkette hinter seinem Rücken haltend, schob sich gemächlich über den belebten Bürgersteig. Es ist trotz allem wie *dort*, sagte ich zu mir, ein bisschen wie in Bagdad. Wie sehr wünschte ich mir, wir könnten alle zusammen wohnen, die ganze Familie in einem weißen Haus mit runden Balkons, geschwungenen Fensterrahmen, bunten Scheiben und einem sich zum Himmel öffnenden Dach – direkt zu Gott hin!

Der Lastwagen rüttelte mich aus meinen Träumen. Er raste um Kurven an hohen Bergen entlang, deren Hänge mit Steinhäusern übersät waren. Obsthaine und Gemüsegärten bildeten Inseln in dem großen Tal, das sich vor unseren Augen ausdehnte. Ein Pferdewagen zwang uns, die Fahrt zu verlangsamen. Kurz darauf sahen wir ein unscheinbares Schild: »Kirjat Oranim«. Die Spannung erreichte ihren Höhepunkt, wie die Quecksilbersäule eines Thermometers, die unerwartet in die Höhe schießt.

»*Ja allah!*«, schrie Herzl, und alle Blicke richteten sich auf den Kibbuz.

Eine Rechtskurve und plötzlich waren wir von Dattelpalmen umgeben, die für uns Spalier standen. Palmen! Datteln! Wie schön! Ich wollte rufen: Genau wie die endlosen Alleen in Basra und die goldgelben Ranken, die dem Dach unseres Hauses Schatten gaben. Aber ich zügelte meine Freude. Der Lastwagen fuhr langsam über den Weg, der zum Wirtschaftshof führte, vorbei an kerzengeraden Zypressen, einem Traktorschuppen, einem Wasserturm und mehreren Misthaufen, deren fremder, scharfer Geruch mir in die Nase stach. Die Kette in Bouzaglos Händen drehte sich wie verrückt.

»*As-salam alejk, al-kibbuts*«, sagte er, »*as-salam alejk.*«

Jemand gab ein Zeichen, und der Fahrer stoppte das Fahrzeug neben zwei langen einstöckigen Gebäuden.

Bouzaglo berührte meinen Arm und sagte:

»Das alles iss uns.«

»Wieso uns?«, wollte ich fragen, aber ich schwieg.

Beängstigende Sauberkeit herrschte überall. Die Leute sahen alle gleich aus, vielleicht wegen der lächerlichen Mützen mit der gewellten Krempe oder wegen der dunkelblauen Arbeitshosen und der grauen Hemden. Die Häuser waren niedrig. Kein einziges hohes Gebäude. Keine Straße, kein Laden, kein Kaffeehausduft, keine rufenden Straßenhändler. Und auch hier Stacheldraht wie um die Ansiedlungen, an denen wir vorbeigefahren waren. Ein Land voll Stacheldraht.

»Seltsame Häuser«, sagte Ruven, der meine Gedanken zu erraten schien.

»Das gehört alles uns«, entgegnete ich, als wären schon meine Vorväter hier geboren.

»Guck mal, wie schön!«, rief Ruven.

»Ein Kibbuz, mein Lieber«, sagte ich bedeutungsvoll.

Das Motorengeräusch erstarb.

»Es gibt keine Zelte«, stellte Bouzaglo fest.

»Was hast du gedacht?«

Wir stiegen von der Ladefläche ab. Nachmittagsruhe lag in der Luft. Ein rascher Blick nach allen Seiten, und wie auf ein vereinbartes Zeichen rannten alle zu dem Baum neben dem Wohntrakt und fielen wie ein Bienenschwarm über ihn her. Wie Besessene kletterten wir einer über den anderen hinauf. Im Sturm packten wir die kleinen grünen Früchte und verschlangen sie.

»*Walla*, in Israel gibt es *gaudscha*!«, rief Massul mit staunendem Blick, und alle schrien:

»*Gaudscha, gaudscha!*«

»Ihr Bestien! Lasst sofort die Pflaumen in Ruhe!«, keifte ein rothaariger Mann mit langen Beinen und ballte die Fäuste. »Was hat man uns da in den Kibbuz geholt?«

Die Augen des *Madrich* zogen sich zusammen und sahen den Rotkopf ärgerlich an.

»Se'evik, lass sie«, sagte er zu ihm und dann zu uns: »Kinder! Plündert nicht die Bäume. Ihr kriegt genug Obst im Kibbuz.«

Niemand hörte auf ihn. Wir rissen die Pflaumen ab wie ausgehungerte Tiere, bis keine einzige mehr am Baum war und nur noch spärliche Zweige den kahlen Stamm bedeckten. Mit stumpfen Zähnen kaute ich die sauren Früchte und schluckte sie samt dem Kern hinunter. Als ich aus dem Augenwinkel sah, dass der *Madrich* in eine andere Richtung schaute, steckte ich zwei Pflaumen in meine Tasche und guckte wie ein Unschuldslamm.

»Ich bitte euch, setzt euch auf den Rasen!«, rief der *Madrich*.

Als wir endlich alle saßen, erschöpft wie nach schwerem Gefecht, stellte er sich vor:

»Ich heiße Ischai und bin euer Gruppenleiter. Was ihr getan habt, ist nicht schön und obendrein überflüssig. Sonja und ich werden uns um euch kümmern. Und Ofer wird euch auf die Zimmer verteilen.«

Ofer war groß und kräftig, sein Haar war kurz geschoren. Breitbeinig stand er vor uns, stemmte beide Hände in die Hüften und erklärte:

»Ich bin auch aus einer Jugendgruppe, aus einer französischen. Ich werde versuchen euch in den ersten Tagen zu helfen.« Und mit einem Lächeln in den Augen fragte er: »Woher seid ihr?«

»Arbil – Bagdad – Mossul – Basra«, schrien alle durcheinander.

»Wenn es euch schwer fällt, hebräisch zu sprechen, dann redet arabisch«, sagte er.

»Wirklich?«, riefen wir im Chor.

»Ich bin aus Marokko«, sagte Bouzaglo erfreut, und Ruven fragte mit glänzendem Blick:

»Was ist das, die französische Jugendgruppe?«

Er dachte wohl an seine Französin aus Achusah.

»Wir sind Juden wie ihr, aber wir sprechen französisch«, erklärte Ofer.

»Dann wird man uns die irakische Gruppe nennen?«, fragte ich.

»Gute Idee«, entgegnete Ofer und lächelte.

»Moment! Und was iss mit mir?«, wandte sich Bouzaglo an mich.

»Du *gehörst* zu uns«, beruhigte ich ihn und grinste.

»Jede Gruppe hat einen Namen, auch die von der Schule«, sagte Ofer.

»Wer sind die von der Schule?«, wollte Massul wissen.

»Die Kinder aus dem Kibbuz, die *Sabres*.«

»*Ja ajni*, die *Sabres*«, trällerte Massul.

»Wir brauchen keinen solchen Namen«, protestierte der dicke Josef.

»Und wie weiß man dann, zu wem du gehörst?«, lachte Ofer.

»Ich gehör zu meinen Eltern!«, rief Josef.

»Wann gibt's Essen?«, fragte Massul.

»Bald«, versprach Ofer.

»Wir haben Hunger«, rief Bouzaglo.

»Geduld!«

»Wo ist die Synagoge?«, wollte Bouzaglo wissen.

»Hier gibt es keine«, antwortete Ofer, ohne mit der Wimper zu zucken.

»Was? Juden ohne Synagoge?«, brummte Abd al-Asis, ein Rabbinersohn aus dem Lager von Kfar Ono.

»Nein, es gibt keine.«

»Oh Herr der Welten, wohin sind wir geraten?«, jammerte Abd al-Asis.

»Unter Israelis, die keine Synagoge haben. Du wirst sehen, dass das möglich ist.« Ofer zuckte mit den Schultern. »Ende der Fragestunde!«

Als er später anhand der Liste, die er bei sich hatte, unsere Namen durchging, hielt er plötzlich inne und fragte:

»Wer ist Abd al-Asis?«

»Ich«, antwortete der Sohn des Rabbis.

»Von heute an heißt du Avner. – Und du bist Fausia?«

»Ja«, sagte eins der Mädchen.

»Ab jetzt heißt du Ilana. Und du, Dschamil, bekommst den Namen Joram.«

»Joram!«, sagte Dschamil erstaunt, als hätte ihm jemand ein neues Hemd geschenkt.

»Nuri?«

»Ja.«

»Dich nennen wir Nimrod.«

»Aber ich heiße Nuri!«
»Nimrod«, wiederholte Ofer ungerührt.
»Nein, Nuri!«, beharrte ich.
»Darüber diskutieren wir später.«

Bevor er einen weiteren Namen von der Liste aufrufen konnte, meldete sich eine hohe, fröhliche Stimme:

»Ich bin Herzl, wie der Vater des Staates. Meinen Namen braucht man nicht zu ändern, stimmt's?«

»Stimmt«, grinste Ofer.

»Ich hab's euch gesagt!«

Herzl strahlte über das ganze Gesicht.

Ofer führte uns zu zwei einstöckigen Gebäuden – *unseren* Häusern – und wies je vier von uns ein Zimmer zu. Ein richtiges Zimmer, weder ein Zelt noch eine mit Planen überdachte Hütte, ohne Regen, Wind und Schlamm. Beton, Stein, vier Wände. Ein Kleiderschrank, eine Blumenvase, Stühle, ein Schreibtisch. Und das alles gehörte jetzt mir! Mir! Wie in Bagdad!

Plötzlich ging im Zimmer Licht an.

»Elektriss!«, rief Bouzaglo außer sich vor Freude.

Vorbei die Zeit der Petroleumlampen, das lange Anstehen um Brennstoff, die Zelte, die in Flammen aufgingen, Ruß und Qualm. Allmächtiger Gott! Was brauchten wir mehr? Ich setzte mich auf das Bett.

»Alle Mann mir nach, zur Kleiderkammer!«, befahl Ofer, und wir folgten ihm in einer langen Reihe.

Doch unerwartet befiel mich Traurigkeit. Ich sah das Gesicht meines Vaters, stumm und anklagend. Was er wohl tat? Wie sehr ich auch versuchte, sein Bild zu verscheuchen – ich sah ihn dastehen wie einen Bettler, vor dem Café des verhassten Polen.

In der Kleiderkammer erwarteten uns viele Pakete. Wir stürzten uns darauf.

»Es ist genug für alle da!«, rief die *Metapellet*, aber keiner hörte sie. Erschrocken betrachtete sie uns, sagte aber nichts und band nur das blaue Tuch fester um ihren Kopf. Wie ein Soldat trug sie wadenhohe Schuhe, aus denen ausgeleierte Sockenränder heraushingen. Beides passte nicht zu den Füßen einer Frau. Ihr Körper war in einen langen weißen Kittel gewandet, in dessen Saum unzählige Näh- und Stecknadeln steckten.

Ich öffnete mein Paket. Obenauf lagen zwei Paar graue Arbeitskleider, zwei Garnituren Unterwäsche, die eine weiß, die andere grau, und zwei Paar graue Socken.

»Vorsicht! Zerknittere nicht den Schabbatanzug«, ermahnte sie mich.

»Ihr habt doch erzählt, hier gäbe es keine Synagoge«, wunderte sich Avner.

»Was hat das damit zu tun?«, erwiderte Ofer. »Das sind Kleider für den Feierabend. Hier, ein blaues Hemd und blaue Hosen.«

»Und das alles ist für mich?«, fragte Herzl.

»Ja, für dich«, versicherte ihm die *Metapellet*.

»Danke«, sagten wir im Chor.

Nur Handtücher gab es nicht.

»Frau *Metapellet*, wo sind die Handtücher?«

»Immer mit der Ruhe, und nenn mich nicht Frau *Metapellet*. Im Kibbuz redet man sich mit Genosse und Genossin oder mit dem Vornamen an.«

»Frau *Metapellet* ...«, setzte ich erneut an.

»Es heißt: Genossin! Ich hab's dir doch erklärt.«

»Die Mädchen gehen mit Etka, der *Metapellet*«, ertönte Ofers Stimme, »die Jungen mir nach!«

Eine lange Schlange bewegte sich in mustergültigem Schweigen zum Waschhaus. Als wir dort ankamen, sagte Ofer:

»Alles ausziehen!«

Auch hier? Drohte schon wieder die DDT-Prozedur?

»Wascht euch gründlich«, fügte Ofer hinzu, aber niemand rührte sich.

»Schneller«, trieb er uns an.

Massul stand da wie ein Fragezeichen und sog an seinen Wangen. Josef bohrte in der Nase. Das Gesicht des kleinen Herzl hatte sich in eine knallrote Grimasse verwandelt.

»Das ist nicht nötig«, sagte er kleinlaut, »ich hab mich erst gestern gewaschen.

In der hintersten Kabine hörten wir es rauschen. Dampf stieg auf.

»Voran! Seid ihr wasserscheu?«, rief Ofer verärgert.

»Wäscht man sich so im Kibbuz?«, fragte Ruven, setzte sich auf die Bank und zog seine Mütze tief ins Gesicht.

»Ja, so«, bestätigte Ofer.

Avner, der Sohn des Rabbis, drängte sich nach vorn.

»Ich hab eine Wunde, sieh mal, hier!« Er zeigte auf einen winzigen Kratzer an seinem Arm, und plötzlich heulte er los: »Warum denn alle zusammen?«

Ofer ging nicht auf ihn ein.

»Nimrod, Jigal, Joram! *Jalla*, stellt euch nicht an!«

Als er sah, dass keiner reagierte, zog er selbst seine Kleider aus.

»Ich dusche auch hier. Beruhigt euch das? Und jetzt los!«

Splitternackt stand er vor uns, muskulös und braun gebrannt. Langsam knöpfte ich mein Hemd auf, streifte die Hose und das Unterhemd ab. Doch statt das Gummiband der Unterhose zu lockern, setzte ich mich auf die Bank.

»Worauf wartest du?«, schimpfte Ofer.

»Auf nichts.«

»Weshalb sitzt du dann wie ein Holzklotz da? Soll ich dir Beine machen?«

Er kam auf mich zu. Zwischen seinen kräftigen Schenkeln baumelte sein Penis.

»Ich ...«

»Ich weiß«, grinste Ofer, »du schämst dich.«

Dann drehte er sich zu den anderen um, die meisten zögerten noch.

»Wer glaubt, er hätte etwas zu verbergen, kann in Unterhosen duschen.«

Auf einmal zogen sich alle aus und rannten nackt wie am Tag ihrer Geburt unter den prasselnden Wasserstrahl. Alle außer mir.

»Wir reden später drüber, Nimrod«, sagte Ofer und lächelte mir aufmunternd zu.

Ich erwiderte sein Lächeln und zog mich endlich aus.

»Wer sind die Jungen?«, fragte jemand, wahrscheinlich ein Kibbuzbewohner.

»Einwanderer«, entgegnete Ofer.

»Aha.«

Der Mann summte eine fremde Melodie, trocknete schnell seine rötlich behaarte Brust ab, nahm seinen Kleiderhaufen und ging hinaus. Das war das Zeichen für uns. Ohne uns ordentlich abzutrocknen, sprangen wir in unsere Hosen. Nur *Chaseh-Mar-Olam* stolzierte im Adamskostüm auf und ab; sein Körper war aufrecht und muskulös. Alle Blicke richteten sich auf ihn. Ich schloss die Augen und dachte an meinen eigenen Körper – neben diesem kraftstrotzenden jungen Mann wirkte ich beschämend mager.

»Mach schon, zieh dich an«, befahl Ofer. »Die, die fertig sind, warten draußen vor dem Waschhaus auf mich.«

»Was, ohne DDT? Gibt es kein Kibbuz-DDT?«, rief ich, und Ofer brach in schallendes Gelächter aus, das alle ansteckte.

Gemeinsam kehrten wir in *unsere* Häuser zurück. Ich legte meine Kleider in den Schrank und wollte wieder hinausgehen.

Doch auf der Schwelle zögerte ich und suchte Ofer. Ich sah ihn auf dem Flur und rief:

»Bekommen wir keinen Schlüssel?«

»Schlüssel?«

»Und was ist, wenn etwas gestohlen wird?«

»Im Kibbuz stiehlt niemand. Wir lassen alles offen.«

Ich war beunruhigt. Ruven, Bouzaglo und ich verabredeten, das Zimmer abwechselnd zu bewachen. Ich war als Erster an der Reihe. Nach dem Ende meiner Schicht wollte ich mir den Kibbuz ansehen, fürchtete aber, nicht mehr zurückzufinden. So setzte ich mich auf den Rasen und schaute den Jungen zu, die um die Wette vom Dach eines einstöckigen Pavillons heruntersprangen und mit dumpfem Geräusch auf dem Gras aufschlugen. Plötzlich hörten wir die Stimme des Rotkopfs:

»Bestien! Wo seid ihr aufgewachsen? Auf Bäumen?«

»Mit dem werden wir's nicht leicht haben«, sagte ich zu Bouzaglo.

»An jedem Ort gibss so einen Rotkopf«, behauptete er. »Aber keine Sorge, das kriegen wir sson hin.«

»Und wie ihr angezogen seid!«, schimpfte der Mann.

Eine Frau, die aus der Baracke gegenüber schaute, rief:

»Seewik, was willst du von ihnen?«

»Guck doch, wie sie angezogen sind!«

Wir verstanden nicht, wovon er sprach. Die Jungen auf dem Dach hatten ihre graue Unterwäsche an.

»Primitivlinge! Das sind Hosen und Hemden für die Arbeit und nicht für den Sport«, zeterte Se'ewik.

Mit dem erniedrigenden Gefühl einer unbegreiflichen Schmach zogen sich die Springer einer nach dem anderen in ihre Zimmer zurück.

»Als hätten sie bis jetzt in Höhlen gehaust«, sagte er zu der Frau am Fenster.

»Was verlangst du von ihnen? Sie sind eben erst angekommen.«

»Bagdad, Herr, Bagdad, ohne Kleider, was soll man machen?«, ich versuchte zu lächeln, doch das Blut in meinen Adern kochte.

»Es heißt Genosse. Im Kibbuz gibt es keine Herren«, raunzte der Rothaarige.

»Und weshalb führst du dich wie einer auf?«

»Werd nicht frech«, gab er schon weniger selbstsicher zurück. »Du wirst es noch kapieren, Primitivling.«

»Was ist ein Primitivling, Herr Kibbuzgenosse?«, fragte Bouzaglo.

»*Du* bist ein Primitivling, du Asiat!«

»Ich dachte, Israel liegt auch in Asien«, feierte Bouzaglo seinen ersten Sieg.

Der Rotkopf kniff den Schwanz ein und schlich fort. Seine Stimme hallte noch in meinen Ohren, als ich die Tür unseres Zimmers geschlossen hatte. Ich streckte mich aufs Bett. Eine angenehme Trägheit befiel meine Glieder. Alles könnte wunderschön sein, gäbe es nicht überall so einen Rotkopf! Und war er wirklich der einzige hier? Würde ich mich an ihn gewöhnen? Und dann gab es auch keine Synagoge. Wie sollte ich beten? Und Schabbat? Wie sollte ich das zu Hause erklären? In Bagdad hatte meine Mutter mich auf die Religionsschule geschickt und davon geträumt, dass ich in Israel ein großer Rabbiner werden würde. Und weshalb brachten sie die Mädchen im selben Haus unter wie uns, nur am anderen Ende? Konnte man für sie kein eigenes Haus finden? War dies das Gemeinschaftsleben, von dem man uns bei der *Jugendalijah* erzählt hatte? Ich wollte nicht in die *Ma'barah* zurück – aber würde ich hier zurechtkommen? – Ja, zum Teufel! Ich werde sein wie alle, wie *sie*. Ein richtiger Kibbuznik, und viel mehr als das.

Ofers Stimme unterbrach meine Gedanken:
»Und jetzt ab in den Speisesaal! Wir werden schon erwartet.«

Ruven und Bouzaglo sprangen auf, doch ich blieb auf dem Bett liegen.

»Was ist mit dir?«, fragte Bouzaglo.

»Ich hab keinen Hunger«, log ich.

»Komm mit, du brauchss ja nich essen«, sagte er und zog mich hoch.

Wir schlüpften in unsere Schabbatanzüge und die neuen Sandalen, von denen wir im Auffanglager geträumt hatten. Draußen empfing uns ein blauweißer Trupp. Die Mädchen. Sie waren kaum wiederzuerkennen. Weiße Hosen, blaue Blusen und Kopftücher. Wie ein Regiment marschierten wir zum Speisesaal. Bouzaglo ließ seinen Blick neugierig durch den Kibbuz wandern, der an jeder Wegbiegung andere Eindrücke bereithielt. Maulbeeren und Granatäpfel, ein Fest duftender Blumen und diese beängstigende Sauberkeit, die wir weder aus dem Lager noch aus Bagdad kannten.

Der dicke Josef und Herzl, unser Vater des Staates, sagten zu allen, die wir trafen: »Schalom.« Anfangs kam es noch schüchtern und zögerlich heraus, aber je häufiger ihr Gruß erwidert wurde, desto kräftiger und sicherer klangen ihre Stimmen. Viele von uns folgten ihrem Beispiel, bis ein Chor von vierzig Mädchen und Jungen jedem Passanten ein donnerndes »schalom schalom« entgegenwarf. Ofer konnte sich vor Lachen kaum halten und versuchte uns zum Schweigen zu bringen, doch wir hörten nicht auf, und mit einer entschuldigenden Handbewegung bat er die Passanten um Verständnis.

Von dem gewundenen Betonpfad strömte unsere Schar auf einen mit behauenen Steinen gepflasterten Platz, der von fahlem, kaltem Neonlicht beleuchtet war, und weiter in eine große weite Halle. Helles Licht schlug uns entgegen, alles blitzte vor Sauberkeit. Der Boden war mit großen Fliesen bedeckt, an den Wänden hingen Bilder und Spruchbänder und vor den hohen Fenstern bunte Vorhänge, die Tische waren mit großer Sorgfalt gedeckt. An jedem Platz war das Geschirr auf dieselbe Art angeordnet, und es gab Obst und Gemüse im Überfluss. Und als reichte das nicht aus, wurden zwischen den Tischen Wagen aus poliertem Aluminium hin und her gefahren, beladen mit Speisen, Kannen und großzügig geschnittenem Brot. An den Tischen saßen Frauen und Männer jeden Alters. Waren das die Kibbuzbewohner? Leute wie überall auf der Welt. Unser Eintreten ließ sie einen Augenblick innehalten. Ein seltsames Schweigen breitete sich aus. Eingeschüchtert standen wir in der Mitte des Saals, die Jungen mit ihren glänzenden Schädeln, die Mädchen mit ihren neuen Kopftüchern. Das magere Mädchen, das jetzt Ilana hieß, starrte auf den Fußboden, im Neonlicht war ihr Gesicht noch blasser. Bouzaglo zog die Kette aus seiner Tasche und drehte sie nervös. Wie Spieße richteten sich von allen Seiten Blicke auf uns. Wir hielten uns dicht beisammen. Aber dann standen Sonja und Ischai von einem Tisch auf, begrüßten uns freundlich und wiesen uns Plätze zu. Die Mädchen drängten sich zusammen wie die Körner in einer Sonneblume und weigerten sich, sich neben die Jungen zu setzen. Sonjas Bitten nutzte nichts. Sie bestanden auf ihrem Willen und verlangten einen separaten Tisch.

Sonja und Ofer erklärten uns die *Tischsitten*. Was war ein Besteck? Und wozu diente die Schüssel, die sie hier *kolboinik* nannten? Wie machte man Salat an? Was war ein Hauptgang und was eine Ersatzmahlzeit? Wovon konnte man mehrmals nachfordern und wovon nur beschränkt? An wen musste man sich wenden, wie und wann?

Die Mädchen rührten das Essen nicht an.

»Greift zu«, ermunterte Sonja sie.

»Ich trau mich nicht«, sagte Rina.

»Zu Hause essen wir nur mit der Familie, nicht mit Fremden«, erklärte Ilana und kauerte sich auf ihren Stuhl.

»Im Kibbuz essen alle im Speisesaal«, sagte Sonja freundlich.

»Aber sie gucken uns an«, wandte Rina ein.

»Das macht doch nichts«, entgegnete Sonja, aber die Mädchen ließen sich nicht überzeugen und nippten nur an ihrem Tee.

»Wo sind die Kinder?«, fragte Ilana, und erst jetzt fiel mir auf, dass weder Kinder noch Jugendliche im Speisesaal saßen.

»Sie haben ihren eigenen Speisesaal«, antwortete Sonja.

»Warum?«

»Das erkläre ich euch bei Gelegenheit.«

Noch bevor ich mich richtig hingesetzt hatte, waren die Jungen an meinem Tisch über alles Gemüse und Brot hergefallen wie in Achusah und blickten gierig zu den Aluminiumwagen.

»Es gibt keinen Grund, sich um das Essen zu schlagen«, rief Ischai und brachte zwei Platten mit Gemüse und einen neuen Korb Brot. Aber auch diese Speisen waren im Handumdrehen aufgegessen. Nur die eingesalzenen Heringe, die wir aus *Scha'ar ha-Alijah* zur Genüge kannten, lagen einsam auf dem Tisch.

Es war an unserem ersten Tag in Israel gewesen. Alle waren erschöpft. Morgens hatten wir noch in einem großen arabischen Haus in Bagdad gelebt, und abends teilten wir mit einer fremden Familie ein Zelt in einem mit Draht umzäunten Flüchtlingslager – mit einem Rabbiner, den wir noch nie gesehen hatten und der in einer seltsamen Sprache brabbelte. Papa bat mich und meinen Bruder Moschi, Essen zu holen. Wir mussten in einer langen, sich windenden Schlange anstehen, und die Leute zankten, weil sich ständig jemand vordrängte.

Als wir endlich an der Reihe waren, reichten wir unsere Nahrungsmarken über den Tresen, und der Mann von der Essensausgabe füllte unsere beiden Tabletts mit einem in der Mitte durchgeschnittenen schwarzen Brot, einer winzigen Menge fast flüssiger Marmelade, Quark, zwei Tassen Kakao für die Kinder, zwei Tassen Tee für die Erwachsenen und kleinen Würfeln einer unbekannten Fleischsorte. Moschi, der das Tablett ein wenig von sich weghielt, lugte skeptisch auf den Blechteller.

»Wie das riecht!«, nörgelte er.

»Pass auf, dass das Tablett nicht hinfällt«, ermahnte ich ihn.

Wir mussten uns zwischen vielen Zelten hindurchschlängeln, bis wir unseres endlich fanden. Papa stand am Eingang.

»Ich habe mir schon Sorgen gemacht. Wie lange braucht ihr, um Essen zu holen?«

Moschi hielt Papa das Tablett hin.

»Guck mal, was sie uns gegeben haben! Maden und Würmer!«

Mit einer dramatischen Bewegung kippte er das Essen auf den sandigen Boden und floh. Kabi, mein großer Bruder, lief hinter ihm her. Papa nahm mir das zweite Tablett ab und stellte es auf den Rand des aufgeklappten Betts, auf dem Mama lag.

»Warum ist der Fisch nicht gekocht? Und wozu haben sie ihn klein geschnitten?«, fragte er.

Wir hatten noch nie Hering gegessen. In Bagdad bekam man frischen Fisch in großer Fülle aus dem Euphrat und dem Tigris. Papa goss Wasser in einen Blechbecher, legte den Hering hinein und versuchte ihn auf dem Petroleumbrenner zu garen. Nach wenigen Minuten stank es im ganzen Zelt. Ich lief hinaus, um vor dem beißenden Dampf zu fliehen.

»Kochst du den Fisch? Man isst ihn roh!«, höhnte eine Nachbarin. »Schande über sie und ihren Hering.«

Papa schüttete den Inhalt des Bechers auf einen Teller, die Fischstücke waren geschrumpft und rochen ekelhaft.

»Sieh, was passiert ist«, sagte er mit finsterer Miene.

Papa schämte sich. Verwirrt und eingeschüchtert stand er mit gebeugtem Rücken unter der Eisenstange, die das Zeltdach trug; neben seinem Kopf baumelte die verrußte Petroleumlampe. Von diesem Tag an ließ ich bei der Essensausgabe den Hering immer zurückgehen, aber nun, an unserem ersten Abend im Kibbuz, wurde uns wieder welcher vorgesetzt.

Ich blickte zu den Nachbartischen, wo die Erwachsenen saßen, und beschloss, alles zu machen wie sie. Wortlos spießte ich meine Gabel in einen Fisch und hob ihn auf meinen Teller. Daneben legte ich Rettich, Gurke, Tomate und Zwiebel und nahm sogar Margarine, die ich ebenfalls nicht mochte. Ich bestrich das Brot damit, steckte es entschlossen in den Mund und beeilte mich, es samt dem Fisch, dessen Gräten in meinen Gaumen stachen, herunterzuschlucken. Ich glaubte zu ersticken und wollte hinausrennen, um alles auszuspucken, aber ich kaute angewidert weiter und würgte den ekligen Brei herunter – wie die Kibbuzbewohner, mit geschlossenem Mund. Die Jungen neben mir warfen den übel riechenden Brotbelag, den man hier Pastete nannte, auf den Boden, bekleckerten den Tisch und schoben die Salzheringe weit von sich weg.

»Maden und Würmer! So was isst du? Rohes Fleisch?«, empörte sich Avner, schmiss die Gabel hin und sprang auf.

»Stinker!«, schrie Massul. »Er isst es, als wär's gebraten.«

»Gesalzener Fisch regt den Appetit an«, erklärte ich ruhig und kaute emsig weiter.

»*Walla*, er kapiert nicht mal, was er da in sich reinstopft«, sagte Herzl.

Vom Nebentisch schauten mich die Mädchen ungläubig an. Ilana verzog das Kinn und presste die Lippen zusammen.

Ich verließ eilig den Speisesaal und lief durch die Dunkelheit zu den Unterkünften, um den Heringsgeschmack aus meinem Mund zu spülen – ich weiß nicht mehr, wie lange ich meine Lippen an den Wasserhahn hielt. Danach zog ich die letzten Kekse von Tante Olga aus der Tasche und tilgte den fremden Geschmack von meinem Gaumen. Schließlich streckte ich mich aufs Bett und schlief ein.

Jemand weckte mich. Es war Etka, die *Metapellet*, die, deren Lieblingswort *Geduld* war.

»Bettkontrolle«, erklärte sie, und ich rieb mir die Augen.

Fast alle meine Kameraden hatten sich schon hingelegt, und Etka ging von Zimmer zu Zimmer und prüfte, ob sich jeder gewaschen, die Zähne geputzt und seinen Schlafanzug angezogen hatte – ganz oder nur einen Teil davon.

»Was bildet die sich ein? Auch in Bagdad haben wir Schlafanzüge getragen«, sagte Ruven zornig.

»In fünf Minuten sind alle im Pyjama – ohne Unterwäsche!«, rief Etka und ging zu den Mädchen. Unterwegs trällerte sie:

»*Und treibt euch nicht im Schlafanzug herum,
in Schlafanzügen geht man nicht spazieren.*«

Nachdem sie verschwunden war, kehrte Stille ein. Nach und nach erloschen alle Lichter. Das Zirpen der Grillen verschmolz mit dem monotonen Geräusch eines einsamen Wassersprengers. Ruven schnarchte laut. Im Dunkeln versuchte ich mich zu erinnern, wo der Schrank, der Tisch, die Stühle standen. Ich wusste es noch, nur die Farbe der Blumen in der Vase fiel mir nicht ein. Papa tauchte vor mir auf, und je intensiver ich mich bemühte, sein Bild zu verdrängen und an die Blumen zu denken, desto deutlicher sah ich ihn: Er kam die Straße entlang und konnte vor Müdigkeit kaum die Füße heben. Geduckt und eingeschüchtert stellte er sich vor das Café des Polen. Die meisten Männer vom Auffanglager versammelten sich nachmittags vor der Tür dieser schmutzigen Gaststätte, denn hier gab es ein altes Rundfunkgerät, aus dem Musik tönte – scheppernd zwar, aber immerhin Musik. Sie standen am Eingang und wagten sich nicht hinein. Wenn sie den Polen baten, auf das arabische Programm der Stimme Israels umzuschalten, plusterte er sich wie ein Gockel hinter seinem Tresen auf und krähte:

»*Ma fisch fluss, ruh min houn!* Wenn ihr kein Geld habt, verschwindet!«

Er hatte glasblaue Augen, trug eine randlose Brille und eine khakifarbene Schildmütze. Obwohl er kräftig war, guckte er wie eine verängstigte Maus, als wollte ihm jemand seine Schätze rauben, die gelblichen Bakelitgläser, den rostigen Sodahahn, die klebrigen Bonbons. Neben ihm stand seine Frau, deren blondes Haar immer ungekämmt war. Furcht stand in ihren wässrigen blauen Augen, und ihr Quieken ließ mich an eine Ratte mit rostigen Zähnen denken. Ihr Mann antwortete ihr in einem Gemisch aus Polnisch und Jiddisch – der Teufel weiß, wie ich es fertig brachte, zwischen den beiden Sprachen zu unterscheiden – und fuchtelte mit geballten Fäusten vor ihrem Gesicht herum.

»Mein Herr, bitte, die Nachrichten auf Arabisch«, bat Papa.

»*Ma fisch fluss, ruh min houn!*«

Tag für Tag versuchte Papa, den Gastwirt zu bewegen:

»Bitte, mach das Radio an.«

Aber die Antwort war immer gleich:

»Geld, das kostet Geld.«

»Wir möchten hören, was in Israel geschieht«, sagte Papa.

»Wozu? Ihr seid im Lager und lebt auf Kosten der Jewish Agency.«

»Der Hurensohn, er glaubt, dass Israel ihm gehört«,

schimpfte Papa und schwor, nie mehr zu ihm zu gehen. Aber schon am nächsten Tag wartete er erneut vor seiner Tür.

»Weshalb bettelst du?«, fragte ich.

»Ich weiß nicht, wo ich lebe«, rechtfertigte Papa sich und zeigte mit dem Finger auf den Polen. »Und vielleicht benimmt der sich eines Tages doch wie ein zivilisierter Mensch.«

»Ein Schweinehund ist er«, fluchte ich zum ersten Mal laut vor meinem Vater.

»Schweig«, schalt er mich.

Doch der Pole änderte sich nicht. Ich würde ihn umbringen, hatte ich mir geschworen, und jetzt war er in meiner Hand. Ich sprang über die Köpfe aller, die ihn freundlich baten, hinweg und packte seine Kehle. Ich drückte zu, noch einmal und noch einmal. Sein Gesicht wurde rot, dann blau. Als er zu Boden sank, empfand ich eine seltsame Freude, aber plötzlich hörte ich das laute Klingeln einer Glocke, und jemand schüttelte mich.

»Guten Morgen! Steh auf, an die Arbeit!«

Ich öffnete die Augen und sah Ofer vor mir.

4. KAPITEL

Irakgarten

Der verrückte Traum fiel allmählich von mir ab. Durch die Vorhänge drang mildes Morgenlicht. Das Läuten ließ mein Herz schneller schlagen. Im Takt der Glocke rief Ofer:

»Aufstehen! Aufstehen!«

Als ich in die Spiegelscherbe schaute, die Bouzaglo aus Achusah mitgebracht hatte, sah ich ein müdes Gesicht mit roten Augen. Der Geruch der neuen Arbeitskleider und ihre geraden Bügelfalten gaben mir ein feierliches Gefühl. Bouzaglo erhob sich wie ein zorniger Löwe. Wegen der Feldarbeit, die uns erwartete, stieß er saftige Flüche aus, die an Heftigkeit zunahmen, als er feststellte, dass seine hohen Arbeitsschuhe verschwunden waren.

»Was hab ich gesagt? Wir brauchen eine Wache!«, rief ich.

»Ich geh zum *Madrich*«, brüllte Bouzaglo, aber Ruven zog lachend die Schuhe unter der Matratze hervor.

»Hundesohn, treib morgens keine Sspielchen mit mir«, knurrte Bouzaglo und versuchte ihm die Faust in den Bauch zu stoßen. Aber wendig wie eine Schlange wich Ruven ihm aus.

Wir legten Gebetsriemen an und sprachen eilig die alten Verse. Im Speisesaal herrschte viel Betrieb. Die einen kamen, die andern gingen – die Kibbuzbewohner im blauen Arbeitsanzug, die Schüler des Hebräischkurses in farbigen Kleidern und wir, die Jugendgruppe, grau in grau wie die Kinder im Waisenhaus von Bagdad.

Ich nahm eine Scheibe Brot und bestrich sie mit der dünnen rötlichen Marmelade, aber ehe ich den herrlich duftenden Kaffee probieren konnte, scheuchte mich Ofer nach draußen. Zwei Traktoren mit Anhänger erwarteten uns; auf dem einen saß Sonja mit dem kleinen Buch in der Hand und las laut unsere neuen Namen vor. Als keiner reagierte, rief sie die alten, und es stellte sich heraus, dass nicht alle Jungen und Mädchen erschienen waren. Sonja schickte Ofer zu den Unterkünften.

»Nimrod! Bitte steig auf den Anhänger«, sagte sie.

»*Nuri* steigt auf den Anhänger«, erwiderte ich.

Die Mädchen wollten nicht mit den Jungen zusammensitzen. Erst als eine junge Kibbuzbewohnerin in kurzen Hosen aufstieg, befolgten sie Sonjas Anweisung und drängten sich auf der Ladefläche in eine Ecke.

»Dass sie sich nicht schämt! Sie ist halb nackt«, flüsterte Ilana auf Arabisch.

»*Ja allah*, was für einen *tis* die israelischen Weiber haben«, seufzte Ruven.

»Fängt das schon morgens an?«, feixte Bouzaglo, und Rinas Gesicht färbte sich dunkelrot.

Tautropfen hingen an Bäumen und Sträuchern und hüllten sie wie eine Kette dicker Perlen ein, die im Spiel des Sonnenlichts funkelten. Ächzend setzte sich der erste Traktor in Bewegung und zog den beladenen Anhänger langsam den Hügel hinauf zu einem Apfelhain. Herzl und Bouzaglo sprangen ab, verschwanden in der Pflanzung, kamen zurückgerannt und stiegen flink wieder auf. Bouzaglo drückte mir ein paar Äpfel in die Hand. In einen biss ich sofort hinein, zwei steckte ich in die Tasche. Wir fuhren durch eine Zypressenallee, an deren Ende sich ein weites Feld auftat; die Sträucher waren uns wohl bekannt, es handelte sich um eine Plantage wie die neben dem Auffanglager, wo wir nach Einbruch der Dunkelheit immer Tomaten geklaut hatten. Die Sträucher neigten sich unter dem Gewicht der roten Früchte, das Feld schien mit Blutflecken gesprenkelt zu sein.

»Ist das der *Gan Irak*?«, fragte Rina.

»*Gan jerek*, der Gemüse-, nicht der Irakgarten!«, lachte Fajbusz, der hier verantwortlich war.

»Ach ja«, sagte sie beschämt und auf Arabisch: »Ich dachte, es wäre ein *bustan hadiqa*, ein Park mit Blumen wie im Irak. Und was gibt's hier? Nur Tomaten!«

»Passt auf und pflückt nur die reifen Früchte, reißt aber die Sträucher nicht aus. Ihr bückt euch, haltet den Stängel fest und zieht. Seht her, so!«, erklärte Fajbusz und machte es ein- oder zweimal vor. »Und keine Tomaten essen! Sie sind gespritzt. Gift! Verstanden?«

Ohne weitere Befehle abzuwarten, stellten sich die Mädchen in Reihen auf, eine neben der anderen, und bildeten eine Art geschlossenen Kreis. Würde es mir gelingen, den Arbeitstag so zu beenden, wie ich es mir am Vortag geschworen hatte? Ich schritt energisch aus. Stängel festhalten und ziehen, festhalten und ziehen, wie im Lager, als wir wie kleine Füchse die Farmen der Umgebung heimsuchten, nicht nur um unseren Hunger zu stillen, sondern auch um uns an den »Veteranen« zu rächen, den Alteingesessenen, die hier geboren waren, Besitz erworben, Häuser gebaut und Farmen angelegt hatten, während uns nichts geblieben war als die Kleider, in denen wir von *dort* gekommen waren und die zu diesem Land nicht passen wollten. Herzl, Ruven und Bouzaglo folgten meinem Beispiel. Ein uneingestandener Wetteifer erfasste uns. Nach einer Weile fühlte ich einen dumpfen Schmerz in meinen Füßen und verlangsamte das Arbeitstempo. Ruven warf glühende Blicke auf die Schenkel des Kibbuz-Mädchens, das sich zügig von Strauch zu Strauch bewegte und den Korb mit Früchten füllte. Zwei Jungen setzten sich auf den Boden und aßen heimlich Tomaten. Ilana musste mal und verschwand hinter den Zypressen.

»Wo gibt es Wasser?«, fragte Rina, die klein und geschmeidig wie eine Katze war.

»Mein Herr, die Dame hier will trinken«, sagte Bouzaglo zu Fajbusz, aber der rief, ohne von der Arbeit aufzuschauen: »Kaum habt ihr angefangen, schon seid ihr durstig?«

Die Hitze nahm zu, Schweißtropfen traten auf meine Stirn. Ich richtete mich auf und zog das Hemd aus der Hose, spürte jedoch keine Erleichterung. Ich beugte mich wieder über die Sträucher, aber jetzt überging ich die Früchte, die tiefer im Laub steckten. Eine Tomate platzte auf und beschmierte meine Hände wie mit Blut.

»Pflücken! Pflücken!«, trieb uns Fajbusz an.

»Was tun wir denn? Spielen wir vielleicht?«, entgegnete ich, zornig auf mich selbst und auf seinen Akzent, der genauso komisch war wie sein Name. Er arbeitete ohne Kopfbedeckung. Seine große glänzende Glatze, seine langen Arme, sein behaarter Körper schüchterten mich ein, aber seine Augen waren hell und gutmütig und sein Gesicht traurig. Die Bewegungen seiner Hände passten nicht zueinander. Eine große Narbe zog sich über seine linke Hand, die verkrüppelt und kürzer war als die rechte. Wie schaffte er die Arbeit in solch einem Tempo? Ich suchte bei ihm vergeblich Anzeichen von Müdigkeit. Dein Name sei ausgelöscht, fluchte ich im Stillen und setzte alles daran, mit ihm Schritt zu halten.

»Mein Rücken ist im Eimer«, jammerte der Vater des Staates.

»Kinder, macht die Reihe fertig, und dann kommt trinken«, sagte Fajbusz.

Ich mobilisierte alle meine Kräfte. In einem wahnsinnigen

Tempo beendete ich die Reihe und rannte zu den Wasserkanistern.

»Halt«, rief Fajbusz, »es sind noch nicht alle da. Wir beenden die Arbeit gemeinsam und trinken gemeinsam.«

Die Sonne drehte sich um mich. Ich wollte mich setzen, aber ich kehrte zu den Sträuchern zurück, und es kostete mich übermenschliche Kraft, mich nicht den drei Jungen anzuschließen, die Fajbusz' Protest ignorierten und zum Wasser stürmten. Die drei standen mit gespreizten Beinen da, sogen hingebungsvoll an den Kanisteröffnungen und entfachten damit die Flamme der Revolte. Wir wussten nicht genau, gegen wen wir aufbegehrten, gegen Fajbusz oder die ungehorsamen Kameraden; jedenfalls löschten wir den Brand mit kaltem Wasser, das noch nie, wie mir schien, so süß und lecker gewesen war.

»Zuerst die Mädchen!«, rief Fajbusz, aber niemand hörte auf ihn.

»Hier sind alle gleich«, gab der Vater des Staates zurück. »Das habt ihr gesagt!«

»In Reihen aufgestellt!«, schrie Fajbusz.

Ich schaute auf die Uhr. Kaum eine Stunde war vergangen.

»Wird unser ganzes Leben so aussehen? Wie verbrannte Asche?«, flüsterte Herzl.

»Wir schuften ein paar Tage, dann haben wir Schule«, erklärte Ruven.

»Vielleicht wollen sie testen, wie gut wir zupacken können«, meinte Herzl, und all seine Kraft kehrte wieder.

»Warum fragst du nicht Salzfisch?«, sagte jemand und zeigte auf mich.

»Ist es ein Test? Sag schon!«, bedrängte mich Herzl.

»Jeden Tag aufs Neue«, antwortete ich.

Hätten mich nicht alle angestarrt, wäre ich zu den Zypressen gelaufen wie Bouzaglo, der noch nicht zurückgekehrt war.

»Jeden Tag?«, rief Rina entsetzt.

»Das haben sie dir in Achusah doch gesagt«, entgegnete ich.

»Verbrennen sollen sie!«, heulte das Mädchen.

»Sind wir Araber?«, schrie Jigal Nab'a.

»Was sollen wir zu Hause erzählen?«, jammerte Herzl, der wie ein Fragezeichen dastand, starr und in gebückter Haltung.

Fajbusz vollbrachte Wunder. Er streichelte die Tomaten, und sie neigten ihm ihre reifen, leuchtenden Köpfe zu und ließen sich pflücken. Wenn ich auf seine Hände schaute, schien die Zeit zu fliegen, und selbst die Hitze wirkte weniger trocken und schwer.

Als wir die Reihe beendet hatten, sagte Fajbusz:

»Ihr drei, kommt mit.«

Ich straffte meine Schultern und begab mich zum Sammelplatz.

»Nehmt die Spitzhacken«, ordnete Fajbusz an und zeigte uns, wie man damit umging und gerade Furchen grub. Dann wandte er sich ab, um die anderen zu beaufsichtigen.

Die Hacke war schwer, und von der Anstrengung liefen meine Hände rot an. Als ich in der Mitte der Reihe angelangt war, waren sie geschwollen und brannten. Blasen hatten sich gebildet und platzten auf. Spuren von Blut wurden sichtbar.

»Mir tun die Hände weh«, sagte Jigal, und Herzl schrie:

»Das reicht! Ich kann nicht mehr.«

Er warf die Hacke fort und streckte sich auf dem Boden aus. Wäre es mir nicht peinlich gewesen, ich hätte das Gleiche getan. Die Jungen, die hinter den Zypressen hatten austreten wollen, waren noch immer nicht zurück.

»Schurken«, schimpfte Rina, die noch vor kurzem um Wasser gebettelt hatte. Ihre kurzen Beine schritten energisch voran, und sie tastete nach den Tomaten mit zusammengebissenen Zähnen und verschleiertem Blick.

»Die Mädchen arbeiten besser als die Jungen«, stichelte Fajbusz und fragte: »Was ist mit euch dreien los?«

»Meine Hände«, sagte ich und zeigte ihm meine geschundene Haut.

»Nicht weiter schlimm«, stellte er ungerührt fest, »die Haut gewöhnt sich dran, genau wie ihr. Geh und hol für diesen armen Teufel etwas zu trinken.« Er zeigte auf Herzl.

Ich war froh, dass ich die Hacke aus der Hand legen konnte, ließ Wasser über meinen Schädel laufen und erholte mich ein bisschen. Als ich Herzl den Krug brachte, weigerte er sich zu trinken.

»Woher hast du die Verletzung an der Hand?«, fragte ich Fajbusz.

»Aus dem Unabhängigkeitskrieg.«

»Hast du gekämpft?«

»Ja, hier in Kirjat Oranim, gegen die irakische Armee, die ins Land eingefallen war.«

»Erzähl«, sagte ich und hoffte, die Ruhepause zu verlängern.

»Erst wird gearbeitet. Du kannst mich für ein Gruppengespräch vorschlagen.«

»*Kuss ummuk*, ich bin kein Sklave«, fluchte Jigal Nab'a und floh zu den Zypressen.

Weshalb lief ich nicht mit? Hatte ich Angst, man würde mich aus dem Kibbuz werfen? Und war das der einzige Grund? Eine halbe Stunde, sagte ich zu mir, noch eine halbe Stunde. Du musst durchhalten!

Plötzlich hörte ich hinter mir Fajbusz' Stimme:

»Danke. Für den ersten Tag war das nicht schlecht.«

Ich sank auf den Boden. Meine Hände waren blutig, aber das machte mir nichts aus. Verstohlen schaute ich zu Rina. Ihre Kleider waren schmutzig, und sie saß mit hängenden Schultern da, doch als sie meinen Blick bemerkte, setzte sie sich gerade hin und streckte ihren kleinen Busen heraus. Ich war zu müde, um hinzuschauen. Am liebsten hätte ich den Kopf in den Sand gesteckt, aber da sprang Rina auf ihre kleinen Füße, und auf einmal fand ich mich an ihrer Seite und ging gemeinsam mit ihr zum Traktor, in tadelloser aufrechter Haltung und mit einem rätselhaften Gefühl von Stolz.

In den Unterkünften traf ich Bouzaglo, der gut gelaunt war wie ein Bräutigam am Hochzeitstag.

»Wohin hast du dich verdrückt?«, fragte ich.

»Bin ich ein Zwangsarbeiter?«

»Wenn das so weitergeht, müssen wir demonstrieren«, sagte Herzl.

»Idiot! Wir sind nicht in Bagdad«, sagte Jigal Nab'a.

»Nicht mal Geld geben sie einem«, nörgelte Herzl, und Avner klagte:

»Wir mussten Kuhscheiße wegmachen.«

»Nur du musstest das tun«, stichelte Bouzaglo.

»Und wie war's?«, fragte Herzl.

»Halt die Klappe, du Zwerg«, fauchte Avner und drehte sich zu uns: »Ja, ich bin stiften gegangen, aber ich schäme mich nicht. Wenn Papa von all dem wüsste, würde er mich hier rausholen.«

»Mich haben sie Menschenscheiße aufwischen lassen, hört ihr? Mich!«, rief der dicke Josef. »Wisst ihr, was mein Vater früher war?«

»Gessieht dir recht«, sagte Bouzaglo.

»Marokkanischer Messerstecher!«

»Wie hast du mich genannt? Los, gebt mir ein Messer!«

Wie eine Raubkatze sprang Bouzaglo auf Josef, warf ihn zu Boden und schlug ihn. Niemand mischte sich ein.

»Wir müssen demonstrieren«, wiederholte der Vater des Staates, »es hilft nichts.«

Etka kam herein und teilte uns mit, dass der Unterricht ausfalle und stattdessen ein Gruppengespräch mit den *Madrichim* angesetzt worden sei. »Es hat einen ernsten Vorfall gegeben.«

»Was ist passiert?«, fragte ich.

»Etwas sehr Schlimmes.«

Mehr wollte sie nicht sagen.

»Wo ist die Versammlung, Frau Etka?«

»Es heißt *Genossin*. Kommt nachher ins Klubhaus.«

Sie zuckte mit den Schultern und ging hinaus.

Nachdem ich meine Arbeitskleider abgebürstet hatte, legte ich sie in den Schrank auf der Veranda. Es tat mir um die Bügelfalten Leid, von denen nichts mehr zu sehen war. Im Waschhaus stellte ich mich mit meinem schmerzenden Körper unter den warmen Wasserstrahl, und ich wäre lange so stehen geblieben, wenn mich Bouzaglo nicht fortgerissen hätte, zur Zusammenkunft unserer Gruppe.

Schon draußen hörten wir Sonjas Stimme.

»Es ist etwas Schlimmes geschehen. Einige Genossen sind nicht zur Arbeit erschienen, andere haben den Verantwortlichen nicht gehorcht und sind weggelaufen. So geht es nicht, das muss euch klar sein! Jeder arbeitet in dem Bereich, für den er eingeteilt ist.«

»Auch in der Kuhscheiße?«, fragte Avner.

»Auch da«, antwortete sie, ohne mit der Wimper zu zucken.

»Ich nicht«, zischte Avner zornig.

»Ich putz keine Klos!«, schrie Ilana.

»Im Irak haben wir nicht arbeiten müssen«, rief Jigal Nab'a.

»Hier ist Israel, und wir können das Land nur durch Arbeit erobern«, sagte Sonja unbeirrt.

»Aber Israel ist kein Kuhstall!«, widersprach Avner.

Alle begannen durcheinander zu reden, auf Arabisch und in holprigem Hebräisch.

»Wer nicht arbeitet, bekommt nichts zu essen«, rief Sonja wütend, aber ihre Stimme ging im Lärm unter. Sie blickte uns an, als hätte es ihr die Sprache verschlagen. »Wer nicht arbeitet, bekommt nichts zu essen!«, wiederholte sie schließlich.

Als endlich Stille einkehrte, sang Massul leise:

»Jamma, ja jamma, dschibtini li-sim ...,
Mutter, oh Mutter,
du hast mich ins Elend gestürzt.
Warum hast du mich je geboren?«

Ischai saß abseits, blass und gespannt wie eine Sprungfeder. Den linken Fuß hatte er am Ende der Bank aufgestützt, und er sog gierig an seiner Zigarette. Jetzt war er an der Reihe.

»Freunde, ich verstehe, dass ihr gekränkt seid, dass ihr nicht gewöhnt seid zu arbeiten«, begann er. »Wir betrachten euch weder als Sklaven noch als Untergebene, aber wir arbeiten auch in allen Bereichen ... sogar in der Kuhscheiße.«

Seine Ansprache beeindruckte, aber sie beschwichtigte die Gemüter nicht. Selbst nach Etkas Bettkontrolle gingen die Diskussionen weiter.

Tags darauf hatten wir zum ersten Mal Unterricht. Die Klassenräume waren von lautem Gepolter, Flüchen und Schreien erfüllt, weil die Jungen den Mädchen die Tücher vom Kopf rissen. Damit protestierten sie gegen die *Madrichim*, die uns die Peinlichkeit aufzwangen, mit Mädchen zusammen zu wohnen, zu lernen und zu arbeiten. Sonja und Ischai hielten Vorträge und Moralpredigten. Sie schlugen und bestraften nicht, sondern redeten und redeten. Ich verstand nicht, weshalb sie die Störenfriede nicht verprügelten oder hinauswarfen. Immer wieder erklärte uns Sonja, was gegenseitige Verantwortung bedeute, am Arbeitsplatz, beim Studium und im späteren Leben. Denen, die mit dem Unterrichtspensum nicht zurechtkamen, stellte sie Helfer zur Seite; mir wurde Jigal Nab'a anvertraut, der gerade mal das Alphabet beherrschte. Jigal war ein Jahr älter als ich, hatte große, ruhelose Augen, breite Schultern und einen wendigen, elastischen Körper. In Achusah hatte er beim Diebstahl von Essbarem größtes Geschick bewiesen. Er erzählte nie von sich und seiner Familie, aber ich wusste, dass er die Schule nicht mochte und schon nach wenigen Monaten abgegangen war, um zu arbeiten – und ausgerechnet er hatte gerufen:

»Im Irak haben wir nicht schuften müssen!«

In Bagdad war er ein *sarsari*, ein Straßenjunge gewesen. Er schüchterte mich ein, und ich hielt ihn für unberechenbar wie einen Vulkan, der jeden Moment giftige Lava ausspucken konnte. Als ich ihm Lesen und Schreiben beigebracht hatte, begann ich, in der Regionalschule einfache Bücher für ihn auszuleihen, die er in wenigen Stunden las. Jeden Tag erklomm ich den Hügel und besorgte neuen Lesestoff. Er machte mich fertig.

»Bring mir große, dicke Bücher. Ich hab genug von den kleinen«, sagte er.

Da mir seine Bitte seltsam vorkam, beobachtete ich ihn heimlich und stellte fest, dass er von allen Bänden nur die erste und letzte Seite las.

Jigal klebte geradezu an mir. Er bat, mit mir im Gemüsegarten arbeiten zu dürfen, und wartete vor dem Speisesaal auf mich, damit er neben mir sitzen konnte. So musste ich vor aller Augen seine täglichen Sticheleien erdulden. Er war schwer zu ertragen. Als mich eines Tages ein Cousin besuchte, war ich froh, dass er nicht mit uns essen wollte, obwohl ihn Sonja mehrmals eingeladen hatte. Mein Cousin stammelte etwas von koscherer Ernährung und Gerichten, an die er nicht gewöhnt sei, aber die Wahrheit war bitterer. Ich hatte ihm abgeraten, damit er nicht sah, dass Jigal mich ständig ärgerte und dass wegen unseres Gezänks kein Kibbuzbewohner neben uns sitzen wollte – man hatte uns in eine Ecke am Ende des Speisesaals verbannt. Besuche von Angehörigen waren allen unangenehm. Unsere Gäste fielen immer durch ihre seltsame Kleidung auf, und wir spürten, dass die Leute vom Kibbuz nicht wussten, was sie von ihnen und von uns halten sollten; wir saßen zwischen allen Stühlen. Nach jedem Besuch schrumpfte unsere Gruppe. Viele Eltern weigerten sich, ihre Töchter und Söhne an diesem fremden Ort zu lassen.

Nie werde ich den Besuch von Florentines Mutter vergessen.

»Was ist das, ein Puff in Bagdad?«, fragte sie, als Nira, ein Kibbuz-Mädchen, den Speisesaal betrat.

Niras stramme Schenkel blinkten wie poliertes Kupfer. Sie verstand, dass von ihr die Rede war, verzog aber keine Miene. Florentine wollte sich bei Nira für ihre Mutter entschuldigen, aber diese zerrte sie zu ihrem Zimmer und zwang sie, ihre Sachen zu packen. Sonjas Argumente nutzten nichts, und selbst Ischais Überredungskünste versagten. Mit ihren Bündeln auf dem Kopf gingen Florentine und ihre Mutter durch die Palmenallee zur Landstraße. Florentine hatte Tränen in den Augen.

Auch Faridas Eltern wollten ihre Tochter aus dem Kibbuz nehmen. Sie beabsichtigten, sie zu verheiraten, doch Farida widersetzte sich. Eines Tages marschierte der ganze Clan auf. Bedrohlich schweigend standen sie vor dem Eingang unserer Baracke. Auch ihr Verlobter war da, ein Mann, den sie nicht kannte, mit einem Kopftuch und dem weißen Bart eines Greises. Durch seine dicken Brillengläser schaute er sie lüstern an. Er war mindestens fünfzig. Farida floh in das Wäldchen, doch ihre Angehörigen rannten hinter ihr her. Auch wir folgten ihr.

»*Ja binti*, meine Tochter, es lässt sich nicht ändern. Dein Vater hat ihm sein Ehrenwort gegeben, schon in Arbil. *Hada huwa*, so ist das nun mal«, flehte die Mutter.

Die Familie umzingelte Farida, aber im letzten Moment durchbrach die Flüchtige die Reihen ihrer Belagerer und verschwand im Unterholz.

Unerwartet tauchte Ischai auf.

»Macht, dass ihr fortkommt!«, schrie er. »Ihr könnt sie nicht zwingen.«

Sie hätten ihn beinahe niedergeschlagen, doch besannen sie sich, obwohl er ihnen zunächst allein gegenüberstand. Zwei von uns liefen zum Kibbuz, um Hilfe zu holen, und alle gemeinsam schlugen wir Faridas Clan in die Flucht. Danach schwärmten wir im Wald aus, doch fanden wir Farida erst Stunden später, heulend und ganz zerkratzt. Ihre Angehörigen hatten den Kibbuz inzwischen verlassen.

In einem Brief an ihre Eltern schrieb Farida:

»Wenn ihr mich sehen wollt, würde ich mich freuen, euch im Kibbuz zu begrüßen. Zu euch möchte ich nicht kommen.«

Manchmal bricht ein dünner Halm den Rücken des Kamels, und ein feiner Faden bindet Fremde aneinander. Das waren die ersten Tage unserer Aussöhnung mit unserem neuen Zuhause.

5. KAPITEL

»Sag mal, kann ich auch Mist schaufeln?«

Mit dem Fehlen und Zuspätkommen nahm es kein Ende. Einer musste beten, einem anderen schien sein warmes Bett verlockender als die Spitzhacke oder der Besen, und ein Dritter wollte aus Prinzip nicht arbeiten. Die Jungen waren äußerst fantasievoll, wenn es darum ging, Krankheiten oder Beschwerden vorzutäuschen, allen voran Jigal Nab'a, der am liebsten gleich von allen Pflichten befreit werden wollte.

Der heikelste Punkt waren die Ställe. Gegen unsere Weigerung, dort eingesetzt zu werden, kamen Sonja und Ischai nicht an. Etka warnte uns, dass unsere Gruppe aufgelöst und wir ins Lager zurückgeschickt würden. Ich sah meine und unser aller Zukunft in Gefahr und glaubte, handeln zu müssen. Avner, der den Aufstand gegen die Schmutzarbeit anführte, verlor bei einer der Zusammenkünfte die Beherrschung:

»Lasst doch *eure* Kinder in der Scheiße waten!«

»Aus dem Dreck in der *Ma'barah* in die Scheiße im Kibbuz«, unterstützte ihn Bouzaglo.

Sonja wurde blass.

»Alle, die sich weigern, fliegen aus dem Kibbuz!«, sagte sie unmissverständlich.

»Ich melde mich freiwillig«, rief ich und bereute es sofort. Die Blicke meiner Kameraden sagten, dass es mir noch Leid tun würde.

»Du willst die Drecksarbeit machen? Du *bist* Dreck!«, schleuderte mir Avner entgegen, und Bouzaglo flüsterte:
»Blödmann! Wie saudumm du bist!«
»Morgen«, sagte ich zu Ischai.

Der Verantwortliche empfing mich freundlich:
»Endlich kommt jemand. Ich heiße Dolek.«
Mit sanfter Stimme und einem Akzent, den ich kaum verstand, erklärte Dolek mir, dass wir den Mist auf einen Wagen schaufeln und danach auf die Felder streuen mussten. Als er daraufhin von einem Pferd, Zaumzeug und Geschirr sprach, hörte ich ihm nicht länger zu, sondern war in Gedanken schon ganz bei dem edlen Reittier. Pferde faszinierten mich seit jeher.

In Bagdad hatte mich Papa oft zu den Rennen ins Stadion mitgenommen. Mit Ungeduld hatte ich dann darauf gewartet, dass das Startsignal ertönte und ich die schönen schlanken und geschmeidigen Araberhengste zu sehen bekam. Ich war vor Freude ganz aus dem Häuschen, wenn ich den galoppierenden Tieren und den Jockeys mit ihren Schirmmützen und bunten Seidenhemden zusehen durfte, und ich liebte die rasende Menschenmenge, die aus vollem Hals die Namen der Favoriten schrie. Über uns, in der königlichen Loge, saßen der Thronfolger und der junge Herrscher, mit großen Feldstechern in den Händen und von einer schwer bewaffneten Wache umgeben. Nach unserer Heimkehr stapelte ich Kissen aufs Bett, setzte eine Schildmütze auf, nahm einen Stock und spielte mit Kabi und dem kleinen Moschi Jockey. Vergebens schrie meine Mutter, wir sollten die Kissen heil lassen – mehr als einmal brach sogar ein Fuß vom Bett. Und jetzt, in Kirjat Oranim, sollte ich mit Dolek ein Pferd zäumen dürfen, ein richtiges Pferd!

Am Eingang des Stalls erwartete uns wie der Hausherr

persönlich ein roter Hahn. Er reckte stolz den Hals und lief krähend um Dolek herum, der ihn mit Gerstenkörnern fütterte.

»Ein echter Rassehahn. Ich habe ihn im Unabhängigkeitskrieg aus dem arabischen Nachbardorf mitgebracht«, sagte Dolek. »Und das ist unser Pferd.«

Er zeigte auf einen schwerfälligen, hässlichen Gaul, um den Fliegenschwärme summten.

»Das?«

Ich verzog das Gesicht.

»Dachtest du, wir hätten einen Araberhengst? Wir brauchen ein gutes, kräftiges Arbeitstier, und genau das ist Sohar.«

Sohar bedeutete Glanz, aber hier glänzte nichts, dachte ich bei mir.

Dolek legte dem Gaul das Zaumzeug an und kletterte auf den Wagen. Mit der Zunge machte er Schnalzlaute, gab dem Pferd ein paar Klapse und zog an den verschmutzten Zügeln. Langsam trabte Sohar los, in einem Rhythmus, den er selbst bestimmte; kein Räuspern, Schnalzen oder Rufen von Dolek konnte ihn aus dem Takt bringen. Verglichen mit seinem Gaul wirkte Dolek leichtfüßig wie ein junger Mann.

Als er mir vormachte, was ich zu tun hatte, verflüchtigte sich die Erinnerung an die Pferde von Bagdad endgültig: Man nimmt die große Forke, steckt sie in den Mist, hebt sie und wirft die Ladung in einem Schwung auf den Wagen. Bei Dolek glich der Vorgang einem Ballett, elegant und ganz einfach. Gebannt schaute ich zu und brannte darauf, das Gerät selbst in die Hand zu nehmen und auszuprobieren, ob ich die Bewegungen genauso hinbekam.

»Eins und zwei und hopp ...«, murmelte er.

»Was für Muskeln du hast!«, rief ich bewundernd.

»Auch du kriegst welche, wenn du weiter bei mir arbeitest.«

Endlich gab er mir eine Mistgabel. Sie war sehr schwer und

fast so groß wie ich. Das bisschen, das ich damit hochzuheben im Stande war, flog überallhin, bloß nicht auf den Wagen, und beschmierte meine Kleider und mein Gesicht. Fauliger Geruch stieg in meine Nase. Avner hatte Recht. Es war eine schmutzige, erniedrigende Tätigkeit. Warum hatte ich mich freiwillig gemeldet? Was sollte ich jetzt tun? Dagegen war die Arbeit im Gemüsegarten ein Kinderspiel. War ich auf Sonja und Ischai hereingefallen, die mich benutzten, um den Widerstand der Freunde zu brechen? Ich suchte Pferde und fand Dreck. Nur Dreck, nichts Königliches. Ich ekelte mich.

»Langsam! Hetz dich nicht«, riet mir Dolek.

Doch ich ruhte nicht und legte die Mistgabel nicht weg, bis er mir seine Kunst wieder und wieder erklärt hatte. Als es mir gelang, langsam und ungeschickt die erste Ladung anzuheben, fragte er:

»Weshalb will eigentlich keiner mit mir arbeiten?«

Ich versuchte, mich vor der Antwort zu drücken, aber er ließ nicht locker.

»Da drüben waren die Juden Ärzte, Lehrer, Kaufleute«, sagte ich.

»Das ist es ja. Man muss die Pyramide umdrehen«, entgegnete er, aber ich sah nur eine Pyramide – aus Mist.

»Ich war Chemiestudent in Warschau und habe das Studium aufgegeben, um nach Israel zu gehen«, erzählte Dolek.

»Nur um Mist zu schaufeln?«

Er überhörte meine Frage und berichtete weiter von seinem Lebenswerk.

»Mit meinen eigenen Händen habe ich diesen Silo gebaut, die Abteilung für organischen Dünger. Von allen Farmen kommen Leute her, um sich die Ergebnisse meiner Arbeit anzuschauen.«

Er legte die Mistgabel hin, verschwand und kehrte mit einer Kanne zurück.

»So gute kalte Milch kriegst du nirgendwo.«
»Ich hab Milch nicht gern«, sagte ich.
»Was magst du denn?«
»Pferde. Edle arabische Pferde.«
»Wenn du anständig arbeitest, bringe ich dir das Reiten bei«, versprach er.

Das ließ ich mir nicht zweimal sagen. Wir standen auf beiden Seiten des Wagens – er links, ich rechts. Seine Mistgabel bewegte sich schneller als meine, und ich bemühte mich aufzuholen. Doch es glückte mir nicht. Aus den Augenwinkeln beobachtete er jede meiner Bewegungen.

»Jetzt hast du sie richtig gehalten«, sagte er.
»Aber alles fällt runter.«
»Das wird schon werden. Geh es langsam an.«
»Hast du all die Haufen aufgetürmt?«
»Ja, und vergiss nicht den Silo.«
»Du schaffst wirklich viel«, sagte ich. Er war ein großer, starker Mann.

»Wenn es genug Mist gibt, gibt es auch gutes Obst und Gemüse«, erklärte er und lud riesige Mengen auf seine Gabel. »Man muss die Pyramide umdrehen.«
»Welche Pyramide?«
»Das fragst du noch? Die Pyramide des jüdischen Volks. Man muss die Juden in ein Volk von körperlich arbeitenden Menschen verwandeln.«

Ich verstand nicht, wovon er sprach, aber an seinem Gesichtsausdruck und der Art, wie er dastand und sich auf die Mistgabel stützte, merkte ich, dass es ihm wichtig war.

»Man muss gegen die Eltern rebellieren, die gesellschaftlichen Konventionen aufbrechen«, fuhr er fort.
»Was heißt das?«, unterbrach ich ihn.
Er schaute in die Ferne, und sein Gesicht nahm einen träumerischen Ausdruck an:

»Das Studium in Warschau habe ich aufgegeben und sogar Halinka verlassen.«

Die Geschichte von dem Studium, das er gegen Dung eintauschte, überraschte mich und regte meine Fantasie an. Aber gegen die Eltern rebellieren? Weshalb? Kannte er denn meine Eltern? Wieder stieg der Ekel in mir auf. Hätte ich mich nicht vor Avner, diesem Schuft, geschämt, wäre ich Dolek davongelaufen.

Ungeduld packte mich, der Wagen wollte und wollte nicht voll werden. Um mich abzulenken, fragte ich:

»Wann bringst du mir das Reiten bei?«

»Wenn du gelernt hast, Mist zu schaufeln.«

Also übte ich eifrig, mit dem Ergebnis, dass ich mir aus Versehen die Mistgabel in den Fuß rammte. Die Wunde war nur oberflächlich, aber ich hinkte. Ich war bereit, jeden Schmerz auszuhalten, wenn ich es nur aus eigener Kraft schaffte, ungesehen zu unseren Unterkünften zu gelangen. Sich freiwillig zu dieser Drecksarbeit melden und sich dann auch noch verletzen! Ich versuchte, meine Wunde zu verbergen, und ging langsam, die Füße in die hohen Stiefel gepresst, und mein Gesicht verriet keinen Schmerz. Aber Avner hatte scharfe Augen.

»Was? Du hinkst?«, wieherte er.

»Ich hinke? Das ist eine alte Verletzung, nichts Besonderes.«

»Lügner!«, lachte er schadenfroh.

»Den ganzen Tag auf einem Wagen sitzen und sich von einem Pferd ziehen lassen, das macht Spaß. Morgen geh ich wieder hin.«

»Verräter! Mieser Scheißer!«

»Dolek vom Mist ist sehr nett. Alle halbe Stunde macht er Pause und holt aus dem Kühlhaus die leckerste Milch, die du dir vorstellen kannst«, sagte ich und versuchte, meine Schmerzen zu vergessen.

»Das kannst du deinem Marokkaner erzählen!«

»Was hast du gegen Dünger?«, fragte ich.

»Ich? Wir werden ja sehen, ob du nicht morgen schon aufgibst.«

»Du wirst noch darum betteln, dort arbeiten zu dürfen!«

»Nicht mal, wenn sie mir für jede Minute ein Kilo Schokolade geben würden.«

Auch Bouzaglo reagierte gereizt und zog sich in irgendein Zimmer zurück.

Ischai und Sonja waren neugierig, wie mein Arbeitstag verlaufen war. Sie erwarteten mich schon.

»Du hast den Aufstand gegen den Dienst in den Ställen gebrochen«, sagte Sonja siegesfroh.

Und Ischai strich mir übers Haar und meinte:

»Gut gemacht!«

Ihr Lob behagte mir nicht. Diente ich ihnen als Werkzeug und holte für sie die Kastanien aus dem Feuer, auf Kosten meiner Freunde? Ebnete ich ihnen den Weg, um uns zu jeder Arbeit zu schicken, die ihnen einfiel? Am Ende würde ich weder zu ihnen noch zu meinen Leuten gehören. Sie sollten aufhören mit ihren Schmeicheleien! Am liebsten wäre ich zu meinen Freunden im Gemüsegarten gerannt.

Doleks Vorträge endeten nicht, und obwohl ich nicht alles verstand, eröffneten sie mir eine neue Welt. Immer wieder fing Dolek von seiner Pyramide an.

»Zu viele Händler, zu viele Freiberufler«, behauptete er, und ich dachte an Papa.

»In der *Ma'barah* hört das alles auf«, sagte ich.

»In Israel brauchen wir Arbeiter und Bauern«, raunte Dolek zwischen den Misthaufen.

»Warum erlaubt man meinem Vater nicht, Reis anzubauen?«, wollte ich fragen, aber ich schwieg.

»In Warschau wäre ich Doktor geworden, und Halinka ...«

Dolek seufzte, als wäre das alles erst vor kurzem passiert und nicht vor dreißig Jahren.

Immer wenn er an Halinka dachte, stürzte er sich in die Arbeit und schuftete unermüdlich und ohne Pausen. Das passierte täglich, und an mir war es dann, ihn zu trösten und zu beweisen, dass sein Opfer nicht umsonst gewesen war.

Dolek lehrte mich, dass der Mensch, je mehr er in seine Arbeit investierte, desto mehr mit ihr verbunden war; und mit je mehr Energie und Hingabe er sie ausführte, desto schneller verging die Zeit. Die Hauptsache war, den Mist aus den Ställen zu holen, aufzutürmen und mit Stroh zu bedecken, ihn gären zu lassen und dann wegzufahren. An Tagen, an denen es mir gelang, zwei Wagen zu füllen, überschüttete er mich mit Zeichen der Zuneigung, klopfte mit seiner schweren Hand auf meine Schulter, tat mir im Speisesaal vor aller Augen die doppelte Portion vom Hauptgericht auf und zeigte allen, dass ich sein Schützling war.

»Deine Freunde im Gemüsegarten und in den Plantagen sind wie eine Herde. Die Verantwortlichen der Betriebszweige kennen nicht mal ihre Namen. Aber du bist für mich wie mein einziger Sohn.«

Mir gefiel die Vorstellung, ein Teil von ihm und dem Kibbuz zu sein; aber wenn er mir erklärte, dass ich stolz auf meine Arbeit sein müsse, senkte ich meinen Blick. Gut, mit Mist zu arbeiten, das hatte ich nun akzeptiert, aber worauf hätte ich dabei stolz sein sollen? Warum wohl hatte ich Papa belogen? »Ich bin Mechaniker in einer Autowerkstatt«, hatte ich ihm geschrieben. Was hätte ich ihm schreiben sollen? Dass ich dem Mistarbeiter half? Er hätte es nicht verstanden. Schließlich begriff ich zuweilen selber nicht, wie ich jeden Morgen aufstehen konnte, manchmal ohne zu beten, mit dieser großen, beängstigenden Leere in mir, und das alles nur, um pünktlich bei meiner schmutzigen, stinkenden Arbeit zu sein.

Je länger ich dort blieb, desto neugieriger wurden meine Freunde.

»Was treibss du da?«, fragte Bouzaglo immer wieder.

»Ich bin Mistarbeiter, der Mistarbeitergehilfe, das ist alles.«

Der säuerliche Geruch des Strohs, das im Silo faulte, kitzelte angenehm in meiner Nase. Ich genoss es, aufrecht auf dem Wagen zu stehen und Sohar zuzurufen:

»Langsam! Langsam!«

Und wenn ich alles abgeladen hatte, fuhr ich einmal, zweimal durch den Wirtschaftshof, damit alle sahen, dass mir Dolek Wagen und Pferd anvertraut hatte.

Irgendwann ließ Dolek die Pyramide des jüdischen Volkes ruhen und ging dazu über, von den Pionieren zu berichten, die in ein ödes Sumpfland gekommen waren, wo die Malaria wütete, in ein Land ohne Volk, in das sie beschlossen, ein Volk ohne Land zu bringen. Die Geschichten von den ersten Früchten, vom Pflanzen und Säen erschienen mir anfangs langweilig, aber mit der Zeit begann ich, sie zu lieben. Ich erzählte sie meinen Freunden in der Jugendgruppe und weckte damit das Interesse der Mädchen. Ruven und Massul beneideten mich um die kühle Milch, die doppelten Portionen im Speisesaal und besonders um mein schnelles Wachstum, die Muskeln, die von Tag zu Tag wuchsen, und die Brust, die sich blähte. Eines Tages fragte mich Jigal Nab'a hinter vorgehaltener Hand:

»Sag mal, kann ich auch Mist schaufeln?«

6. KAPITEL

Die Regionalen

Ischai drängte uns, mit den Jugendlichen der im ganzen Tal berühmten Regionalschule Kontakt zu knüpfen. Wir weigerten uns. In Wirklichkeit hielt uns Furcht zurück, denn was hatten wir mit ihnen gemein? Sie gingen an uns vorbei, als wären wir Luft, und wir mieden ihre Wege, damit sie unser Vorhandensein nicht bemerkten. Dennoch bestand Ischai darauf, und eines Abends stapften wir den kleinen Hügel hinauf zu ihrer Burg. Wir hatten das große Gebäude immer nur von unten gesehen, waren nie hinaufgegangen; jetzt standen wir vor seinen Toren, schüchtern, beschämt, stumm, wie Dörfler, die in die königliche Hauptstadt geraten waren. Armselig wirkten vor allem die Mädchen, deren Haar noch nicht nachgewachsen war und die immer noch Kopftücher über ihren kahlen Schädeln trugen. Ischai ging hinter uns, sodass keiner aus der Reihe tanzen konnte. Hinter uns wachte unser *Madrich*, und vor uns waren sie: die »Regionalen«.

Als wir den Speisesaal betraten, war alles still. Auch wir schwiegen. Jemand gab ein Zeichen, und ein Akkordeon spielte ein paar Töne, und alle gemeinsam stimmten ein Lied an. Wie ein mächtiger Sog riss uns der laute Gesang mit, aber wir waren nicht Teil davon.

»Eine gut organisierte Gruppe beginnt mit einem Lied und endet mit einem Lied«, flüsterte Ischai, und dieser Satz zeichnete meinen Leidensweg vor: zu werden wie sie. Wie sie!

Die Jungen hatten kurze Hosen an. Die Mädchen auch. Und alle trugen die blauen Hemden der Bewegung, geschmückt mit Sportabzeichen und Symbolen, die mit einer eitlen Lässigkeit aufgenäht worden waren, der man ansah, dass sie viel Mühe gekostet hatte. Fing in diesem Augenblick meine Sucht nach blauen Hemden an? Die Jungen waren kräftig und stolz, die Mädchen sonnengebräunt und blond. Heute weiß ich, dass nicht alle helle Haare hatten, aber das war das Bild, das sich mir einprägte. Sie sprachen ein anderes Hebräisch, singend, rollend, unbeschwert, in einem eigenen Rhythmus.

»*Aulad allah*, Kinder Gottes«, murmelte Massul.

Sie glichen wirklich göttlichen Geschöpfen. Aber das war kein Wunder – sie waren hier zu Hause. Sie hatten in diesem Land ihren ersten Atemzug getan und die hebräische Sprache mit der Muttermilch aufgesogen. Hier, in dieser Erde, steckten ihre Wurzeln; über diese Felsen waren sie geklettert, und diese Weiten hatten sie durchmessen. Das alles gehörte ihnen. Plötzlich, wie auf ein Zeichen, hörten sie auf zu singen, und drei Jungen und zwei Mädchen stiegen auf eine Bühne. Wer leitete sie an? Zwar waren auch Lehrer anwesend, aber sie saßen unter den Zuschauern. Ein Chor, der keinen Dirigenten braucht, dachte ich und betrachtete meine Freunde, die mir wie eine umherirrende Herde ohne Hirten vorkamen, auf einer Wiese, die nicht ihre war. Das Thema der Zusammenkunft war die Organisation des Kulturlebens der Gruppe. Die Jungen und Mädchen der Regionalschule redeten unbefangen, als wären wir nicht im Saal. Wie war das möglich? Ich hätte in ihrer Gegenwart keinen Ton herausgebracht!

Am Ende der Versammlung sagte der Vorsitzende:

»Ein Teil unserer Kulturarbeit wird in Kooperation mit der irakischen Jugendgruppe stattfinden.«

Darauf hatte uns Ischai nicht vorbereitet. Ehe ich mich von dem Schock erholte, rief eine Stimme:

»Für eine Kooperation mit denen gibt es keine Grundlage!«

Der Junge, der das sagte, verließ den Saal, und ihm folgten viele andere. Mein Herz raste vor Wut. Auch ich stand auf und wollte hinausgehen, aber in diesem Augenblick drückte mir Ischai einen Zettel in die Hand – »Nuri, sprich du zu ihnen!« – und bedeutete dem Vorsitzenden, mir das Wort zu erteilen. Mit wackeligen Knien stieg ich auf die Bühne, dutzende Augenpaare waren auf mich gerichtet. Als auch meine Hände zu zittern anfingen, verschränkte ich sie hinter meinem Rücken.

»Wir sind Einwanderer, und ihr seid *Sabres*. Es gibt viel, was wir von euch lernen müssen«, sagte ich und verstummte. Die Sekunden kamen mir wie Ewigkeiten vor. Dann fuhr ich fort: »Aber auch wir hatten Helden im zionistischen Untergrund. Ihr werdet uns von euren Helden erzählen, und wir erzählen euch von unseren.«

»Ihr nutzt den Kibbuz aus, und dann verschwindet ihr in die Stadt wie die meisten Jugendgruppen!«, schrie jemand dazwischen.

Wie von der Tarantel gestochen sprang Massul auf:

»Wir sind aus der *Ma'barah*, nicht aus der Stadt, und wir arbeiten in eurem Mist und machen euren Dreck weg.«

Um einen Aufruhr zu vermeiden, sagte ich:

»Wenn ihr keine Gemeinschaft mit uns wollt, dann eben nicht.«

Ich stieg von der Bühne und fragte mich, welchen Eindruck ich bei der ersten Ansprache meines Lebens hinterlassen hatte. Der Leiter der Versammlung fasste die Diskussion zusammen und verkündete, dass Kooperation notwendig sei und dass uns die Schule zwei *Madrichim* der Bewegung zur Seite stellen würde.

Jael und Harel waren beide blond, er kräftig und muskulös,

sie hoch gewachsen und strahlend. Sie besuchten die oberste Klasse der Regionalschule. Schon am nächsten Tag erschienen sie in unserem Klubhaus und erklärten uns, wie wir unser Gruppenleben selbstständig organisieren konnten. Sie führten Gruppenabende und Exkursionen mit uns durch, damit wir das Land besser kennen lernten. Alles schien gut zu laufen, bis wir gemeinsam mit der Eschel- und der Hadar-Gruppe zu einer Versammlung der Bewegung in einem Haifaer Vorort fuhren, dessen Namen ich vergessen habe. Als wir uns auf dem Lastwagen zu den anderen setzen wollten, behaupteten die Regionalen, Herzl habe sich an ihre Mädchen herangemacht; fast hätten sie sich geschlagen. Die *Madrichim* schritten ein und schoben uns wie Aussätzige in den hinteren Teil des Lastwagens. In der Nacht, als wir uns in der Turnhalle schlafen legten, jede Gruppe in ihrer Ecke, schallten Flüche zu uns herüber. Nie hätte ich geglaubt, dass die viel gepriesenen Regionalen über einen so reichen Schatz an schmutzigen Wörtern verfügten und in so vielen Sprachen. Auch als das Licht ausging, kamen wir nicht zur Ruhe, und *Chaseh-Mar-Olam*, Massul und Herzl schlüpften unter ihren Decken hervor, zerrten im Schutz der Dunkelheit einige von den Regionalen aus ihren Schlafsäcken und verabreichten ihnen eine gehörige Tracht Prügel. Gebrüll brach los. Es kam zur Massenschlägerei. Alle Bemühungen von Jael und Harel, die Kämpfenden zu trennen, blieben erfolglos. Eins unserer Mädchen, Hosen-Nilli, schrie, dass sie sich für uns schäme und dass Schläge keine Lösung seien. Am nächsten Morgen wagten wir nicht, Jael und Harel in die Augen zu schauen, aber wundersamerweise schlugen sie uns vor, eine Versöhnungsparty zu veranstalten, bei der wir die Initiatoren und Gastgeber sein sollten.

Wir strichen das Klubhaus bunt an, und Hosen-Nilli schmückte es mit Blumen und hängte Bilder von *ihren* Malern auf. Zu Ehren unserer Gäste backten Rina und Ilana leckeres Fladenbrot. Und als wir einen lustigen Sketch einstudierten, seufzte Massul:

»*Ja allah*, was ich vorsingen könnte, wenn ich eine arabische Laute hätte!«

Jael stand am Eingang des Klubhauses, kaute Fingernägel und lächelte den Jungen von Eschel und Hadar zu. Die wenigen, die kamen, ließen sich widerwillig in einer Ecke nieder. Herzl, unserem Vater des Staates, gelang es gerade noch, Natan, einen Regionalen, vom Lachen abzuhalten, als Joram seinen Hals reckte und einige unserer geliebten Lieder aus Bagdad anstimmte.

Nach außen hin waren die Streitigkeiten beigelegt, aber das Verhältnis zu Jael und Harel wurde nie mehr, wie es gewesen war. Ihre Anstrengungen, uns zu lehren, wie man sich benimmt, was man singt, welche Tänze man tanzt, welche Bücher man liest und wie man anders wird, als wir waren, bedrückten uns ebenso wie sie. Sie hielten fertige Kleider für uns bereit, und uns wurde versprochen, wir würden wie *sie* werden, sobald wir sie anzogen. Unsere alten Kleider hatten wir weggeworfen, aber diese hier waren viel zu neu, genau wie die Schuhe, die man für uns gekauft hatte. Unsere Treffen wurden immer seltener und hörten eines Tages ganz auf, ohne dass es jemandem auffiel. Der gemeinsame Misserfolg stand wie eine Mauer zwischen uns.

7. KAPITEL

Eine Lektion in Demokratie

»Wir müssen demonstrieren«, sagte Herzl und legte sich unter meiner Lieblingspalme neben mich ins Gras. »Wir müssen, hörst du!«

»Tu mir einen Gefallen und sei still«, erwiderte ich. Die Hände ruhten in meinem Nacken, und mein Blick war auf den silbernen Mond gerichtet. »Ich habe schon Kopfschmerzen von all dem Gerede.«

»Es geht nicht ohne Demonstration«, beharrte Herzl, »es geht nicht.«

Dann begann er, von sich zu erzählen, und unvermittelt sah ich mich mit ihm durch die Straßen von Bagdad streifen. Er war fünf Jahre alt, als sein Vater starb. Sich selbst überlassen, wanderte er auf seinen kleinen Füßen durch die Basare der Stadt und kehrte erst am Abend zu seiner Mutter heim, die in ihrer Trauer vergessen hatte, dass es ihn gab. Als es den Nachbarn gelang, ihn ihr wieder in Erinnerung zu bringen, schickte sie ihn auf die Religionsschule. Am ersten Unterrichtstag erhielt er Schläge auf die Fußsohlen. Die Kränkung, die er dadurch erfuhr – die Kränkung eines ungezähmten Kindes –, war größer als sein Schmerz. Er lief fort und ging nie wieder zur Schule. Stattdessen strich er durch die Straßen und drückte seine Nase an die Schaufenster der *Schari' ar-Raschid*, der Hauptstraße von Bagdad. Dort sah er zum ersten Mal in seinem Leben eine Demonstration. Parolen und Ansprachen,

Tränengas, durch die Luft pfeifende Kugeln, Sirenen und Wasserwerfer – all das erschreckte ihn nicht, sondern fesselte ihn, sodass er von da an keine Demonstration mehr versäumte. Wie ein Rassehund roch er sie schon von weitem. Er genoss es, von den Abenteuern, die er dort erlebte, zu erzählen; manchmal sprach er die Namen der Anführer und Helden des Dramas falsch aus, doch an die Lieder und Rufe erinnerte er sich genau.

»Allahu akbar!
Tod den Zionisten!
Allahu akbar!
Tod den Inglisi!«

Noch viele Jahre später, in Kirjat Oranim, sang Abdallah, der inzwischen Herzl hieß, wie entrückt die alten Lieder und schwenkte seine Arme. Bei einer Demonstration war er versehentlich von einem Stein getroffen worden. Ein Jude namens Sallah Sabida hatte seine Wunden verbunden und ihn nach Hause gebracht. Von jenem Tag an besuchte Sabida ihn ab und zu, brachte Süßigkeiten und kleine Geschenke mit und lehrte ihn ein Hebräisch, das einen anderen Klang hatte als das der Gebetbücher. Und während er die Schreibübungen des Jungen korrigierte, schielte er zu Madeleine, Abdallahs Mutter. Sie war sehr schön, erzählte mir Herzl, und wenn Sabida heimlich zu ihr hinsah, überzog Röte seine Wangen, und seine dünnen Barthaare richteten sich auf. Die Leute aus der Nachbarschaft fingen an zu reden, und als die einäugige Frau von nebenan zu Madeleine sagte, dass sich die ganze Straße frage, warum fremde Männer bei ihr ein und aus gingen, wurde sie nachdenklich. Benutzte Sabida ihren Sohn als Brücke zu ihr? Doch als sie sich zum Handeln entschloss, verschwand Sabida, und die Nachbarin, der trotz ihres einen Auges nichts entging, fragte neugierig:

»Warum kommt er nicht mehr?«

»Ich weiß nicht.«

»Dabei war er so nett«, sagte die Einäugige und wiegte ihren Kopf. »Wollte er's umsonst? Ohne Heirat?«

Madeleine antwortete nicht.

»Zur Hölle mit ihnen«, rief die Nachbarin, »die Männer sind alle gleich. Weißt du, was meiner mir angetan hat?«

Ein Schwall von Flüchen ergoss sich aus ihrem Mund; auch ihr Mann habe sie sitzen gelassen und sei spurlos verschwunden.

Abdallah trieb sich wieder auf den Straßen herum – er suchte Demonstrationen, und er suchte Sabida. Auf einer Protestveranstaltung begegnete er ihm, aber zu seinem Staunen und seiner Kränkung tat Sabida, als erkenne er ihn nicht, selbst als Abdallah seinen Mantelsaum packte und schrie:

»Weshalb kommst du nicht mehr?«

Sabida schwieg.

»Warum bist du so?«

Keine Antwort.

Aus Andeutungen, die er hier und da aufschnappte, erfuhr er, dass Sabida zur *Schurah* gehörte. Was die *Schurah* war, wusste er nicht, aber er hatte gehört, dass sie mit den Juden in Palästina in Verbindung stand.

Als sich ihre Wege erneut kreuzten, fragte er ihn laut:

»Fährst du nach Israel?«

Sabida blieb nichts anderes übrig, als ihn beiseite zu nehmen und mit ihm zu reden. Als Abdallah versprach, die Worte *Schurah* und *Israel* nie mehr in den Mund zu nehmen, ja nicht einmal zu denken, führte Sabida ihn in den Garten eines Cafés. Dort, an einem abseits stehenden Einzeltisch, aßen sie große Portionen buntes Eis, und Sabida erzählte Abdallah von Herzl, dem König der Juden. Damals hatte sich Abdallah geschworen, den Namen Herzl anzunehmen, wenn er eines Tages ins Land der Väter gelangen sollte.

Niemandem, nicht einmal seiner Mutter, erzählte er, dass er auf ein Zeichen von Sabida wartete. Er hatte versprochen, dass er mit ihm in Verbindung treten werde – und er hatte es nicht bloß versprochen, sondern bei Abdallahs Vater geschworen. Abdallah wartete ein Jahr. Fast verzweifelte er. Doch dann, eines Nachmittags, erschien Sabida in Madeleines Haus, zum Ärger der einäugigen Nachbarin.

»Heute Nacht fahren wir.«

»Wohin?«, fragte Madeleine verwundert.

»Ich habe keine Zeit, Abdallah wird es dir erklären.«

Und auf der Schwelle, bevor er hinaustrat, erteilte er Anweisungen:

»Nur zwei Koffer, nicht mehr. Abdallah erklärt es dir.«

In einer mondlosen Nacht landeten sie auf dem Flughafen von Lod bei Tel Aviv. Und noch ehe sie die Erde küssen konnten, brachte sie ein Lastwagen fort.

»Nach Pardess Katz geht die Reise«, rief der Fahrer, und als sie dort ankamen, begrüßte sie ein Mann, der ihnen mit einem Windlicht den Weg zu einem Zelt zeigte.

»Willkommen«, sagte er, doch Madeleine wollte den Boden des Landes nicht mehr küssen. Jede Nacht weinte sie, und Abdallahs Herz drohte zu zerspringen. Er wollte weglaufen, aber er wusste nicht, wohin, bis jemand zu ihm sagte:

»Geh zur *Jugendalijah*, die wird für dich sorgen.«

Aber konnte er seine Mutter, die nicht einmal Arbeit hatte, allein lassen? Schließlich machte er sich trotzdem auf den Weg, aber die Verantwortlichen bei der *Jugendalijah* erklärten ihm, dass er noch zu jung sei.

»Wo bist du, Sabida?«, flüsterte er nachts im Dunkeln. Wo bist du?

Eines klaren Morgens tauchte Sabida auf, in einem gestreiften Anzug und mit einer Krawatte. Er nahm Madeleines Arm und sagte:

»Gehen wir aufs Rabbinat?«

Und zu Abdallah:

»Herzl, du darfst ab heute Vater zu mir sagen.«

»Vater, ich will zur *Jugendalijah*«, erklärte Abdallah, und als Sabida sah, dass er ernsthaft vorhatte, in einen Kibbuz einzutreten, und Madeleine seinem Plan zustimmte, sagte er:

»Wenn das dein Wille ist.«

»Aber sie wollen mich nicht haben. Sie behaupten, ich wäre noch zu jung«, heulte Abdallah.

»Verlass dich auf mich«, beruhigte ihn Sabida, »ich gehöre zur *Schurah*!«

Und so kam es, dass wir uns in Kirjat Oranim trafen.

Nachdem mir Herzl sein größtes Geheimnis anvertraut hatte, erzählte ich ihm von unserem Nachbarn in Bagdad, dem Pittabäcker Abu Sallah al-Habas, Allah sei ihm gnädig, der gehängt wurde, weil er für die Untergrundbewegung Waffen versteckt hatte. Und von Onkel Hesqel, dem Anführer der Organisation, dessen Befehlen Sabida gehorcht hatte. Herzl war tief beeindruckt, nahm sofort eine Postkarte und schrieb an seinen neuen Vater.

Der Kibbuz gefiel Herzl, nur eine Sache fehlte ihm: die vielen Demonstrationen. Daher war er glücklich, als Sonja eines Tages ankündigte:

»Genossen, in zwei Wochen ist der Erste Mai.«

Herzl war der Einzige, der wusste, was das bedeutete.

»Werden wir demonstrieren?«, fragte er.

»Ja.«

»Prima! Und wer marschiert auf? Ihr gegen uns oder wir gegen euch?«

»Wie bitte?«

»Du sagtest doch, wir werden demonstrieren.«

»Ja, aber gemeinsam. In Haifa.«

»Klasse!«, rief Herzl. »Der Kibbuz gegen Haifa.«

»Nicht gegen Haifa«, erläuterte Sonja, »sondern der Kibbuz und die Arbeiter der Stadt gegen den Kapitalismus. Der Erste Mai ist der Feiertag des Proletariats.«

»Was werden wir machen?«, schaltete sich Bouzaglo ein, dem die Sache merkwürdig vorkam.

»Wir werden gegen die ausbeuterischen Arbeitgeber demonstrieren und rufen: Die Fahne hoch!«, sagte Sonja mit großem Ernst.

»Unsere Arbeitgeber sind hier, im Kibbuz. Wozu nach Haifa fahren?«, fragte Bouzaglo.

Aber Herzl hörte nicht mehr zu. Wie ein wildes Fohlen rannte er in unser Zimmer und malte vierzehn Striche an die Wand, für die vierzehn Tage, die uns von der Demonstration trennten. Jetzt mussten wir ihn morgens nicht mehr wachrütteln, sondern er stand als Erster auf, um jeden Tag einen Strich auszuradieren und mit seiner hohen Stimme zu singen:

»Und es ward Morgen, und es ward Abend, noch sieben, noch sechs, noch fünf Tage bis zum Ersten Mai.«

Ich verstand nicht, warum man einen Feiertag für die Arbeiter brauchte und warum er auf den Ersten Mai fiel. Und weshalb musste unbedingt demonstriert werden?

Eines Nachmittags erschien Herzl auf dem Platz, wo wir Völkerball spielten, und drängte mich, ins Klubhaus zu kommen. Ich konnte kaum mit ihm Schritt halten. Als ich eintrat, empfing mich ein Chor von Stimmen:

»Es lebe Nuri! Nieder mit Avner!«

»Was soll das? Seid ihr übergeschnappt?«

»Lies doch.«

Herzl zeigte auf die Tafel. Mit den Buchstaben des Neumondsegens, in etwas unsicherer Handschrift, wie von einem Betrunkenen, standen dort die Worte, die soeben gerufen worden waren; und gegenüber, in verschnörkelter arabischer Schrift, stand:

»Es lebe Avner! Nieder mit Nuri!«

Der Gedanke, dass ich in irgendwelchen Parolen vorkam, amüsierte mich, aber er bereitete mir auch Sorge. Der Chor, der wie ich eilig ins Klubhaus gerufen worden war, schimpfte auf die *Madrichim*.

»Schon wieder fällt Unterricht aus«, schrie Ruven, der eigentlich nicht viel vom Lernen hielt, und Bouzaglo tönte:

»Hauptsache, wir machen die Drecksarbeit für sie.«

Oft wurden nachmittags an Stelle des Unterrichts Versammlungen abgehalten, und ein Thema kehrte immer wieder: die Spaltung der Gruppe, die sich in allem zeigte. Wir bildeten zwei Lager. Die einen hatten beschlossen, sich anzupassen und die Gewohnheiten ihrer Umgebung anzunehmen; die anderen waren verunsichert von den Schwierigkeiten des Übergangs. Die einen sprachen auch untereinander bereits hebräisch; die anderen behaupteten, auch die Kibbuzbewohner redeten manchmal noch polnisch, zudem sei Arabisch nicht weniger schön als die europäischen Sprachen und mit dem Hebräischen verwandt – denen würden sie's noch zeigen! Aber der wahre Grund war leider ein anderer: Sie hatten große Schwierigkeiten, die neue Sprache zu lernen.

Das eine Lager wurde von Avner angeführt, und sein Helfer war der dicke Josef. Ohne mich zu fragen, hatte man mich zum Führer der Gegenpartei gemacht. Ich wandte mich zur Tür.

»Wohin willst du?«, fragte Ischai.

»Aufs Klo«, murmelte ich.

»Versuch nicht, dich zu drücken«, sagte Ischai und versperrte mir den Weg.

Im Klubhaus war es höllisch heiß. Schweißgeruch hing in der Luft. Das Schweigen war bedrückend, alle sahen mich an. Am quälendsten war Sonjas eisiger Blick.

»Auch du?«, fragte sie zornig.

»Was – auch ich?«

»Auf dem Haupt des Gauners brennt der Hut«, giftete Avner.

»Gut, dass du wenigstens so viel Hebräisch gelernt hast, Idiot«, erwiderte ich.

»Es lebe Nuri! Nieder mit Avner!«, wiederholte Herzl mit rotem Gesicht und vor Freude funkelnden Augen.

Doch Sonjas Stimme ließ ihn verstummen:

»Darf ich um Ruhe bitten!«

Die letzten Verspäteten kamen herein, aber Herzl konnte sich nicht zurückhalten und schrie noch einmal:

»Es lebe Nuri! Nieder mit Avner!«

Endlich wurde die »schicksalhafte Versammlung«, wie Sonja sagte, eröffnet. Es handelte sich um eine »Sondersitzung« wie so oft in letzter Zeit.

»Gewisse Genossen wollen die Gruppe spalten«, hob Sonja an, »aber hier wird es keine zwei Lager geben! Wenn uns keine andere Wahl bleibt, müssen wir die Störenfriede in die *Ma'barot* zurückschicken.«

Ihre Lippen zitterten.

»Von wem sprichst du?«, fragte ich.

»Von dir«, antwortete sie.

»Was habe ich damit zu tun?«

»Du hast das Ganze aufgezogen.«

»Das war ich nicht! Das ist nicht meine Handschrift!«

Sie ließ sich nicht überzeugen. Alle glaubten, dass ich schuld war. Ich protestierte, aber niemand hörte auf mich, auch Ischai nicht. Seine Augen waren gerötet, und auf seiner rechten Wange prangte eine rote Rose, der Abdruck des Kissens, auf dem er bis eben geschlafen hatte. Wie so oft war er in Kleidern in seinem Zimmer eingenickt. Ich hatte ihn aus dem Mittagsschlaf gerissen und gedrängt, in die Klasse zu kommen, und er war herbeigeeilt, ohne sich vorher das

Gesicht zu waschen. Mit verschränkten Beinen saß er auf seinem Stuhl und atmete den Rauch seiner billigen Zigaretten aus, der sich mit dem Pfefferminzduft der kleinen Bonbons mischte, die er immer in seinen Taschen hatte. Auch jetzt war er noch nicht ganz bei sich. Sonjas kalte Augen fixierten mich.

»Hier wird es keine zwei Lager geben!«

»Wenn ihr mich verdächtigt, habe ich nichts bei euch zu suchen«, sagte ich und stand auf.

»Setz dich!«, befahl Sonja.

»Aber ich muss mal«, erklärte ich, und ihr Blick wanderte zu meinem Bauch, den ich mit beiden Händen festhielt.

Als ich zurückkam, hörte ich schon von weitem:

»Jungen und Mädchen gemeinsam ... Jungen und Mädchen getrennt ... eine einzige Gruppe ... Einigkeit ... Brüderlichkeit ... hier gibt es keinen Unterschied zwischen Arm und Reich ...«

Und was war mit den *Sabres*, die sich einbildeten, das Sahnehäubchen der Gesellschaft zu sein?

Als ich eintrat, musterte mich Ischai, über dem sich stinkender Zigarettenrauch kringelte.

»Genossen! ... Genossen, es wird Zeit! ... Stimmen wir ab ... Demokratie ... Ich schlage vor ...«

Plötzlich hielt er inne, machte eine Geste wie jemand, dem die Worte im Hals stecken geblieben waren, drückte mit der Sandale seine Zigarette aus und blickte zu Boden. Als er wieder aufschaute, sah ich mit Staunen und Mitleid, dass seine Augen fragten: Was verlangen wir von ihnen? Es war ein Aufbegehren gegen Sonjas Blick, der wie ein Dolch war, gegen ihre unbedingte, unverrückbare Wahrheit, die sagte: Das ist der Weg, und es gibt keinen anderen.

»Lasst uns wählen, wie die Regionalen«, schlug Sonja vor.

»Wir sind aber keine Regionalen«, wandte Massul ein.

»Es lebe Nuri! Nieder mir Avner!«, schrie Herzl erneut.

»Wir müssen Kooperation und Demokratie praktizieren«, mahnte Sonja.

»Was ist das, Demokratie?«, fragte Hosen-Nilli, und Ischai begann, es ihr zu erklären. Aber schließlich verstummte er vor dem Mädchen, das mit weit geöffnetem Mund versuchte, seine Worte zu begreifen.

Die Versammlung zerstreute sich. Ich ging duschen. Durch das Rauschen des Wassers drangen vom offenen Fenster her die Stimmen der Jungen und Mädchen, die sich gegenseitig beschimpften. Als ich hinaustrat, saßen sie sich auf dem Rasen in zwei Gruppen gegenüber. Endlich verschafften sich die Mädchen Gehör! Im Klubhaus hatten sie die ganze Zeit geschwiegen, dort regierten die Männer. Der dicke Josef und Avner hörten zu reden auf, als ich an ihnen vorbeiging. Etwas Hinterhältiges, Drohendes war in Avners Blick. Josef grinste mich mit zusammengepressten Lippen an.

Als ich wenig später auf meinem Bett einschlief, sah ich eine gewaltige Menschenmenge auf einem großen Feld. Ein Meer von Köpfen, gedrängt, mit emporgereckten Hälsen und in den blauen Himmel starrenden Augen. Die Stimme eines riesigen schwarzen Herolds schallte über das Feld:

»Der königliche weiße Adler kreist über uns, und der Mann, auf dessen Haupt er landet, wird König werden.«

Totenstille breitete sich aus, niemand bewegte sich. Mein Herz schlug wie eine Uhr, die aus dem Takt geraten war. Der Schatten des Adlers tauchte am Horizont auf und näherte sich. Der Vogel umkreiste das Feld, zog sich aber wieder zurück. Ich war wie geblendet. Ein großer Brand. Und wieder die Stimme des schwarzen Herolds. Abermals senkte sich der Adler über unseren Köpfen nieder und schwang sich in die Lüfte. Erst sein drittes Absinken war jäh und rasch. In meinem Nacken spürte ich den Luftzug seiner Schwingen, aber dann wich er zur Seite und landete auf Avners Kopf. Jubel brach aus, und die Leute trugen Avner auf ihren Schultern und riefen:

»Er lebe hoch! Er lebe hoch!«

Ich erwachte. Laute, streitende Stimmen drangen von unten herauf.

»Wenn Nuri eine Partei gründet, stehe ich hinter ihm«, sagte Herzl. »Los!«

»Ich auch«, rief Bouzaglo.

»Wer braucht schon einen Marokkaner?«, lästerte der dicke Josef.

»Brauchen oder nicht brauchen – ich bin hier«, gab Bouzaglo zornig zurück.

Ich hielt meinen Kopf unter den Wasserhahn, und die Spritzer zeichneten lange Streifen auf mein Unterhemd und meine Hose. Dann ging ich hinaus.

»Von was für einer Partei redet ihr?«, fragte ich Herzl.

»Auch die anderen gründen eine Partei – gegen dich«, erklärte er und sah mich durchdringend an.

»Unsinn. Sie spielen Partei und meinen, wir wären der Kibbuz oder der Staat.«

»Es ist die Partei von Avner. Er will dich aus dem Kibbuz rausschmeißen«, rief Herzl wütend.

»Weshalb?«, fragte ich.

»Einfach so.«

Ich biss mir auf die Lippen und ging in mein Zimmer zurück. Schon vor dem Streit um die Arbeit bei Dolek hatte Avner Groll gegen mich gehegt, und seine Bitterkeit war gewachsen und angeschwollen zu einem Hass, der mir die Luft zum Atmen raubte, wie der Chamsin, dieser Wüstenwind, der kein Ende nimmt. »Warum bloß?«, fragte ich mich. »*Ich* schlucke Mist, nicht er!«

Am Tag, an dem Ischai Wahlen ankündigte, bildeten sich

wie im Basar von Bagdad Menschenknäuel um die Kandidaten, aber so schnell sie sich formten, so schnell fielen sie wieder auseinander. Jeder glaubte, wenn er selbst Kandidat wäre, würde seine Position gegenüber den *Madrichim* gestärkt und er erhielte häufiger Urlaub; alle wollten mehr Freizeit, und alle wollten gewählt werden. In jedes Komitee mussten wir acht Kandidaten entsenden. Jeder pries seine Familie und ihre großartige Herkunft. Alle gaben Versprechen und hielten heuchlerische Reden; ein erbitterter Wettstreit entbrannte. Am rührigsten war Herzl. Wie Quecksilber rannte er von Gruppe zu Gruppe, von Kandidat zu Kandidat, wiegelte auf und ermutigte, kritisierte und lobte, hörte und wusste alles. Ungeduldig zählte er die Tage bis zum Ersten Mai, doch er hatte Glück, und es ergab sich vorher noch eine Gelegenheit für eine Demonstration.

Eine Hitze, wie sie im Jesreeltal noch keiner erlebt hatte, ließ vor der Zeit besonders süße Trauben heranreifen, und alle Kibbuzbewohner wurden aufgeboten, um die Früchte vor dem Verdörren zu retten. Schon frühmorgens, wenn noch Nebel über dem Tal lag, ratterten die Traktoren; die einen krochen ächzend den Weg zum Weinberg hinauf, die anderen holperten stinkend und schnaufend herab. Die Weinfelder dehnten sich über die ganze Anhöhe aus, bis zum geheimnisvollen Pinienwald, der alle Hügel rings um den Kibbuz bedeckte. Khakimützen und blaue Tücher bewegten sich zwischen den Rebstöcken. Am Ende der Reihen standen die ersten vollen Kisten; zwischen den violetten Beeren, die mit weißem Pflanzenschutzpulver gepunktet waren, lugten Blätter heraus. Uns waren die unteren Reihen zugeteilt worden. Wir unterstanden Gutmans und Rutkas Kommando. Morgendliche Kühle und der zarte Geruch der Weinblätter erfüllten die Luft, und als ich das Winzermesser nahm, lief ein kalter Schauer über meinen Arm. Ich suchte im Rebenlaub die schweren Trauben, meine Hände griffen sie gierig und reinigten sie von fauligen Beeren. Bald vertrieb die aufsteigende Sonne den Nebel und die Erinnerung an die Nacht; eine lastende Hitze senkte sich über den Weinberg. Ich war ganz in die Arbeit vertieft. Das Schneiden der Messer glich dem nächtlichen Konzert der Zikaden.

Plötzlich rief Rutka:

»Frühstück!«

Ich steckte das Messer in meinen Gürtel und lief zu den Schatten spendenden Pinien am Rand des Weinbergs. Dort knöpfte ich mein Hemd auf, zog die Mütze vom Kopf und streckte mich auf dem lockeren Waldboden aus.

»Butterbrote! Butterbrote!«, rief Herzl wie ein Händler im Basar und verteilte in rosa Papier eingeschlagene Päckchen. Massul riss die Verpackung auf, biss hinein und rief:

»*Ja allah*, irakische Pitta, im Holzkohleofen gebacken.«

»*Lubia! Lubia!*«, johlte Ruven und schnalzte mit der Zunge.

»*Amba* wie aus Indien«, schrie Herzl, schnitt eine Grimasse und schleuderte das mit Schmelzkäse bestrichene Graubrot fort. »Zum Teufel mit dem Fraß!«

Wie auf ein vereinbartes Zeichen flogen alle Brote durch die Luft.

»Ihr werft Essen weg?«, schimpfte Rutka. »Sammelt alles wieder auf. Schnell!«

»Das ist doch bloß Margarine und billiger Käse«, schnauzte Massul.

»Margarine und Käse sind billiges Zeug«, sang Herzl und steckte sich eine Hand voll Oliven in den Mund.

»Und *sie* bekommen die Sahne«, hetzte der dicke Josef.

»Sie reden von Sozialismus, aber in Wirklichkeit nutzen sie uns aus wie die Reichen in Bagdad«, schrie Josef und fixierte mich. Zwei bittere Furchen umschlossen seinen Mund.

»Wer kriegt die Sahne?«, fragte Massul empört.

»Eure Kinder«, entgegnete Josef, »und die, die in den Komitees sitzen.«

»Lasst uns abstimmen! Demokratie!«, machte Herzl die *Madrichim* nach.

»Und eure Kinder kriegen auch ständig frei!«, schrie Josef, der sich nicht beruhigen konnte.

»*Eure* Kinder?«, wiederholte Herzl spöttisch.

»Ihr meint *ihre* Kinder! In richtigem Hebräisch heißt es *ihre*«, lachte Ruven, und seine Stimme schallte über den Weinberg.

»Alles ist heute billig, alle sind heute gleich«, trällerte Massul.

»Nieder mit den Kibbuzkindern, nieder mit den *Sabres*!« Herzl sprang auf, überzeugt, dass ihm alle folgen würden.

»Sei endlich still!«

Bouzaglo zwang ihn, sich wieder zu setzen.

»*Challass*, das reicht! Jetzt praktizieren wir Demokratie. Jeder hat das Recht zu wählen und sich wählen zu lassen«, wiederholte Hosen-Nilli Ischais Worte.

Als sie sah, dass Herzl in eine Gurke biss, verzog sie das Gesicht. Herzl hatte immer Hunger, und weil wir die Brote weggeworfen hatten, versuchte er, von Gurken und Oliven satt zu werden. Danach schlürfte er schwarzen Kaffee, leckte sich genüsslich die Lippen ab und rief:

»*Lubia! Lubia!*«

Ich war von seiner urtümlichen Art zu essen so fasziniert, dass auch ich Hunger bekam, in das Olivenglas griff und ein paar von den salzigen Früchten in meinen Mund steckte.

»Wenn wir Demokratie haben, bist *du* dann auch für mich?«, fragte Herzl Hosen-Nilli.

»Jeder darf tun, was er möchte«, entgegnete sie selbstbewusst.

»Dann will ich dich küssen, mein Augenstern«, sagte er und beugte sich zu ihr.

»Widerling! Mach, dass du wegkommst!«

Sie stieß ihn wütend von sich und floh wie eine aufgescheuchte Katze. Herzl spuckte laut die Olivenkerne aus und setzte sich im Schneidersitz hin. Als Nilli zurückkam und sich neben Bouzaglo stellte, fragte er mit verstellter Stimme:

»Aber, *binti*, mein Mädchen, was heißt hier Demokratie? Und was heißt Gleichheit? Für *die* sind wir nur Araber!«

Nilli reckte den Kopf und protestierte:

»Ich bin keine Araberin!«

»Wer dann? Etwa ich?«

»Ja. Sieh doch, wie du isst«, reizte sie ihn.

»Sie glaubt, sie würden zwischen ihr und mir einen Unterschied machen. Eingebildete Ziege!«

»Bouzaglo, wen wählst du in den Gruppenvorstand?«, fragte Ruven, um die Diskussion in normale Bahnen zurückzulenken.

»Nuri.«

»Hm«, machte Herzl und drehte sich zu mir um. Ein verschlagenes Grinsen lag auf seinen flaumbedeckten Lippen. »Und du und Avner, ihr bringt euch dann gegenseitig um? Prima!«

»Versprichst du, dass wir jeden Monat einmal nach Hause dürfen?«, fragte Nilli, die sich plötzlich wieder zu uns gesellte.

»Du kriegst nicht frei«, gab Herzl zurück.

»Warum nicht? Alle kriegen frei. Wir haben doch Demokratie!«, sagte Nilli und reckte sich herausfordernd.

Herzl vergrub seine Hände in den Hosentaschen und säuselte:

»Mein Augenstern, nur einen Kuss! Dann haben wir wirklich Demokratie.«

»Ich wollte, du wärst tot!«, rief sie, und ihre Brust bebte.

Herzls Atem stockte.

»*Taswat al-gar'a wa-umm asch-scha'r!* Ob mit oder ohne Haar, das macht keinen Unterschied«, seufzte er und schüttelte den Kopf. »Und wen wirst du nun wählen?«

»Wart's ab«, antwortete Nilli kokett. »Avner verspricht, dass wir einmal im Monat nach Hause dürfen.«

»Lügner. Wann wir hier rauskommen, entscheidet die *Jugendalijah*.«

»Herzl! Herzl!«, ertönte plötzlich Gutmans Stimme.

»Sofort, Gutman, wir kommen ja. Dein Haus möge einstürzen, *inhadscham bejtak*, nicht mal in Ruhe essen kann man«, grummelte Herzl und schickte uns eilig auf den Weinberg zurück.

Die Zeit verging langsam, und die Hitze wurde immer schlimmer; sie schien allmächtig und unbesiegbar, und das Wasser, das ich mir über Kopf und Gesicht goss, verdampfte sofort. Herzl, der neben mir arbeitete, aß ununterbrochen Weintrauben.

»Herzl, das ist verboten«, flüsterte ich.

»Nur arbeiten ist erlaubt, was?«

»Die Trauben sind gesspritss«, erklärte Bouzaglo.

Auf einmal stand Gutman vor uns und hob drohend den Finger.

»Was kaust du da? Wie oft habe ich euch gesagt, dass ihr das nicht dürft?«

»Ihr gebt uns nichts als Abfall«, meuterte Herzl und schleuderte eine Traube in die Kiste.

»Ihr bekommt das Gleiche wie wir«, erwiderte Gutman verärgert.

»Das Essen bei den Regionalen ist besser«, beharrte Herzl.

»Bürschchen, wer hat dich gezwungen, zu uns zu kommen?«

Gutman wandte sich zum Gehen.

»Und du willst Sozialist sein?«, rief Herzl, aber Gutman hörte ihn nicht. Wie von einem Dämon getrieben, rannte Herzl hinter ihm her, packte ihn am Hemdzipfel und schrie: »Antworte mir!«

Gutman drehte sich um, und das Hemd zerriss. Seine Augen waren weit geöffnet, seine Wangen dunkelrot.

»Du Lümmel, das ist dein Ende! Du hast mich angegriffen!«

Bouzaglo und ich ließen die Winzermesser fallen und liefen zu ihnen. Im Nu strömten aus dem ganzen Weinberg Jugendliche und Erwachsene herbei. Wie ein Block stand die Jugendgruppe hinter Herzl, der aufgeregt mit den Händen fuchtelte und rief:

»Demonstration! Demonstration! Nieder mit den *Sabres*, es lebe die Jugendgruppe!«

Inzwischen hatten alle die Arbeit unterbrochen. In mehreren Kolonnen bewegten wir uns zum Lagerhaus, wie Ströme, die an einer bestimmten Stelle zusammenfließen. Ischai stand in der Mitte, zwischen den Parteien, sein Gesicht war kreideweiß.

»Was ist passiert?«

»Herzl ist im Recht«, verkündete ich laut, damit alle es hörten.

»Genau, genau!«, grölte unsere Gruppe und streckte die Fäuste in die Höhe.

»Ich fordere eine Kibbuzversammlung, eine Verhandlung im Sekretariat«, rief Gutman und sank auf den Boden.

Rutka beugte sich über ihn und versuchte, ihn zu beschwichtigen:

»Reg dich nicht auf, du darfst dich nicht aufregen.«

»Einverstanden, Gutman. Aber nun beruhige dich«, sagte Ischai und drehte sich zu uns: »Und ihr, zurück an die Arbeit!«

»Denk an dein Herz«, sagte Rutka zu Gutman. »Ihr Verbrecher! Verschwindet!«

»Wie sprichst du mit ihnen?«, empörte sich Ischai, und seine Augen verengten sich zu Schlitzen.

Herzl hob die Hand.

»Lass sie«, rief ich.

Rutka drückte Gutman an sich. Ihre dicken Schenkel bildeten einen Schutzwall, aber ihre Augen schauten wie die einer verängstigten Katze.

»Zurück an die Arbeit!«, befahl Ischai. »Auch du, Herzl. Sofort!«

»Das lassen sie dir nicht durchgehen«, zischte Gutman.

»Dann wirf mich raus! Komm, wirf mich raus!«, forderte ihn Herzl heraus. Sein Blick war Furcht einflößend.

»*Dschus minhu*, lass ihn«, sagte ich erneut und zog ihn zum Weinberg.

Noch am selben Nachmittag fand eine Sondersitzung statt. Ihr Thema: Was ist der Unterschied zwischen Demokratie und Anarchie, zwischen Freiheit und Zügellosigkeit? Doch die Hauptperson blieb der Versammlung fern. Herzl war in seinem Zimmer und packte; er wollte weder auf uns noch auf die *Madrichim* hören, die ihn aufgefordert hatten, ins Klubhaus zu kommen.

»Ich werde sowieso rausgeschmissen«, meinte er. Und später, in einem ruhigeren Moment, sagte er: »Nur eine Sache tut mir Leid: Ich werde am Ersten Mai nicht dabei sein.«

Die Klärung im Kibbuzsekretariat wurde für den folgenden Tag, den dreißigsten April, anberaumt. Nur mit Mühe konnten wir Herzl überreden, den Kibbuz nicht vorher zu verlassen.

»Worauf warte ich? Soll ich diesen Hurensöhnen noch meinen Kopf hinhalten? Sie schicken mich ohnehin in die Wüste. Es ist besser, wenn ich von selbst gehe.«

Rund zwei Stunden vor der Sitzung betrat Herzl den Speisesaal. Als er mich sah, steuerte er auf mich zu. Dann erblickte er Gutman, der Diäthuhn aß und sich mit einem Nachbarn unterhielt. Er blieb vor Gutmans Tisch stehen und setzte sich ihm gegenüber auf den einzigen freien Stuhl. Um mich herum hörten alle zu kauen auf. Die Frau, die das Essen verteilte, stellte einen Teller Frikadellen vor Gutman hin. Mit der Geschicklichkeit einer Raubkatze zog Herzl den Teller zu sich herüber. Er nahm mehrere Fleischklößchen, drückte sie mit den Fingern zusammen und stopfte sie sich in den Mund. Als er sie heruntergeschluckt hatte, begann das Schauspiel von neuem. Er bemerkte nicht, dass ich aufgestanden war und mich ihm von hinten näherte. Ich sah die schockierten Blicke an Gutmans Tisch. Nachdem er sich die letzte Frikadelle mit dem Daumen in den Mund geschoben hatte, betrachtete er lange seine Tischgenossen. Dann schrie er:

»Was glotzt ihr? So isst man bei uns. So haben schon meine Vorväter gegessen!«

Und als führe er vor, wie man ein orientalisches Mahl beendet, rülpste er laut und stand auf.

»Du bist völlig verrückt, Vater des Staates«, sagte ich und zerrte ihn hinaus. »Den Kibbuz kannst du vergessen. All unser Reden hilft dir jetzt nicht mehr.«

»*Kuss ummuk*«, fluchte er. »Ehe Herzl nach Hause geht, wird er ihnen noch etwas zeigen. Zehn Teller Kuhscheiße werd ich ihnen vorsetzen!«

Als Vertreter der Jugendgruppe sollte ich bei der Sitzung der Kibbuzsekretäre Herzls Fürsprecher sein. Aber nach der Szene im Speisesaal hatte ich alle Trümpfe verloren. Ich ging zu Ischai, um ihm mitzuteilen, dass meine Anwesenheit bei der Sitzung überflüssig sei. Dann kehrte ich zu den Unterkünften zurück. Die ganze Jugendgruppe hockte im Kreis auf dem Rasen, in ihrer Mitte Herzl, der das Gesicht in seinen

Händen verbarg. Wir sprachen kaum. Wir erwarteten das Urteil und ahnten, wie es ausfallen würde, doch wagte niemand, es auszusprechen. Bevor ich zu Ischai gegangen war, hatte ich versucht, Herzl zu überzeugen, mit mir zur Sitzung zu kommen und sich zu entschuldigen.

»Wozu?«, hatte er gefragt. »Willst du, dass sie auch noch auf meiner Ehre herumtrampeln, ehe sie mich in die *Ma'barah* zurückschicken?«

Die Minuten krochen dahin. Hosen-Nilli brachte eine Tasse Kaffee. Herzl schüttelte den Kopf, nahm die Tasse aber. Als er trinken wollte, erschien Ischai und sagte:

»Morgen ist der Erste Mai. Wegen des Feiertags haben die Sekretäre beschlossen, gnädig zu sein. Die Bedingungen werden noch festgelegt. Vorläufig bleibt Herzl in der Gruppe. Versteht ihr jetzt, wovon wir gestern gesprochen haben? Demokratie ist nicht Anarchie, und Freiheit ist nicht Zügellosigkeit. Habt ihr das begriffen?«

Tags darauf schaute Herzl, gekämmt und herausgeputzt, dem Maiumzug zu. Wie ein König, der die Wachparade abnimmt. Dann reihte er sich ein, marschierte mit der roten Fahne durch die Herzlstraße in Haifa und rief: »Die Fahne hoch! Die Fahne hoch!«

8. KAPITEL

Ferien

Seit seiner Predigt über Demokratie wiederholte Ischai unermüdlich, wie wichtig Wahlen für eine funktionierende Gesellschaft waren. Bewundernd erzählte er, dass die *Sabre*-Kinder so ihren Schulalltag organisierten. Ich wusste, dass Ischai kein *Sabre* war, hatte aber bisher kaum etwas über seine Herkunft in Erfahrung gebracht. Er hatte keine Frau, und es hieß, er wolle auch keine Kinder. Manchmal sahen wir, dass er sich mit einer Genossin zurückzog, der Frau eines Funktionärs der Kibbuzbewegung, der häufig abwesend war. Sonja deutete einmal an, dass Ischai als Junge allein nach Kirjat Oranim gekommen war. Dabei erwähnte sie auch die Deutschen, die auf alle Geschichten, die wir hier hörten, einen düsteren Schatten warfen. Eines Tages betrat eine alte Frau den Speisesaal. Sie trug schwarz, hatte einen Hut auf und einen traurigen, ruhelosen Blick. Beinah demütig ging Ischai auf sie zu, nahm sanft ihren Arm und führte sie an unseren Tisch. Es hieß, sie sei seine Tante, und nur sie sei ihm geblieben. Ischai machte es Spaß, Leute zu unterhalten und witzige Wortgefechte zu führen; auf seinen Lippen lag immer ein Lächeln, und jedem, den er traf, klopfte er fröhlich auf die Schulter. Nur manchmal, wenn er müde war, wirkte er traurig. Auf die vielen Krisen in unserer Gruppe reagierte er bedächtig, wie die alten Männer in Bagdad. Das war mir schon klar geworden an dem Tag, an dem wir die Hemden ausgezogen, uns aufs Dach oder ins Gras gelegt und von der Sonne hatten rösten lassen. Wir waren erst vor kurzem in Kirjat Oranim angekommen und von der bronzefarbenen Haut der *Sabres* beeindruckt. Wir beneideten sie nicht nur um ihre Lebensweise, sondern auch um ihr Aussehen. Man hatte uns gewarnt, doch umsonst. Schon nach kurzer Zeit begann unsere Haut wie Feuer zu brennen. Sonja holte ein großes Glas weiße Salbe von der Krankenstation und schimpfte. Ischai hingegen lächelte, strich über mein Haar und sagte ruhig:

»Rom wurde nicht an einem einzigen Tag erbaut.«

Heute aber redete er tief bewegt von der Gemeinschaft und der gegenseitigen Verantwortung im Kibbuz und erklärte uns, was die Losung »Einer für alle, alle für einen« bedeutete.

Massul, der diese Vorträge mit Götzendienst verglich, widersprach ihm:

»Ich will gern ein Waisenkind sein, aber ich stehe für mich allein. Ich begreife eure Demokratie nicht. Gebt doch zu, dass ihr die Hausherren seid, die hier das Sagen haben. Wofür brauchen wir Wahlen und Komitees?«

Geduldig wiederholte Ischai seine abgedroschenen Phrasen und schloß mit dem üblichen Hinweis:

»In der Regionalschule gibt es so was wie Selbstverwaltung mit gewählten Komitees.«

Massul schaute ihn so lange an, bis eine peinliche Stille entstand, und sagte dann:

»Aber wir sind aus der *Ma'barah*. Das ist nichts für uns.«

»Hier bei uns baut ihr euch ein neues Leben auf, ein Dasein in Gleichheit und Brüderlichkeit«, entgegnete Ischai.

»Willst du damit sagen, dass Jungen und Mädchen gleich sind?«

»Ja, genau.«

»Und wir sind wie die *Sabres*? Gleichberechtigt?«

»Sicher. Obwohl ... es gibt natürlich Unterschiede.«

»Jetzt hab ich kapiert«, rief Massul dazwischen. »Und wen sollen wir wählen?«

Doch Ischai sagte:

»Wir mischen uns nicht ein. Alles liegt in eurer Hand.«

Die Woche vor den Wahlen stand im Zeichen einer scharfen Konfrontation zwischen Jungen und Mädchen; sogar zu Handgreiflichkeiten kam es. Einige Jungen beschlossen, die Mädchen bei der Abstimmung zu boykottieren.

»Sollen plötzlich Frauen unsere Anführer sein?«

Darauf versammelte Hosen-Nilli die Mädchen zu einer Sondersitzung und schlug für jedes Amt Kandidatinnen vor.

»Alle sind gleich. Jede von uns kann wählen und gewählt werden«, zitierte sie Ischais Worte.

In geheimer Abstimmung – geheim auf Verlangen von Hosen-Nilli – wurden Ruven, sie selbst und ich ins Sozialkomitee, Avner, Herzl und Rina ins Kulturkomitee und der dicke Josef zum Kassenwart gewählt.

Als die Ergebnisse feststanden, wurde im Klubhaus gesungen und getanzt, doch war allen klar, dass die Wahlen keine Entscheidung zu Gunsten eines der beiden Lager gebracht hatten. Und schon am nächsten Tag begannen die Klagen.

»Nuri, du hast uns versprochen, dass wir einmal im Monat nach Hause dürfen«, sagte der dicke Josef auf dem Weg zur Dusche.

»Ich habe nichts versprochen«, antwortete ich.

»Aber ich hab solches Heimweh.«

»Das haben wir alle.«

»Dann tu etwas«, jammerte er.

Sonja lud uns in ihr Zimmer ein. Der Empfang war freundlich, sie schenkte uns kalte Getränke ein und bot Kekse und Schokolade an.

»Was ist unsere Aufgabe?«, fragte ich.

»Die Gruppe zu führen, sie zusammenzuhalten, für Disziplin zu sorgen und die Diebstähle auf den Feldern zu unterbinden.«

»Und wie steht es mit dem Nachhausefahren?«

Sonja erhob sich aus ihrem Sessel, ging im Zimmer auf und ab und blieb neben einer schwarzen Holzskulptur stehen.

»Ihr seid gerade erst gewählt und wollt bereits alles auf den Kopf stellen?«

»Über die Häufigkeit der Urlaube entscheidet die *Jugendalijah*«, erklärte Ischai.

»Und die hat beschlossen, dass wir nur alle drei Monate nach Hause dürfen?«, fragte ich.

»In der Zwischenzeit könnt ihr eine Hilfsaktion für eure Familien organisieren«, schlug Sonja vor.

»Warum hilft der Kibbuz ihnen nicht? Wozu arbeiten wir hier?«, wollte Nilli wissen.

»Wieso der Kibbuz? Es sind doch *unsere* Eltern«, wandte ich ein.

Aber Sonja meinte:

»Im Grunde hat Nilli Recht, aber auch die persönliche Verantwortung, von der Nuri spricht, stellt einen wichtigen erzieherischen Wert dar. Deshalb stimme ich diesmal Nuri zu. Was denkst du darüber, Ischai?«

»Ich bin einverstanden. Wer mehr arbeitet, soll auch mehr verdienen.«

Eine Woche später starteten wir unsere Hilfsaktion. Die Mädchen ernteten, die Jungen brachten Heuballen ein. *Chaseh-Mar-Olam* stand neben dem Lastwagen und lud fieberhaft auf. Etwas war mit ihm geschehen. Er hatte aufgehört, Eisenstücke zu verbiegen, und unmerklich war die Furcht, die er uns in Achusah einflößte, verflogen. Vielleicht lag es an seinem unbeholfenen Hebräisch oder an Sonja, die eines Tages vor der versammelten Klasse zu ihm gesagt hatte:

»Wenn du noch einmal jemanden schlägst, musst du den Kibbuz verlassen.«

Selbst *Chaseh-Mar-Olam* war gegen solche Drohungen nicht immun. Als er aus dem Klassenzimmer ging, schien er geschrumpft, als sei alle Luft aus seiner Brust gewichen. Fortan reagierte er seine überschüssige Kraft beim Beladen der Lastwagen ab, wenn das geerntete Obst aus dem Kühlhaus zur Kooperative geschickt wurde. Auch richtete er den Sportplatz neben unseren Unterkünften her und erledigte andere schwere Arbeiten. Er war immer der Erste, der sich freiwillig meldete, und tat schweigend, was ihm aufgetragen wurde. Alle Abteilungen des Kibbuz wetteiferten um ihn. Am Tag der Hilfsaktion schaufelte er wie besessen die Heuballen auf den Wagen. Auf der anderen Seite stand Massul mit nacktem Oberkörper und versuchte, mit ihm Schritt zu halten. Schweiß rann über seine Brust, und die glänzenden Linien auf seiner Haut erinnerten an das Muster eines Hemdes. Hingebungsvoll sang er:

>*»Ahbabana ja ajn ma hum ma'ana,*
>*unsere Lieben sind nicht bei uns.*
>*Man hat sie uns genommen,*
>*und die Trennung ist bitter und schwer.«*

Er war nicht mehr blass und schüchtern wie in Achusah, sondern von der Sonne gebräunt, und seine Augen blickten selbstbewusst, auch wenn die Traurigkeit in ihnen nicht ganz geschwunden war. Auf seinem Kopf spross dichtes Haar, sein Körper war kräftig und aufrecht, und seine Hände bewegten sich flink. Als ich ihn jetzt so sah, bemerkte ich zum ersten Mal den Wandel, der sich auch mit mir vollzogen hatte. Ich war nun nicht mehr mager und schmalbrüstig, und die Heuballen hob ich mit erstaunlicher Leichtigkeit.

Die Veränderung machte sich in allem bemerkbar, in jeder Minute unseres voll gestopften Stundenplans. Abends, wenn ich allein war, musste ich oft an den kleinen Nuri aus Bagdad denken, der auf dem Fahrrad mit dem kaputten Licht zur Schule fuhr und mit dem Ranzen auf dem Rücken von einem Schild träumte, das eines Tages an seiner Haustür hängen sollte:

»Dr. Nuri – Facharzt für Kinderkrankheiten.«

Der zukünftige Doktor Nuri stand unterdessen in großen Gummistiefeln im Morast eines Kuhstalls. Obwohl ich insgeheim stolz auf meine schwellenden Muskeln war, hatte mich mein alter Traum nicht verlassen, und in mir regte sich der Wunsch, gegen alles aufzubegehren.

Eines Abends sagte Josef:

»Wir wollen morgens lieber lernen wie die *Sabre*-Kinder.«

»Du hast Recht«, pflichtete ich ihm bei, »wir müssen dafür kämpfen. Wenn wir gleich sein sollen, dann wollen wir richtig gleich sein.«

»Ach was – lernen!«, protestierte Avner. »Was ist mit Urlaub?«

»Urlaub! Nach Hause!«, schrie Herzl, und alle stimmten ein: »Urlaub! Urlaub!«

»Ischai hat gesagt: Wann wir Ferien kriegen, bestimmt die *Jugendalijah*.«

»Dann sprich mit ihnen«, forderte Avner, »wir sind nicht die Sklaven des Pharao.«

»Und wenn die *Madrichim* dagegen sind?«

»Zur Hölle mit ihnen! Am wichtigsten ist, dass wir freibekommen«, meinte Josef.

»Unser großer Held!«, spottete Bouzaglo.

Auch ich hatte Heimweh nach meiner Familie und den Freunden aus dem Lager. Ich wollte, dass sie endlich Nuri den Kibbuznik kennen lernten, aber ich wagte nicht wie manch anderer, nachts fortzuschleichen und erst morgens zurückzukommen. Trotzdem wusste ich, dass ich etwas unternehmen musste.

Die Jungen attackierten mich und das Komitee bei jeder Gelegenheit. Am meisten ärgerte ich mich über Avner, der herumlief wie ein Pfau und drohte, mich aus dem Komitee auszuschließen.

»Angsthase! Faulpelz!«, giftete er. »Wäre *ich* gewählt worden, hätten wir längst Ferien.«

Ich fühlte mich wie ein Soldat, der in eine Schlacht mit ungewissem Ausgang zog. Ischais Behauptung, dass unsere Heimfahrten von der Entscheidung der *Jugendalijah* abhingen, überzeugte mich nicht. Herzl wollte demonstrieren – »auf dem Platz vor dem Speisesaal, der eignet sich prima dafür.« Nilli und Ruven forderten täglich, ich solle endlich Maßnahmen ergreifen. Die Welle der Bitterkeit schwoll an, und mir wurde klar, dass die Stunde meiner Prüfung gekommen war. Wenn es mir nicht gelang, Urlaub zu erwirken, war ich gescheitert. Also beschloss ich, einen Brief an die *Jugendalijah* zu schreiben:

»Liebe Genossen! Wir, die irakische Jugendgruppe von Kirjat Oranim, bitten, dass ihr uns einmal im Monat nach Hause fahren lasst. Die *Madrichim* sagen, ihr entscheidet darüber. Wir warten ungeduldig auf eure Antwort.«

Wir erhielten keine Antwort, dafür sagten die *Madrichim* eine Volkstanzstunde ab und beriefen eine Sondersitzung ein. Wie ein Sturm kam Sonja ins Klubhaus gefegt; ihr Gesicht war puterrot.

»Au Backe, sie schnaubt Rauch und Feuer«, flüsterte Massul.

»Genossen! Nuri hat an die *Jugendalijah* geschrieben, ohne Wissen der *Madrichim* und ohne die Gruppe zu fragen. Er verlangt eine Heimfahrt pro Monat. Das ist eine sehr ernste Angelegenheit. Habt ihr ihn deswegen gewählt?«

Die Luft schien elektrisch geladen zu sein. Massul nickte mir aufmunternd zu, während Bouzaglo nervös seine Kette knetete.

»Ihr habt gesagt, es ist unsere Aufgabe, die Gruppe zu führen und uns um sie zu kümmern«, sagte ich.

»Du redest nur, wenn dir das Wort erteilt wird«, schnauzte Ischai, was sonst gar nicht seine Art war.

»Ihr habt gesagt, über Urlaub entscheidet die *Jugendalijah*«, fuhr ich unbeirrt fort.

»Solches Handeln zerstört die Gruppe«, keifte Sonja, die ihre Kränkung nicht verbergen konnte. Es war deutlich, dass sie mit unserem Versuch, unsere Rechte in Anspruch zu nehmen, nicht zurechtkam.

»Aber wir wollen nach Hause«, erwiderte ich.

»Ihr seid im Kibbuz zu Hause«, sagte sie.

»Nein, unsere Familien leben in der *Ma'barah*.«

Ein erbitterter Zweikampf entbrannte.

»Das ist keine Demokratie, du hast die Gruppe nicht gefragt«, hackte plötzlich der dicke Josef auf mich ein.

»Du heuchlerischer Fettwanst!«, schrie ich und ballte die Fäuste.

»So spricht man vielleicht im Basar«, tadelte Sonja.

»Vielleicht«, erwiderte ich, »aber worum es eigentlich geht, ist Urlaub.«

»Du hetzt die Gruppe auf und verstößt gegen eure wahren Interessen«, behauptete sie. »Jeder Besuch in der *Ma'barah* macht unsere ganze Arbeit zunichte. Es genügt nicht, Bürger dieses Landes zu sein, um von ihm angenommen zu werden. Auch ich habe die Welt, aus der ich kam, hinter mir gelassen. Ihr werdet dasselbe tun, und es wird zu eurem Besten sein.«

Ich lehnte mich an die Wand. Gedankenfetzen wirbelten

durch meinen Kopf. Ruven war kreidebleich. Wir schauten uns an, dann sagte ich:

»Hinter sich lassen oder nicht – wir wollen Urlaub.«

»Wer will, dass die Gruppe aufgelöst wird, soll es sagen!«, schrie Sonja und schlug mit der Faust auf den Tisch.

Niemand öffnete den Mund. Ich suchte Unterstützung in den Augen meiner Kameraden, aber sie wichen meinem Blick aus. Avner zwinkerte nervös, Nilli drehte an ihren Locken, und Massul drückte sich auf seiner Bank herum, als wolle er sich entschuldigen.

»Ihr habt Urlaub gewollt! Ihr habt versprochen, dafür zu kämpfen! Nilli, Josef, Avner! Wo seid ihr, ihr großen Helden?«, rief ich, aber keiner antwortete. »Feiglinge! Ich trete aus dem Komitee aus!«

Ich rannte aus dem Saal. In unserem Zimmer war es dunkel. Ich drückte mein Gesicht ins Kissen. Sie haben dich im Stich gelassen. Wie ein Bock bist du der Herde vorausgesprungen, aber die Herde ist dir nicht gefolgt. Nur du wirst gehen müssen. Nur dich werden sie hinauswerfen.

Die Zimmertür öffnete sich und wurde wieder zugeschlagen.

»Schurken!«, keuchte Bouzaglo. »Man kann sich auf niemanden verlassen.«

»Ich geh in die *Ma'barah* zurück«, sagte ich und richtete mich auf.

»Wegen ein paar Heuchlern?«, fragte er verwundert.

»Ja, bevor man mich fortjagt.«

»Biss du verrückt? Wart erss mal ab!« Bouzaglo schüttelte sich, als werfe er eine schwere Last ab. »Als du rausgegangen biss, hab ich dasselbe gesagt wie du. Vielleicht schmeißen sie mich auch raus.«

Er setzte sich auf mein Bett, aber ich reagierte nicht und saß mit hängenden Schultern da. Er senkte den Blick. Wir schwiegen eine Weile und waren auf alles vorbereitet. Eiliges Fußgetrappel hielt vor der Zimmertür inne. Die sollten bloß nicht reinkommen, dachte ich und hörte ihren Atem. In diesem Moment hasste ich sie und wünschte, die Tür würde aufgehen und ich könnte sie mit Blicken aufspießen. Aber die Tür blieb geschlossen.

»Komm«, sagte ich schließlich zu Bouzaglo.

»Wohin?«

»In den Speisesaal.«

»Das trauss du dich?«

»Ich werd's ihnen zeigen«, antwortete ich.

Als ich die Tür aufstieß, teilte sich die Herde der draußen Stehenden und gab uns den Weg frei. Ich schaute durch unsere Kameraden hindurch, als wären sie Luft, und als der dicke Josef etwas murmelte, fauchte ich:

»Halt bloß die Klappe! Und das gilt nicht nur für dich.«

Ohne uns umzuschauen, gingen wir zum Speisesaal. Hinter uns hörte ich ihre Schritte. Sie beeilten sich nicht. Den Abstand, der sich zwischen uns aufgetan hatte, hielten sie ein.

9. KAPITEL

Vertreibung in die *Ma'barah*

Tagelang hielt ich mich abseits der Gruppe, lebte einsam und zurückgezogen. Meine Furcht ließ mich nicht ruhen. Was würde man gegen mich unternehmen? Mich hinauswerfen und in die *Ma'barah* zurückschicken? Um mich abzulenken, stürzte ich mich in die Arbeit. Je mehr Wagen ich mit Mist belud, desto größer wurde Doleks Zuneigung, und er erzählte mir hunderte Geschichten von der zweiten und dritten Einwanderungswelle, von Tänzen bis tief in die Nacht, erbitterten ideologischen Disputen, Malaria und Araberkriegen, den Zeltlagern, dem Hunger und der zermürbenden Schufterei. Er sprach auch vom Stolz, der Trunkenheit und dem erhabenen Gefühl, »ein neues Volk und eine neue Heimat zu erschaffen« – und ständig wurde Hora getanzt, »bis zum Morgengrauen«. Seine Erzählungen klangen wie die Märchen aus Tausendundeiner Nacht, und wenn ich sie nicht mit eigenen Ohren von Dolek gehört hätte, der mit einer Begeisterung sprach, als geschähe das alles gerade in diesem Augenblick, hätte ich kein Wort geglaubt.

Wenn ich dann mit meiner Arbeit fertig war und zu meinem Zimmer zurückkehrte, welkten seine Geschichten wie Blumen in der sengenden Sonne. Aber nachts, bei meinen einsamen Spaziergängen im Pinienwald, kehrten sie in meine Gedanken zurück und erfüllten mich mit Euphorie und Trauer. Selbst wenn es mir gelang, wie die Regionalen zu werden, einer wie Dolek würde ich nie. Unwillkürlich verglich ich ihn mit meinem Vater. Obwohl ich Papa sehr liebte, machte ich ihm heimlich Vorwürfe. Nie würde ich mit ihm angeben können wie die *Sabre*-Kinder, die prahlten: »Mein Vater hat das alles aufgebaut, er war einer der Ersten.« In Bagdad, als mein Onkel, der Held des Untergrunds, verhaftet wurde, hatte ich gefühlt wie sie. Und noch ein anderer Gedanke beschäftigte mich: Mein Vater war alt. Wäre er jünger gewesen, hätte ich ihn überzeugt, sich in einem öden Landstrich anzusiedeln und zu vollbringen, was vor ihm Dolek geschafft hatte; gemeinsam mit anderen hätte er einen Kibbuz gegründet und Dolek und den *Sabres* bewiesen, dass wir über die gleichen Fähigkeiten verfügten wie sie. Manchmal freute ich mich beinahe, aus dem Kibbuz ausgeschlossen zu werden (ich war sicher, dass es dazu kommen würde), denn dann könnte ich in den Negev gehen und mit meinen Freunden aus dem Lager ein Dorf bauen, mit Häusern, um die sich Wiesen mit vielen Palmen zogen. Und dann würde ich einen Brief an Sonja, Ischai und die Kibbuzkinder schicken und sie einladen, uns zu besuchen – welch süße Rache würde das sein! Doch einstweilen nagte an mir die Besorgnis, was sie mit mir machen würden; sie nagte wie ein Wurm in einem Baum, und ich flüchtete mich in rosarote Träume, besonders gern auf meine *dschalala*, die große Holzschaukel im Keller unseres Hauses in Bagdad. In meiner Fantasie ließ ich mich auf den Haufen bunter Kissen sinken, atmete den kühlen Luftzug und döste zum monotonen Knarren der Eisenhaken, an denen die Schaukel hing. Aber die Wachträume lösten sich auf wie Rauch, und die Frage, was geschehen würde, bereitete mir schlaflose Nächte. Sonja und Ischai hielten Distanz zu mir und schwiegen. Einige Kameraden unternahmen Annäherungsversuche – die einen taten, als wäre nichts vorgefallen, die anderen versuchten, sich zu rechtfertigen –, doch ich stieß alle fort. Nur im Wald fand ich Frieden. Ich mochte es, dem Rascheln des Windes und dem Zirpen der Zikaden zuzuhören, und berauschte mich am Duft der Pinien. Ruven, der mich begleitete, schlug vor, gemeinsam auf den Wasserturm zu klettern. Er erklomm ihn jeden Morgen, wenn die Hähne krähten. Keiner wusste, was er dort suchte, aber der Wind trug seinen falschen Gesang in alle Himmelsrichtungen:

> »*Vom Turm aus schaue ich umher,*
> *mein Auge saugt die Ferne auf.*
> *Ruhiges Land in nächtlichem Schweigen,*
> *oh Wächter, wie weit ist die Nacht?*«

Als ich ihn fragte, was er da oben suchte, antwortete er:
»Komm mit und sieh, wie wunderbar die Werke des Schöpfers sind.«
Ruven arbeitete auf der Krankenstation, und Massul behauptete, die Lysoldämpfe hätten sein Gehirn geschädigt; nur so konnte er sich erklären, dass Ruven auf seinen Morgenschlaf verzichtete und auf den Turm kletterte.
»Daran ist Fajbusz schuld«, sagte Ruven. Er hatte mit Fajbusz eine Zeit lang im Gemüsegarten gearbeitet und durch ihn seine Liebe zur Natur entdeckt.
»Damit zeigst du, dass du deine Heimat liebst«, hatte ihm Fajbusz erklärt, und Ruven, der in unserer Gruppe sein Sprachrohr war, forderte uns auf, seinem, das heißt Fajbusz' Beispiel zu folgen und durch Wald und Feld zu wandern, Berge zu besteigen, mit botanischen Brevieren Sträucher, Bäume und Blumen zu bestimmen und die Natur und die Landwirtschaft besser kennen zu lernen. Er selbst war aber eher träge und tat nichts von alledem. Er ging den bequemsten Weg, stellte sich auf den Wasserturm und betrachtete die ganze

Landschaft auf einmal. Und um den Hähnen zu beweisen, dass er genauso laut rufen konnte wie sie, sang er:

>»*Der Mond steigt von den Bergen auf,*
>*Das Tal hüllt Nebel ein.*
>*Fern heult traurig ein Schakal,*
>*oh Wächter, wie weit ist die Nacht?*«

»Komm auf den Turm, da verschwinden deine Sorgen wie der Morgennebel«, riet mir Ruven immer wieder, und als ich mich eines Morgens entschloss, mein warmes Bett zu verlassen und ihn zu begleiten, empfing mich auf der Spitze des hohen Bauwerks die schmeichelnde Brise des jungen Herbsts. Der Anblick der geheimnisvollen Wälder nahm mich gefangen und entflammte meine Fantasie. Gebannt starrte ich auf die Sonne, die wie ein Ballon aus dem Dunst aufstieg. Die Nebelschwaden lösten sich auf. Felder kamen zum Vorschein und erinnerten an einen Flickenteppich, dessen Farben von Dunkelbraun bis zu glänzendem Grün reichten. Dahinter dehnte sich der Zitrushain wie ein riesiger Dschungel. Neben dem Turm raschelten Palmen; ich konnte meinen Lieblingsbaum beinah mit der Hand berühren. An den Wirtschaftswegen waren bunte Blumen gepflanzt. Zwar wusste ich nicht, wie sie hießen, aber ihr Duft machte mich schläfrig und belebte mich zugleich.

Ich war Ruven dankbar, und fortan kletterten wir jeden Morgen auf den Wasserturm, um diese wunderbare Welt von oben zu sehen. Eine ungekannte Zuneigung erfasste mich beim Anblick der Bäume, Sträucher und Gräser. Ich war nicht mehr euphorisch wie beim ersten Mal, sondern empfand etwas, das ich nicht mit Worten ausdrücken konnte. Es war die Liebe zu diesem Tal, das nun mir gehörte und *mein Land* geworden war.

Diese neue Liebe erregte mich: Ich hatte eine Zuflucht vor meinen Kameraden gefunden. Sie waren Fleisch von meinem Fleisch, aber jetzt klaffte ein Abgrund zwischen uns, dessen Natur ich immer noch nicht verstand. Auf dem Wasserturm verloren das schlechte Essen, unsere Forderung nach »ehrenhafter« Arbeit und der Wettstreit mit den Regionalen, deren Anderssein uns ein Stachel im Fleisch war, alle Bedeutung. Das Tal war Freiheit, und es gehörte uns genauso wie ihnen.

Die Gerüche und Winde des Herbstes vergingen schnell, und der Himmel wurde fahl. Verschwörerische Wolkenschatten flogen heran, sammelten und verdichteten sich, färbten sich grau, dann schwarz, und plötzlich fiel ein erster heftiger Regen, der andere Gerüche brachte, von gesättigter, fruchtbarer Erde, in deren dunklen Tiefen eine neue Welt entstand, zu der hin sich unsere Herzen öffneten.

In jenen Wochen vermied ich jedes Gespräch mit Sonja. Eines Abends nach dem Unterricht legte sie den Arm um meine Schulter und sagte lächelnd:

»Nurik! Bist du noch immer wütend auf die ganze Welt?«

Sie führte mich zu ihrem Zimmer. Den gesamten Weg über zitterte ich am ganzen Körper. Ich schämte mich und betete zu Gott, dass sie es nicht merkt.

Wie üblich empfing mich Koba, Sonjas Mann, mit einem Schwall arabischer Begrüßungen und kochte mir Mokka mit Kardamom. Wie vom Zauberstab berührt, fiel das ganze Selbstmitleid, in das ich mich seit dem Aufruhr um den Urlaub gehüllt hatte, von mir ab. Sonja setzte sich mir gegenüber, sanft und versöhnlich gestimmt, und ihre Augen und ihr Mund versprühten weder Anklagen noch Zurechtweisungen.

»Ich war streng mit dir«, sagte sie. »Du solltest zur Gruppenarbeit zurückkehren.«

Ich hüllte mich weiter in Schweigen, und sie fuhr fort:
»Ich erwarte viel von dir.«

Nur selten gelang es mir, ihr etwas abzuschlagen, und besonders schwer fiel es mir jetzt, als sie so milde sprach. Bis ich ihr Zimmer verlassen hatte, riss ich mich zusammen, aber als ich draußen war, galoppierte ich wie ein wieherndes Fohlen los. Als ich zu meiner Palme kam, schlug ich Purzelbäume. Das Schwert der Verbannung schwebte nicht mehr über mir. Dass schon ein neuer Sturm aufzog, ahnte ich nicht.

An diesem Tag sollte das Fass zum Überlaufen kommen. Etka, die *Metapellet*, die sonst stets Geduld predigte, schrie alle, die vorbeikamen, an:

»Ihr seid Diebe!«

»Wer?«, fragte Massul.

»Ihr!«

Sie stand auf ihrer Terrasse und ließ ihren Blick nach allen Seiten wandern wie an unserem ersten Tag in Kirjat Oranim. Schon als sie damals die Kleider austeilte, hatte sie jedes einzelne Stück, das sie uns gab, wieder und wieder gezählt und geprüft, doch hatten wir ihr Misstrauen nicht bemerkt.

»Ich hab's entdeckt«, sagte sie mit dem Stolz eines Jägers.

»Wer soll was gestohlen haben?«, fragte Massul von neuem.

»Das sag ich nicht.«

Sie zuckte mit den Schultern und entfernte sich.

Sie machte immer nur Andeutungen, und ihr scharfer, rascher Blick glich einem Röntgengerät, das Verborgenes durchleuchtet. Vor jedem Urlaub kontrollierte sie unsere Sachen und durchsuchte alle Rucksäcke. Nicht dass sie jemand dazu angewiesen hätte. Im Gegenteil, man sah Sonja und Ischai an, dass sie nicht glücklich waren über diese Augen und Hände, die überall herumspionierten. Mehr als einmal sagte Sonja etwas auf Polnisch zu ihr, dann wurde Etka blass, und ihr Kinn bebte. Sonja wollte Etkas Kompetenzen auf die Kleiderkammer beschränken, auf kleine Dienste und die Sorge für Sauberkeit in den Zimmern, aber Etka steckte ihre Nase in alles und mischte sich ständig ein. Sie mochte die Bezeichnung *Metapellet* nicht und sagte immer: »Wir, die *Madrichim*.« Ich mochte sie nicht.

»Immer mit der Geduld!«, hatte sie uns schon an unserem ersten Tag im Kibbuz zugerufen. »Gerade erst angekommen und schon alles haben wollen.«

Schon damals hatte ich ihre Aufforderung, sie mit Etka anzureden, ignoriert und sie weiterhin Frau *Metapellet* genannt. Hartherzig war sie im Grunde nicht. Sie war sehr fleißig und bemüht und versuchte auf ihre Art sogar, uns entgegenzukommen. Ruhe kannte sie nicht; auf ihren langen dünnen Beinen, deren Kniescheiben bei jedem Schritt wie große Kugeln hüpften, stakste sie von früh bis spät durch unser Gebäude. Es hieß, sie sei nicht immer so gewesen. Erst als ihr Sohn den Kibbuz verlassen habe, sei sie sonderbar geworden.

Tomar war das erste Kind, das im Kibbuz zur Welt kam, und wurde von allen geliebt. Er wollte Ingenieur werden, aber da dieser Beruf zu jener Zeit im Kibbuz nicht gebraucht wurde, lehnte man seinen Antrag ab. Als er daraufhin die Siedlung verließ, war das für die Genossen ein schwerer Schlag. Nicht zum ersten Mal hatte die Kibbuzversammlung die Bitte um eine Ausbildung in der Stadt zurückgewiesen; sogar bei privilegierten Mitgliedern, die es trotz aller Gleichheit gab, war man schon so verfahren. In solchen Fällen traten die Sekretäre zusammen und prüften Präzedenzfälle aus anderen Kibbuzim; am Ende hatten immer die kollektiven Werte gesiegt. Und plötzlich wagte jemand, sich der Entscheidung der Versammlung zu widersetzen? Und wer? Der Erstgeborene, das gehätschelte Kind! Als man mir von den erbitterten Auseinandersetzungen über Selbstbestimmungsrecht und individuelle Pflicht erzählte, verstand ich das Problem nicht in seiner ganzen Tiefe. Doch der Schmerz über den ersten im Kibbuz geborenen Sohn, der eines Tages einfach fortgegangen war, quälte die Leute im Kibbuz viele Jahre lang. Zwei tiefe Falten hatten sich in Etkas Gesicht eingegraben. Sie machte sich Vorwürfe, ihr Kind nicht richtig erzogen zu haben, obwohl die Erziehung zu den Gemeinschaftsaufgaben gehörte und Tomar einer der Anführer in der Regionalschule gewesen war. Die Kränkung nagte an ihr. War sie nicht eine Pionierin, eine der Gründermütter? Im Kibbuzsekretariat hing ein großes Foto, das sie als junge, hoch gewachsene Frau zeigte, die auf dem Feld Steine sammelte. Warum hatte dieser Schlag ausgerechnet sie getroffen?

Etka hielt sich den ganzen Tag in den Unterkünften der Jugendgruppe auf und nahm sogar an unseren Versammlungen teil. Diesmal ging es um das Thema Diebstahl, und sie eröffnete die Diskussion:

»Genossen! Unter uns sind Diebe. Ich weiß nicht, wie es bei euch zu Hause zugeht, wie man euch erzogen hat, aber hier seid ihr ...«

Alles in mir verkrampfte sich, über meinen Nacken rann Schweiß. Was bildete sie sich ein? Einer hatte gestohlen, und deshalb waren alle Diebe?

»Frau *Metapellet*, wer hat gestohlen? Und was ist abhanden gekommen?«, fiel ich ihr ins Wort.

Sonja rutschte unruhig auf ihrem Stuhl hin und her.

»Schon wieder nennst du mich Frau *Metapellet*!«, rief Etka.

»Das hat mit der Sache doch nichts zu tun«, wandte ich ein.

»Die Sache ist die ... Es geht um ... Du hast mich aus dem Konzept gebracht«, stammelte sie und biss sich auf die Lippen.

Nun ergriff Sonja das Wort:

»Genossen! Der Besitz des Kibbuz gehört allen und liegt

jedem von uns am Herzen. In unserem Dorf bleiben alle Türen unverschlossen, und es ist verboten, das Vertrauen ...«

»Aber wer ist der Schuldige? Und was hat er mitgehen lassen?«, rief Massul.

»Man hat mir beigebracht, nie einen Genossen bloßzustellen«, antwortete Sonja, und alle schauten einander mit völlig neuen Augen an. Wer könnte es gewesen sein?

»Wer war es?«, rief Hosen-Nilli kämpferisch.

»Es geht um Betttücher und Gemüse, mehr sage ich nicht«, erklärte Sonja.

»Wir werden den Dieb aus der Gemeinschaft ausschließen. Lasst uns abstimmen«, forderte ich.

»Es war dein Marokkaner!«, schrie der dicke Josef.

Um Himmels willen, bloß er nicht!, flehte ich bei mir.

»Schäm dich«, tadelte Sonja den dicken Josef, und ehe wir begriffen, was geschah, stürzte sich Bouzaglo auf ihn und packte ihn an der Kehle. *Chaseh-Mar-Olam* trennte die beiden und löschte den Brand, bevor er sich ausbreiten konnte.

»Ruhe! Wir sind noch nicht fertig!«, schimpfte Sonja.

»Gott wird dich nicht vor meiner Rache schützen«, zischte Bouzaglo.

Eine angespannte, bedrückende Stille senkte sich über den Saal. Jeder musterte jeden.

Plötzlich sagte Ruven:

»Ich war's.«

»Hab ich nicht gesagt, dass du schweigen sollst?«, rief Sonja und ließ die Hände sinken, als wäre alles verloren.

»Du?«, tönte es von allen Seiten.

»Ich hab's nicht böse gemeint«, krächzte Ruven.

Die Furcht schnürte ihm die Kehle zu. Er klang wie eine Geige mit gebrochenem Hals, und sein Gesicht war dunkelrot, als erstickte er. Ruven? Mein Freund aus Achusah? Herr der Welt, er sollte ein Dieb sein? Niemand hatte ihn verdächtigt. Er senkte den Blick, und seine Hände hingen schlaff herunter. Justitias Waage hatte noch nicht entschieden, doch ich wusste, dass Ruven den Kibbuz verlassen würde.

Ich hatte mir selbst eine Falle gestellt und betete, dass mein Vorschlag zurückgewiesen würde. Die Gruppe stimmte ab; alle glaubten, dass die *Madrichim* eine Entscheidung erwarteten, und so beschloss die wütende Mehrheit, Ruven aus unserer Mitte zu entfernen. Schweigend stand er auf und ging zur Tür.

»Einen Augenblick«, sagte Sonja, aber Ruven hörte sie nicht. Ich wollte mit ihm gehen, doch saß ich wie festgewachsen auf meinem Stuhl. Es empörte mich zu sehen, wie Ruven sich mit dem Urteil abfand. Ich wünschte, er würde schreien, kämpfen, mich bestrafen. Aber er tat es nicht. Mit gesenktem Kopf verließ er den Raum.

Hämmer klopften in meinen Schläfen. Ich weigerte mich zu glauben, dass Ruven durch meine Schuld verstoßen wurde, ausgerechnet er, mein Freund aus Achusah. Ich wollte etwas sagen, aber meine Stimme gehorchte mir nicht. Auch Sonja schwieg und hatte die Hände vors Gesicht geschlagen. Ich hatte sie noch nie so gesehen. Schließlich sagte sie:

»Diese Entscheidung hatte ich nicht erwartet. Ich hatte gehofft, ihr würdet die Diebstähle verurteilen und Ruven eine Rüge erteilen. Mit denen, die vom Weg abweichen, gehen wir zwar streng um, aber die Solidarität und die Verantwortung gegenüber dem Individuum, auch gegenüber demjenigen, das einen Fehler macht, ist einer der höchsten Werte in unserem Leben. Die Mehrheit, die für Ruvens Ausschluss gestimmt hat, hat sich dieser Herausforderung nicht gewachsen gezeigt. Ruven wird bei uns bleiben. Ich hoffe, dass ihm die Geschichte eine Lehre ist und dass auch ihr etwas gelernt habt über eure Art, Beschlüsse zu fassen. Ihr habt alles berücksichtigt, alles außer einer wichtigen Sache – Freundschaft. Ich werde mit ihm reden.«

Wir waren wie betäubt. Weshalb hatte sie meinen Vorschlag nicht von vornherein verurteilt und ihre Ansprache früher gehalten, um die Abstimmung zu verhindern? Hatte sie uns auf die Probe stellen wollen? War das die Demokratie, von der sie immer sprachen? Die ganze Zeit predigte sie, dass wir unser Schicksal in die Hand nehmen mussten, und wenn wir versuchten, auf eigenen Beinen zu stehen, zog sie uns den Teppich unter den Füßen weg und gab uns der Lächerlichkeit preis. Als Sonja das Klubhaus verließ, war ich von lauter Anklägern umringt.

»Du willst ein Mann sein?«, eröffnete Avner die Attacke. »Du bist ein Niemand! Du hast vorgeschlagen, Ruven rauszuschmeißen, um vor den *Madrichim* gut dazustehen.«

»Hat nicht die Mehrheit beschlossen?«, verteidigte ich mich. »Ihr seid wirklich mutig, wie damals, als es um die Ferien ging!«

»Du Schwein wolltest ihn in die *Ma'barah* zurückschicken!«

»Er ist mein Freund.«

»Du hast nur einen Freund, den Marokkaner.«

»Es war ein Beschluss der Gruppe«, wiederholte ich, doch Avner stellte sich stur:

»*Du* bist schuld!«

»Was meinst du, warum er gestohlen hat?«, fauchte Herzl. »Weil seine Familie nichts zu essen hat.«

»Meine Familie hat auch nichts zu essen«, antwortete ich mit schweißnasser Stirn. »Er hat unsere Ehre in den Schmutz gezogen.«

»Zum Teufel mit der Ehre und dem Kibbuz«, schrie Massul und rannte hinaus.

Alle folgten ihm, nur ich blieb zurück. Weshalb hatte ich

mich vorgedrängt? Warum war ich immer so hart gegen mich und die anderen?

Es waren ihre Augen, die mich so verwandelt hatten. Ich spürte ihren Blick auf Schritt und Tritt: bei der Arbeit, im Speisesaal, bei den Aufführungen und Filmen. In ihren Augen existierten wir nur als Masse, so als besäßen nicht auch wir Eigennamen und Identitäten. Jeden Fehler lasteten sie uns gemeinsam an. Schon an meinem ersten Tag im Gemüsegarten hatte Fajbusz zu Gerschon, dem Traktorfahrer, gesagt:

»Diese Irakis sind anders als die *Sabres*.«

Nach Ruvens Fehltritt verurteilten sie uns alle. Ich hatte geglaubt, dass ihn die *Madrichim* ohnehin verstoßen würden, und nur um unsere Ehre zu retten, hatte ich beschlossen, dass die Entscheidung von uns kommen musste. Sonja hatte uns diesen letzten Trumpf genommen und so, ohne böse Absicht, die Demütigung noch verschlimmert. Ruven stellte unsere Ehre wieder her. Er weigerte sich, Sonjas Gnadenakt zu akzeptieren. Noch am selben Abend packte er seine Sachen und kehrte in die *Ma'barah* zurück.

10. KAPITEL

Die Rucksäcke

Die Zeit fraß sich voran. Der Herbst war vergangen, und der Winter hatte seinen Höhepunkt erreicht. Die Ställe für Kühe und Kleinvieh waren ein einziger großer Sumpf. Es regnete ununterbrochen. Wenn nachts die Tropfen auf das Metallgeländer unserer Veranda fielen, war mir unheimlich zu Mute, so wie damals, als ich zum ersten Mal erlebt hatte, wie der rote Tigris schäumend über die Ufer trat, als wollte er die ganze Stadt überfluten. Wie hatte ich an Papas Ärmel gezerrt und gebettelt, dass wir schnell nach Hause gingen! Ich mochte keinen Regen. Ich verstand nicht, wem er nutzte. Vielleicht Dolek. Ja, Dolek hatte sich Regen gewünscht, und Papa hatte ihn ebenfalls oft herbeigesehnt und dafür zum Gott des Regens und des Taus gebetet.

»Regen ist wichtig für die Landwirtschaft, für die Felder. Ohne Regen gibt es nichts zu essen«, pflegte er mir einzuschärfen, als hinge es von mir ab, wann Regen fiel.

Die Jugendgruppe schien Winterschlaf zu halten. Seit dem traurigen Abend, an dem Ruven uns verließ, waren drei Monate vergangen. Lange Zeit noch war von jenem Abend die Rede, aber auch als wir nicht mehr darüber sprachen, blieb die Scham. Umsonst versuchte ich, sie aus meinem Herzen zu verdrängen. Ich hasste Etka. Die Sache mit Ruven hatte sie beflügelt. Sie fieberte danach, weitere Diebstähle zu entdecken, schlich überall herum und schaute in jeden Winkel, besonders als die Ferien begannen. Am Abend vor der Abreise erschien sie und tat so, als wolle sie uns beim Packen helfen, damit wir ja nicht unsere Zahnbürsten vergaßen. Aber in Wahrheit wollte sie den Inhalt unserer Taschen kontrollieren. Mein Rucksack war der erste, auf den sie es abgesehen hatte, aber ich weigerte mich, ihn ihr zu überlassen.

»Ich hab das Recht dazu«, sagte sie.

»Hau ab!«, schrie Massul und hob drohend die Hand.

Etka kreischte. Wir verfluchten sie, den Kibbuz und »euer Israel«.

Herzl schlug vor zu demonstrieren, und ein anderer Junge rief:

»Sie müssen sich erst bei uns entschuldigen. Vorher kommen wir nicht zurück.«

Bouzaglo lief los, um Sonja und Ischai zu suchen, aber sie waren nach Haifa gefahren, um »Weine, geliebtes Land« in einer Inszenierung des Nationaltheaters zu sehen. Die rettende Idee, der alle Jugendlichen zustimmten, kam von Nilli:

»Wir schmeißen alle unsere Taschen auf Etkas Veranda und fahren ohne Gepäck nach Hause.«

»*Walla*, sie hat Recht«, rief *Chaseh-Mar-Olam*.

Er, Massul und Bouzaglo sammelten in allen Zimmern die Rucksäcke ein und warfen sie vor Etkas Fenster im Wohnbereich der Alteingesessenen.

Als Sonja und Ischai um Mitternacht zurückkamen, wartete Etka am Kibbuztor und zeigte ihnen den Berg voll bepackter Rucksäcke. Sonja kochte vor Wut. Sie schimpfte auf Polnisch und Hebräisch, weckte mitten in der Nacht die Wirtschafterin und packte gemeinsam mit Ischai Geschenkpakete für unsere Eltern; jedem Paket fügten sie Grüße des Kibbuz an die Familie bei. Wir erfuhren das alles erst am nächsten Tag von Ischai. Frühmorgens fanden wir vor der Tür unseres Gebäudes die Rucksäcke, daneben die Geschenke.

Mit einem verlegenen Lächeln baten uns Sonja und Ischai, sie an uns verteilen zu dürfen, aber wir weigerten uns, sie anzunehmen. All ihr Reden war vergebens.

»Etka muss weg!«

Herzl gab die Parole aus, und alle wiederholten:

»Etka muss weg! Etka muss weg!«

Aufrechter als sonst marschierten wir zur Landstraße. Minuten später erschienen auch Sonja und Ischai dort. Ischais kleine Augen funkelten. Sonja sagte:

»Ich verstehe euren Zorn, er ist gerechtfertigt. Aber Etka ist nicht der ganze Kibbuz, bitte vergesst das nicht.«

»Gibt es wegen Etka jetzt auch eine Sondersitzung, so wie damals bei Ruven?«, schrie ich. Alle meine Schuldgefühle entluden sich in diesen Worten.

»Ja, es wird eine Untersuchung stattfinden«, antwortete Sonja, »das versichere ich euch. Ich achte euren Stolz sehr, aber noch wichtiger scheint mir der Zusammenhalt, den eure Gruppe bewiesen hat. Diesmal habt ihr euch wirklich solidarisch verhalten.«

11. KAPITEL

Massul

Wenn es Nacht wurde und sich Dunkelheit über die Welt legte, versammelten wir uns in einem verlassenen stickigen Holzschuppen, unserem Klub. Jungen und Mädchen saßen im Kreis, tauschten Blicke aus, plauderten und neckten sich. Hosen-Nilli wollte einen Garten um das Gebäude anlegen »wie bei der *Sabre*-Schule«.

»Wir sind keine *Sabres*«, entgegnete Massul, aber wer konnte sich gegen Hosen-Nilli durchsetzen?

Da wir uns nicht beteiligen wollten, nahm sie eine Spitzhacke und jätete allein Unkraut, hartnäckig, Tag für Tag, bis wir den Widerstand aufgaben. So war es auch in der Sache mit den Hosen gewesen, kurz nach der Ankunft im Kibbuz. Nicht nur die Mädchen der Gruppe, auch die Jungen hatten gegen ihre Idee protestiert, aber Nilli ließ sich nicht davon abbringen: Sie wollte unbedingt kurze blaue Hosen wie die der Kibbuz-Mädchen.

»Bei dir brennt wohl was?«, fragte Ilana ärgerlich.

»Ja, mein Pöchen«, antwortete Nilli – ein Ausdruck, den sie im Kinderhaus des Kibbuz aufgeschnappt hatte.

»Wo krieg ich bloß kurze blaue Hosen her? Noch dazu mit einem Gummi unten?«, überlegte sie, bis sie endlich Mut fasste und an ihre Eltern schrieb:

»Bitte kauft mir kurze blaue Hosen mit Gummi unten, im Geschäft wissen sie, was für welche ich meine. Alle haben solche Hosen, nur ich nicht.«

Im Laufe des folgenden Monats erhielt sie mehrere Briefe, und in allen stand das Gleiche:

»Laila, liebe Tochter! Für ein Mädchen gehört es sich nicht, Hosen zu tragen.«

Aber eines Tages erbarmte sich die Mutter und schickte ihr ein Paar, ohne dass der Vater davon erfuhr. Nilli war außer sich vor Freude, kam mit dem Geschenk in der Hand angerannt und zeigte es allen. Sie strahlte vor Glück.

»Was willst du damit, Laila? Die sind ja lang und weit«, spottete Rina.

»Wart's ab«, entgegnete Nilli, die schon einen Plan hatte, »gleich werden sie kürzer sein.«

Sie lief in die Kleiderkammer, schnibbelte und kürzte, nähte Säume und trennte sie wieder auf, und am Ende hatte sie kurze blaue Hosen wie die Mädchen der Regionalschule. Dann zog sie an den Enden der Hosenbeine Gummibänder ein, wie es hier zu Lande üblich war, und eines Abends, als wir im Klub zusammensaßen, erschien sie hoch aufgerichtet und mit stolz geschwellter Brust in ihrer neuen Tracht. Alle waren sprachlos. Ilana fasste sich als Erste und lachte:

»Hosen-Nilli!«

»Kein schlechter Name«, erwiderte Nilli und drehte sich um, damit wir ihren festen runden Hintern sahen, der auf glatten, wohl geformten braunen Beinen ruhte.

Joram-Schiefhals machte Stielaugen. Wie hypnotisiert wanderte sein Blick zwischen den oberen und den unteren Gebirgen ihres Körpers auf und ab. Von da an brach ihm der Schweiß aus, wenn sich Nilli bückte, um Unkraut zu jäten, und er versuchte vergeblich, sie am Hinterteil zu packen.

»Sie ist schön wie der Mond«, stöhnte er, und wenn sich unter seinem Gürtel sein kleines Fähnchen hob, krümmte er sich, als hätte er Bauchschmerzen, und rannte zur Toilette.

Joram gewöhnte es sich an, nachts auf das Dach unseres

Gebäudes zu steigen, sich dort hinzulegen und in den Himmel zu schauen. Wenn der Mond schien, sang er:

»Mond, Mond,
dein Antlitz ist wie Nillis tis,
blau und rund und schön.
Weshalb bist du so fern?«

In jenem Sommer – dem heißesten, an den sich die Leute im Jesreeltal erinnern konnten – beobachtete Bouzaglo, dass Joram abends mit einem Lineal zur Toilette ging. Einmal, zweimal, dreimal. Das weckte seine Neugier. Durchs Schlüsselloch beobachtete er, wie der Schiefhals an seinem Fähnchen zog und dessen Länge maß: Er wiegte den Kopf, streichelte es und flüsterte Beschwörungen. In der Hoffnung, dass es Joram zu Ohren kam, erzählte Bouzaglo jedem, der es hören wollte, dass es »nichts Besseres als Dotter von ungekochten Eiern gibt, damit das Fähnchen wächst«. Und tatsächlich schlich Joram zum Hühnerstall, suchte frische Eier, noch warme, die gerade erst gelegt waren, und verschlang sie inmitten der gackernden Hühnerschar. Jeden Tag aß er mehr Eier und lief danach zur Toilette.

Wochen verstrichen. Ich weiß nicht, ob Jorams Fähnchen gewachsen war, aber eines Abends, nachdem er viele Nächte gesungen hatte, schien er einen Beschluss gefasst zu haben: Wenn der Mond nicht zu Joram kam, wollte Joram eben zu ihm kommen. Tags darauf packte er sich eine Hacke und half Hosen-Nilli beim Jäten. Von Nillis Lachen ermutigt, stürzte er sich mit voller Kraft in die Arbeit und kühlte sein Gemüt an dem schier undurchdringlichen, stacheligen Gestrüpp. Nilli stand ihm nicht nach, und nach einigen Tagen hatten sie es geschafft – ein breiter kahler Streifen umgab den Holzschuppen. Anfangs waren sie auf ihre Kameraden wütend gewesen, die mit verschränkten Armen abseits standen; jetzt freuten sie sich, dass sie die ganze Arbeit allein gemacht hatten. Zwangsläufig waren sie sich dabei näher gekommen. Joram ahnte damals nicht, dass Nillis Herz flatterte, wenn er in ihrer Nähe war. Mit dem Ausreißen des Gestrüpps gab sie sich nicht zufrieden, jetzt wollte sie auch noch Blumen. Alles sollte so aussehen wie vor dem Klub der Regionalen. Mit Blumen kannte sie sich aber nicht aus, und auch Joram konnte ihr nicht behilflich sein. Aber während sein Eifer nachließ, gab Nilli nicht auf.

»Wir schaffen es, du wirst sehen«, sagte sie zu ihm.

Abends, wenn wir im Klub feierten, saßen Joram und Nilli auf zwei großen Steinen mitten auf der kahlen Fläche. Sie berieten sich, und er starrte abwechselnd auf ihren Mund und ihre nackten Oberschenkel. In ihrer Begeisterung für eine neue Gestaltungsidee streifte Nillis Hand zufällig seinen Arm. Ein Schauer durchfuhr Joram.

»Mir wird etwas einfallen«, versicherte Nilli ihm und holte tief Atem.

Doch einige Tage später sagte sie:

»Bis mir was eingefallen ist, könnten wir den Klubraum ausschmücken.«

An diesem Vorhaben beteiligten sich auch Rina und in ihrem Gefolge die meisten anderen Mädchen. Wer gut zeichnen konnte, zeichnete, es wurden Plakate aufgehängt, und sogar *Chaseh-Mar-Olam* machte mit und brachte einen Eimer mit Kalk, um die abgeblätterte Wand zu streichen. Sonja und Ischai taten, als achteten sie nicht auf uns, doch eines Abends, als Nilli und Joram die Arbeit unterbrachen und sich auf den Steinen ausruhten, spazierte Ischai wie zufällig vorbei und fragte:

»Und wie wäre es mit Blumen?«

»Kennst du dich damit aus?«

Nilli sprang freudig auf.

»Morgen«, entgegnete er und ging weiter.

Am folgenden Tag erschien er mit dem Kibbuzgärtner, und binnen einer Woche wuchsen Inseln junger Pflanzen auf der kahlen Fläche.

Im Unterricht nahmen wir gerade den Chassidismus durch. Nilli fand, dass es nicht ausreichte, Spruchbänder und Plakate aufzuhängen und alles neu zu dekorieren. Eines Abends, als wir alle im Klub versammelt waren, rief sie:

»Der ganze Klub soll chassidisch werden.«

Und um zu zeigen, dass sie es ernst meinte, verschwand sie und kehrte mit einem riesigen Strohkorb voller Hüte, Kaftans und Fotografien von Chassidim in schwarzen Hosen und komischen Pelzmützen zurück. Salman, der bärtige Lehrer in der Regionalschule, freute sich überschwänglich, und er beschloss, ein chassidisches Stück aufzuführen. Da er ein nervöser Mensch war, der ununterbrochen rauchte, ging ich davon aus, dass es nie zu der Aufführung kommen würde – vorher würde sich unser Regisseur die Seele aus dem Leib husten. Am Ende hustete er sich zwar nicht zu Tode, aber er redete sich die Kehle heiser, weil er uns Irakis und Marokkanern wieder und wieder erklären musste, wie sich fromme Juden aus Galizien bewegten und sprachen – was für ein Schauspiel! Den Bräutigam und die Braut spielten Joram und Nilli. Sie war hinreißend als züchtiges, schüchternes Mädchen, und er zeigte allen, wie man vor seiner Braut tanzt. Mitten in den Proben nahm Salman Bouzaglo die Rolle des Rabbis ab. Seine ss und sch gaben der Figur des osteuropäischen Schriftgelehrten den Rest. Salman befahl den Bewerbern auf Bouzaglos Rolle, sich an der Wand aufzustellen, musterte sie mit dem Blick des erfahrenen Theatermanns und zeigte auf Massul:

»Du!«

Unser Regisseur konnte es kaum erwarten, dass der neue

Schauspieler in seine Rolle schlüpfte. Als Massul sich das Kostüm angezogen hatte, sagte Salman:

»Schau her«, und machte vor, wie sich ein echter Chassid benahm.

Er begann hingebungsvoll zu reden und zu tanzen, wie ein chassidischer Rebbe, der mit seinen Anhängern Hof hielt. Das fiel ihm nicht schwer, denn er war selbst der Sohn eines galizischen Rabbis. In seiner Begeisterung übersah er den Gesichtsausdruck seines Schauspielers, und erst als er in die Gegenwart zurückkehrte, bemerkte er, dass Massul in Unterhosen vor ihm stand. Ich dachte, jetzt würde er wirklich tot umfallen, und zu allem Überfluss sagte Massul:

»Du stammst von da, Salman, also spiel den Rabbiner selbst. Glaubst du, ich bin verrückt? Zehn Minuten in diesem Pelz, und ich sterbe vor Hitze! Willst du mich meiner Familie als toten Mann zurückgeben? Aber wenn du einverstanden bist, spiel ich in kurdischer Tracht.«

»Keine Sorge, wir schaffen es, Massul. Du wirst ein großartiger Rabbi sein, das verspreche ich dir. Es ist die Chance deines Lebens«, antwortete Salman.

»Aber nur in kurdischer Tracht.«

»Unmöglich.«

Massul gab nicht nach.

»Wenn ich einen kurdischen Rabbi bräuchte, würdest *du* ihn nicht spielen«, sagte er wütend und ging.

Die Stimmung bei den Proben war fröhlich. Es machte uns Spaß, uns in Schmerl, Berl und Dodel zu verwandeln, uns Bärte anzukleben und Kopftücher umzubinden. Auch die Musik mochten wir, das *jabambam*, das von Händeklatschen und Stampfen der Füße begleitet wurde. Doch am besten gefiel mir das Schluchzen der Geige, die mich an unsere *qamandscha* erinnerte.

Am Abend der Vorstellung saßen im Publikum Besucher,

die die *Madrichim* und Metaplot eingeladen hatten, um ihnen zu zeigen, was für Fortschritte ihre Gruppe erzielt hatte. Auch von uns waren Gäste da, die Leiter der Abteilungen, alles Erwachsene. Nur die Regionalen erschienen nicht, obwohl in ihrem Speisesaal ein Anschlag mit dem Datum der Veranstaltung aufgehängt worden war.

Nicht nur die Schauspieler waren aufgeregt, sondern auch die anderen Jungen und Mädchen. Alle fühlten sich verantwortlich und empfingen die Gäste mit einem breiten, verlegenen Grinsen. Dann öffnete sich der Vorgang, und mir blieb fast das Herz stehen – stürmischer Beifall, das Schluchzen der Geige, Salmans glänzende Augen und ein euphorisches Gefühl, als wüchsen mir Flügel. Doch der ganze Zauber verpuffte, als der Dialog begann und sich ein Kurde mit gutturaler Aussprache bemühte, einen galizischen Chassid nachzuahmen. Aus der Ecke, in der die Gäste saßen, erhob sich Gelächter. Wir freuten uns, dass sie sich amüsierten, aber das Lachen schwoll an, und wir begriffen, dass sie sich über uns lustig machten und die Spaßmacher unfreiwillig zum Spott des Publikums wurden. Einige Besucher schlichen hinaus, weil sie sich vor Lachen kaum halten konnten, aber auch die anderen brauchten nicht bis zum Ende des Stücks zu warten – die Vorstellung wurde abgebrochen. Wir beendeten sie, obwohl der arme Salman begeistert klatschte. Sonja und Ischai behaupteten, das Publikum habe nicht über uns gelacht, sondern über die Situation, in die wir hineingeraten waren, aber ihre Ausreden waren zwecklos. Unsere Enttäuschung war groß. Mit hängenden Köpfen saßen die Schauspieler und ihre Freunde da, gedemütigt und beschämt, als plötzlich Massuls Stimme durch den Saal tönte:

»Ich hab's euch doch gleich gesagt.«

Massul war der Held des Augenblicks. Wir trauten uns kaum, ihm ins Gesicht zu sehen.

»Lasst uns unsere eigene Vorstellung geben«, sagte er. »Nuri, du bist doch im Komitee. Besorg uns eine arabische Laute.«

»Kannst du Laute spielen?«, fragte ich verblüfft.

»Ein bisschen.«

Hosen-Nilli schöpfte Mut:

»Klasse! Wir werden es ihnen beweisen – ihnen und allen Kibbuzkindern.«

»Genau«, bekräftigte Joram-Schiefhals, aber Massul entgegnete:

»Wir brauchen nicht bloß eine Laute, sondern ein ganzes Stück. Auf Arabisch!«

»*Jalla*, wir schreiben es zusammen«, schlug ich vor, doch nun mischte sich Sonja ein, deren Anwesenheit wir nicht bemerkt hatten.

»Fein«, sagte sie. »Aber vielleicht schreibt ihr es auf Hebräisch. Ihr sprecht schon ziemlich gut.«

»Nein, auf Arabisch«, beharrte Massul.

»Lasst uns ein andermal diskutieren«, schloss Sonja und verabschiedete sich.

Noch in derselben Nacht setzten wir uns zusammen und schrieben ein Theaterstück über einen jüdischen Jungen aus Basra, der sich der zionistischen Untergrundbewegung anschloss. Vier Tage vergingen, bis wir einen Namen für unseren Helden fanden. Ich schlug Rasi vor, aber Massul bestand auf Nachum.

»Das ist ein guter jüdischer Name«, meinte er, und ich gab nach.

Die Handlung war einfach: Nachum war in Basra geboren und ging dort zur Schule. An einem Schabbat lernte er in der Synagoge einen geheimnisvollen Mann kennen, mit dunklem Haar und Brille, der sich *schaliach* nannte; das ist hebräisch und bedeutet Gesandter. Es hieß, er komme aus Palästina. Einige Leute meinten, dass er vielleicht der Messias sei oder Elias, der Prophet, auf dessen Rückkehr die Juden bis heute warten. Niemand wusste es genau. Schaliach brachte Nachum bei, eine Waffe zu benutzen. Eines Tages verhafteten die Moslems Nachum und steckten ihn zusammen mit Abu Dschassem, dem Chef der Diebesbanden von Basra, ins Gefängnis. Abu Dschassems Komplizen brachen in das Gefängnis ein und befreiten alle Insassen. So gelang Nachum die Flucht, und er versteckte sich neunzehn Tage im Keller von Abu Haskil, dem Bäcker des Viertels, und wartete auf Schaliach, der am Tag von Nachums Verhaftung spurlos verschwunden war. Eines Nachts erschien Schaliach im Keller von Abu Haskil und brachte Nachum zu einem Beduinen, der bei Gott und dem Propheten schwor, ihn durch die große Wüste nach Palästina zu führen. Er verlangte hundert Dinar und behauptete, das sei ein günstiger Preis. Nachum gelangte nach Israel, wurde Soldat und fiel im Unabhängigkeitskrieg.

Herzl, unser Vater des Staates, wurde zum Bühnenmeister ernannt. Er spannte ein Seil quer durch den Klubraum, hängte weiße Vorhänge daran auf und beschaffte ein Kopftuch und ein Gewand für *Chaseh-Mar-Olam*, der den Bandenchef Abu Dschassem spielte. Herzl wollte unbedingt die Rolle des Nachum.

»Nachum ist genau wie Sabida«, rief er.

»Wer ist Sabida?«, fragten alle im Chor.

»Der Mann meiner Mutter, Nuri kennt die Geschichte. Irgendwann erzähl ich sie euch.«

Je näher der Aufführungstag rückte, desto nervöser wurde ich. Die Sprachenfrage quälte mich mehr als die Furcht vor den Leuten aus dem Kibbuz. War Kirjat Oranim der passende Ort für ein Stück auf Arabisch? Sonja versuchte, uns zu überzeugen, auf Hebräisch zu spielen. Diesmal argumentierte sie, statt Zwang auszuüben, und das machte mir ein schlechtes Gewissen. Ich war wütend auf mich selbst. Weshalb hatte ich mich so schnell auf Massuls Seite geschlagen? Jetzt gab es kein Zurück mehr. Das Rad drehte sich in Schwindel erregendem Tempo. Fast alles war vorbereitet, nur die *udd*, die arabische Laute, fehlte uns noch, und im Kibbuz wusste niemand, was das ist. Im letzten Augenblick regte Rina an, das Stück abzuwandeln: Auch israelische Tänze sollten vorkommen, schließlich endete die Geschichte hier.

»Das ist doch Mist! Was willst du mit ihren bekloppten Tänzen?«, schrie Massul. Er stieß laute Eselsschreie aus, wiegte sich im Takt eines Liedes und sang dazu:

»*Ia, Ia, rechts, rechts, links, links, nach vorn, zurück. Nur Esel bewegen sich so.*«

»Willst du nicht so werden wie sie?«, fragte Rina.

»Wie sie? Gib mir eine *udd*, und ich zeige dir, was ich werden will« – seine Hände spielten auf einer imaginären Laute, und ihre Melodie wurde begleitet vom leisen Summen seiner wunderschönen, ein wenig heiseren Stimme. »Verschafft mir Urlaub, ihr vom Komitee, dann bring ich euch eine *udd*.«

Am Nachmittag teilte mir Sonja mit, dass Massuls Reise genehmigt sei – »aber nur für einen Tag!« Massul umarmte mich und brach mir dabei fast die Knochen. Er küsste mich geräuschvoll, eilte zu seinem Zimmer, zog sich seine Festtagskleider an und lief zur Tramp-Haltestelle. Am folgenden Tag kehrte er vor Glück strahlend mit einer Ud zurück.

Schon von weitem rief er:

»Nuri! Nuri! *Abuss ajnak!* Heute Abend spiel ich euch was vor.«

Von der Regionalschule und dem Kibbuz kam niemand zur Aufführung. Sonja rang die Hände, Ischai ging den Weg zum Klubhaus hinunter und kam niedergeschlagen zurück.

»Wir warten noch eine Viertelstunde«, sagte Massul. »Wenn sie nicht wollen, dann eben nicht.«

Der Weg blieb leer.

»Wir brauchen keine Aufführung«, meinte plötzlich Hosen-Nilli, »wir kennen jedes Wort auswendig.« Beinahe jeder aus der Gruppe war bei den Proben dabei gewesen.

»Dann feiern wir eine *hafla*«, beschloss Massul.

»Was ist das?«, fragte Sonja.

»Eine Party«, erklärte ich.

»Ihr seid eingeladen«, sagte Massul zu Sonja, Ischai, Etka und Salman.

»Gute Idee«, entgegnete Ischai, »aber mir scheint, unsere Anwesenheit würde euch stören.«

»Nein, überhaupt nicht«, meldeten sich zögernde Stimmen.

»Ischai hat Recht«, erwiderte Sonja. »Danke für die Einladung und einen schönen Abend!«

Aber Ischai und Sonja kamen noch einmal zurück, jeder mit einem Karton voll »guter Sachen« für uns im Arm. Dann verabschiedeten sie sich endgültig. Wir stellten die Stühle im Kreis auf und in die Mitte eine große Kiste als Bühne für Massul.

Langsam trat Massul in die Mitte des Kreises, in seiner Hand die Laute. Wir applaudierten stürmisch. Ich betrachtete ihn: Er war groß und hatte einen schweren Körper mit breiten Schultern; sein Gesicht war oval, seine Stirn schmal, und seinen Schädel bedeckte dichtes, von Brillantine glänzendes Haar, das in der Mitte gescheitelt war. Eine lange, scharf umrissene Nase erhob sich über einem kleinen Mund und einem kräftigen eckigen Kinn. Seine großen Ohren reichten von den Schläfen bis zum Unterkiefer. Massul hatte die Angewohnheit, an seinen Wangen zu saugen; dabei bildeten sich in seinem Gesicht zwei Krater, die seinen Mund besonders breit erscheinen ließen. Deshalb nannten ihn alle Massul, was auf Arabisch Trillerpfeife bedeutet; keiner erinnerte sich mehr, dass er in Wirklichkeit Chaim hieß. Am Anfang hatte er den Spitznamen, der ihm schon in Achusah verpasst worden war, als Beleidigung empfunden und mit Trotz reagiert; oft verprügelte er die, die ihn so riefen. Doch am Ende fand er sich mit dem Namen ab.

Als Massul seinen Platz auf der Kiste eingenommen hatte, bat er mit einer eleganten Geste, die er im Kino von den Filmstars abgeguckt hatte, Joram-Schiefhals und Jigal Nab'a zu sich und löste langsam die Schnur, die die blausamtene Hülle der Ud zusammenhielt. Jigal Nab'a trommelte mit seinen biegsamen Fingern auf den Knien. Ehrfürchtig, fast liebevoll setzte Massul die Ud auf seine Oberschenkel und stimmte die Saiten. Jigal nahm die arabische Trommel, erzeugte ein paar Töne und schien sie ebenfalls zu stimmen. Merkwürdig, ich hatte das Instrument noch nie gesehen. Offenbar hatte sich Jigal geschämt und es versteckt, und erst jetzt, auf Initiative von Massul, war es zum Vorschein gekommen. Langsam, wie ein Profi, rieb Jigal mit großen kreisenden Bewegungen über die Haut der Trommel, um sie zu erwärmen und zu spannen. Dann flüsterten Massul, Jigal Nab'a und Joram, der Sänger, sich etwas zu und wechselten Blicke, und plötzlich, ohne Vorbereitung des Publikums, begannen sie zu spielen. Massul gab mit seinem Kopf den Takt vor.

> »*Al-haja hilwa bass nifhamha,*
> *das Leben ist schön,*
> *wenn wir es nur verstünden.*
> *Das Leben ist Gesang,*
> *schön sind seine Melodien.*«

Danach spielte Massul die Ouvertüre. Er drückte die Ud an seine Brust und schlug mit einer weißen Spielfeder sanft die Saiten. Seine harten Züge wurden weich, und seine Augen schauten zu einem fernen Punkt. Er spielte mit Hingabe und Wärme. Immer wieder drückte sein Finger die tiefste Saite, sprang dann zur mittleren und schließlich zur höchsten, und manchmal fuhr er auf einer der Saiten auf und ab und erzeugte zarte lang gezogene Töne. Ich konnte meinen Blick nicht abwenden von diesen Händen und diesem leuchtenden, träumenden Gesicht. Große Trauer lag darin. Massul war weit weg und schien uns zu sich zu rufen. Mit geschlossenen Augen folgten wir ihm, und unsere Körper wiegten sich im Takt.

Nach Massuls Solo versetzte uns Jigal Nab'a mit seiner Trommel in Staunen und ließ unsere Herzen höher schlagen. Joram schaute so lange zu Hosen-Nilli, bis sie seinen Blick erwiderte, dann intonierte er mit heller Stimme ein Liebeslied:

»Ja samra ruhi ...
dunkelbraun ist mein Herz,
dunkelbraun meine Seele,
nie liebte ich eine andere außer dir.«

Er reckte seinen Hals und ließ Nilli nicht aus den Augen. Alle wussten, dass er an die Tore ihres Herzens klopfte, und sahen abwechselnd zu ihm und zu ihr. Auch Nilli saß gebeugt, ihre Lippen waren hingebungsvoll geöffnet, und ihre verschränkten Beine wippten. Nur für sie tirilierte er wie ein Singvogel. Es war ein gelungenes Fest, das uns von unserer Schmach befreite – wenn nicht in den Augen der anderen, dann doch in unseren. Und das war viel.

Fortan loderte die Flamme der Begeisterung jede Nacht: Wenn wir feierten, schienen wir aus dem Kibbuz in eine andere Welt überzutreten. Mit geröteten Wangen, in Gedanken versunken, voll Sehnsucht nach einem fernen, vergessenen Leben ließen wir uns vom Fluss der Töne forttragen, und

Herzl, der Lauteste von uns, breitete die Arme aus und schrie:

»*Ja madschnun Nilli!* Er ist verrückt nach Nilli, und deshalb singt er für sie und für uns. Für dieses Geschenk dank ich Gott!«

»Und dafür, dass Massul so wunderbar spielt!«, rief ich hinterher.

Eines Nachts bemerkte ich, dass Massuls Augen am Ende jedes Stücks Rinas Blick suchten; die kleine geschmeidige Raubkatze war eine wunderbare Tänzerin.

Er sang:

*»Gib mir mein Herz zurück!
Viele Herzen sind in meiner Hand,
doch welches gehört dir, Junge?«*

Als Rina begriff, dass er nur für sie sang, trat sie in den Kreis und begann sich in den Hüften zu wiegen. Auch in Bagdad hatte sie manchmal getanzt; bei Onkel Na'ims Hennafest hatte sie das Blut in den Lenden der Männer zum Pulsieren gebracht.

Für die Pausen beschafften Herzl und *Chaseh-Mar-Olam* etwas zu essen. Der Vater des Staates war von Ischais Geschichten über den *Palmach* und die heimlichen Hühnerdiebstähle so beeindruckt, dass er beschlossen hatte, den *Palmach* wiederzubeleben. Wenn wir nachts in den Ställen aufgeregtes Gackern hörten, wussten wir, dass der Räuber auf der Pirsch war. Wir wunderten uns, dass Gutman, der die Ställe bewachte, nichts unternahm. Bouzaglo bereitete uns köstliche Mahlzeiten, und wir verliehen ihm den Ehrentitel *Chef de Cuisine*. Wenn wir mit dem Essen fertig waren, feierten wir mit doppelter Kraft weiter.

Unser Klub lag an der Kreuzung zweier Wege, nicht weit

von den Unterkünften der Alteingesessenen, denen unser Treiben nicht verborgen bleiben konnte. Manchmal guckten erstaunte Erwachsenenaugen durchs Fenster, die Kinder hielten Abstand. Nur der rumänische Hebräischstudent stieß hin und wieder zu uns und begleitete Massul auf seinem Akkordeon. Auch Ischai kam oft, feierte jedoch nicht mit. Er war gut gelaunt, und seine Augen lachten.

»Seid ihr glücklich?«, fragte er.

»Ja, Ischai, es macht Spaß, *hafla* zu feiern«, antwortete ich. Massul sang für ihn ein Lied:

»Bräutigam, Gott helfe dir,
seine Zunge ist Nektar und Honig.
Dass er deinen Wunsch erfülle,
groß sollst du sein in deinem Volk.«

Als ich diese Verse hörte, die wir in Bagdad auf Hochzeiten für den Bräutigam gesungen hatten, erschauerte ich. Ich fühlte mich in eine frühere Zeit versetzt. Ich war sechs Jahre alt. Onkel Na'im, der sich jahrelang geweigert hatte, sein Junggesellenleben aufzugeben, hatte endlich eine Frau gefunden. Er war hübsch und hatte immer ein verschmitztes Lächeln auf den Lippen, für das ihn alle mochten. Er war immer gut gekleidet, und um seinen schmalen Hals trug er einen mit nachlässiger Eleganz gebundenen Seidenschal.

»Er wird nie heiraten. Er wird keine finden, die ihm gefällt«, hatte meine Großmutter immer gesagt.

Doch eines Abends, als bei Sonnenuntergang alle aus den Häusern auf die Straßen strömten, fing ihn eine dunkelhäutige Schönheit ein, deren Oberlippe ein Muttermal zierte.

Die Vorbereitungen für die Hochzeit dauerten mehrere Wochen. Mama kaufte mir einen Gabardineanzug. Am Tag des Hennafests band sie mir eine braune Fliege um, und wir fuhren auf einer *arbana*, einer geschmückten Kutsche, zum Haus der Braut. Hunderte von Gästen in bunten Kleidern hatten sich auf dem Dach versammelt. Ich mochte die dunkelhäutige Frau nicht, denn sie raubte mir meinen Onkel, der mich seit dem Tag meiner Geburt verwöhnt hatte. Die Tische waren mit Blumen und Myrtenzweigen dekoriert und mit den erlesensten Speisen der Köche Bagdads beladen, mit Damaszener Gebäck und persischen Duftwassern, die einen Schwindel erregenden blauen Dunst verbreiteten. Mit würdevollem Schritt betraten die Mitglieder des berühmten Tschalghi-Bagdad-Orchesters das Dach. Sie setzten sich und schauten Respekt gebietend in die Menge, die sofort zu schwatzen aufhörte. Langsam zogen sie die Instrumente aus der Umhüllung und begannen sie zu stimmen. Fast eine Stunde lang. Die Spannung stieg. Ich lief aufgeregt zu ihnen hin, hütete mich aber, ihnen zu nahe zu kommen. Ich beobachtete ihre Finger, die das glänzende, bunt verzierte Holz berührten. Es war eine laue, klare Nacht, und der Himmel, an dem Millionen Sterne funkelten, erschien mir wie ein Perlenzelt. Der alte Qanunspieler wiegte seinen Kopf und lauschte mit zusammengepressten Lippen den Tönen, die er probeweise spielte. Mein Herz drohte zu zerspringen, als wäre es eine Saite seines Instruments. Endlich wurde das Zeichen gegeben, und ein Qanunsolo eröffnete das Fest.

Die Melodie umschmeichelte die Gäste. Palmblätter schaukelten im Takt der Töne, die wie Vögel durch die Nacht schwirrten. Ich liebte diese tiefen, vollen Klänge, und gerne hätte ich selbst dort gesessen und gespielt, während das Publikum vor Begeisterung schrie und klatschte. Das Orchester musizierte bis tief in die Nacht, danach begrüßte ein Sänger die Anwesenden. Er ließ die Braut hochleben, sang die Namen und Spitznamen ihrer Gäste, wünschte den Junggesellen brave Frauen und den Mädchen gute Ehemänner, den Kindern eine schöne Bar-Mizwa, den jungen Paaren einen Stammhalter und bedachte auch die Großväter und Großmütter mit einem speziellen Gruß.

Die Frauen schmolzen vor Rührung dahin, schwenkten Taschentücher und riefen:

»*Halahal halahal.*«

Die Männer näherten sich zögernd dem Orchester, legten mit weit ausholenden Gesten Geldscheine auf den Tisch und blickten in die Menge, um zu sehen, ob sie von ihrem Reichtum und ihrer Großzügigkeit beeindruckt war. Die Freude erreichte ihren Höhepunkt, als eine Bauchtänzerin die Bühne betrat und das Feuer der Triebe entfachte. Die Männer liefen zu ihr hin und hefteten Banknoten an ihr Oberteil und ihren Gürtel. Manche versuchten, das Geld auf ihre schweißnasse Stirn zu kleben oder an ihrem Hintern zu befestigen, und besonders Mutige, die viel Arrak getrunken hatten, drückten ihr schmatzende Küsse ins Gesicht und wetteiferten, wer ihr mehr Geld gab.

Dann begann die Hennazeremonie. Die Schwester der Braut, ein großes, dickes Mädchen, brachte eine Silberschale, über die eine weiße Spitzendecke gebreitet war. Sie stellte das glänzende Gefäß, das den dicken roten Brei enthielt, auf den Tisch in der Mitte, und als sich der Bräutigam und die Braut Henna auf die Hände strichen, schrien alle Frauen und Mädchen:

»*Halahal halahal.*«

Der Ruf schallte durch das ganze Viertel und verschmolz mit dem Rauschen des Tigris.

Als es dämmerte, zogen sich die Wenigen, die noch nüchtern waren, zum Morgengebet zurück. Die meisten von ihnen waren alte Männer. Auf dem Boden lagen leere Flaschen, Speisereste, Krawatten und Taschentücher. Männer lallten vor sich hin. Auch mein Vater war betrunken, und ich weiß noch, dass ich ihn in diesem Moment nicht mochte. Hier und da saß jemand schnarchend auf einem Stuhl. Der Bräutigam erhob sich und beugte sich vor, um das Orchester um ein bestimmtes Lied zu bitten.

»Der Bräutigam will singen, *halahal*«, rief jemand, und alle setzten sich und warteten gespannt.

Mein Onkel nahm die Ud, ließ sich vor seiner Braut nieder und sang unter dem Jubel der Zuschauer:

>*»Oh dunkle Schönheit, meine Seele,*
>*nie liebte ich eine andere außer dir.«*

Das war lange her, doch musste ich an diese Nacht denken, als wir im Klubhaus in Kirjat Oranim Joram-Schiefhals anfeuerten, der mit seinem Gesang Nillis Schönheit pries. Auf dem Höhepunkt unseres Jubels hörten wir plötzlich eine raue Stimme. Gutman stand am Fenster und rief:

»Wir haben versucht, zivilisierte Menschen aus ihnen zu machen. Und was treiben sie? Sie heulen wie die Wölfe!«

Dann griff er den Arm seiner Frau und zog sie schnell zu ihrem Wohnhaus. Wir waren außer uns vor Wut. Massul fasste sich als Erster.

»Ihr Haus soll einstürzen! Was bilden sie sich ein? Dreckige Bauern! Latrinenputzer!«, fluchte er und führte *Chaseh-Mar-Olam* und ein paar andere Kameraden, die wie verletzte Tiere ihren Beleidigern nachgesprungen waren, in die Baracke zurück.

»Unheil soll über sie und alle *Sabres* kommen«, schrie Rina, sprang in die Mitte des Kreises und tanzte aus Trotz einen Bauchtanz.

Massul versuchte, sein Spiel ihren Bewegungen anzupassen, aber es gelang ihm nicht, denn Joram stimmte mit heiserer Kehle »Sabba«, eines der traurigsten orientalischen Lieder an.

Als wir am nächsten Abend schon wieder feierten, störte uns Se'evik, der Rothaarige, den wir gleich am ersten Tag in Kirjat Oranim wegen seines »freundlichen« Empfangs »ins Herz geschlossen« hatten.

»Sind wir in einer arabischen Kaschemme?«, brüllte er. »Hört sofort mit dem Geheul auf, sonst verlegen wir euren Klub in den Wald. Da gehört ihr hin!«

Auch diesmal wollten sich einige Jungen auf den Herausforderer stürzen, und wieder war es Massul, der den Sturm besänftigte.

»Lasst uns unsere Hymne singen«, sagte er und hob an:

»Das Leben ist schön,
das Leben ist Gesang.
Tanzt und singt,
werft eure Sorgen ab.«

Doch er blieb mit seinem Gesang allein. Einer nach dem anderen schlichen wir aus der Baracke. Aber nicht alle gingen ins Bett, viele steuerten auf das Wäldchen zu, jeder für sich. Wir hatten das drängende, aber unklare Bedürfnis, uns über einiges klar zu werden. Schuldgefühle quälten uns, und wir fühlten uns verstoßen. Auf diesen nächtlichen Spaziergängen fragte ich mich, ob ich nicht wirklich Bagdad vergessen und so werden musste wie *sie*. Aber warum besuchte uns der rumänische Akkordeonist? Auch er stammte aus Europa. Kam er nur zu uns, weil er neu im Kibbuz war? Eines Tages hatte er an der Tür des Klubhauses gestanden, eine Zigarette im Mundwinkel und die wunderbaren Hände an seinem Instrument. Zunächst hatte er Volkstänze gespielt, doch wenn der Tag in die Nacht überging und uns die Dämmerung traurig machte, stimmte er andere Lieder an, die fern und sehnsüchtig klangen. Alle hörten auf zu tanzen und betrachteten ihn. Er hatte einen großen, schweren Körper, und in seinen Augen glühte ein melancholisches, rötliches Licht, als wäre er nicht hier, sondern weit, weit weg.

»Ach, Rumänien«, seufzte er manchmal, und in diesen Augenblicken ähnelte er Massul. Suchte er bei uns ein Zuhause, eine Zuflucht? Begleitete er Massul deshalb auf dem Akkordeon?

Als Mitglied des Komitees nahm ich mir vor, bei Sonja und Ischai ein Gruppengespräch über die Rolle der Musik im Leben anzuregen. Ich war hin und her gerissen: Wie all meine Freunde fühlte ich die Notwendigkeit, mich an der Mehrheit zu orientieren, aber je tiefer uns Se'evik und die anderen verletzten, desto fester klammerten wir uns aneinander und an unsere *haflas*. Für uns untereinander waren es Tage der Versöhnung. Wir igelten uns ein, schlossen die Reihen und Tore und bildeten eine verschworene Gemeinschaft, die gegen ihre Bedränger einen Kampf ums Überleben führte.

In Anwesenheit von mehreren aus unserer Gruppe rief Gutman eines Abends Sonja zu:

»Du musst deine *arbuschim* erziehen, hörst du? Unternimm etwas! Wir ertragen diese Katzenmusik nicht länger. Dabei kann keiner schlafen.«

Und Sonja, blass vor Ärger, schimpfte:

»Untersteh dich, sie oder die Araber noch einmal so zu nennen! Ist das die Erziehung, die du in der Bewegung genossen hast?«

Ischai gab uns höflich zu verstehen, dass auch er und Sonja keine Freunde unserer Partys waren, vor allem nicht des Bauchtanzes. Aber sie zwangen uns ihren Geschmack nicht auf; sie wollten unseren Widerstand nicht noch verstärken.

Als Massul in einer heißen Sommernacht *Lajl al-hinna* zu spielen begann, rief ich:

»Spiel *Ila baladi al-mahbub*.«

Er erfüllte meinen Wunsch, und zitternd vor Leidenschaft, von Sehnsucht erfüllt, intonierte Joram die Verse des Liedes:

»*Ila baladi al-mahbub wadini,*
bring mich in meine geliebte Heimat.
Ich sehne mich nach dir, brennendes Feuer.
Oh, traurige, einsame Seele.«

Jigal Nab'a trommelte in stürmischem Rhythmus. Ich zog Rina mit mir, und wir tanzten einen wilden Bauchtanz. Als *Chaseh-Mar-Olam* Nillis Hüften umfasste, stockte Jorams Stimme, aber er sang weiter. Das Klubhaus verwandelte sich in einen brodelnden Kessel und vibrierte in berauschendem, Schwindel erregendem Takt. Mein Blick versank in Rinas Augen. Ich traute mich nicht, die Arme um ihre Hüften zu legen, aber ich war ihr ganz nah, und mein Körper bebte vor Freude.

»Hört sofort auf! Ihr Asiaten!«, brüllten plötzlich mehrere Stimmen.

»Zur Hölle mit euch!«, antwortete Massul, und Jigal Nab'a trommelte noch schneller.

Wir tanzten und sangen mit aller Kraft, bedrohlich und ungezähmt, und die wenigen Alteingesessenen, die sich in den Klub mit der Absicht hineingewagt hatten, uns zur Ruhe zu bringen, ergriffen sofort die Flucht. Schweiß rann über meinen Körper. Rinas Gesicht verschwamm, und ich sah nur den langen Schweif ihrer wehenden, wilden Haare. Der Kreis drehte sich immer schneller, alles um mich her verschwand in einem wahnsinnigen Wirbel. Ich spürte, dass Rina und ich in wenigen Sekunden besinnungslos zu Boden fallen würden – da hörte ich plötzlich Sonjas Stimme:

»Massul, es reicht!«

Sogleich wurde es still. Ich fühlte eine Verlegenheit, wie ich sie noch nie erlebt hatte. Mit gesenktem Kopf schlichen wir hinaus.

Sonja hielt mich zurück:

»Ich will morgen früh ein Gruppengespräch. Um acht Uhr.«

Diesmal ging sie fort, ohne uns gute Nacht zu wünschen.

12. KAPITEL

Das Musikquiz

Sonja schloss das Gruppengespräch über unsere Partys mit einer glühenden Ansprache. Ihre Stimme war dabei sehr ruhig.

»Ihr seid anders als die Regionalen, und das ist natürlich. Unsere Kinder sind auch anders als wir. Massul irrt, wenn er meint, dass die Leute hier Bagdad hassen, im Gegenteil, unsere Bewegung hat die Gleichberechtigung von Juden und Arabern auf ihre Fahne geschrieben und predigt Zusammenarbeit. Trotzdem ist bei uns weder für Bagdad noch für das jiddische Stetl Platz. Wir sind nach Palästina ausgewandert, gerade weil wir uns gegen das Stetl-Leben aufgelehnt haben. Zionismus bedeutet Aufstand, Veränderung, und jede Veränderung hat ihren Preis. Vielleicht hat Salman einen Fehler begangen, als er euch beizubringen versuchte, wie man das Leben im Stetl nachspielt. Auch die Jeckes im Kibbuz, die Einwanderer aus Deutschland, würden lächerlich wirken, wenn sie mit ihrem Heimatakzent einen galizischen Juden spielen müssten. Wir brauchen die Quellen unserer Kultur nicht zu verleugnen, weder Osteuropa noch den Orient, in den wir zurückgekehrt sind. Auch wir mussten zunächst die Kinderkrankheiten der kulturellen Anpassung überstehen. So haben wir am Anfang versucht, die orientalische Lebensweise zu imitieren. Ich habe euch von *Kehilatenu* und dem *Schomer* erzählt, die Leute dieser Organisationen kleideten sich wie Araber und trugen tscherkessiche Hüte. Sie errichteten Zelte, um wie die Beduinen zu leben. Es waren diese Leute, von denen wir in Polen fasziniert waren. Wir haben hier kein neues Polen aufgebaut, und ebenso wenig werdet ihr den Irak hierher verpflanzen. Um der Zukunft willen haben wir das Joch der Vergangenheit abgeschüttelt, und das ist auch eure Pflicht. Wir haben gegen unsere Väter rebelliert. Ihr kennt ja das Lied *Sohn, hör nicht auf die Lehren deines Vaters*. Hätten doch unsere Väter nur auf uns gehört! Vielleicht hätten sie ein anderes Ende genommen. Ihr müsst wissen, dass die jüdischen Komponisten, die aus Europa eingewandert sind, in ihre Lieder Elemente der orientalischen Musik integriert haben. Erst letzte Woche habe ich einen interessanten Vortrag darüber gehört, es wurden auch Beispiele vorgeführt. Die Europäer haben sich bemüht, die vollkommenen Tonarten des Westens mit den Farben des Orients zu verbinden. Der Klang der Ud gefällt mir, und Massul spielt wirklich gut. Wenn er möchte, werde ich dafür sorgen, dass er eine musikalische Ausbildung erhält. Aber ihr solltet auch die westliche Musik kennen lernen, die genialsten Musiker der Welt. Ist nicht unser ganzes Leben ein Streben nach Synthese – ihr begreift doch schon die Bedeutung dieses Wortes? Ich habe eine gute Neuigkeit für euch: In der Bezirksschule findet ein Musikquiz statt. Ich habe mit dem Verantwortlichen gesprochen, und ihr seid eingeladen teilzunehmen. Vielleicht wird euch das den Regionalen näher bringen. Glaubt mir, ich wünschte, ihr machtet einen Schritt auf sie zu und sie wären bereit, das Gleiche zu tun.«

Während sie dies sagte, schaute sie mich an. Ich hatte unser erstes Zusammentreffen mit den Regionalen nicht vergessen, aber wir konnten der Herausforderung nicht länger ausweichen. Es fiel mir nicht leicht, aber ich beschloss, zu dem Musikquiz zu gehen. Viele waren dagegen.

»Wir müssen demonstrieren!«, rief der Vater des Staates. Weswegen, das war ihm egal. Wichtig war nur, dass demonstriert wurde. »Sie zwingen uns ihre Musik auf«, sagte er und marschierte los:

»Nieder mit den Sabres!
Gleichheit für alle!«

Für das geplante Treffen holten wir unsere besten Kleider aus den Schränken. Wir duschten und wuschen uns mehrmals den Kopf. Meine Haartolle, die die DDT-Behandlung in Lod und den Friseur in Achusah wie durch ein Wunder überlebt hatte, striegelte ich so lange, bis sie auf eine bestimmte Art auf meiner Stirn klebte; dann warf ich sie mit einer scharfen Bewegung zurück, um mir ein leicht verwegenes, rebellisches Aussehen zu geben, so als kümmerten mich Äußerlichkeiten gar nicht. Ich wollte aussehen wie jene, die zu treffen mir solche Angst einflößte.

Ihre Schule stand auf einem Berg und blickte auf den Kibbuz hinab. Eine Ansammlung weißer Gebäude mit einem Schwimmbad, Wiesen und Blumenbeeten. In der Mitte der größten Rasenfläche wuchsen Nelken, die wunderbar dufteten. Aus dem Speisesaal, auf den wir zögernd zugingen, hörten wir harmonischen Gesang. Behutsam, fast auf Zehenspitzen, überschritten wir die Schwelle, denn wir wollten nicht stören. In einer Ecke drängten wir uns zusammen. Nur wenige würdigten uns eines flüchtigen Blicks. Alle gemeinsam sangen sie aus voller Kehle, und ihr Lied schien das weite Tal zu erfüllen, durch das sie seit frühester Kindheit auf Pferden geritten waren. Auch jetzt waren mir die meisten ihrer Melodien fremd, ganz anders als die wenigen hebräischen Lieder, die man uns eingetrichtert hatte und die wir schleppend sangen, stammelnd und abgehackt. Bouzaglo brummte etwas, wahrscheinlich um seinem Unmut Luft zu machen. Ich zog mich in mich zurück und beobachtete meine Freunde und die Regionalen. Die *Sabre*-Kinder saßen zusammen, Jungen und Mädchen meist paarweise, und unter ihnen befand sich auch die, die mich im Traum verfolgte und auch tagsüber keine Ruhe finden ließ. Stundenlang konnte ich ihr von fern auflauern, völlig entrückt. Sie saß neben ihrem Partner, blond und rundlich, mit üppigem Busen und träumerischen blauen Augen. Während sie sang, lächelte sie dem Freund zu, und ich – ich versuchte, mich in der Menge der Jungen von der *Jugendalijah* zu verstecken, in einer Herde, die einer anderen Herde gegenüberstand – unseren Mädchen.

Die Wände des Speisesaals waren mit Spruchbändern geschmückt. Es waren die gleichen Parolen, die an allen öffentlichen Gebäuden im Kibbuz prangten: »Arbeit und Pioniergeist«, »Vaterland und gleiche Rechte«, »Sammlung der Zerstreuten«, »Verschmelzung der Diaspora«. Sie erinnerten mich an die Koranverse, die in Bagdad an Verwaltungsbauten, Ministerien, Kaffeehäusern und Nachtklubs angebracht waren, in Kupfer gehämmert, auf Wandteppichen, Glas- und Marmorplatten. Hier schrien schwarze und rote Buchstaben die feierlichen Botschaften von riesigen Stoffbändern herunter. Die Parole von der neuen Welt, die wir bauten, war auf ein vergilbtes, leicht schmuddeliges Stück Stoff gemalt, und nicht weit davon, im Zentrum des Saals, hing das Porträt eines Mannes, der den schönsten Schnurrbart besaß, den ich je gesehen hatte. Unser Vater des Staates glaubte, dass er endlich das Bildnis des Sehers und Propheten vor sich hatte, dessen Namen zu tragen er noch in Bagdad geschworen hatte. Aber Bouzaglo beeilte sich, ihn aufzuklären:

»Dummkopf! Hast du schon mal einen Propheten ohne Bart gesehen? Weißt du nicht, wer das ist? Das ist Jussuf Wissarionowitsch Dschugaschwili Stalin.«

»Aber was macht der hier?«, fragte Herzl.

»Das ist ihr Prophet«, sagte Bouzaglo.

»Ihr Gott«, verbesserte ihn Rina.

»Halt den Mund, du Atheistin«, fuhr Bouzaglo sie an.

Einer der Regionalen, der unser Geflüster offenbar gehört hatte, blickte uns streng an. Das gemeinsame Singen endete. Auf der Bühne stand ein Tisch, darauf Schallplatten und ein Plattenspieler. Das Bild des Hundes, das in den Deckel eingraviert war, war mir von klein auf vertraut. Ein hagerer *Sabre* mit Brille und Sommersprossen sprang auf die Bühne.

»Genossen! Hiermit eröffnen wir unsere Musikquizreihe. Heute Abend treten Hadar und Eschel gegeneinander an.«

Alle hörten aufmerksam zu. Der Mann mit der Brille legte eine Platte auf, nahm jedoch schon nach wenigen Umdrehungen den Tonarm wieder ab. Noch bevor ich verstanden hatte, worum es ging, meldete sich ein Mitglied von Hadar und rief:

»Violinkonzert von Brahms.«

»Zwei Punkte«, entschied der Mann.

Stürmischer Applaus. Nur die Jungen und Mädchen von Eschel klatschten nicht.

Dann drehte sich die zweite Schallplatte. Jemand von Eschel hob die Hand:

»Beethovens Leonore.«

»Zwei Punkte.«

Erneut Applaus.

»Woher wissen die das?«, fragte Rina.

Herzl sah sie an und zuckte mit den Schultern. Sie schüttelte den Kopf und flüsterte Bouzaglo ins Ohr:

»Wer wird gewinnen, was meinst du?«

»Keine Ahnung«, antwortete er.

Eine Schallplatte nach der anderen wurde aufgelegt. Sie kannten sich aus, die Bastarde! Einmal blieb mir fast der Atem weg: Das blonde Mädchen meldete sich. Jetzt wusste ich, dass es zu Eschel gehörte.

»Symphonie Nummer sechsundzwanzig von Mozart«, rief sie.

Bravo! Der Busen der Blonden straffte sich.

Die Jugendlichen aus dem Kibbuz jubelten, zählten die Punkte und warteten gespannt, wer gewinnen würde. Nur eine Frage blieb offen: Wie gelang es ihnen, die Musikstücke zu unterscheiden? Für mich klang alles gleich. Ich fing an, mich zu langweilen, trotzdem applaudierte ich schließlich den Siegern.

»Bist du verrückt?«, schalt mich Bouzaglo. »Du spendest Beifall für diesen Mist?«

»Aber sie wissen alles«, verteidigte ich mich.

»Sie wissen, sie wissen – nichts als Kuhmist«, platzte Massul heraus und stob aus dem Speisesaal.

»Er hat Recht«, sagte Bouzaglo und schloss sich ihm an. Von der Tür aus rief er laut, dass alle es hörten:

»Scheiße!«

»Was ist mit dir los?« Hosen-Nillis Gesicht war rot wie eine Tomate. »Glaubst du, du wärst hier in unserem Klub?«

An den Blicken der Regionalen erkannte ich, dass sie merkten, was vor sich ging. Ich schämte mich und hätte am liebsten die Flucht ergriffen. Aber ich blieb starr auf meinem Platz sitzen und biss mir auf die Lippen, bis sie beinahe bluteten. Als das Quiz zu Ende war, schlich ich hinaus. Ich lief den Hügel hinunter bis zu dem Hang, an dem unsere Unterkünfte standen. Obwohl es schon spät war, schimmerte aus einigen Fenstern im Kibbuz Licht. Ich ging weiter, ohne zu wissen, wohin, am Kinderhaus vorbei, an der Hebräischschule und den Unterkünften der Veteranen, und sank schließlich auf das feuchte Gras unter meiner Palme. Die Nacht war still. Ein leichter Wind strich durch die Bäume, und sie raschelten im

Licht des Vollmonds. Wer war Beethoven? Und was waren Concerti oder Symphonien? Wann würde ich ihre Musik kennen lernen? Wie komisch die Melodien klangen, alles verschmolz zu Brei! Dachten sie dasselbe, wenn Massul musizierte? Das konnte nicht sein. Und wie sie zuhörten, ohne Zwischenrufe oder Bewunderungsschreie! Welchen Sinn hatte Musik, die nicht zu Herzen ging und die Menschen nicht sanfter blicken ließ? Massul hatte Recht: Es war besser, wenn wir die *Sabres* ignorierten. Aber wie konnten wir das? Waren sie nicht die Prinzen des Tals, sein Stolz und seine Zukunft, und hatte Dolek sie sich nicht schon in Polen erträumt? Sie repräsentierten das Neue und ich das Alte, sie waren Rettung und ich Exil. Ich wollte sein wie sie, ein neuer Mensch, aber ich war weder ein *Sabre* noch der Junge, der in den Straßen Bagdads zu Hause gewesen war. Ich hatte geglaubt, es würde ausreichen, ihre Speisen zu essen, wie sie zu arbeiten und notfalls sogar im Mist zu stehen, aber meine Bemühungen waren gescheitert. Eine Woge von Selbstmitleid spülte mich fort, und als ich den Blick hob, erinnerte ich mich an die Palme in unserem Hof in Bagdad – dort hatte eine richtige Palme gestanden, nicht so ein dürrer Krüppelbaum mit Wurzeln, die genauso schwächlich waren wie meine.

Warum konnte ich nicht eins mit mir sein wie Massul? Warum hatte ich mich nicht getraut, das Musikquiz zu verlassen? Ich *wollte* doch hinauslaufen! Als wir hergekommen waren, hatte ich mir geschworen, in Kirjat Oranim Wurzeln zu schlagen, Teil meiner neuen Umgebung zu werden, und jetzt war ich weder hier noch dort, sondern ein schwankender Busch im Niemandsland. Gib dich geschlagen, sagte ich zu mir, pack deine Sachen und geh in die *Ma'barah* zurück. Du wirst nie ein *Sabre* sein, und die Blonde wird nie dir gehören, weder sie noch eine ihrer Freundinnen. Waren sie besser als ich? Wie verhielte es sich, wenn sie die Einwanderer und wir im Kibbuz geboren und in diesem Land aufgewachsen wären? Wie würden wir sie sehen? Ich erschrak: Würde unser Blick ihrem gleichen? Und was stellte ich in ihren Augen wirklich dar? Ich hatte mich noch mit keinem von ihnen unterhalten. Und der schlimmste Gedanke: Womöglich dachten sie gar nicht an uns, und wir waren bloß Luft für sie. Aber passte das zu Sonjas Vorträgen über Menschenliebe und Schicksalsgemeinschaft? Über politische und soziale Gerechtigkeit?

Die Lichter in meinem Zimmer waren längst erloschen. Nur die Tautropfen funkelten im Dunkeln wie Glühwürmchen. Sogar der Chor der Schakale und Zikaden, die der Stille der Nacht trotzten, verstummte irgendwann. Tiefe Stille lag über dem Land, nur die Bäume raschelten, und hin und wieder bellten Hunde auf der anderen Seite des Zauns. Plötzlich wehten Wellen kühler Luft heran, und ich ging langsam zu meinem Zimmer zurück.

Ich wartete auf den ersten Hahnenschrei, und da kam er auch schon. Ich zog mich aus und schlüpfte in meine Arbeitshosen. In den Augen der Frühaufsteher, die zum Kuhstall, zur Hühnerzucht und den entlegenen Feldern trabten, waren letzte Spuren von Schlaf. Obwohl ich die ganze Nacht wach gewesen war, fühlte ich keine Müdigkeit. Ich war erregt und hellwach. Hastig betrat ich den Speisesaal. Dort saß schon Ischai und aß heißhungrig wie immer seinen Griesbrei, auf den er viel Kakao und Zucker gestreut hatte.

»Wie war's?«, brummte er, und an seinem Schnäuzer klebte Brei.

»Schrecklich«, sagte ich.

Sein Gesicht wurde ernst. Er legte den Löffel hin, lehnte sich zurück und sah mich fragend an. Sein Schweigen zwang mich, etwas zu sagen.

»Ich meine eure Musik.«

»Unsere Musik?«, entgegnete er verwundert.

»Welche sonst? Ist es vielleicht meine?«

»Die der ganzen zivilisierten Welt«, sagte er und nahm den Löffel.

»Dann bin ich also nicht zivilisiert? Warum habt ihr das gemacht?«

Statt mir zu antworten, lud er sich noch eine Kelle dicken Brei auf den Teller.

»Wir zwingen niemanden, westliche Musik zu mögen«, erklärte er und blickte zu der großen Uhr an der Wand.

»Wie soll ich mich dann integrieren?«

»Ohne Musik. Komm nach der Arbeit zu mir, dann reden wir weiter.«

Er steckte die Wasserflasche und ein paar belegte Brote in seine alte Tasche und brach eilig zur Feldarbeit auf.

Ischais kleine Augen lächelten mir aufmunternd zu, als ich in das winzige, erstaunlich ordentliche Junggesellenzimmer trat. Als er die Hand auf meine Schulter legte, beruhigten sich alle Stürme und Ängste der vergangenen Nacht. Er schob ein Tellerchen mit Bonbons vor mich hin und stellte eine arabische *dschara* mit Limonade auf den Tisch.

»Trink, und danach gehen wir in den Kulturraum.«

»Wozu?«

»Um etwas zu hören.«

»Um *was* zu hören?«

»*Unsere* Musik. Vielleicht wird sie dann auch deine, aber niemand wird dich zwingen.«

»Das wird nicht funktionieren«, sagte ich.

»Versuch es. Du weißt doch, auch Rom wurde nicht an einem Tag erbaut.«

»Ich weiß.«

»Vorläufig habe ich das hier für dich. Ich bring dir bei, wie man darauf spielt.«

Ich fühlte einen Stich. Ischai setzte eine Mundharmonika an seine Lippen, schluckte und blies dann hinein; die Finger seiner beiden Hände schlugen leise aufeinander, und aus dem Instrument drangen rhythmische Klänge. Er spielte etwas, das ich nicht kannte. Als es zu Ende war, sagte er:

»Das ist aus einem Werk, das *Kleine Nachtmusik* heißt. Es ist von Mozart.«

»Wer ist das?«

»Ein genialer Komponist.«

»Was ist ein Komponist?«, fragte ich verschämt.

»Jemand, der Musik schreibt. Willst du eine Platte von ihm hören?«

»Ja ... warum nicht?«

Ischai gab mir die Mundharmonika und sagte:

»Komm.«

Vor der Tür seines Zimmers trafen wir den Rumänen aus der Hebräischschule.

»Bist du Eli?«, fragte ihn Ischai.

»Ja«, antwortete er verlegen. »Ich kann ein andermal wiederkommen.«

»Arbeitest du auch in der Hebräischschule?«, fragte ich Ischai.

»Nein, aber auch dort brauchen sie Unterstützung.«

Auf dem Weg zum Kulturraum pfiff er unbekannte Melodien. Plötzlich wollte er wissen, wer die größten Komponisten des Irak waren, aber seine Frage ärgerte mich.

»Juden«, antwortete ich.

»Und was machen sie heute?«

»Sie leisten Notstandsarbeit.«

»Ich kenne nur Abdul ... Abdul ...«

»Wahab«, ergänzte ich. »Aber der ist nicht aus dem Irak.«

»Erzähl mir bei Gelegenheit mehr davon. Habt ihr Schallplatten zu Hause? Ich würde gerne etwas hören. Nein, ich hab eine bessere Idee – du erklärst, und Massul spielt mir die Lieder vor.«

Sein Plan schockierte mich so, dass ich gar nicht merkte, dass ich keine Antwort gab. Ischai ging schneller, und ich blieb mehrere Meter hinter ihm zurück.

Im Kulturraum herrschte angenehmes Dämmerlicht. An den Wänden standen überall Bücher mit abgenutzten Einbänden. Auf den Tischen waren vergilbte Zeitschriften verstreut, und zu meiner Überraschung lag die Tageszeitung der Bewegung auf dem Boden wie bei uns im Klub. Verblichene Fotos in dicken Rahmen blickten auf uns herab. Ich war froh, dass niemand da war. Ischai zog eine Schallplatte aus dem Regal und sagte:

»Fang mit Mozart an. Übrigens ist das das Stück, das ich dir eben vorgespielt habe. Auch ich habe damit angefangen.«

Er stellte den Plattenspieler an und ging hinaus. Als er weg war, wäre ich am liebsten davongelaufen, aber ich fürchtete, dass er noch in der Nähe war, und rührte mich nicht von der Stelle. Ich starrte zur Tür, denn ich hatte Angst, jemand von der Jugendgruppe würde hereinkommen und mich dabei ertappen, dass ich *ihre* Musik hörte. Die Platte drehte und drehte sich, und als der Lautsprecher verstummte, murmelte ich ein Dankgebet: Gut, dass auch die Musik von Genies irgendwann ein Ende hatte! Ich war an der Tür angelangt, als mich etwas zum Plattenspieler zurückzog und drängte, das Stück noch einmal aufzulegen. Ich wollte den geheimen Zauber dieser Musik ergründen – hatte Ischai nicht unterwegs gesagt, Mozart sei ein Zauberer, der die Herzen aller Kinder dieses Landes und der ganzen Welt erobert hatte? Und ich? Wo war ich? Lebte ich auf einem anderen Planeten? Als das Stück endete, setzte ich die Nadel zum dritten Mal auf. Nichts! Es hatte keinen Zweck. Niemals könnte diese Musik ein Teil von mir sein, und ich würde nie ein *Sabre* werden. Unmöglich! Es gab nur einen Weg für mich, wenn ich Frieden finden wollte: Ich musste in die *Ma'barah* zurück, zu ihren Melodien und Gerüchen. Vielleicht glich das Lager einem Sumpf, aber es war meine Welt. Schluss mit dem Traum vom Kibbuz, ich würde ins Lager zurückgehen, vielleicht sogar nach Bagdad! Das hätte ich schon nach den ersten Tagen in der *Ma'barah* tun sollen. Sonja und Ischai konnten mir nicht helfen. Sie waren sie, und wir waren wir. Gegenseitiger Respekt? Vielleicht, vielleicht auch nicht. Aber zusammenleben? Nein, niemals! Ich wusste, dass es an Wahnsinn grenzte, aus dem Lager nach Bagdad heimkehren zu wollen, und dass es nur das Bild meines Vaters war, das einen solchen Wunsch nährte. Von hier, aus diesem grünen, blühenden Paradies weggehen? Hatte ich nicht im Kibbuz leben und heiraten wollen, damit meine Kinder *Sabres* sein würden und ihnen die Qual, zwischen zwei Stühlen zu sitzen, erspart bliebe?

Der Plattenspieler drehte sich. Der Klang der Flöte war zart, aber man konnte ihn unmöglich mit dem der Ud vergleichen – nicht einmal wenn Massul sie spielte, der wirklich gut war, obwohl ich auf Hochzeiten und Festen in Bagdad noch bessere Lautenspieler gehört hatte. Ich lief zu ihm.

»Massul, bist du da?«, rief ich und stürmte ins Zimmer. »Spiel mir etwas vor, etwas aus Bagdad, Massul!«

Ein wenig erschrocken sah er mich an, nahm das Instrument und spielte eine traurige Melodie.

Meine Kehle schnürte sich zusammen wie damals im Lager, als im strömenden Regen die Zelte zusammengebrochen waren – meine Schwestern waren entsetzt ins Freie gerannt, und dann war alles im verräterischen, schlammigen Sand versunken.

»Nuri, was ist los?«

»Es ist wegen dem Quiz.«

Kuss ummuk.

»Es hat nichts mit ihnen zu tun, es liegt an mir.«

»Lass *sie* ihr Quiz spielen, *ich* spiele für dich auf der *udd, ja ajuni.*«

»Wir werden nie sein wie sie.«

»Wie sie?« Massul rümpfte die Nase. »Wer verlangt das? Die Bibel?« Er überlegte und sagte: »Der Tag wird kommen, und wir werden sie in hohem Bogen anpinkeln.«

»In hohem Bogen? Wir?«

»Glaub mir, wir werden sie in hohem Bogen anpinkeln.«

Ich beneidete Massul. Er war mit sich im Reinen und strahlte so viel Selbstsicherheit aus. Er ging auf die Veranda, um Wasser zu holen, schenkte mir ein und trank in großen Schlucken aus dem Kanister. Die Flüssigkeit rann an seinem Kinn herunter und zog lange Streifen über seine nackte Brust.

Er wischte sich den Mund ab und fragte:

»Wer hätte sie in Bagdad beachtet?«

»Was hat dein Vater im Irak gemacht?«, fragte ich.

»Er war Rechtsanwalt«, erklärte Massul stolz.

»Und hier?«, erkundigte ich mich vorsichtig.

»Notstandsarbeiter.«

Nach einer langen Pause fügte er hinzu:

»Es ist, als hätte man uns lebendig begraben. Du steckst bis zu den Knöcheln im Mist, und ich fresse Kuhdreck.«

Ein Schauer lief über meinen Rücken. Zum ersten Mal bemerkte ich etwas Finsteres an Massul.

»Sie arbeiten genauso hart wie wir«, sagte ich leise.

»Brüderlichkeit, Gleichheit – das ist nur Geschwätz. Tun sie etwas für das Lager direkt vor ihrer Nase?«

»Was sollen sie denn tun?«, fragte ich, aber ich bekam keine Antwort.

»Wäre nicht mein Vater dort, würde ich ins Lager zurückgehen«, sagte Massul. »Aber ich ertrage es nicht, ihn so zu sehen. In Bagdad haben ihn alle respektiert, aber hier ...«

Seine Augen wurden feucht, und er drehte das Gesicht zur Wand. Ich fühlte, dass er mich jetzt nicht brauchte, und ging leise aus dem Zimmer.

13. KAPITEL

Hosen-Nilli

Nachts, auf meinem Kissen, hämmerte ein schreckliches Klanggemisch in meinen Ohren: Mozart und das Musikquiz, Tschalghi-Bagdad und Massuls Laute. Am nächsten Tag brachte mir Ischai ein dickes Buch über Leben und Werk der Komponisten und trug einen Plattenspieler und Schallplatten ins Klubhaus, die dort standen wie große, unverrückbare Steine. Ich wagte nicht, sie zu berühren, damit niemand behaupten konnte, ich eiferte den Kibbuzkindern nach, aber in meinem Zimmer, abgeschirmt von den neugierigen Blicken meiner Kameraden, las ich in dem Buch, bis sich meine Zunge an die Namen der Komponisten und die Begriffe Concerto, Concertino, Suite und Fuge gewöhnt hatte. Jeden Tag besuchte ich heimlich den Kulturraum und lauschte ihrer Musik, bis mir schwindelig wurde und die Ohren summten. Abends aber ging ich in unseren Klub, um zu feiern und Massul auf der Ud zu hören. Wie der Ball beim Völkerball rollte ich mal auf die eine, mal auf die andere Seite des Spielfeldes. Die *haflas* begeisterten mich nicht mehr so wie früher, und unsere Musik hatte etwas von ihrer Süße verloren. Sie war nicht mehr die einzige und hatte eine Konkurrentin bekommen, und obwohl ich mich an diese noch nicht gewöhnt hatte, hörte ich unsere, die ursprüngliche, schon mit anderen Ohren.

Im Klubhaus bahnte sich vor meinen Augen ein neues Drama an, zwischen Massul und einer Rumänin aus dem Hebräischkurs, die seit den ersten Partys regelmäßig zu uns kam. Ich weiß nicht mehr, wer uns zuerst besucht hatte, das Mädchen oder der Akkordeonspieler. Er stand meistens in der Nähe der Tür, mit glühendem Gesicht, oder hockte auf der Ecke einer Bank am äußersten Ende des Raums. Sie dagegen saß zu Massuls Füßen auf dem Boden und hörte ihm gespannt zu, als versuche sie den Kode seiner Lieder zu knacken, das Geheimnis ihrer Klänge und ihres Zaubers. Sie hatte schwarze Kulleraugen, die noch größer wirkten durch die Schminke, die im Kibbuz eigentlich verpönt war. Ihr Blick war unverwandt und durchdringend wie der einer Katze, die ein Beutetier belauerte. Massul errötete und rutschte auf seinem Stuhl unruhig hin und her. Um ihren Augen auszuweichen, konzentrierte er sich auf die Spielfeder der *udd*, aber die Rumänin gab keine Ruhe und schaute ihn unentwegt an – er konnte ihr nicht entkommen.

Bald begann sie, wie wir auf Arabisch zu schreien:
»*Jalla, ja'isch Massul!*«
Ihre Aussprache klang fremd und singend, und ihre Unbekümmertheit zog mich in ihren Bann. Sie war älter als wir, vielleicht zwanzig, und ihre Brüste wölbten sich unter dem Kleid wie zwei üppige Hügel, deren Spitzen sich in den Himmel bohrten. Manchmal zog sie eine Blechflasche aus ihrer großen Stofftasche und trank wer weiß was daraus. Sie rauchte ununterbrochen, und auf dem Fußboden bildeten weiße Zigarettenstummel eine sichelförmige Barriere um sie. Am Ende der Party blieb sie noch eine Weile auf dem Fußboden sitzen und murmelte mit verschleiertem Blick:
»*Jalla, ja'isch Massul.*«
Massul biss sich auf die Zunge, steckte die Ud in die dunkelblaue Samthülle und schlüpfte hinaus. Sie folgte ihm. Nacht für Nacht bedrängte sie ihn mit ihren Blicken, bis er schließlich diesem »königlichen *tis*« verfallen war – so hatte

Ruven sie genannt, bevor er den Kibbuz verließ. Manche unserer Mädchen wussten nicht, was sie von ihr halten sollten.

»So eine Hure hat uns noch gefehlt«, meinte Ilana, aber Hosen-Nilli befahl ihr zu schweigen und drohte, es ihr heimzuzahlen, wenn sie der Rumänin weiterhin zusetzte.

Die Rumänin bemerkte den Streit nicht, der zwischen den beiden Mädchen ihretwegen entbrannt war; nichts und niemand hätte sie aus unserem Klub vertreiben können, schon gar nicht eine Bohnenstange wie Ilana. Nach kurzer Zeit gehörte sie zu uns und unseren Festen dazu. Im Speisesaal saß sie an einem Tisch der Jugendgruppe, und selbst wenn die Frauen, die das Essen auftrugen, fragten, weshalb sie nicht bei den anderen Mädchen aus dem Sprachkurs saß, weigerte sie sich, zu ihren Kameradinnen zu gehen. Um einen Platz neben Massul zu ergattern, wartete sie am Eingang des Speisesaals auf ihn oder belegte den Stuhl neben sich mit der großen Stofftasche, die immer um ihre Schulter hing. Mein starker, selbstbewusster Freund wirkte verlegen und linkisch; die Rumänin sprach nicht viel – sie konnte kaum Hebräisch; stattdessen röstete sie ihn langsam mit ihren Glutaugen.

Eines Abends schrie Gutman:

»*Arbuschim!* Geht doch in den Wald!«

Massul nahm die Ud und ging hinaus. Die Rumänin folgte ihm. Sie verschwanden zwischen den Bäumen, und bald drang wilde Musik aus dem Wald. Die Töne krochen die hohen Stämme empor und ergossen sich in Wellen über uns. Mitten in diesem Sturm erstarb das Lautenspiel. Keiner traute sich nachzusehen. Ich wartete. Massul kam nicht zurück, und seine Laute blieb stumm. Ich ging ins Bett, aber ich konnte nicht einschlafen. In meiner Hose richtete sich mein Fähnchen auf und ließ mir keine Ruhe. Als ich am nächsten Morgen die Augen öffnete, sah ich, dass Massul wieder da war, müde wie ein Krieger nach der Schlacht, mit zwei roten Striemen auf der Brust und einem verschwörerischen Grinsen. Wie gern hätte ich gefragt, was er im Wald getrieben hatte, aber ich zügelte meine Zunge und begrüßte ihn mit einem gezwungenen Lächeln. Und so ging es in der nächsten Nacht, der übernächsten und wieder der nächsten. Er zog sich mit der Ud in den Wald zurück, und das Mädchen ging hinterher. Wenn er zurückkehrte, erinnerte er mich an eine Knospe, die sich in eine rote Blume verwandelt hatte. Er ging mit stolz geschwellter Brust, und seine Stimme hatte einen hochmütigen Unterton.

»Massul, was tut ihr im Wald?«

»*Uskut wa-challiha*, sei still und lass sie in Frieden«, antwortete er, und ich unterdrückte meine Neugier, bis ich nicht mehr konnte.

»Was machst du mit ihr?«

»Ich mit ihr? *Aiaiai* ...«, entgegnete er.

»Na dann eben sie mit dir!«

»Wir lernen ... Psalmen«, sagte er wie einer, der ausgezogen war, um eine Eselin zu suchen, aber eine Königin gefunden hatte. »Wir dringen ein in *seine* Geheimnisse, sein Name sei gepriesen.«

Und als er sah, dass ich ihn bewundernd anschaute, fast wie seine Freundin, nahm er die Laute und sang mit seiner metallenen, ein wenig rauen Stimme unsere Hymne:

»*Al-haja hilwa,*
das Leben ist schön,
das Leben ist Gesang.
Genießt die angenehmen Dinge
und vergesst eure Schmerzen.«

Und ich – dumm wie ich war –, wer würde mit mir Psalmen lernen? Die rundliche Blonde von den Regionalen? Um sie erobern zu können, musste ich ihre Musik kennen. Wieder schlich ich in den Kulturraum und legte in den Mittagspausen, wenn niemand da war, Schallplatten auf. Ich strengte meine Ohren an, verdrängte alle Gedanken und versuchte, den Zauber ihrer Musik zu begreifen.

Eines Tages flog die Tür des Kulturraums auf, und Herzl kam herein.

»Erwischt!«, triumphierte er.

Schweiß trat auf meine Stirn, und ich flehte:

»Bitte, erzähl's nicht weiter.«

»Kommst du deshalb nicht mehr zu den *haflas*?«, fragte er verblüfft.

»Nein, nicht deshalb«, log ich.

»Sag mal – unter uns – ist ihre Musik etwas wert?«

»Nein.«

Hätte er mir etwa geglaubt, wenn ich ihm gesagt hätte, dass sie mir gefiel, seit ich einzelne Stücke unterscheiden konnte? Meine Freude über meine Fortschritte verbarg ich bis zu dem Abend, an dem ich abermals zum Reich der Regionalen, der Kibbuzkinder und *Sabres*, hinaufstieg – ehrfürchtig und aufgeregt.

Sie starteten eine neue Quizreihe, und als uns Ischai empfahl mitzumachen, sah er dabei mich an. Ich nahm die Herausforderung an und zog allein, im Dunkeln, in die Schlacht. Im letzten Moment beschloss Hosen-Nilli, mich zu begleiten; Herzl hatte ihr alles erzählt. Unterwegs bat sie mich, ihr rasch die Grundkenntnisse der europäischen Musik zu vermitteln.

Ungeduldig betrat ich den Speisesaal der Regionalschule. Ich setzte mich mitten in die Halle, damit mich alle sahen, reckte den Hals bald nach rechts, bald nach links, doch schien uns niemand wahrzunehmen. Die Regionalen sangen wie immer ihre schönen Lieder, und als sie zu *Hava nagila* anhoben, stimmten wir ein, aber bald sonderte sich eine Gruppe ab und intonierte die zweite Stimme, und eine andere sang im Kanon, sodass wir aus dem Takt gerieten und verstummten.

Als das Quiz anfing, strengte ich jede Zelle meines Gehirns an, um mich zu erinnern und die Stücke zu erkennen. Zwei erriet ich und wollte vor Freude aufspringen, mit den Händen winken und der Blonden und allen anderen zurufen: Ich kann es, ich kann es! So wie ihr! Aber in meiner trockenen Kehle erstickte der Jubel zu einem Krächzen, das nur Nilli hörte. Wie angenagelt saß ich auf der Bank, voller Hass auf mich selbst und auf die Regionalen.

»Warum meldest du dich nicht?«, schimpfte Nilli.

Ich hob schnell die Hand, und als mir niemand Aufmerksamkeit schenkte, schrie ich:

»Ich weiß es, ich weiß es!«

Der Quizmaster, ein älterer *Sabre*-Junge, sah mich an und fragte:

»Was willst du?«

»Ich weiß die Antwort!«

»Wirklich?«, entgegnete er mit einem schiefen Grinsen. »Auch die da haben das Stück erkannt.« Um mich herum war ein Wald von ausgestreckten Armen. »Aber gut, dann sag es.«

»Feuertanz«, rief ich und schaute zu dem rundlichen blonden Mädchen.

»Richtig«, sagte der Quizmaster, und ich war außer mir vor Freude und verstand nicht, weshalb einige Jugendliche kicherten.

Hosen-Nillis Gesicht glühte feuerrot. Mit zusammengebissenen Zähnen zischte sie Flüche auf Arabisch:

»Denen werden wir's noch zeigen!«

Als das Quiz beendet war, rückten die Kibbuzkinder die Bänke zur Seite, ein Junge nahm ein Akkordeon, stellte sich in die Mitte des Raums und begann, Volkstänze zu spielen. Hosen-Nilli und ich blickten uns an.

»Bleiben wir?«

»Wir werden sogar tanzen«, sagte sie.

Um den Akkordeonisten bildeten sich mehrere Kreise. Ich schob meine Tolle auf der Stirn zurecht und wartete, dass sich die Blonde in den äußeren einreihte. Als sie an mir vorbeihüpfte, drängte ich mich zwischen sie und ihren Nachbarn. Ich nahm ihre Hand und sprang und stampfte mit den Füßen im Takt der Hora. Doch bevor sich der Kreis einmal durch den Saal gedreht hatte, schob sich ein Mädchen zwischen uns – ich schwor mir, mit der Blonden noch in dieser Nacht den ersten Paartanz meines Lebens zu tanzen, den Krakowiak, den ich besonders mochte und oft allein geübt hatte. Weil ich wusste, dass der Krakowiak immer der erste Paartanz war, versuchte ich, in ihrer Nähe zu bleiben, und als die schmissige Melodie erklang, griff ich ihren Arm und wunderte mich, woher ich den Mut dazu nahm. Meine Handflächen schwitzten, und das war mir peinlich; ihre blauen Augen betrachteten mich, als hätte sie mich noch nie gesehen. Aber sie hielt mich fest und gab zögernd nach. Ich legte schnell die Hände auf ihre Hüften. Als ich meine Finger zitternd in ihr weiches Fleisch drückte, strömte eine angenehme Wärme in mich ein. Während wir uns drehten, streifte ihre Brust meinen Oberkörper, und mich erfasste ein unbekanntes Glücksgefühl. Zum ersten Mal in meinem Leben hielt ich ein Mädchen in meinen Armen und noch dazu eine *Sabre*. Ich versuchte, ihren Blick einzufangen, doch hielt sie die leuchtend blauen Augen zum Boden gesenkt.

»Ich heiße Nuri«, sagte ich, und das Blut schoss in heißen Schüben in meine Wangen.

»Nitza«, entgegnete sie, und genau in diesem Moment stolperte ich und trat auf ihre Füße.

»Entschuldigung, ich ...«

Ich wollte nicht zugeben, dass ich zum ersten Mal mit einem Mädchen tanzte. Sie schwieg und schaute mich prüfend an. Ihre langen rötlichen Haare waren zu einem dicken Zopf geflochten, der in der kreisenden Bewegung des Tanzes mitschwang. Als der Krakowiak endete und ein tscherkessischer Tanz begann, entschlüpfte sie mir und mischte sich eilig unter ihre Kameraden. Schämte sie sich, dass sie sich mit einem wie mir abgegeben hatte, oder wollte sie sich ausruhen? Ich deutete ihren Rückzug als Ablehnung, denn ich sah, dass sie zu »Komm, Geliebter« eng umschlungen mit dem Jungen tanzte, der beim Musikquiz neben ihr gesessen hatte. In seinen Armen sah sie entspannt aus und lächelte. Zurückgestoßen und erregt von ihrer Wärme, die noch durch meinen Körper floss, wollte ich aufbrechen, aber Hosen-Nilli befand sich im innersten Kreis und tanzte ausgelassen mit einem mittelgroßen Jungen mit breiten Schultern – ich konnte sie dem verhassten Wolfsrudel schlecht als Beute überlassen! In ihrem Gesicht sah ich jedoch keine Furcht, sondern etwas, das ihren Partner herausforderte: Ihr Kopf war zurückgeneigt, und ihr Körper bewegte sich in seinen Armen wie elektrisiert. Während ich Nilli zuschaute, verließ Nitza den Saal. Als die Tänze endeten und alle erschöpft und außer Atem waren, stand Nilli plötzlich neben mir, und ihr Gesicht wirkte weich – ein neuer Glanz lag in ihren schwarzen Augen. Wortlos traten wir in die stille Nacht hinaus. In meinen Ohren hallte eine Strophe von einem *Sabre*-Lied:

»*Das Tal ist ein Traum,*
Glanz und Licht.
Tanzt Hora,
bis der Tag anbricht.«

»Er war wunderbar«, seufzte sie.

»Wie heißt er?«

»Zvika. Und deine Blondine?«

Meine – schön wär's, dachte ich und sagte:

»Nitza.«

Unser Geheimnis festigte das Band zwischen uns.

»Versprich, dass du es keinem erzählst. Meine Eltern würden mich umbringen«, sagte sie.

»Ich schwöre, dass dir niemand ein Haar krümmen wird«, erwiderte ich, ohne zu wissen, wie ich so etwas versprechen konnte.

Nitzas Gestalt hatte sich mir eingebrannt. Seit wir zusammen getanzt hatten, bebte mein Körper, und immer heftiger loderte das Feuer, das sie entzündet hatte. Ich musste sie wiedersehen, die Berührung ihrer Hand spüren. Ich folgte ihr überall hin und lernte jede ihrer Bewegungen kennen. Einer Sache war ich gewiss: Jeden Nachmittag um vier Uhr kam sie den Hügel der Regionalschule herab zu den Unterkünften der Veteranen und besuchte ihre Eltern. Ich ging an ihrem Rasen vorbei und nickte ihr zu. Als ich sie ihren Vater einmal Munia nennen hörte, wurde ich unsicher, ob er wirklich ihr Vater war. Ich fragte Ischai, der mir erklärte, dass manche Kibbuzkinder ihre Eltern beim Vornamen und nicht Papa und Mama nannten. Der Rasen wirkte gepflegt und war mit Rosen- und Nelkenbeeten eingefasst. In der Mitte lag ein kleiner Garten, in dem Genia, die Mutter, auf einem niedrigen Feldtisch heiße und kalte Getränke, Süßigkeiten und Kuchen servierte. Um den Tisch saß die ganze Familie; frisch gewaschen und in Feiertagskleidern aßen, schwatzten, spielten und lachten sie. Ich wusste nicht, warum, aber ich sah wieder meinen Vater, der am Eingang zum Café jenes Polen stand, und meine Mutter, die sich über den Petroleumkocher beugte und Wasser und Grieß mit ein wenig Milch und Zucker verrührte. Ich schüttelte das Bild ab und richtete meinen Blick auf die glückliche Familie auf der grünen Wiese. Nitzas Lachen erschien mir schön wie der ferne Klang einer Qanun. Wenn es dämmerte, wurde es Zeit, Abschied zu nehmen. Munia und Genia gingen zum Kinderhaus, um den kleinen Sohn ins Bett zu bringen, und Nitza stieg langsam zur Regionalschule hinauf.

Eines Abends lauerte ich ihr hinter einer der Zypressen auf, die den Weg zur Regionalschule säumten. Als sie sich näherte, sprang ich aus meinem Versteck.

»Wer kommt da?«, rief sie.

»Ich – Nuri.«

»Wer?«, fragte sie, und als sie mich erkannte, sagte sie: »Du hast mich erschreckt.«

Ihre Brust hob und senkte sich, und mein Puls ging schneller.

»Wie geht's?«, fragte ich.

»Gut«, entgegnete sie und ging weiter.

Beschämt blieb ich zurück. Ich war wütend, weil ich sie nicht zurückhielt und ihr nichts von all den Dingen erzählte, die ich ihr hatte sagen wollen. In Gedanken versunken, streifte ich durch den Kibbuz, den Blick auf den Betonweg gesenkt. So gelangte ich zu unserem Klub.

»*Hafla, hafla*«, bettelte Massuls Rumänin. Sie wollte die Anwesenden dazu bewegen, still zu sein und sich auf die Holzbänke zu setzen. Sie selbst saß wie üblich auf dem Boden, zu Füßen ihres Waldprinzen.

Um die Wahrheit zu sagen: Die *haflas* waren nicht mehr so wie früher. Viele kamen nicht mehr. Hosen-Nilli, die von Joram-Schiefhals und seinem Gesang so begeistert gewesen war, verdarb alles, seit sie mit Zvika von den Regionalen getanzt hatte. Manchmal, wenn sich die Party auf dem Höhepunkt befand und Jorams Stimme zu einem schmachtenden *jallili* emporschwang, fing sie an, hebräische Lieder zu singen, die sie seit kurzem lernte, und die anderen Mädchen unterstützten sie dabei. Joram hielt dagegen. Er sang aus voller Kehle, und seine Stimme wand sich zu den höchsten Tönen hinauf, aber dann musste er sich doch geschlagen geben – er hörte auf zu singen und fluchte leise vor sich hin. Es war deutlich, dass Nilli in Gedanken weit weg war, bei ihrem Zvika, obwohl niemand wusste, dass sie sich mit ihm traf. Seine Welt war bereits ihre Welt: sonnengebräunter Körper, russischer Gürtel, gestickte Bluse und der Traum von langen Zöpfen. Ihre Hosen wurden immer kürzer, bis nur noch ein schmaler Streifen übrig blieb, der kaum den Unterleib bedeckte, und als wäre das nicht genug, machte sie ihre Bluse eng anliegend, zog sie nach unten und spannte sie, sodass ihre Brust hervortrat wie die Augen des armen Joram, der von der Geschichte mit dem Regionalen nichts ahnte.

»Schmale Hüften, straffe Brust – das ist das Wichtigste«, behauptete sie.

Hätte ihr Vater sie so gesehen, er hätte sie umgebracht oder zumindest aus dem Kibbuz genommen. In die Ferien fuhr sie im Rock und mit langen Ärmeln, aber bei uns wippte sie ungeniert mit dem Hintern, und alle anderen Mädchen eiferten ihr nach. Zu den Regionalen würden sie nie gehören, doch versuchten alle, sich zu benehmen und zu kleiden wie sie. Nilli gab das Zeichen, die geblümten Kleider aus Bagdad und sogar die Khakiröcke, die im Kibbuz verteilt worden waren, abzuwerfen.

»Darin seht ihr plump aus, sie verderben die Figur«, meinte sie zu Ilana und brachte damit die letzte Bastion Bagdads zu Fall.

Etwas gärte in Hosen-Nilli, brannte und gab keine Ruhe – ihr nicht und uns nicht. Sie stammte aus einem abgelegenen Dorf im Norden des Irak, und der Dialekt, den sie redete, weckte Spott und Gelächter. Plötzlich ging sie dazu über, Hebräisch zu sprechen. An dem Abend, an dem sie mit dem Regionalen tanzte, begann sie, das r und die semitischen Kehllaute wie eine Europäerin auszusprechen, obwohl ihr Hebräisch noch dürftig und gequält klang und sie ihren starken nordarabischen Akzent nur mit Mühe verleugnen konnte.

»Du verbiegst dir die Zunge«, stichelte Massul.

»Sie wird wieder gerade«, erwiderte sie und streckte sie ihm heraus.

»Und der Schiefhals?«, zwinkerte er ihr zu.

»Der? Was zählt, sind die Regionalen!«

Sie war Feuer und Flamme, und nur die kleinen Löcher, die ihre Mutter ihr nach der Geburt in die Ohrläppchen hatte stanzen lassen, hinderten sie, sich vollkommen anzupassen.

»Noch ein, zwei Monate, dann sind sie unsichtbar«, versicherte sie mir. »Ich werde sie mit meinen Haaren zudecken. Bis dahin sind sie gewachsen.«

»Du versteckst sie, aber du wirst immer wissen, dass sie da sind«, sagte ich.

Ständig suchte Nilli einen Vorwand, um zur Regionalschule zu gehen. Eine neue Welt hatte sich dort für sie geöffnet. Mit weit aufgerissenen Augen strich sie um diese Welt herum, näherte sich ihrer Schwelle und zögerte doch, weiter vorzudringen. Jedes Mal, wenn sie vom Hügel der Regionalen zurückkam, war ihre Begierde gewachsen, sich ganz zu verwandeln. Anfangs hatte sie noch den Segen ihrer Eltern benötigt und sie gezwungen, ihr lange blaue Hosen zu kaufen; jetzt ging sie ihren eigenen Weg und nahm die Herausforderung an. In den Nächten schlich sie in den Weinberg zu ihrem Zvika. Erst nachdem sie mich mehrmals hatte versprechen lassen, sie nicht zu verraten, erzählte sie mir stolz, dass er vernarrt war in ihre dunkle Haut. Es ging das Gerücht um, dass er sie im Wald auszog, um sie wie eine glänzende Statue zu bewundern, wie eine Göttin der Nacht im silbrigen Mondschein. Mehr gestattete sie ihm noch nicht. Damals.

14. KAPITEL

Der Doktor für organischen Dünger

Entgegen seiner Gewohnheit begann Dolek mitten an einem gewöhnlichen Arbeitstag vom Antisemitismus in Polen zu reden. Ein Sturzbach von Worten brach aus ihm heraus, und sein Gesicht färbte sich abwechselnd weiß und rot. Er lehnte die Mistgabel an einen Dunghaufen und beschrieb eine schreckliche Szene, die ihn, wie er mir später erzählte, veranlasst hatte, seine Sachen zu packen und zu fliehen, noch ehe der Vorbereitungskurs für die Einwanderung nach Palästina zu Ende war. Als er einmal mit der Eisenbahn unterwegs war, sah er, wie Polen einem jüdischen Rabbi den Bart abschnitten. Dabei rissen sie ein Stück Haut von seinem Gesicht, und von seinem Bart tropfte Blut. Dolek konnte es sich noch immer nicht verzeihen, dass er dem Rabbiner nicht geholfen hatte.

»Was hätte ich tun sollen? Der Zug war voll Gojim.« Schweiß stand auf seiner Stirn, und seine Hände zitterten. »Aber ich halte uns mit diesen Geschichten auf. Warum kommst du heute Abend nicht zu mir nach Hause?«, fragte er und stieß die Mistgabel hastig in den Dung.

Ein wenig nervös ging ich zu seiner Wohnung. Außer Sonja hatte ich noch nie einen Veteranen besucht. Ich war neugierig, wie ihre Unterkünfte von innen aussahen. Doleks Wohnzimmer war klein und voll gestopft mit Büchern. In einer Ecke stand ein breiter Tisch mit einer Leselampe, auf dem sich Papiere und Briefe türmten; ich war überrascht, dass ein Teil in fremden Sprachen war. Aus dem Radio drang *ihre* Musik, aber sie klang beruhigend, nicht bedrohlich wie beim Quiz der Regionalen. Sie passte zu dem Raum wie ein Möbelstück. In seinen guten Kleidern, frisch rasiert und geduscht erschien mir Dolek wie ein anderer Mensch. Nach all den Vorträgen, die er gehalten, und den Dingen, die er mir erklärt hatte, konnte ich, ehrlich gesagt, nur schwer glauben, dass er wirklich zur Arbeiterklasse gehörte, auch wenn sein Overall, die Stiefel und die schwieligen Hände keinen Zweifel an seinem Beruf ließen.

Etwas fehlte. Während der Ruhestunden am späten Nachmittag füllten sich die Unterkünfte und Gärten der Alteingesessenen mit Schülern der Regionalschule, die die schönste Zeit des Tages mit ihren Eltern verbrachten. Es war die einzige Gelegenheit, bei der sich die Familien zum Essen, Trinken und Plaudern versammelten. In Doleks Wohnung war es still. Als er ein Tablett mit Kaffee und Keksen aus der winzigen Küche hereintrug, fing er meinen fragenden Blick auf.

»Ich habe keine Frau und keine Kinder.«

»Schade«, erwiderte ich und bereute, dass mir das herausgerutscht war.

Dolek nahm ein schwarz gerahmtes Foto vom Tisch und stellte es vor mich hin.

»Das ist Halinka. Sie ist schön, nicht?«

Und bevor ich etwas sagen konnte, fuhr er fort:

»Wir haben zusammen in Warschau studiert und uns auf die Einwanderung vorbereitet. Wir planten, in Palästina eine Familie zu gründen, aber trotz der Geschichte mit dem Rabbi im Zug konnte sie sich nicht entschließen, sofort zu packen. Sie wollte den Einwandererkurs noch zu Ende machen. Später gab es andere Gründe. Sie meinte, sie müsse erst ihr Studium abschließen, und beklagte sich, dass ich sie allein gelassen hätte. Außerdem war ihr Vater gegen die Auswanderung. So verstrichen viele Jahre, und ich blieb allein. Und dann kam Hitler, und sie ist dahingegangen.«

Es folgte ein langes Schweigen, nur die Musik beschwichtigte die Emotionen. Und die ganze Zeit betrachtete ich Halinkas Foto: eine zarte junge Frau mit fein geschnitzten Lippen und träumerischem Blick.

»Aber wolltest du nie zurück nach Polen?«

»Wozu?«, fragte Dolek erschrocken.

»Nicht mal ihretwegen?«

Ich zeigte auf das Foto.

»Nein, ich wartete, dass sie herkommen würde«, sagte er und schob das Kinn vor.

»Wie war es damals hier?«

»Oho, in Palästina!«, rief er, und sein Mund verwandelte sich in eine Quelle, die nicht versiegen wollte.

Bis zum Einbruch der Nacht behielt er mich bei sich und zeigte mir verblichene Fotos von einem großen kräftigen Jungen mit einer Schildmütze und einer Hacke in den Händen. Dolek war durchs Land gezogen, auf der Suche nach einem Broterwerb. Meistens hatte er im Straßenbau gearbeitet, »das war damals der Mittelpunkt des geistigen und politischen Lebens im Land«. Er war einer der Anführer der Arbeitsgruppen, die zu jener Zeit entstanden, und verfasste zusammen mit einigen Kameraden »Thesen über das Leben in der Kommune und im Sozialismus, über Kooperation und Gleichberechtigung«. Schließlich schloss er sich einer Zelle an, die Kirjat Oranim gründete. Viele Monate legten sie verseuchte Sümpfe trocken, beseitigten Steine und kämpften gegen die Malaria und andere Unbilden, vor allem aber gegen sich selbst – »und das war der härteste Kampf von allen«, der Versuch, den »neuen Juden« zu schaffen, der seinen Charakter und seine Lebensweise änderte. Er stritt gegen Verführungen aller Art, gegen die Schwäche des Herzens und des Körpers und überlebte zusammen mit den Angehörigen seiner Zelle, die sich dauerhaft hier niederließen. Als eine Anlage für die Herstellung von organischem Dünger benötigt wurde, meldete er sich freiwillig, um sie zu errichten, und seither arbeitete er im Mist.

»Sieh mal, wie viele Bücher darüber geschrieben wurden.« Er zeigte auf eine Abteilung seiner Bibliothek.

»Die hast du alle gelesen?«, fragte ich und dachte insgeheim: Wie, zum Teufel, kann man so viel über Mist schreiben?

»Ich hab sie gelesen und selbst eins geschrieben.«

Von einem Regalbrett nahm er ein Buch: »*Dr. D. Orian – Organisch düngen. Wie geht man vor?*«

»Bist du Doktor?«, fragte ich erstaunt.

»Ja«, sagte er und lächelte.

»Doktor für organischen Dünger? Ich hab nie gehört, dass es so etwas gibt.«

»Das ist ein Bereich der Wissenschaft«, erklärte er stolz, dann stand er auf und stopfte sein Hemd in die Hose. »Jetzt lass uns essen gehen!« Er legte väterlich den Arm um meine Schulter.

Auf dem Weg zum Speisesaal kam ich nicht umhin, die beiden Männer zu vergleichen: jenen, der mein Vater sein wollte, der in Polen studiert hatte und Pionier wurde, der über organischen Dünger promoviert hatte und auf ewig Junggeselle bleiben würde, und meinen richtigen Vater, den Anwalt aus Bagdad, der als Notstandsarbeiter in den Wäldern des Jüdischen Nationalfonds beschäftigt war. Ein erschreckender Gedanke ging mir durch den Kopf: Es gab noch schlimmere Tragödien als unsere. Dolek war Doktor und Kibbuznik, und er war das Salz der Erde, denn er hatte seine Vision verwirklicht und dieses Land aufgebaut, obwohl seine ganze Familie, auch Halinka, ermordet worden war. Was blieb ihm außer seinem

Ideal und dem Dünger, dem er sich Tag und Nacht widmete? Zwar saßen meine Angehörigen in einem Lager, und wir waren gesellschaftlich ganz unten, mussten als Hilfsarbeiter unseren Lebensunterhalt verdienen; aber wir waren zusammen hier – eine vollständige Familie.

Als ich Massul erzählte, dass Dolek Doktor für organischen Dünger war, glaubte er mir nicht. Und als ich ihm schwor, dass er mir ein Buch mit seinem Namen gezeigt hatte und auf seinem Schreibtisch Briefe in drei Sprachen lagen, spottete er, ich sei naiv und Doleks Gehirnwäsche erlegen.

»Dein Schicksal ist besiegelt. Du wirst ein Kibbuznik mit runzligem Hals und von der Sonne verbrannter Haut. Du wirst ihre Musik hören, die Scheiße ihrer Kühe wegmachen und dein Leben lang furchtbar stinken.« Und dann holte er zu seinem letzten Schlag aus: »Sie werden dich bekehren, und am Ende wirst du einer von ihnen sein.«

Erst nach langem Flehen und Betteln war er bereit, mitzukommen und sich selbst davon zu überzeugen, dass ich keine Märchen erzählte. Schon von weitem scholl uns von Doleks Veranda Musik entgegen, und während ich noch versuchte zu erraten, wer sie komponiert hatte, verzog Massul das Gesicht und machte eine abfällige Handbewegung.

»Dolek, hast du dir wirklich freiwillig ausgesucht, Dünger zu produzieren? Hat dich keiner gezwungen wie uns?«, begann Massul ohne Vorrede.

»*Habub*«, antwortete Dolek und legte lächelnd seine große Hand auf Massuls Schulter, »wir sind nach Israel gekommen, um es zu retten. Wir wollten dem Land etwas geben. Unser Interesse galt nicht den Fleischtöpfen, dem Studium, der Musik und dem Theater, obwohl wir das alles mögen und hier auch haben wollen, sondern wir waren von einem starken gemeinsamen Willen getrieben, dieses Land aufzubauen und einfache Arbeiter und Bauern zu sein, die ihre Sache gut machen. Das war seit jeher unser Ehrgeiz, und auch ihr müsst danach streben.«

Massul traute seinen Ohren nicht. Er saugte an seinen Wangen und sagte:

»Gut, so war es am Anfang, aber jetzt seid ihr ein reicher Kibbuz. Warum bezahlt ihr keine Araber und lasst sie den Mist schaufeln?«

»Weil wir für selbstständiges Arbeiten sind«, antwortete Dolek ernst.

»Auch wenn es um Drecksarbeit geht?«

»Drecksarbeit?«, rief Dolek. »Arbeit adelt den, der sie tut.« Er trank einen Schluck kalte Milch, stellte die Glaskanne auf den Tisch und fügte hinzu: »Arbeit ist das Heilmittel gegen die Krankheiten der Diaspora.«

»Im Irak erledigten nur Araber und Kurden solche Aufgaben«, sagte Massul.

»Die Araber sind Menschen wie wir«, erklärte Dolek. »Wenn wir heute Araber ausbeuten, beuten wir morgen Juden aus. Heute lassen wir Leute im Mist arbeiten und morgen in der Küche.«

»Warum nicht? Wenn ihr genug Geld habt?«

»Will dir das nicht in den Kopf?«, fragte Dolek und hob die Stimme. »Wir wollen niemanden abhängig machen und nicht werden wie die, gegen die wir uns aufgelehnt haben. Unsere Absicht ist, das patriarchalische Herrschaftssystem zu zerschlagen. Wir wollen keine Effendis oder Lohnabhängige sein und auch kein Volk, das von *luftgescheftn* lebt.«

»Was ist das?«

»Makler, Kaufleute, all die Berufe, die die Juden im Exil ausübten.«

Massul verlor die Geduld:

»Und was ist daran schlecht? Ich versteh das nicht.«

»Wir glauben an einen zionistischen Sozialismus, versuchen eine ideale Gesellschaft zu schaffen, in der es weder Arm noch Reich gibt und sich alle von körperlicher Arbeit ernähren. Wir glauben an die Rückkehr zu Natur und Ackerbau. Wir müssen ein normales Volk werden und die Gesellschaftspyramide umdrehen. Hast du ihm das nicht erzählt, Nuri?«

Ich kam nicht dazu, ihm zu antworten, denn begeistert, wie es seine Art war, hob Dolek zu einem fundierten Vortrag über den gesellschaftlichen Wandel an, der für die Existenz und Unabhängigkeit des Volkes in Zion unabdingbar sei. Sein Blick war klar und direkt wie bei einem Menschen, der weiß, was er will, und über große Intelligenz und einen festen Glauben verfügt. Ich wusste, dass wir das Abendbrot versäumen würden, denn wenn Dolek die Pyramide des jüdischen Volkes erklomm, kam er nicht so schnell wieder herunter. Massul ging nervös zum Schreibtisch und betrachtete die Briefe. Er nahm einen, der auf Französisch verfasst war und im oberen Drittel ein rotes Wachssiegel trug.

»Was ist das?«, unterbrach er Doleks Ausführungen.
»Eine Einladung zu einem Kongress in Paris.«
»In Paris? Um über Mist zu reden?«
»Ja«, entgegnete Dolek und setzte seinen Vortrag fort. Massul rollte mit den Augen, als glaube er ihm nicht.

Als wir endlich aufbrachen und in die Nacht hinausgingen, bemerkte Massul nachdenklich:

»Er redet wie Sonja, mit hochtrabenden Worten – Vaterland, Volk, Ideale, Vision. Wieso erwähnen sie nie die Verantwortung für die Familie, statt gegen sie zu hetzen? Und warum sprechen sie nur von Revolution statt von Tradition?«

Er schwieg für einen Moment und fuhr dann fort:

»Das Problem ist, dass man sich schämt, einen solchen Menschen etwas Einfaches zu fragen – ob er sich wohl fühlt im Kibbuz, ob ihm das Essen schmeckt oder ob er seine Kleider gerne trägt und glücklich ist.«

»Aber du siehst, er ist ein einfacher Mistarbeiter und trotzdem ein Doktor, und er ist weltberühmt!«

»Dolek kann das – mein Vater nicht, niemals«, sagte Massul bedrückt und rief mit lauter, heiserer Stimme: »Dolek ist *madschnun*, wirklich verrückt!«

»Weshalb?«

»Und du bist auch *madschnun*. Wenn du den Doktor hättest, würdest du dann freiwillig in der Scheiße stehen? Ich, mein Lieber, würde an die Uni gehen, mit Anzug und Krawatte«, rief Massul und begann, schneller zu gehen.

»Wohin läufst du?«

»Zu meiner Rumänin. Psalmen üben.«

Er zwinkerte mir zu und rannte davon.

15. KAPITEL

Zvika

Seit dem zweiten Musikquiz beteiligte sich Nilli nur noch selten an den Aktivitäten der Gruppe. Die *Madrichim* hatten uns eingeschärft, wir müssten »unser Schicksal selbst in die Hand nehmen«, und so nahm sie sich die Freiheit im wörtlichen Sinn und verschwand bei Einbruch der Dunkelheit, keiner wusste, wohin. Wegen ihres »rebellischen Temperaments«, wie Ischai sich ausdrückte, war sie ein Stützpfeiler unserer Gruppe, und allen fiel ihre Abwesenheit auf. Aber niemand wagte zu fragen: Nilli, wohin gehst du? Alle fürchteten ihre spitze Zunge. Nur ich wusste Bescheid, aber mein Mund war versiegelt – ich hatte mich verpflichtet, ihr Geheimnis zu wahren. Die Gerüchteküche brodelte. Die meisten Kameraden sahen einen Zusammenhang zwischen Nillis Fehlen und dem von Joram-Schiefhals, der inzwischen einen zweiten Spitznamen hatte: *madschnun lajla*, Narr der Nacht. Denn bei Mondschein sang er Muhammad Abd-al-Wahabs traurige Weisen von gebrochenen Herzen. Auch ihn sahen wir nicht mehr oft, nicht einmal wenn Massul Laute spielte. Anfangs hatte er noch häufig am Eingang gestanden und Nilli gesucht, doch wenn er sie nicht fand, ging er wieder. Später traute er sich nicht mehr, bei den Partys hereinzuschauen. Niemand kam auf die Idee, dass die beiden in verschiedene Richtungen gingen: er in den Wald, um seinen Kummer zu vergessen, und sie zur Regionalschule, um Volkstänze zu tanzen. Nilli überredete mich, sie zu begleiten, als Deckung gegenüber den Mädchen der Jugendgruppe und damit ich ihr das Gefühl gab, nicht allein zu sein; vielleicht wollte sie auch nur mit mir schwatzen. Ich erfüllte ihre Bitte gern, denn auch mich zog es dorthin. Nach einiger Zeit brauchte sie mich nicht mehr und ging allein hinauf, aber das besondere Vertrauensverhältnis, das zwischen uns entstanden war, hüteten wir sorgsam.

Manchmal machte Nilli Andeutungen, was sich zwischen ihr und Zvika abspielte, und diese Andeutungen entfachten meine Fantasie, die hin und her gerissen wurde zwischen ihrer Geschichte und Massuls Romanze mit der Rumänin. Nitza ignorierte mich. Nicht ich – das wusste ich – würde den dunklen Weinberg und die Geheimnisse ihres Körpers ergründen. Ich versuchte, bei den Büchern und der Enzyklopädie meinen Kummer zu vergessen, aber ich fand darin keine Medizin für mein Leiden. In solchen Momenten ging ich in den Kulturraum, lauschte den Klängen der Musik und hoffte, mit ihrer Hilfe einen Zugang zu Nitzas Herz zu finden. Aber all das löschte nicht das Feuer des Neids auf Massul und seine Psalmen. Er bekam alles, ohne sich anzustrengen, ohne Enzyklopädien und Kantaten von Bach. Was hatte er, fragte ich, was ich nicht hatte?

»Auf die Persönlichkeit kommt es an«, trichterten die *Madrichim* uns ein, »auf den Charakter und die innere Gesinnung.«

Wenn das stimmte, wieso konnte ich dann bei Massul nichts davon entdecken? Die *Madrichim* hatten uns belogen – nur der Körper zählte. Mit Argusaugen beobachtete ich Massul, wenn er sich im Zimmer oder in der Dusche an- und auszog. Aber ich stellte keinen besonderen Unterschied zwischen uns fest, bis auf seinen katzenhaften Gang. Ich versuchte, genauso zu gehen, doch es half nichts. Warum spielte ich nicht wenigstens die *udd*? Ich übte, auf dem Instrument zu spielen, und erzielte erste Erfolge, aber meinen Fingern fehlten die Geschmeidigkeit und Flinkheit, mit denen er die Saiten zum Vibrieren brachte. Hosen-Nilli war überzeugt, dass sie Zvika durch ihre Persönlichkeit erobert hatte. Ich bezweifelte das und wollte ihr sagen: Blödsinn! Du bist ein Instrument in seinen Händen, und er übt sich an dir. Dies ist nur die Generalprobe, bei der Premiere spielt ein *Sabre*-Mädchen deine Rolle. Es stimmt, wollte ich zu ihr sagen, du bist ein wunderbares Instrument zum Üben, mit der glänzenden braunen Haut und den straffen Brüsten, mit deiner kerzengeraden Haltung und deinen prallen Schenkeln – ganz zu schweigen von deinem Hinterteil, das manchmal unter deiner knappen Hose hervorrutscht. Nie hätte ich mir träumen lassen, dass sich eine junge Frau aus dem Nordirak, die Tochter eines Kantors, ihres saftigen Hinterns bedienen würde, um vor der Hochzeit einen Jungen zu verführen. Was für einen Weg du zurückgelegt hast, so weit wie vom Irak bis nach Israel! Aber verstehst du nicht? Ein echter Regionaler, ein Kibbuzjunge aus dem Jesreeltal, heiratet kein Mädchen aus der *Ma'barah*. Eine Ehe ist undenkbar. Doch ich behielt meine Zweifel für mich und verheimlichte Nilli auch, dass ich auf Zvika eifersüchtig war. Ich glaubte nicht, dass sie sich so sehr verändert hatte, wie sie behauptete. Alles Einbildung, dachte ich, denn an meinem eigenen Körper spürte ich, wie schwer es war, sich anzupassen, nicht nur äußerlich, sondern auch tief in der Seele. Jeden Tag brachte ich das Opfer des Wandels dar, der, wie Dolek sagte, von innen kommen musste, als Ergebnis einer »Revolution der Herzen«. Niemand wusste besser als ich, wie weit ich trotz aller Mühe von meiner wirklichen Verwandlung entfernt war. Wie konnte ich glauben, dass sich eine junge Frau aus einem frommen Haus bei einem Regionalen wohl fühlen und sich dort benehmen konnte, wie es ihrer Natur entsprach?

Genauso wenig glaubte ich ihren vielen Geschichten von der großen Liebe, die er für sie hegte, selbst dann nicht, als er begann, manchmal bei uns aufzutauchen, natürlich nur um Nilli zu sehen, und sein Blick zärtlich und verlangend war. Seine Kameraden sahen diese Freundschaft nicht gern, und um die Wahrheit zu sagen, wir auch nicht. Eine dicke hohe Mauer umgab unsere Mädchen, und plötzlich drang einer in unser Territorium ein. Aber vielleicht war er wirklich so verrückt und hatte sich in unsere temperamentvolle Schwarze verliebt, so wie ich mich in ihre blonde Nitza verguckt hatte.

Als Nilli fühlte, dass Zvika ihren dunklen Körper mochte und sein Herz unheilbar für sie entbrannt war, stellte sie die Besuche in der Regionalschule ein und zwang ihn, vom Gipfel des Berges zu ihr herabzusteigen. Aber sie traute sich noch nicht, vor aller Augen mit ihm spazieren zu gehen und seine Hand zu halten, wie es die verliebten *Sabres* taten. Sie versteckte ihre Beziehung unter dem Mantel der Nacht. Als ich sie fragte, weshalb sie nur mich eingeweiht hatte, erklärte sie:

»Die Mädchen würden mich beneiden und mir das Leben zur Hölle machen, und die Jungen würden sagen, dass ich eine Hure bin. So sind unsere Irakis nun mal.«

»Und wie bin ich?«

»Du bist wie ich. Du weißt, dass Bagdad tot ist und wir wie sie leben müssen.«

»Wie kommst du denn darauf?«

»Nur ein Verrückter steht freiwillig im Mist und sitzt stundenlang im Kulturraum, um ihre Musik zu studieren«, erwiderte sie. Dabei zwinkerte sie mir zu und streichelte flüchtig mein Gesicht.

Du Hündin, dachte ich. Ihre offenen Worte machten mir meine Situation auf schmerzliche Weise bewusst. Großer Gott, sahen mich all meine Freunde so? Wer war ich, und was war ich? Eins wusste ich: Der Umzug vom Irak in die

Ma'barah hatte mir das Rückgrat verbogen und meine und die Welt meiner Eltern zerstört. Ich hatte in Kirjat Oranim Zuflucht gesucht und vielleicht heimlich gehofft, hier ein neues Leben beginnen zu können. Aber jetzt, da ich nicht mehr hungerte und alles hatte, musste ich mich fragen: Was tat ich an diesem Ort? Floh ich vor der Vergangenheit? Und wohin würde es mich führen? War Hosen-Nilli wirklich angekommen, oder spielte sie uns etwas vor?

16. KAPITEL

Kantor Dela'al

Nillis Gesicht fiel ein, und ihr Körper wurde immer hagerer. Manchmal fühlte sie sich schlecht und versteckte sich an seltsamen Orten. Ich glaubte, zwischen ihr und Zvika sei etwas vorgefallen und sie verhalte sich merkwürdig, weil sie Liebeskummer hatte. Da sie auf meine Fragen zögerlich und ausweichend antwortete, ging ich in das verlassene arabische Dorf und pflückte für sie Aprikosen – die mochte sie so gern. Beim Anblick der Früchte leuchteten ihre Augen auf und erloschen sofort wieder. Es geht vorbei, sagte ich mir, aber ihre Laune wurde von Tag zu Tag schlechter, und morgens übergab sie sich.

»Das kommt von den verfluchten Aprikosen«, beruhigte ich sie. »Du hast zu viel gegessen.«

Sie weigerte sich, den Arzt aufzusuchen. Endlich ließ sich Zvika blicken, den wir seit Tagen nicht gesehen hatten. Im Gegensatz zu sonst wirkte er blass und ernst. Unverzüglich ging er in den Mädchenflügel zu Nillis Zimmer – das hatte keiner von uns Jungen je gewagt –, und ich hoffte, dass nun die rettende Geste käme, dass sie sich versöhnen und Nilli wieder jubeln und die Gruppe mit Leben erfüllen würde. Aber nichts änderte sich. Auch trat Nilli nicht mehr zur Arbeit an, und es wurde über sie getuschelt.

»Sie bildet sich ein, dass alles erlaubt ist«, lästerte Ilana, die Bohnenstange.

Als die Kameraden zum Speisesaal strömten, nahm ich allen Mut zusammen und ging zu ihrem Zimmer.

»Lajla«, so nannte ich sie, wenn ich etwas auf dem Herzen hatte, »wir haben uns geschworen, uns alles zu erzählen. Warum verheimlichst du mir jetzt etwas?«

Statt zu antworten, schluchzte sie.

»Ist es wegen Zvika?«

»Ja ... nein!«

»Ich hab's gewusst. *Kuss ummuk*. Du musst ihn verlassen.«

»Du verstehst nichts, gar nichts! ... Ich bin schwanger!«

»Oh«, ich biss auf meine Unterlippe, »bloß das nicht! Weiß Sonja Bescheid?«

»Ja.«

»Großer Gott! Wieso hast du das getan?«

»Ich dachte, alle Regionalen tun es«, rief sie verzweifelt und presste ihren Rücken an die Wand, als hoffte sie, sie würde sich auftun und sie verschlucken.

Meine Gefühle waren widerstreitend. In manchen Momenten empfand ich Mitleid mit ihr: Die Ärmste, jetzt sitzt sie in der Falle; ihr Vater wird sie umbringen, und bestimmt fliegt sie aus dem Kibbuz. Aber dann, während ich mir noch schwor, ihr beizustehen, wurde ich wütend und wollte sie bestrafen: Sie wollte unbedingt Hosen tragen, und als sie endlich welche hatte, konnte sie es nicht abwarten, sie auszuziehen. Und er? Er war ein verdorbenes Schwein. Wie konnte er einem unverheirateten Mädchen so etwas antun? Sie bildeten sich wirklich ein, dass alles erlaubt war!

Nilli kauerte in ihrer Ecke, und ich wollte sie schlagen, als wäre sie meine Schwester. Doch vielleicht hatte meine Wut noch einen anderen Grund: War ich auf Zvika, diesen Hurensohn, eifersüchtig? Nilli schien zu spüren, was in mir vorging.

»Du hasst mich auch, nicht wahr? Aber ich werde nicht wie Florentine enden, nicht wie Florentine!«

»Wer ist Florentine?«, fragte ich, und sie erzählte mir von dem Mädchen, das den Kibbuz verlassen hatte.

Nilli hatte Florentine in der *Ma'barah* wiedergesehen – sie trug ein Kopftuch und ein langes Kleid, und an ihren Arm klammerte sich ein Greis, der kaum gehen konnte. Das sei ihr Mann, sagten die Leute, der Lagerrabbi.

»Jetzt erinnere ich mich, sie war in unserer Gruppe. Aber was, zum Teufel, hat dich dazu getrieben?«

»Ich liebe ihn.«

»Liebe! Liebe! Und wo bleibt der Anstand? Und er ... dass er es gewagt hat!«

»Er will mich heiraten.«

»Wirklich?«

Ich konnte es nicht glauben.

»Aber Sonja sagt, dass ich abtreiben soll.«

»Und?«, fragte ich ungeduldig, als wäre ich ein Spezialist auf dem Gebiet, obwohl ich noch kein Mädchen geküsst hatte.

»Das lass ich nicht zu! Ich hab Angst. Gott wird mich verfluchen, und ich werde nie mehr Kinder bekommen.« Ihre schwarzen Augen füllten sich mit Tränen. »Nuri, hilf mir!«

»Wie denn?«, schrie ich mit heiserer Kehle und stürzte aus dem Zimmer.

Das Geheimnis wurde entdeckt. Angestachelt von Ilana, forderten die Mädchen, Nilli aus der Gruppe auszuschließen – sofort. Sie waren schadenfroh und boshaft, doch unbewusst beneideten sie Nilli um ihren Mut. Tief in ihrem Herzen sehnten sie sich nach der Revolte, die Nilli gewagt hatte, und fürchteten, in die gleiche Falle zu treten wie sie. Als sich Ilana schreiend auf sie stürzte, hörte ich die Stimme ihrer Mutter:

»Du Hure! Du hast uns entehrt!«

Rina versuchte, sie zu trennen:

»Das ist allein Nillis Angelegenheit. Du hast uns nicht zu sagen, was Moral ist!«

Aber dadurch brachte sie die Mädchen erst recht gegen Nilli auf. Sonja versammelte sie zu einem Gespräch. Immer wieder erklärte sie, dass einem so etwas passieren könne, wenn man verliebt war – ihnen allen. Sie kritisierte Nilli nicht, sondern ermahnte die Mädchen und gab ihnen praktische Ratschläge, damit ihnen nicht das Gleiche widerfuhr. Großes Geschrei brach los. Die Mädchen überboten sich in stolzen Behauptungen, dass sie so etwas Schändliches nie tun würden – sie seien anständig und stammten aus guten Elternhäusern. Als sie lauthals schworen, sich vor der Hochzeit nicht einmal küssen zu lassen, konnte Sonja nur mit Mühe ihr Lachen unterdrücken und schloss die Versammlung.

Bei den Jungen herrschte Verlegenheit. Nur Avner griff mich wie üblich an:

»Du Schurke! Ruven wolltest du aus dem Kibbuz werfen, weil er Gemüse geklaut hat, aber diese Hure soll bleiben, ja? Besorgt sie's auch dir?«

»Nilli ist wie eine Schwester für mich«, entgegnete ich und versuchte, ruhig zu bleiben.

»Dann sind all deine Schwestern Huren?«, feixte Avner, und der dicke Josef lachte.

Meine Fäuste ballten sich, aber im letzten Moment beschloss ich, ihn zu ignorieren.

»Alles zerbricht. In unserer Heimat wäre das nicht passiert«, stellte Bouzaglo bekümmert fest.

Am abfälligsten äußerte sich Joram-Schiefhals, Nillis enttäuschter Verehrer:

»Sie kennt keine Moral, die dreckige Nutte!«

Nach anfänglichem Zögern verteidigte ich Nilli und schrie, dass sie Zvika liebe und dass er sie auch liebe – außerdem gehe das Ganze niemanden etwas an. Allerdings glaubte ich selbst kein Wort von dem, was ich sagte.

Nilli hatte in ihrem Zimmer die Jalousien heruntergelassen und wollte mit niemandem sprechen. Sie schloss sich ein und isolierte sich. Nur Zvika besuchte sie und verbrachte viele Stunden bei ihr. Sobald er weg war, ging ich zu ihr, um mich zu erkundigen, wie sie sich fühlte. So erfuhr ich, dass sich ihre Schwangerschaft inzwischen auch in der Regionalschule herumgesprochen hatte und die Kameraden Zvika zusetzten. Bis jetzt hatten sie ihn nur gehänselt, weil er ein irakisches Mädchen liebte, aber nun behaupteten sie, er hätte völlig den Verstand verloren – wie ließ sich sonst erklären, dass er so eine heiraten wollte? Und als das nichts nutzte, drohten sie, Nillis Eltern gegen ihn aufzuhetzen, und erzählten ihm haarsträubende Geschichten über unsere Mentalität, unsere kulturelle Rückständigkeit und unser hartnäckiges Festhalten an Religion und Tradition. Aber Zvika widerstand allen Anfechtungen und blieb bei seinem Entschluss.

»Sie ist nicht schlechter als unsere Mädchen«, rief er wütend, »ich liebe sie und werde sie heiraten.«

»Alle Achtung! Er handelt wie ein richtiger Mann«, dachte ich. Hätte ich eine solche Prüfung bestanden?

In der Öffentlichkeit verteidigte Sonja Nilli, aber den Gerüchten zufolge war auch sie gegen eine Heirat. Es hieß, sie habe versucht, Zvika den Unterschied zwischen seiner und Nillis Welt zu erklären, und ihm gesagt, dass sie noch zu jung seien und eine Hochzeit nicht die notwendige Konsequenz einer Schwangerschaft darstelle. Zvikas Eltern meinten jedoch:

»Jede Entscheidung, die Zvika trifft, wird respektiert.«

Als die Würfel gefallen waren, kam Nilli aus ihrem Zimmer. Sie war blass und mager, doch wie eine Prinzessin schritt sie langsam und mit erhobenem Haupt durch die stickige

Luft, die erfüllt war vom Hass, der Verachtung und dem Neid ihrer Freundinnen und vom ironischen Erstaunen vieler Kibbuzmitglieder. Das Schwierigste stand noch bevor: ihre Eltern. Eines Tages sagte sie zu Sonja und mir:

»Erzählt ihr es ihnen.«

»Bist du verrückt?«, protestierte ich. »Sie bringen mich um.«

Aber Sonja meinte:

»Das ist eine gute Idee.«

All meine Versuche, mich zu drücken, scheiterten.

Zur Sicherheit fuhren wir nicht mit öffentlichen Verkehrsmitteln, sondern mit dem Kibbuzjeep, den ein kräftiger junger Mann lenkte.

Das Zelt von Nillis Familie fand ich mühelos. Der Kantor Mosche Dela'al war in der ganzen *Ma'barah* bekannt. Als ich ihm und seiner Frau Sonja vorstellte, unterbrach er mich.

»Du bist Nuri, nicht wahr? Meine Tochter hat über dich geschrieben«, sagte er im heimischen Dialekt und begrüßte Sonja: »Ich kann auch ein wenig Hebräisch, aus der Heiligen Schrift.«

»Ist Lajla etwas zugestoßen?«, fragte die Mutter.

Ich übersetzte ihre Worte, und Sonja beeilte sich, sie zu beruhigen:

»Wir sind hergekommen, um euch eine gute Nachricht zu bringen.« Sie lächelte gezwungen. »Nilli, eure Tochter, wird eine Familie gründen.«

Der Vater sah mich entgeistert an, dann wechselte er Blicke mit seiner Frau und sagte:

»Eine Hochzeit ohne mein Einverständnis? Ohne dass der Bräutigam und seine Familie um ihre Hand angehalten haben? Und bevor wir prüfen konnten, wer sie sind?«

Er verstummte. Die Mutter servierte irakischen Tee in Gläsern von *dort*.

»Wo ist Lajla?«, fragte der Kantor.

»Nilli fühlte sich nicht wohl«, antwortete Sonja, und nach längerem Schweigen gestand sie: »Sie ist schwanger.«

»Schwanger? Meine Tochter? *Ein wildes Tier hat ihn gefressen; zerrissen, zerrissen ist Josef!*«

Alles Blut wich aus seinem Gesicht, und das Teeglas rutschte aus seiner Hand. Seine Frau holte schnell ein Glas Wasser.

»Du bist schuld! Ich hab dir gesagt, sie werden sie im Kibbuz verderben!«

Er hielt sich keuchend an der Zeltwand fest. Sonja ging auf seine Anschuldigung nicht ein.

»Die Liebe junger Menschen ist unschuldig und rein.«

»Nicht rein, sondern schändlich!«, brüllte der Kantor. »Herr der Welt, Sühne für unsere Sünden!«

»Ihr Freund ist einer der besten unserer Jungen, schön und stark und ein ausgezeichneter Schüler«, pries Sonja Nillis Freund wie eine Ehevermittlerin.

»Ich interessiere mich weder für euch noch für die schlechte Erziehung eurer Kinder. Bei uns spricht man den Bann über solche Leute! Wehe mir!« Er schlug sich auf die Stirn. »Wie werde ich nach diesem Unglück ans *Tor von Bat-Rabbim* treten?«

Die Frau nahm seine Hand.

»Beruhige dich, Abu Iss'haq, beruhige dich, wir werden Rat einholen.«

»Es gibt keinen Rat und keinen Ausweg«, flüsterte er. »Meine Welt liegt in Trümmern. Meine geliebte Tochter, die Frucht meiner Lenden, hat ewige Schande über uns gebracht.«

Tränen glänzten in seinen Augen. Ich biss mir auf die Lippen, denn er wirkte mit einem Mal gebeugt. Er hatte seine Würde verloren und schien um Jahre gealtert.

»Nuri, mein Junge, was ist bloß mit meiner Tochter geschehen?«, seufzte die Mutter.

»Sie ist die Mutigste und Begabteste von all unseren Mädchen«, versuchte ich, sie zu trösten.

»Aber warum hat sie auf fremden Feldern geweidet? Weil wir nichts haben? Weshalb hat sie gesündigt?«, fragte der Vater.

»Zvikas Eltern gehören zu den Gründern des Kibbuz«, warb Sonja für die Familie des Bräutigams, doch der Vater zürnte:

»*Ich habe nicht Teil noch Erbteil an ihnen* und der schlechten Erziehung, die sie ihrem Sohn gegeben haben.«

Er konnte sich mit der Realität nicht abfinden.

»Die Lehrerin wird Abu Iss'haq verzeihen, sein Schmerz ist groß. Auch mein Herz ist gebrochen«, schluchzte die Mutter und wischte sich die Nase.

Bevor ich ihre Worte für Sonja übersetzen konnte, erhob der Kantor seine Stimme:

»Ich spreche den Bann ...«

»Um Himmels willen!«

Seine Frau griff seinen Arm und heulte laut.

»Ich werde meine Kleider zerreißen und um eine Tote trauern«, schrie der Kantor.

Seine Frau fiel ihm zu Füßen:

»Nicht! Bitte nicht!«

Atemlos übersetzte ich ins Hebräische.

Sonja wurde bleich und sagte zu Nillis Eltern:

»Ich verstehe eure Gefühle und achte sie. Aber die Sache ist nun mal geschehen, und sie wollen heiraten, wie es sich gehört. Ich verspreche dir, dass du stolz sein wirst auf Nilli, Zvika und das Enkelkind.«

Dela'al erhob sich und ging im Zelt auf und ab. Er hielt die Hände vor sein schmerzverzerrtes Gesicht.

»Sag ihr, dass sie hier nicht willkommen ist«, sagte er grimmig, als spuckte er die Worte aus.

Die Mutter lag am Boden und umklammerte seine Füße; abgerissenes Wimmern drang aus ihrem Mund.

Ich übersetzte alles, und Sonja entgegnete:

»Der Kibbuz wird die Hochzeit vorbereiten, und es wird uns eine Ehre sein, euch und eure Gäste zu bewirten. Der Vater der Braut wird einen Rabbi aussuchen und den Ritus festlegen, nach dem die Trauung abgehalten werden soll. Das Essen wird koscher sein, das verspreche ich euch. Wie jedes Paar im Kibbuz erhalten die Brautleute eine kleine Wohnung für sich und das Kind. Und dich, liebe Frau«, sie wandte sich an die Mutter, »laden wir ein, während der ganzen Schwangerschaft und in den Monaten danach bei deiner Tochter zu wohnen. Die Hochzeit findet heute in einem Monat, dienstags um sechs Uhr nachmittags, statt. Ihr seid ehrenhafte Leute und fürsorgliche Eltern und werdet sicher nicht die Gefühle des Mädchens verletzen und sie noch mehr bestrafen wollen, als sie sich selbst bestraft.« Sonja ließ keinen Zweifel, dass jede Einzelheit geplant und sie selbst genauso entschlossen war wie Nillis Vater. »Und noch etwas, wenn ihr erlaubt«, sie stand bereits am Eingang des Zelts, »der Bräutigam und seine Eltern werden euch besuchen und um die Hand eurer Tochter bitten, wie es bei euch Brauch ist. Ich bin Nillis *Madrichah* und für sie verantwortlich, und daher hatte ich gedacht, dass es meine Pflicht sei, zuerst mit euch zu sprechen und euch Nillis Bitte zu überbringen.«

Als sie ihre Ansprache beendet hatte, geschah das Furchtbare. Der Vater machte einen tiefen Riss in seinen Rockaufschlag und sagte zu seiner Frau:

»Zieh deine Schuhe aus, Frau, wir wollen trauern.«

Ich floh aus dem Zelt. Der Fahrer, der etwas entfernt auf uns wartete, lief auf mich zu.

»Wo ist Sonja?«

Doch im selben Augenblick kam sie. Ihre Schultern zitterten, aber ihre Stimme klang unverändert.

»Ich habe Küchendienst, lasst uns fahren.«
Unterwegs murmelte sie:
»Vor uns liegt noch ein langer Weg.«

Und tatsächlich war das noch nicht das Ende der Geschichte. Als das Kind geboren war und die Ältesten seiner Stadt zu Nillis Vater gingen und ihn eindringlich baten, gab er seinen Widerstand auf und erhob sich aus seiner Trauer. Nur eine Forderung stellte er an Zvika: Sein Enkel sollte Umar-Avraham heißen wie sein verstorbener Vater.

17. KAPITEL

Kabi besucht mich im Kibbuz

Mein Bruder Kabi besuchte mich im Kibbuz. Gott sei Dank, kam er diesmal in Soldatenuniform. Seine Einberufung war eine dramatische Geschichte gewesen. Schon im Auffanglager hatte er den Stellungsbefehl erhalten, aber seine Freude, endlich ein Mann zu sein, war rasch einer lähmenden Angst gewichen, denn einen knappen Monat zuvor war Josef Mkamal gefallen, der Sohn von Nasima, unserer Nachbarin aus Lager C. Unmittelbar nach seiner Einwanderung war Jussuf zum Golani-Regiment eingezogen und von infiltrierten arabischen Kämpfern ermordet worden. Es war schrecklich: Er konnte kein Hebräisch, kannte das Land nicht, und plötzlich hatte er in einer khakifarbenen Uniform gesteckt. Diese Flüchtlingsfamilie hatte alles verloren, ihr Haus, ihre Arbeit, ihre soziale Stellung, und nun hatte man ihnen noch den Sohn genommen.

»Das ist nicht wie bei euch im Kibbuz, wo alle Helden sind«, erklärte mir Kabi.

In der *Ma'barah* stellten sich viele Männer krank, brachen sich die Hand oder den Fuß und täuschten epileptische Anfälle vor, um ihrem Schicksal zu entrinnen. Es war zweierlei, ob man in Bagdad saß und als Abu-Sallah al-Habas – Gott erbarme sich seiner – träumte, Offizier in Jigal Alons Armee zu sein, oder ob man wirklich an einer Grenze stand und seinen Dienst tat. In Bagdad galten andere Regeln. Wer das Gymnasium abschloss, bekam eine Freistellung, und wer die Oberschule nicht schaffte, bezahlte fünfzig Dinar Lösegeld und brauchte nur drei Monate zu dienen. Hier dagegen wurde man nach der Ankunft sofort eingezogen, und das bedeutete Grenzbewachung und tödliche Gefahr. Noch in Bagdad hatte Mama Kabi mit Amira, der Tochter des Taubenzüchters, verheiraten wollen; eine Frau hatte ihr erzählt, dass Ehemänner lediglich zum Reservedienst herangezogen würden. Doch Amira floh allein nach Israel und machte Mamas Plan zunichte. Als Kabi den Stellungsbefehl erhielt, war Mama wie erstarrt und erinnerte mich an Großmutter an dem Tag, als die irakische Agentin in unser Haus eingedrungen war und nach Waffen suchte. In Bagdad hatte sich Papa gewünscht, dass Kabi im Israelischen Verteidigungsheer Offizier werde, aber jetzt hüllte er sich in Schweigen. Er hatte gerade erst den Traum vom Reisanbau aufgeben müssen und fragte Kabi:

»Wer soll für uns sorgen?«

Die ganze Verantwortung lastete auf den Schultern meines älteren Bruders.

Inzwischen war Istad Naoui in Israel eingetroffen, der Direktor unserer alten Schule und einer der Anführer der zionistischen Untergrundbewegung in Bagdad. Er berichtete, er habe Onkel Hesqel im Gefängnis gesehen und es werde heimlich darüber verhandelt, ihn gegen in Israel inhaftierte irakische Spione auszutauschen. Aber auch diese frohe Botschaft konnte die Wolke der Angst aus unserem Zelt nicht vertreiben. Als Istad Naoui von Kabis bevorstehender Rekrutierung hörte, sagte er:

»Der Junge muss etwas lernen«, und nahm ihn mit zum Parteibüro.

Dort pries er Kabis Englisch- und Arabischkenntnisse, und ein Parteimitglied überreichte meinem Bruder einen Zettel und schickte ihn zum Davar-Verlag nach Tel Aviv, wo ihn ein seriös wirkender Mann mit Bart empfing, der einen seltsamen Dialekt redete und ihm riet, sich an *Al-Jaum*, die arabischsprachige Gewerkschaftszeitung, zu wenden. Außerdem sollte er auf Kosten des Verlags an einem Hebräischlehrgang teilnehmen.

»Wir brauchen Leute wie dich«, versicherte er, telefonierte kurz und gab Kabi einen Zettel.

Dann erklärte er ihm den Weg zur Redaktion von *Al-Jaum*, aber der Verantwortliche dort fragte ihn, ob er gedient habe, und als Kabi dies verneinte, schickte er ihn mit einem neuen Zettel zu dem bärtigen Mann vom *Davar* zurück. Der betrachtete lange den Zettel, als wäre er ein antikes Manuskript, und sagte schließlich:

»*Ma'a al-assaf*, es tut mir Leid. Komm wieder, wenn du die Armee hinter dir hast.«

Mit trüben Gedanken ging Kabi die Scheinkinstraße hinunter bis in die Nähe des Strandes. Eine Frau näherte sich und bot ihm für einen geringen Betrag ihre Dienste an. Er war überrascht, dass die Prostituierten in Tel Aviv frei herumliefen und nicht wie in Bagdad in ein bewachtes Viertel gesperrt waren. Seine Furcht vor der Einberufung wurde immer größer – auch wegen Papa und Mama, die sich mit so vielen Problemen herumschlagen mussten: der Sorge um Onkel Hesqel und seine Frau Rachelle, der Armut, dem Lager, dem Verlust der Heimat. Istad Naoui erklärte ihm, dass es besser wäre, wenn er eine Ausbildung vorweisen könnte, dann bräuchte er nicht zum Golani, sondern würde einer Spezialeinheit zugeteilt. Wieder sprach Istad bei der Partei vor, und Kabi erhielt einen Zettel und die Anweisung, in der Salamestraße in Jaffa zu einem Kurs für Fahrzeugmechaniker anzutreten. Kabi ging mit pochendem Herzen zur Musterungsstelle. Dort wurde er untersucht, und man gewährte ihm Aufschub wegen Untergewichts.

»Du musst viele Bananen essen«, empfahl ihm der Arzt und schmunzelte, denn woher sollte man damals Bananen kriegen?

Sechs Monate lernte Kabi Fahrzeugmechanik. Er kaufte sich sogar ein englisches Fachbuch, aus dem er ganze Kapitel auswendig lernte, denn er wusste, dass die Einstufung bei der Armee von seiner Abschlussnote abhing. In der letzten Woche rief ihn der Oberausbilder in sein Büro und stellte ihm Inspektor Patachia vor, den Leiter der Polizeiwerkstatt.

»Wir brauchen jemanden wie dich«, sagte Patachia.

»Aber ich muss noch meinen Militärdienst leisten.«

»Bring deine Papiere, und ich kümmere mich darum. Wenn du bei der Polizei bist, wirst du zurückgestellt und bekommst obendrein ein gutes Gehalt.«

Zwei Tage später fing Kabi bei der Polizei an. Er erhielt eine Uniform und einen Vorschuss auf sein Monatsgehalt. Morgens im Dunkeln brach er von der *Ma'barah* auf und kehrte erst abends, wenn die Sonne untergegangen war, heim. Papa und Mama waren glücklich, als hätte er Alibabas Schatz entdeckt. In der Werkstatt arbeiteten auch Araber aus Jaffa, Lod, den Dörfern nördlich von Tel Aviv und Nazareth. Im Gegensatz zu den jüdischen Polizisten, die oft in Zivil auftraten, trugen die Araber immer ihre Uniform. Sie schützte sie und verlieh ihnen Selbstbewusstsein; damit konnten sie trotz der Militärgesetze ungehindert im Land herumfahren. Auch Kabi trug seine Uniform, damit im Lager niemand tuschelte, er drücke sich vor der Armee. Schnell lernte er den palästinensischen Dialekt, den er als wohlklingend und nicht so hart und kehlig wie das Arabisch der Moslems im Irak empfand. Durch seine Kenntnis von Sprache, Geschichte und Kultur überwand er die Barriere der Fremdheit und Furcht. Dennoch glaubten seine arabischen Kollegen, dass er ein Spion der Militärverwaltung sei, denn trotz seines Alters war er nicht

Soldat. Als er ihnen erzählte, weshalb er bei der Polizei arbeitete, sagten sie:

»Hätten wir einen eigenen Staat, würden wir auf jeden Fall zur Armee gehen.«

Er verriet ihnen nicht, dass er sich vor dem Militärdienst fürchtete, sondern begründete seine Entscheidung mit der Familie und dem guten Verdienst. Er interessierte sich dafür, wie seine arabischen Kollegen lebten, und besuchte sie daheim. Einer von ihnen, Dschamil, wurde sein Freund. Dschamil lud ihn in sein Haus in Jaffa ein, und dort lernte er Sabbah, seine Frau, kennen. Sabbah war eine feine, freundliche Frau, die auf eine christliche Schule gegangen war, Französisch und Englisch sprach, eine gute Ausbildung und einen weiten Horizont besaß, während ihr Mann kaum lesen und schreiben konnte. Kurz vor dem Unabhängigkeitstag lud Kabi Dschamil und Sabbah zu einem Fest in die *Ma'barah* ein, an dem Ben Gurion persönlich teilnehmen sollte. Dschamil zögerte und sagte zu Kabi:

»Du willst, dass wir mit euch *jaum an-nakba*, den Tag unseres Untergangs, feiern?«

»In Bagdad haben wir auch die arabischen Feiertage begangen«, erwiderte Kabi.

»Aber niemand hatte euch vertrieben und eure Heimat besetzt.«

Durch die Diskussionen in der Werkstatt lernte Kabi viel über die Araberproblematik in Israel.

»Der Tag wird kommen, und unsere Brüder aus den arabischen Ländern werden Israel erobern«, sagte Taufiq, der in einem Dorf nördlich von Tel Aviv aufgewachsen war.

»Seit mehr als vier Jahren warten wir auf diesen Tag, und nichts passiert«, entgegnete Dschamil.

»Halt den Mund, Kollaborateur, sonst setzen wir dich auf die schwarze Liste«, drohte Taufiq.

»Nehmen wir mal an, die arabischen Armeen erobern Israel. Wie wollt ihr dann erklären, dass ihr freiwillig für die Polizei gearbeitet und dem Feind geholfen habt?«, fragte Kabi.

»Wir sagen, dass wir Geld verdienen mussten, um zu überleben, und keine Wahl hatten«, erklärte Taufiq.

»Ihr alle übt Verrat an der arabischen Sache. Wenn ihr Männer wärt, würdet ihr kämpfen«, sagte Dschamil.

»Unsere Brüder haben uns im Stich gelassen, sie setzen sich nicht für uns ein. König Faruk wollte ein Stück von Palästina, weil er fürchtete, dass König Abdallah von Jordanien sich das Westjordanland einverleibt. Und Damaskus wollte ganz Palästina für sich, um einen großsyrischen Staat zu gründen. Jedem kam es nur auf seinen Vorteil an, und deshalb haben sie uns verraten, aber eines Tages werden wir uns an den Juden rächen und das Land, das sie uns abgeknöpft haben, zurückerobern«, prophezeite Taufiq.

»Ihr seid alle Verräter. Ihr esst Brot und trinkt Wasser aus Israel, und trotzdem wartet ihr darauf, dass es zerstört wird? Wir müssten euch alle vertreiben«, sagte Kabi und schämte sich, dass er bei der Polizei mit Arabern arbeitete, die Israel hassten. Er beschloss, seine Furcht zu besiegen und zur Armee zu gehen wie alle anderen Jungen und Mädchen seines Alters. Noch am selben Tag beantragte er die Freistellung vom Polizeidienst und meldete sich beim Rekrutierungsbüro. Er wollte zu einer Fallschirmspringereinheit wie die Söhne aus den Kibbuzim, aber etwas lief schief, und man steckte ihn in einen Panzer. So kam er mit einem schwarzen Barett in den Kibbuz statt mit einem roten, wie ich mir gewünscht hatte. Trotzdem war ich stolz auf ihn – mehr als bei seinem letzten Besuch, als er in Polizeiuniform erschien. Am Abend versammelten sich Avner, der dicke Herzl, Bouzaglo und andere, und alle wollten Geschichten über die Armee hören; in eineinhalb Jahren würden auch wir einberufen werden. Kabi erzählte eine Anekdote nach der anderen, wir konnten nicht genug kriegen. Schließlich sagte er:

»Benehmt euch gut im Kibbuz, ihr repräsentiert die Gemeinschaft aller Irakis in diesem Land.«

18. KAPITEL

»Gebt mir Salima zurück!«

Ein einstündiger Fußmarsch lag zwischen dem Kibbuz und einer *Ma'barah*, einer fernen einsamen Insel, die für die dunkle Seite unseres Lebens stand, den Albtraum, vor dem wir flohen. Sie bedeutete Schmutz, Hunger und was nicht alles. Wenn wir bei unseren paramilitärischen Übungen in ihre Nähe kamen, kehrten wir ihr den Rücken zu. Zurück, schnell zurück in den Kibbuz! Nur nicht den Geruch riechen, nur nichts davon wissen. Aber sie war in unserer Seele. Sie schaute vom Hügel auf uns herab, wenn wir auf der Landstraße an ihr vorbeiliefen, und rächte sich durch ihre bloße Anwesenheit; sie blies uns ihren Atem in den Nacken und verfolgte uns. Wie viel Kraft sie besaß! Obwohl sie fern war, zog es uns immer wieder zu ihr zurück. Und etwas, das noch stärker war als sie, hielt uns im letzten Moment auf und verhinderte, dass wir das Niemandsland, das sie vom Kibbuz trennte, durchquerten und die Grenze überschritten.

Die Bewegung hatte beschlossen, die *Ma'barah* zu erobern, aber kein einziger *Madrich* von der Regionalschule stellte sich für diese Aufgabe freiwillig zur Verfügung. Und die, die auf Beschluss der Bewegung dorthin geschickt wurden, kehrten besiegt zurück. Die *Ma'barah* stand außerhalb der Bewegung, groß, bedrohlich und undurchschaubar, diskriminiert und ärmlich wie ein Buckel auf der schönen Seele der Kibbuzniks. Auch auf unseren Seelen? Reden wir lieber nicht davon!

»Nuri, wir wollen, dass du als *Madrich* in die *Ma'barah* gehst«, sagte Nachtsche, einer der Leiter der Bewegung.

»Ja?«, entgegnete ich zweifelnd.

»Wir haben entschieden, dort aktiv zu werden«, erläuterte er, und seine große schmale Gestalt schien mir noch größer.

»Aber warum?«

»Es muss sein«, behauptete er, und sein Haar wehte im Wind.

»Ich kann keine Leute führen.«

»Das bringen wir dir bei.«

»Ich habe doch keine Erfahrung.«

»Die bekommst du dann schon.«

»Bin ich nicht zu jung?«

»Wir sind auch jung.«

»Mal sehen, ich werde mit Sonja darüber sprechen«, sagte ich und verabschiedete mich.

Wieso ich? Wieso nicht sie? War ich dem Lager nicht mit Müh und Not entronnen? Am Abend redete ich mit Sonja. Ich war noch angespannter als sonst, als ich zu ihrem Zimmer ging. Es gab keinen Grund dafür, aber mein Herz klopfte, als ich die Häuser der Alteingesessenen, die heiligen Hallen des Kibbuz, erreichte. Sonja lebte in einer gepflegten, blitzsauberen Anderthalbzimmerwohnung. Der Flur, der auch als Gästezimmer diente, trug den Stempel ihres Mannes. Koba war ein hoher Offizier in der Armee, hoch gewachsen, gut aussehend und freundlich. Für mich hatte er nichts mit den gewöhnlichen Kibbuzniks gemein, zu groß schien mir der Unterschied zwischen ihm und den anderen. Vielleicht lag das an seiner Uniform oder daran, dass er immer wie aus dem Ei gepellt aussah – oder war der Wagen schuld, der ihm zur Verfügung stand? Als er zur Zeit des britischen Mandats Muchtar des Kibbuz war, hatte er freundschaftliche Beziehungen zu den Arabern der Umgebung geknüpft. Ich hörte viele Geschichten über seinen mutigen Kampf gegen Unruhestifter und über seine Klugheit bei Verhandlungen mit ihnen, wenn wie so oft über Bodenrechte gestritten wurde. Auch für sein ausgezeichnetes Arabisch war er im ganzen Land bekannt. Die Scheichs, die auch jetzt noch zu ihm pilgerten, nannten ihn *Hauadscha Salim*, und es war ihm anzumerken, dass er auf diese Anrede stolz war. Koba genoss es, sich mit mir in meiner Muttersprache zu unterhalten und zu beweisen, dass er ihre Feinheiten und ihren reichen Wortschatz beherrschte. Wie mein Vater in meiner frühen Kindheit erzählte er mir Geschichten und freute sich, wenn es ihm gelang, mich mit seinen Sprachkenntnissen zu übertrumpfen. Manchmal wurde ich rot vor Scham und wollte rufen: Ja, ich weiß, verglichen mit dir bin ich eine Null! Er empfing mich mit einer Freundlichkeit, die mir anfangs verdächtig vorgekommen war, aber mit der Zeit hatte ich mich von seiner Aufrichtigkeit überzeugt.

»*Kif halak*, wie geht's dir, *ja hauadscha Nuri*?«, eröffnete er das Gespräch.

»*Walla mabsut, ja hauadscha Salim!*«

»Mit Essen und Trinken zufrieden?«

»*Na'am*, Gott sei gepriesen.«

»*La, ja hauadscha Nuri!* Willst du sagen, dass dir das polnische Essen schmeckt?«

»Was soll ich machen? Ich hab mich daran gewöhnt.«

»Wir bemühen uns, ihnen Hebräisch beizubringen, und du redest Arabisch mit ihm«, rief Sonja aus dem Nebenzimmer.

»Keine Sorge, sie werden es schnell vergessen«, erwiderte er und fragte mich: »*Biddak qahwat arab ma'a hejl?* Willst du arabischen Mokka?«

»Ich wär dir sehr dankbar, *akun mamnun*«, entgegnete ich, und er ging in die Küche, um für den Jungen aus der irakischen Jugendgruppe Kaffee mit Kardamom zu kochen. Ich wunderte mich immer, woher er das Gewürz hatte.

Schließlich trug er ein schweres Silbertablett herein, mit einer Kanne und *fanadschin*, den winzigen arabischen Kaffeetassen. Er hob die Kanne und schenkte nach arabischer Sitte in hohem Bogen ein. Dann nahm er einen Schluck, schmatzte genüsslich, und noch bevor ich gekostet hatte, fragte er:

»*Kif al-qahwa?* Wie schmeckt der Kaffee, *ja hauadscha Nuri*?«

»*Allah jubarrik fik*, Gott segne dich«, antwortete ich, obwohl ich Kaffee nicht mochte und nichts davon verstand. Jedoch traute ich mich nicht, um ein anderes Getränk zu bitten – schließlich war ich ein *ibn arab*, ein Sohn Arabiens.

»Sieh dir diesen Dolch an«, sagte er. »Scheich Saliman aus dem Negev hat ihn mir heute geschenkt.«

Er strich zärtlich über die Waffe und erzählte mir seine lange Geschichte. Hin und wieder nickte ich meinem polnischen Effendi zu, als würde ich mich mit Dolchen auskennen, und murmelte:

»*Ai, na'am.*«

Ein Hauch von Parfümduft kündigte Sonjas Eintreten an. Die Russenbluse, die von ihrer Schulter geglitten war, entblößte ihre zarte, reine Haut. Ihr volles Haar fiel nachlässig über ihren Nacken. Sie lächelte, und ich wusste nicht, ob sie mich oder ihn meinte. Vor mir stand die schönste aller Frauen im Jesreeltal, um deren Herz alle Männer im Kibbuz wetteiferten.

»Nuri, die Bewegung möchte, dass du in der *Ma'barah* als *Madrich* tätig wirst«, sagte sie ernst.

»Ausgerechnet ich?«

»So haben sie entschieden, und ich freue mich, dass sie dabei an dich denken.«

»Ich will nicht!«

»Aber die Leitung der Bewegung bittet dich«, sagte sie und betonte jedes Wort. Sie zog die Augenbrauen hoch, als weigerte sie sich zu glauben, dass ich keine Lust dazu hatte.

»Sie kommen mit dem Lager nicht voran, und jetzt wollen sie die Sache uns anhängen«, sagte ich.

»Sie wollen euch einbeziehen.«

»Dann will ich in der Regionalschule *Madrich* sein.«

Sonja schaute mich überrascht an. Meine Worte blieben in der Luft hängen.

»Nimrod!«, rief sie und benutzte wieder den Namen, den sie gleich nach meiner Ankunft versucht hatten, mir aufzuzwingen. »Die Gruppe wird stolz auf dich sein, wenn du *Madrich* der Bewegung bist.«

Koba hatte seine Pfeife gestopft und mischte sich ein:

»Die Regionalen sind Heuchler, Sonja. Weil sie gut dastehen wollen, überlassen sie den Misserfolg deiner Gruppe.« Und zu mir sagte er auf Arabisch: »Schurken sind sie, *ja Nuri*.«

»Koba, wie redest du über unsere Kinder?« Ein wütender Unterton klang in Sonjas Stimme mit.

»In den Auffanglagern gibt es schwere Probleme, das sehe ich bei der Armee«, antwortete Koba ernst.

»Und was ist schlecht daran, wenn er sich dort als *Madrich* betätigt?«

»Nuri allein kann ihnen nicht helfen. Der ganze Kibbuz muss mitmachen, sonst fährt der Zug ohne uns ab.«

Er zündete die Pfeife an und setzte sich in seinem Stuhl zurecht.

»Du wirst nicht allein sein, auch die Regionalen beteiligen sich, und es ist gut, dass wir mit ihnen zusammenarbeiten, gut für unsere Gruppe«, sagte Sonja.

»Ich will nicht«, beharrte ich.

»Nimrod, das ist ein Befehl der Bewegung.«

Die Menschen in den Auffanglagern waren meine Verwandten, meine Nachbarn, gebildete Leute, deren Welt zusammengebrochen war, und jeder von ihnen hätte mein Vater sein können. All das hatte ich in Kirjat Oranim vergessen wollen, und plötzlich sollte ich in die *Ma'barah* gehen und Anweisungen erteilen? Und nicht in meinem oder Sonjas Namen, sondern im Namen der allmächtigen Bewegung?

»Du verstehst, was ich sage? Es ist ein Befehl«, wiederholte Sonja.

»Gut«, antwortete ich leise und akzeptierte das Urteil, das über mich verhängt worden war.

Das Lager befand sich auf einem kahlen Hügel. Die wenigen Pinien in seiner Mitte schienen gegen die Ödnis des Ortes aufzubegehren. Am Eingang standen dicht an dicht Händler neben Haufen von Töpfen, Kisten, alten Koffern und anderem Plunder und priesen schreiend ihre dürftige Ware an. Ihre Augen spähten in alle Richtungen. An den Wänden hingen neben allerlei Bekanntmachungen zerfetzte Plakate mit einem Foto von Ben Gurion. Sie riefen dazu auf, »jede Stimme für Liste 1« zu geben, während sich Ben Gurions Gesicht irgendwo im Staub wälzte und von Füßen zertreten wurde. Die Wellblechhütten, die sich zusammendrängten wie eine geprügelte, verängstigte Herde, waren glühend heiß, obwohl sich die Sonne bereits nach Westen neigte. Kinder rannten barfuß in abgetragenen Kleidern über diese gottverlassene Insel und suchten Schutz zwischen den Hütten. Der staubige Weg füllte sich mit Männern, die von ihrem Tagewerk heimkehrten und wie Zwangsarbeiter in Gruppen gingen, lautlos wie welke Blätter. Ich spürte ein Kratzen im Hals. Auch im Kibbuz kamen die Leute jetzt von der Arbeit, doch holten sie schöne Kleider aus ihren

Schränken auf der Veranda und summten auf dem Weg zur Dusche russische und polnische Lieder. Hier im Lager trugen die meisten Männer noch ihre gestreiften Anzüge aus dem Irak.

»Bist du aus dem Kibbuz?«, fragte mich einer.

Nein, wollte ich schreien, nein! Doch ich antwortete: »Ja«, und hasste mich dafür.

Sah Papa genauso aus, wenn er von der Arbeit im Straßenbau kam? Ich war in *meine Ma'barah* zurückgekehrt; meine Füße wollten loslaufen, aber sie konnten nicht. Meine Schläfen pochten, und ich wollte zum Kibbuz rennen, um den Geräteschuppen, die Drahtzäune und Ställe niederzureißen, die Pferde wegzujagen und die Traktoren gegen die Häuser zu rammen, damit alles zerschmettert wurde aus Rache für meinen bohrenden Schmerz. Ich riss mich los und rannte wie ein Wahnsinniger den Abhang hinunter, legte in Schwindel erregendem Tempo mehrere Kilometer zurück, bis mir der Atem ausging und all meine Kraft aufgebraucht war. Abrupt blieb ich stehen. Was wollte ich von ihnen? Woran hatten die Kibbuzbewohner überhaupt Schuld? Weshalb war ich auf sie und ihre Kinder böse? Papa hätte schon vor dreißig Jahren nach Palästina auswandern können, dann besäße auch er jetzt ein eigenes Haus und ich würde die Regionalschule besuchen. Aber Papa war nicht ausgewandert, ich war kein *Sabre* – und die Hausherren waren *sie*.

Ich ging zum Lager zurück. Über den braunen Staubpfad schleppten sich zwei müde Füße. Ich blickte in das Gesicht eines Mannes und rief:

»Hallo, Jehuda!«

Er schaute mich an und fragte mit schwacher Stimme:

»Wer bist du?«

»Nuri, der Sohn von Fahima. Wir waren Nachbarn in Taht at-Takija.«

Der Schatten eines Lächelns huschte über sein Gesicht.
»Du bist groß geworden und trägst schöne Kleider.«
»Die sind aus dem Kibbuz«, sagte ich.
»Und wie geht es deinen Eltern?«
»Sie sind im Lager.«
»Auch sie?«
Ich nickte und fragte:
»Wie lange bist du schon hier?«
»Zwei Jahre.«
»Und wo arbeitest du?«
»Auf dem Bau.«
»Du?«
»Gibt es andere Arbeit?«
»Und wie geht es deiner Familie?«
»Schlecht, sehr schlecht.«
»Gott wird Erbarmen haben«, tröstete ich ihn.
»Er hat uns vergessen.«
»So etwas darfst du nicht sagen!«
»Komm mit zur Baracke und trink etwas.«
Wir stiegen den Hang hinauf. Jehuda ächzte wie ein Blasebalg auf dem Schmiedemarkt in Bagdad. Heller Staub klebte an seinem Bart, und unter seiner abgewetzten Wollmütze guckten weiße Haare hervor.

»Verdammt, mussten sie das Lager auf einem Hügel bauen?«, schimpfte er mit rauer Stimme, blieb stehen und nahm den Sack von seinem Rücken. Ein Hunderudel fiel mit bedrohlichem Gebell über uns her. »Wie viele Köter gibt es in diesem Land?«

Gemeinsam trugen wir den Sack. Abwässer hatten stinkende Furchen in den Hügel gegraben. Ein Junge war hineingefallen und glich einer verdreckten Tonne, an der stinkender Schlamm herunterrann; vor Schreck machte er sich in die Hose.

Am Eingang einer Blechhütte hielt Jehuda an und sagte: »Entschuldige, das ist alles, was ich habe.«
Er zeigte mit der Hand auf die primitive Behausung.
»Meinst du, wir wohnen in einem Schloss?«, entgegnete ich.

Im Innern war es dunkel und stickig. Es roch nach Zwiebeln und Knoblauch. An der Decke hingen getrocknete Okraschoten. Drei Betten, ein Haufen Matratzen, zwei Reisetruhen aus Bagdad, hingeworfene Kleider und Decken, ein ausgehöhlter Kürbis, Jutesäcke und eine Öllampe. Und mitten an der Wand ein großes Foto in einem braunen Rahmen, auf dem ein schönes Mädchen mit glühenden Augen abgebildet war – mit einem Brautschleier und einem Blumenstrauß in der Hand und an ihrer Seite ein junger Krauskopf mit gestutztem Schnäuzer und einer Blüte am Saum seines gestreiften Jacketts. Salima und Jehuda.

Jehudas fünf Kinder stürzten auf ihn zu.

»Was hast du uns mitgebracht? Wassermelone? Schokolade?«, fragte eins der Mädchen.

»Nein, meine Tochter«, antwortete er mit traurigem Blick.
»Wo ist Mama?«
»Sie backt Brot.«
»Habt ihr denn Mehl?«
»Ja, von den Marken. Heute wurde zugeteilt.«
»Papa, gib mir ein Mil, ich will Bonbons«, bettelte ein anderes kleines Mädchen.

»Schon wieder?« Plötzlich wirkte er blass. Er streckte seinen Rücken und sagte mit einer großzügigen Handbewegung wie in früheren Zeiten: »Da hast du einen Groschen, das sind zehn Mil. Und kauf für alle, hörst du?«

Die Kinder liefen hinaus. Nur der Kleinste zerrte weiter an seinem Ärmel.

»In Bagdad hätte ich sie mit Dinaren überschüttet.«

»Gott wird dir mehr geben«, entgegnete ich, obwohl ich nicht wusste, was Gott damit zu tun hatte.

Schließlich trat Salima ein und betrachtete mich.

»Erkennst du ihn nicht?«, fragte Jehuda. »Das ist Nuri, der Sohn von Fahima.«

»*Ahlan wa-sahlan*, willkommen.«

Sie wollte mich umarmen, aber dann sah sie auf ihre Hände, an denen noch Teig klebte.

»Setz dich, mein Sohn, setz dich«, sagte sie und zeigte auf eine Truhe. Ihr geblümtes Kleid hing an ihrem Körper wie ein Sack. Ihre Wangenknochen standen vor, und ihr Arm war in Stofffetzen gewickelt. Ich schaute abwechselnd auf sie und das Foto an der Wand. Plötzlich drehte sie sich um.

»Wohin gehst du, *ajuni*?«, fragte Jehuda.

»Moment. Ich bin gleich wieder da.«

Als sie zurückkam, waren ihre Haare hochgesteckt, und in der Hand hielt sie ein schönes rundes Fladenbrot.

»*Tfaddal*, bitte nimm. Ich mache dir irakischen Tee«, sagte sie zu mir und schob den Waschkessel beiseite.

Der Duft des warmen Brotes weckte meinen Appetit. Jehudas Kleinster, der auf der anderen Truhe saß, steckte den Daumen in den Mund, und sein Blick wanderte zwischen meinem Gesicht und dem Brot hin und her. Ich riss ein Stück ab und reichte es ihm, und während er mich weiter anstarrte, nahm er mit beiden Händen das Brot und führte es zum Mund. Salima forderte mich auf, auch ein wenig zu essen.

»Du erinnerst dich bestimmt an unsere *lafa*. Wie lecker die immer war!«, sagte sie mit einem Funkeln in den Augen.

Ich nickte und verschlang gierig den Teigfladen. Derweil rauchte Jehuda eine billige Zigarette, bis ihm die Glut fast die Finger versengte. Als er bemerkte, dass ich seine nikotingelben Hände betrachtete, sagte er:

»Wo ist die Zeit der Wasserpfeife und des Tees im *Schaj-Khaneh*?« Selbstmitleid übermannte ihn.

»Ach, wann werden diese Tage wiederkehren?«, seufzte Salima.

Jehuda spuckte auf den Boden.

»Seit ich in Israel bin, habe ich kein irakisches Brot gegessen«, sagte ich und schob den letzten Bissen in meinen Mund.

»Salima hat sich von den Kurdinnen zeigen lassen, wie man backt«, erklärte Jehuda.

»*Aschat idaik*, gesegnet seien deine Hände«, beglückwünschte ich Salima.

»Wie geht es deinen Eltern?«, erkundigte sie sich, und ich erzählte es ihr. »Und was führt dich heute zu uns?«

»Der Kibbuz will, dass ich in der *Ma'barah* als Jugend*madrich* arbeite«, antwortete ich mit einem Anflug von Stolz und wiederholte Sonjas Worte: »Wir wollen euren Kindern helfen.«

»Hier gibt es viele Strolche, mein Sohn«, warnte Jehuda.

»Sie werden dir nichts tun«, beruhigte mich Salima und goss Tee in die kleinen Tassen, die Überreste ihres verlorenen Königreichs.

»Frau, das sind Wilde! Vor zwei Wochen kam ein Mädchen hierher, vielleicht aus eurem Kibbuz – in kurzen Hosen! Die ganze *Ma'barah* ist hinter ihr hergelaufen, die Jungen machten obszöne Zeichen mit der Hand, und die Frauen und Männer warfen Steine nach ihr und spuckten. Wir hatten Mühe, die Kleine in Sicherheit zu bringen.«

»Kein Mädchen sollte in kurzen Hosen gehen«, entschied Salima.

»Sie wollen absolut nichts lernen«, fuhr Jehuda fort.

»Wer?«, fragte ich.

»Unsere Leute, hier im Lager.«

»Wirst du mir helfen?«

»Mein Junge, du bist naiv!«

»Der Kibbuz sei gesegnet, weil er dich geschickt hat«, sagte Salima, um mir Mut zu machen.

»Weshalb haben sie uns hergebracht?«, seufzte Jehuda in einem Anfall von Verzweiflung.

»Ich weiß es nicht«, antwortete ich.

»Nuri, es ist schön, dass du uns besuchst«, meinte Salima. »Du erinnerst mich an bessere Zeiten.«

»Ja, die besseren Zeiten – wo sind sie geblieben? Und wo sind wir jetzt?«, fragte Jehuda traurig. »Das ist das Ende.«

»Werdet ihr mir helfen?«

»Ich weiß nicht«, entgegnete Jehuda.

Ich verabschiedete mich und versprach, wiederzukommen. Und ich erinnerte mich an Jehuda, wie er früher gewesen war: ein Mann in feinen Kleidern, mit geöltem Haar und großem Selbstvertrauen. Er hatte nie gearbeitet. Sein Vater war ein reicher Käsehändler, ein Geizhals mit pergamentfarbener Haut, der nach Schimmel roch. Verschrumpelt und mager sah er aus, im Winter aß er Käse mit Zwiebeln und im Sommer Käse mit Melone. Jehuda weigerte sich, in seiner Fabrik zu arbeiten. Er behauptete, er würde in dem Gestank ersticken. Einen eigenen Beruf hatte er nicht, und sein Vater lehnte es ab, ihm die Verwaltung seiner Finanzen anzuvertrauen. Jehuda fand dennoch Zugang zu dessen Schätzen und gab das Geld vor allem für Arrak aus, den er Tag und Nacht in sich hineinschüttete. Hiaoui, der Vater, konnte nichts dagegen machen.

»Ich brauche ihn doch für mein Totengebet«, stöhnte er und rechnete trotzdem jeden Dinar, den er ihm und seiner Frau gab, genau ab.

»Man könnte meinen, er will sein Geld mit ins Grab nehmen«, sagte mein Vater immer.

Hiaoui und Jehuda stritten jeden Tag. Das Geschrei begann nachmittags und dauerte bis zum Abend. Und um Mitternacht hallten abermals Schreie durch unser Viertel und endeten erst mit der letzten Nachtwache, wenn der Gockel auf schwankenden Beinen den Heimweg antrat. Dabei torkelte er mit seiner Schulter mal an die rechte und mal an die linke Mauer der schmalen Gasse; meistens fand er nicht allein zurück. Der Nachtwächter, ein Araber, half ihm, nicht ohne vorher die letzten Geldstücke aus seinen Taschen zu stehlen. Vor dem Haus seines Vaters sank Jehuda auf den Boden oder lehnte sich an das Holztor und krächzte mit verrauchter Stimme:

»Oh Salima, oh Salima!
Dich trifft keine Schuld.
Ich bin es nicht wert, deine Schuhe zu küssen.«

Sein Betteln war herzerweichend wie die Bußgebete zu Neujahr. Aber Salima stellte sich taub. Anfangs hatte sie versucht, ihm das Trinken abzugewöhnen, doch irgendwann hatte sie resigniert und hielt sich fern von ihm.

Tagsüber erwähnte Jehuda Salimas Namen nie. Nur in der Nacht, wenn er betrunken und niedergeschlagen war, weinte er über sie, sich selbst und seine verstorbene Mutter:

»Mutter, oh Mutter!
Weshalb bist du gegangen
und nahmst mich nicht mit?
Mutter, oh Mutter!«

In seinem Erbrochenen schlief er am Tor oder im Hof ein. Sein Vater hatte nicht die Kraft, ihn ins Haus zu tragen. Er betrachtete seinen Sohn und schrie:

*»Herr der Welt,
hab Erbarmen mit uns armen Waisen.
Was für Sünden haben wir begangen,
dass du uns so bestrafst?«*

Mama sagte jede Nacht das Gleiche:
»Da verlangt dieser Tropf noch, dass man ihm seine Frau wiedergibt! Der Arrak hat ihn ruiniert.«
Und Papa antwortete ihr:
»Der Arme. Sein Vater, der alte Geizhals, ist an allem schuld.«
Salima kehrte erst zu ihrem Mann zurück, als die irakische Regierung das gesamte Geld des alten Hiaoui beschlagnahmte. Damit verlor er seinen Lebensinhalt, und Gott hatte Erbarmen und nahm ihm auch die Seele. Den Sohn aber bestrafte er und lud ihm das Joch auf, in einer *Ma'barah* in Israel als Bauarbeiter zu schuften.
Auf meinem Heimweg sah ich ihn vor mir: Jehuda mit seinen zwei Gesichtern – wie er in Bagdad war und wie hier. Ich fühlte manchmal unbegreiflichen Zorn und dann wieder großes Mitleid mit ihm. Je näher ich Kirjat Oranim kam, desto größer wurden meine Schritte. Ich ging in den Speisesaal der Regionalschule. Tellerklappern und befreites Lachen. Stimmen aus vollen, kauenden Mündern.
»Nicht mit mir!«, schleuderte ich Nachtsche entgegen, der Tomaten schnitt.
»Was? Wovon redest du?«, stammelte er. Seine Brille war beschlagen.
»Nicht mit mir!«, wiederholte ich laut, und Nitza, die neben ihm saß, schaute mich mit ihren blauen Augen an.
»Was heißt das?«
»Ich werde nicht in der *Ma'barah* als *Madrich* arbeiten.«
»Weshalb nicht?«

Er ließ das Messer sinken.

»Weil ich nicht will! Soll sie da hingehen oder du oder ihr alle!«, schrie ich und rannte hinaus.

Am Abend wurde ich in Nachtsches Zimmer gerufen, in die Wohnung des obersten Leiters der Bewegung im Kibbuz. Sonja war schon dort, wie immer in ihrer Russenbluse, das Haar im Nacken zusammengenommen. Nachtsche bat und drohte, und Sonja setzte ihr typisches Lächeln ein. Plötzlich legte sie ihre Hand auf meine Schulter, und ich begann, am ganzen Körper zu zittern. Am Ende sagte ich Ja. Ich konnte gegen Nachtsche und die Regionalen bestehen, aber nicht gegen Sonja. Sie war zu sehr im Recht – und viel zu schön. Aber mein Ja war an eine Bedingung geknüpft: Die Regionalen sollten die Kinder aus der *Ma'barah* und ihre Eltern zu einem gemeinsamen Essen und einem Folkloreabend einladen.

»Was willst du mit den Eltern? Das Wichtigste sind die Kinder«, sang Nachtsche das alte Lied.

»Alle! So will ich es!«, rief ich, und da mich die Heftigkeit meiner Worte erschreckte, fügte ich hinzu: »Damit sie sehen, was ein Kibbuz ist.«

Nachtsche wand sich, sprang auf und sank auf seinen Stuhl zurück, streckte die Arme aus und versetzte der Glasvitrine einen solchen Hieb, dass die Pokale, diese Symbole für den herausragenden Status der Regionalen, ins Wanken gerieten. Schließlich stützte er die Hände auf die Tischplatte und rief:

»Ich werde nicht nachgeben.«

»Es ist meine Bedingung«, sagte ich ruhig.

»Du weißt nicht, was sie hier anrichten werden!«

»Ich weiß es. Ich bin selbst von dort.«

Hilflos sah Nachtsche in Sonjas schöne Augen. Sie lächelte immer noch und verbarg ihre Zufriedenheit mit meiner Unbeugsamkeit nicht. Zuletzt gaben wir ihr beide nach. Sie schlug vor, wir sollten uns zuerst mit den Familien in der *Ma'barah* treffen und danach die Kinder in den Kibbuz einladen.

»Also morgen dort und nächste Woche hier«, sagte ich.

»Kommt nicht infrage!« Nachtsche sprang auf. »Nächste Woche haben wir eine Versammlung auf höchster Ebene.«

»Dann in zwei Wochen«, drängte ich.

»Er geht mir auf die Nerven! Sonja, erklär du es ihm, er versteht mich nicht. Ich muss erst die ganze Führung der Bewegung überzeugen. Weißt du, wer darin sitzt?«

»Nurik, fang mit der *Ma'barah* an, und später, in einem Monat, laden wir sie in den Kibbuz ein.«

Als sie meinen zweifelnden Blick sah, sagte sie:

»Ich verspreche es dir.«

»Du hast gewonnen«, entgegnete ich und hob beide Hände, mit dem Rücken zu Nachtsche und dem Gesicht zu Sonja gewandt.

Eines Nachmittags brach die örtliche Führung der Bewegung zum Hügel der *Ma'barah* auf. Sie glichen einem stolzen, alles erobernden Fluss. Ihr Haar wehte im Wind, und sie trugen kurze Hosen und kurzärmlige blaue Hemden mit dem Metallabzeichen der Bewegung an der Brust. Die Regionalen schwatzten und kicherten den ganzen Weg. Nitza summte mit angenehmer Stimme Lieder, die ich noch nie gehört hatte. Mit tänzelndem Schritt ging sie neben mir und streifte mich hin und wieder leicht. Ich fürchtete mich, sie anzuschauen. Das Geräusch ihres Atems erregte mich. Da ich ihre zufälligen Berührungen nicht ertrug, ging ich möglichst dicht am Straßenrand. »Wird sie einverstanden sein und mir gehören wollen?«, fragte eine Stimme in mir, und eine andere Stimme antwortete: »Nein.« Auch für sie nahm ich das alles auf mich.

Als wir uns der *Ma'barah* näherten, sah ich schon von weitem, dass sie uns neben der großen Baracke, ihrem Klubhaus, erwarteten. Groß und Klein, Menschen jeden Alters. Und dann standen wir vor ihnen, Lager gegen Lager. Wir in blauen Hemden, sie in einem Durcheinander von geflickten Kleidern. Alle gingen in die Baracke. Wir stellten uns auf die eine Seite, sie auf die andere. Der Boden dazwischen füllte sich mit Lagerbewohnern. Sie wussten nicht, weshalb sie hergerufen worden waren, aber Jehuda hatte gehalten, was er mir bei unserem zweiten Treffen versprochen hatte – alle waren gekommen, mit Kürbis- und Sonnenblumenkernen als Proviant. Sie saßen still da. Man hörte nur das Knacken der gerösteten Kerne; empfindliche Ohren nahmen auch das Herunterfallen der leeren Hülsen wahr, die in alle Richtungen flogen, auf den Boden und die Menschen, die dort saßen. Ein Baby, das laut schrie, wurde an die Brust seiner Mutter gedrückt und beruhigte sich. Ein alter Jemenit, der in einer nahen Siedlung wohnte und zufällig hier war, trommelte auf einem Blech und sang leise ein Lied. Dieser fröhliche Mann, dessen Schläfenlocken schon vor langer Zeit ergraut waren, versuchte, die anderen zum Mitsingen zu bewegen, aber niemand reagierte auf seine fremden Melodien. Meine Wangen glühten, und von meiner Stirn tropfte Schweiß. Warum kamen sie so? Ich schämte mich vor den Regionalen. Ich hasste sie, und ich hasste die Regionalen, deren Botschafter ich mit einem Mal war.

»Du wolltest auch die Eltern, oder?«, zischte Nachtsche leise.

»Sei froh, dass sie erschienen sind«, antwortete ich.

Meine Hände ballten sich zu Fäusten, und ich hätte ihm am liebsten ins Gesicht geschlagen, aber ich tat es nicht. Ich richtete mich auf, polierte das Abzeichen der Bewegung, das auch mein blaues Hemd zierte, und krempelte langsam und sorgfältig die Ärmel hoch wie jemand, der wartete, dass sich der Gefühlssturm in seiner Brust legte.

»Wie können wir sie zur Ruhe bringen?«, fragte Nachtsche ungehalten.

»Geduld«, sagte ich, »Geduld.«

»Mädchen in kurzen Hosen! Schande über sie!«, zeterte eine Frau auf Arabisch, und die Menge horchte auf und spuckte derweil mit erstaunlicher Schnelligkeit ganze Salven leerer Hülsen aus.

»Werft sie raus! Sie sind ein schlechtes Beispiel für unsere Töchter«, schrie die Frau und schickte auf Hebräisch hinterher: »In der Thora steht, dass es verboten ist. Verboten!«

»Worüber reden sie?«, fragte Nachtsche.

Ich erklärte es ihm. Aber die Mädchen verstanden auch so, dass über sie gesprochen wurde, und zogen sich zum Eingang zurück, gedrückt und ohne zu wissen, was sie falsch gemacht hatten. Ich fühlte mich schuldig. Ich hätte sie vorher warnen müssen, jetzt war alles verdorben. Nitza suchte Blickkontakt mit mir, aber ich wich ihr aus. Nachtsches hageres Gesicht war versteinert, mit einer Handbewegung befahl er mir, etwas zu unternehmen.

»Freunde, Ruhe! Ich bitte um Ruhe!«, rief ich, und das Murren hörte auf. »Genosse Nachtsche aus dem Kibbuz will etwas sagen.«

Nachtsche stellte sich in die Ecke, einen strategisch klug gewählten Platz. Er räusperte sich ein paar Mal und begann seine Rede. Er sprach laut und erregt und gestikulierte mit den Händen. Ich hörte nicht, was er sagte, dazu war ich zu nervös, aber in meinen Ohren summten altbekannte Worte, die nicht an diesen Ort zu passen schienen:

»Pioniergeist ... Sozialismus ... Solidarität ... geeintes Volk ... unsere Bewegung ...«

Die Leute blieben nicht lange ruhig. Gemurmel, Zwischenrufe, Lärm und schließlich Gebrüll, immer aggressiver und immer deutlicher:

»Was will er von uns?«

Sie sprangen ungeduldig auf.

»Nehmt wieder Platz«, rief ich, und um sie zu überzeugen, fügte ich ein oder zwei Sätze auf Arabisch hinzu. Sie setzten sich.

»Was heißt Solidarität?«, fragte jemand, nachdem Stille eingekehrt war.

»Nur das hast du nicht verstanden?«, spottete ein anderer.

»Weshalb sind sie gekommen?«, schrie der Mann, der wissen wollte, was Solidarität bedeutete.

»Weißt du nicht, dass Wahlkampf ist?«, antwortete jemand.

»Lass mich mit ihnen reden«, sagte ich zu Nachtsche, und er, der Führer, trat zurück und räumte seinen Platz.

Meine Knie zitterten, aber meine Stimme war fest – nur Gott weiß, wie ich das schaffte. Ich sprach zu ihnen in meinem heimatlichen Dialekt:

»Guten Tag! Ich heiße Nuri. Ich bin mit euch zusammen nach Israel gekommen, im Jahr 1950. In Bagdad waren wir Nachbarn von Jehuda und Salima.«

Ich zeigte auf die beiden.

»Sein Vater und ich sind auf dieselbe Schule gegangen«, sagte Jehuda und klopfte sich stolz auf die Brust.

»Ruhe! Ruhe!«, schrie jemand. »Er ist einer von uns, er spricht Arabisch.«

»Meine Eltern hocken in einem Lager, das genauso dreckig ist wie eures«, fuhr ich fort, und alle lachten laut. »Im Kibbuz bringen sie uns bei, zu leben wie die Pioniere ...«

»Was ist das?«, unterbrach mich eine Stimme.

Jehuda stand auf und rief:

»Sei still und lass ihn ausreden.«

»Ich hab nur gefragt«, entschuldigte sich der Mann.

»Das bedeutet Arbeit, Beruf, auch Studium. Meine Mutter ist froh, dass ich einen Beruf haben werde«, erklärte ich.

Die Parteioberen sahen mich fragend an, und Nachtsche flüsterte:

»Hebräisch! Hebräisch!«

Ich kümmerte mich nicht um ihn und sprach weiter auf Arabisch. Ich erzählte den Leuten von unserer Jugendgruppe und forderte sie auf, ihre Kinder an den Aktivitäten der Bewegung teilnehmen zu lassen.

»Jungen und Mädchen zusammen? Nein, das geht nicht!«, schrie die Frau. »Und die Mädchen in kurzen Hosen? Gott behüte! Gott behüte!«

Wieder brach ein Tumult aus, aber diesmal geriet auch ich außer mir:

»Jungen und Mädchen getrennt, und nicht in kurzen Hosen – einverstanden?«

»Versprich es«, forderte eine heisere Stimme.

»Ich verspreche es. Ich übernehme die Verantwortung.«

Nachtsche und die Regionalen drängten mich, zu übersetzen, was ich gesagt hatte, aber ich vertröstete sie auf später. Am Ende der Versammlung war ich von Lagerbewohnern umringt. Sie sprachen Arabisch und Kurdisch, eine Sprache, die ich nicht beherrschte. Ihr Geruch war fremd und stickig, ihr Atem schwer und aufdringlich. Sie ließen mich nicht gehen, horchten mich über die Herkunft meiner Familie und ihren genauen Wohnort in Bagdad aus, wollten Einzelheiten über den Kibbuz wissen und hörten mit alledem nicht auf, bis ich ihnen wieder und wieder versicherte, dass ihnen niemand ihre Kinder wegnehmen und sie von ihrem Glauben oder ihrer traditionellen Kleidung abbringen wolle. Ich schämte mich, als mich Salima zum Abschied heftig küsste. Als wir uns vom Lager entfernten und wieder zwischen Maisfeldern gingen, fühlte ich mich befreit. Ich zog mein Hemd aus der

Hose, wischte mein Gesicht und meine Haare trocken und atmete tief durch. Der Duft der Felder strömte in meine Lungen. Nachtsche und seine Genossen fragten, was ich auf der Versammlung gesagt hatte. Als ich ihnen erzählte, dass ich versprochen hatte, Jungen und Mädchen nicht zu mischen, schäumte Nachtsche vor Wut:

»Natürlich kommen sie zusammen!«

»Nein!«, schrie ich.

»Wir sind eine antireligiöse Bewegung.«

»Antireligiös? Dann geh zu ihnen, und sieh selbst, ob du Erfolg bei ihnen hast!«

Keiner sagte etwas.

»Von denen ist sowieso nichts zu erwarten«, schloss Nachtsche.

Ich presste die Lippen aufeinander und stellte mir vor, ihm alle Schimpfwörter, die ich kannte, an den Kopf zu werfen. Ich werde es dir beweisen, dir und allen anderen, was von »denen« zu erwarten ist, brüllte eine Stimme in mir. Nitza hatte mich die ganze Zeit beobachtet, jetzt rückte sie näher und flüsterte:

»Mach dir nichts draus, er versteht es nicht.«

»Und du?«, giftete ich. »Du verstehst?«

»Ja«, lächelte sie, »ich komme auch von draußen.«

»Du?«

»Ich bin aus Haifa. Meine Eltern haben sich scheiden lassen.«

»Du hast ein Zuhause in der Stadt? Was machst du dann in einem Kibbuz?« Wieder wusste ich nicht, wo ich meine Hände lassen sollte. »Ich habe kein Zuhause, nur das Lager«, sagte ich und sah sie an.

»Ich bin Kibbuzmitglied geworden, weil meine Mutter da wohnt. Sie hat einen Freund, verstehst du?«

Ich hörte zu und verstand nichts. Mein Blick ruhte auf ihren goldbraunen Schenkeln. Was sollte ich ihr sagen? Dass ich allen Regionalen, besonders aber ihr, beweisen würde, dass ich die Kinder aus dem Lager zur Bewegung bringen konnte? Ihre Nähe lähmte meine Zunge. Ich ging an den Straßenrand, pflückte einen reifen Maiskolben, riss hastig die Blätter ab und biss hinein.

»Magst du Mais?«, fragte sie.

»Was anderes gibt es nicht«, antwortete ich, und wir kehrten schweigend zum Kibbuz zurück.

Die Gerüche von Kirjat Oranim empfingen mich. Erst roch ich Grünfutter und Heuballen, dann schlug mir Tiergestank entgegen – von Kühen und Ziegen, Misthaufen und Doleks pyramidenförmigem Silo. Plötzlich gehörte alles mir. Mir!

Weil es schon spät war, aßen die Regionalen nicht im Speisesaal der Schule, sondern in dem des Kibbuz. Ich setzte mich schnell auf den Platz gegenüber von Nitza. Sie legte eine rote Tomate und zwei Gurken auf ihren Teller und schnitt sie in kleine Würfel.

»Wir haben heute viel erlebt«, sagte sie.

»Ja, es war ein schwerer Tag«, erwiderte ich.

»Der Jemenite, der die ganze Zeit gesungen hat«, erinnerte sie sich und lachte.

»Haben dir die Lieder gefallen?«

»Ich kann arabische Musik nicht ausstehen. Sie ist langweilig und monoton.«

Ich antwortete nicht. Meine Gedanken eilten vorwärts, und vor meinem geistigen Auge sah ich, wie wir gemeinsam den dunklen Pinienweg zur Regionalschule hinaufgingen. Vielleicht ... vielleicht würde ich diesmal ihre Hand nehmen. Mein Blick versank im Blau ihrer Augen, meine Füße tasteten nach ihren Füßen und berührten sie unmerklich – in meinem Herzen brach ein Sturm los. Ich wollte die Zeit anhalten, um diese Augenblicke zu bewahren, doch hinter mir sagte Nachtsche im Kommandoton:

»Sonja will dringend mit dir sprechen.«

Von einer Sekunde zur nächsten stürzte ich aus meinem Traum in die Wirklichkeit.

»Was ist los?«

»Wir müssen über das reden, was in der *Ma'barah* vorgefallen ist. Komm!«, befahl er, aber ich dachte: Sag das dem verrückten Fähnchen unterm Tisch, sonst kann ich nicht aufstehen.

»Nicht mal in Ruhe essen darf man«, maulte ich, um seine Aufmerksamkeit von der Beule in meiner Hose abzulenken.

»Er ist noch nicht fertig. Was willst du von ihm?«, fragte Nitza, doch ich sagte schicksalsergeben:

»Ich komme gleich.«

In Sonjas Zimmer brüllte Nachtsche:

»Nuri handelt gegen die Prinzipien der Bewegung. Er hat ihnen getrennte Aktivitäten für Jungen und Mädchen versprochen.«

»Anders werden sie nicht kommen!«, rief ich, als spuckte ich jedes Wort einzeln aus.

»Das steht im Gegensatz zu unseren Grundsätzen und den sozialistischen Werten. Wir wollen keine eingeschlechtlichen Gruppen!«

»Hör auf mit deinen Grundsätzen! Mit solchen Prinzipien geh ich nicht in die *Ma'barah*«, schrie ich und blickte zu Sonja.

Ab jetzt spielte sich die Debatte zwischen ihm und ihr ab. Sie sprachen von Revolution und Evolution, vom Mechanismus der Veränderung des Menschen und der Fähigkeit, sich an eine sich wandelnde Wirklichkeit anzupassen – ich verlor jedes Interesse an dem Gespräch. Ich war müde und ärgerte mich, dass ich die Gelegenheit versäumte, bei Nitza zu sein.

Ich sagte nichts, verstand aber, dass mich Sonja unterstützte. Am Ende hob Nachtsche resigniert die Hände und sagte, mit dem Rücken zu mir und mit dem Gesicht zu Sonja gewandt:

»Ich ergebe mich, du hast gewonnen.«

19. KAPITEL

»Sei stark, sei stark und immer stärker!«

Am nächsten Tag luden wir große Haufen Mist auf die Anhänger, und die Traktoren verteilten ihn flink über die Felder mit den Futterpflanzen. Dolek und ich arbeiteten fieberhaft, meine Armmuskeln wurden immer fester. Dolek war in einer Verfassung, in der er wenig sprach und ständig Flüche grummelte, die ich nicht verstand. Aber auch ich war nachdenklich gestimmt. Die ganze Nacht hatte mir die Erinnerung an Nitzas Berührungen und den erbitterten Streit mit Nachtsche zugesetzt. Ich wusste nicht, ob ich mit Dolek darüber sprechen sollte, aber irgendwann konnte ich mich nicht länger zurückhalten und erzählte es ihm.

»Nachtsche hat Recht, die Revolution muss in ihren Herzen beginnen. So war es auch bei uns«, sagte Dolek.

»Aber ihr wart Pioniere, Idealisten, und hattet alles geplant. Sie sind nicht wie ihr«, erwiderte ich gereizt.

»Trotzdem ist es ihre Pflicht. Und du und deine Generation, ihr müsst die Vorbilder sein.«

Ich schwieg lange, dann sagte ich:

»Du verlangst zu viel.«

Als ich am Nachmittag ungeduldig zum Lager wanderte, glaubte ich, dass die Baracke bei meiner Ankunft voller Kinder sein würde, und überlegte, wie ich meine Mission erfüllen konnte. Ich wusste nicht, worüber ich mit ihnen sprechen sollte. Die nur wenige Blätter umfassende »Führungsanleitung«, die mir Nachtsche tags zuvor in die Hand gedrückt hatte, enthielt keine Lösung für mein Problem.

Als ich die Tür der Baracke, ihres »Klubhauses«, öffnete, war ich froh: Niemand war da, und ich hatte Zeit, den ganzen Unrat und die Sonnen- und Kürbiskernspelze vom Vortag zu beseitigen. Ich fegte flink den Boden und musste husten. Als ich fertig war, stellte ich mich draußen hin und wartete. Es erschienen nur drei Jungen, und ich wollte die Veranstaltung absagen und nach Kirjat Oranim zurückkehren – aber wie sollte ich mich vor Sonja und Nachtsche, Nitza und der Führung der Bewegung rechtfertigen? Sollte ich zugeben, dass die Lagerbewohner auch mich ablehnten?

Ich erzählte den Jungen von der Jugendgruppe und der Arbeit; natürlich erwähnte ich mit keinem Wort, dass ich Mist schaufelte. Ich behauptete, ich wäre Traktorführer. Das regte sofort ihre Fantasie an, und einer der Jungen, Asuri, sagte:

»Dann verdienst du mehr als mein Vater. Er ist Hilfsarbeiter.«

»Im Kibbuz bekommt niemand Geld«, entgegnete ich.

»Du arbeitest für sie und kriegst keinen Lohn?«

»Ich arbeite für mich.«

»Aber der Kibbuz gehört *ihnen*!«

»Auch mir«, antwortete ich, ohne zu glauben, was ich sagte.

»Du bist doch wie wir aus dem Lager, richtig?«, vergewisserte sich Asuri.

Es gelang mir nicht, sie von diesem Thema abzulenken: Geld, Geld, Geld. Mehrere Jungen, die vor der Baracke auftauchten, lud ich ein, sich zu uns zu gesellen. Aber Asuri verkündete jedem, der hereinkam:

»Die im Kibbuz sind verrückt, sie verlangen keinen Lohn für ihre Arbeit. Selbst wenn ich's mit eigenen Augen sähe, ich würd's nicht glauben.«

Von da an kam ich an fünf Tagen wöchentlich in die *Ma'barah*. Ich versuchte, die Jugendlichen mit allerlei Attraktionen, mit Spielen, Liedern, Erzählungen und Ausflügen, in den Klub zu locken, und spannte meine Irakis ein, damit sie mir halfen. Gemeinsam malten wir die Baracke an und schmückten sie; wir nannten sie »Palmenklub« nach unserer Gruppe. Als Nächstes führten wir im Kibbuz eine Büchersammlung durch, und Koba erschien eines Abends in seinem prächtigen Militärfahrzeug und richtete eine Bibliothek ein. Aus dem Kinderhaus des Kibbuz besorgten wir alte Spiele. Jeden Abend klopften Jehuda, Salima und ich an die Türen der Blechhütten und redeten mit den Eltern. Aber die Versprechungen der Erwachsenen waren eine Sache, das Verhalten der Kinder eine andere. Tropfenweise kamen sie zur Baracke, wie der erste Regen, der spärlich auf die durstige Erde fällt. Die einen kamen, andere gingen wieder und verschwanden in ihren Behausungen. Eine feste Gruppe bildete sich nicht. Erst als wir einen Sportplatz anlegten und einen Fußball anschafften, trauten sich immer mehr Jungen in den Klub.

Ich wünschte so sehr, Erfolg zu haben und *ihnen* zu beweisen, dass ich es schaffte, dass wir alle es schafften. Ich fühlte, wie ich durch meine Zöglinge erwachsen wurde: Ich empfand Verantwortung für ihr Schicksal und wollte, dass sich das ganze Lager dem Palmenklub anschloss. Die Leute gewöhnten sich an meine Gegenwart.

»Da ist Nuri, der *Madrich*«, sagten sie und lächelten mir zu.

Sie gaben mir Gebäck und irakischen Tee und luden mich zu Familienfesten ein. Dabei beobachteten sie mich aus den Augenwinkeln und prüften meine Absichten.

Ihre Töchter hüteten sie sorgsam, damit sie sich nicht unter die Jungen mischten. Ich versprach, eine Mädchengruppe zu gründen, und sie stimmten zu, unter der Voraussetzung, dass ich oder eine *Madrichah* die Gruppe leitete. Doch als ich mich damit einverstanden erklärte, dachten sie sich immer neue Bedingungen aus. Wieder redete ich mit Salima und stellte ihr Rina vor, die die Mädchengruppe führen wollte. Salima musterte Rina und warnte sie, dass ja keine kurzen Hosen in der *Ma'barah* auftauchten. Sie versprach den Lagerbewohnern, darüber zu wachen, dass alles mit rechten Dingen zuging, und ließ sich dabei von ihren fünf Kindern unterstützen, die sie wie die Schleppe eines Brautkleids hinter sich herzog. Aber kein Mädchen kam zum Klubhaus.

Eines Tages rief mich der Lagerrabbi zu sich. In der Mitte seiner Hütte stand ein einfacher Holztisch mit einer braunen Decke, auf dem sich Bibeln und andere religiöse Schriften *von dort* türmten. Nichts erinnerte an die weihevolle Stimmung, die früher in Großvaters Zimmer geherrscht hatte – auch mein Großvater war Rabbiner gewesen –, und trotzdem empfand ich Ehrfurcht. Er bombardierte mich mit Fragen:

»Woher bist du? Wie heißt deine Familie? Wo habt ihr gewohnt?« Die Brille rutschte ihm auf die Nasenspitze.

Ich antwortete.

»Und was willst du bei uns?«

»Ich soll mich um die Jugendlichen kümmern.«

»In eurem Kibbuz wird der Schabbat entweiht, ihr esst unreine Speisen, und die Mädchen kennen weder Sitte noch Anstand«, feuerte er die nächste Salve ab. »Verlass den Kibbuz. Sie stürzen euch ins Verderben.«

Seine Worte verletzten mich.

»Sie sind gute Juden, die schwer arbeiten«, erwiderte ich.

»Wenn das so ist, dann lass unsere Kinder in Frieden und geh weg von hier!«, sagte er mit unerbittlichem Blick.

Schweiß trat auf meine Stirn, und zum ersten Mal in meinem Leben war ich respektlos gegen einen Rabbiner. Meine Ehrfurcht schlug in Wut um: Hielt er mich für einen Ketzer? Wenn sie nichts über das neue Land lernten, würden sie immer am Rand der Gesellschaft leben. Diese Überzeugung nahm mir meine Schuldgefühle.

Ich ging zur Bushaltestelle. An der Plakatwand flatterten noch Wahlparolen. Ich riss eine Anzeige ab, die »Thora und Arbeit« versprach. »In der *Ma'barah* gibt es keine Thora, und es gibt keine Arbeit«, dachte ich wütend. Da ich mich außer Stande fühlte, in den Kibbuz zurückzufahren, besuchte ich Jehuda und Salima und erzählte ihnen von meinem Gespräch mit dem Rabbiner. Jehuda stand von seiner Pritsche auf, warf die Zigarette weg und sagte:

»Komm.«

Er hastete hinaus. Mit Mühe folgten wir ihm zu der Hütte des Geistlichen.

»Wie viel hat deine Partei dir bezahlt?«, brüllte Jehuda.

Der Rabbi war überrascht, aber als er mich sah, schlug er mit der Hand auf den Tisch. Der Bücherstapel fiel um, und er schrie:

»Wie redest du mit deinem Rabbi?«

Aber Jehuda fragte unbeirrt:

»Wer gibt dir das Recht, Nuri fortzuschicken?«

Salima hielt meine Schulter und sagte:

»Er bringt unseren Kindern etwas bei und macht aus ihnen unabhängige Menschen.«

»Er?« Der Rabbiner zeigte mit dem Finger auf mich. »Ein Ketzer ist das! Ich hab ihn abends mit einem Kibbuz-Mädchen gesehen. Das ist ungeheuerlich!«

Mit einer jähen Bewegung nahm er seine Brille ab.

Ich wusste nicht, was ich verbrochen hatte, und verstand auch nicht, was »ungeheuerlich« bedeutete.

»Rina ist eine von uns«, sagte Salima.

»Sie ist verdorben!«

»Sie unterrichtet unsere Mädchen und hilft ihnen.«

»Werft beide hinaus! Es ist verboten, ich habe euch gewarnt!«

Der Rabbi machte eine drohende Gebärde.

»Trotzdem wollen unsere Kinder, dass sie bleiben«, sagte Salima.

»Du also auch«, entgegnete der Rabbi und sah sie bekümmert an. Erschöpft sank er auf seinen Stuhl und umfasste mit beiden Händen seinen Bart. »Im Exil waren wir bessere Juden als hier, in unserem eigenen Land. Alles zerfällt. Es gibt keine Heiligkeit mehr und keinen Respekt vor dem Rabbiner – nicht nur bei den Ketzern im Kibbuz, sondern auch im Lager.«

Eine bedrückende Stille erfüllte den Raum. Wie eine dunkle Wolke hüllte die Trauer den Rabbiner ein.

In dieser Nacht konnte ich nicht einschlafen. Ich versuchte, den verzweifelten alten Mann zu vergessen, doch fielen mir unentwegt Geschichten von Rabbinern mit magischen Kräften ein. Ich fürchtete mich vor ihrem Fluch und ihren Verwünschungen; diese Furcht gehörte zu den Landschaften meiner Kindheit wie die Palmen und der Tigris.

Ich war froh, als am nächsten Tag mehrere Jungen im Klubhaus erschienen. Vor allem über Asuris und Baruchs Anwesenheit freute ich mich. Wieder brannte in mir der Wunsch, Erfolg zu haben und mich zu beweisen. Asuri hatte ein paar Jungen mitgebracht, die mich mit Fragen überschütteten – Fragen, die ich mir selbst nicht mehr stellte.

»Die Juden in Amerika schicken Geld, und die Kibbuzim nehmen alles. Sie sind reich, aber wir bleiben arm«, zitierten sie aus der Rede eines politischen Führers, dessen Name im ganzen Land bekannt war und der im Wahlkampf auch die *Ma'barah* besucht hatte. Ich leugnete, gab Erklärungen ab, erfand Ausreden und versprach, ihnen zu zeigen, dass die Kibbuzbewohner keine reichen Leute, sondern Bauern waren, die viel für den Staat taten, die hart arbeiteten und auch nicht davor zurückschreckten, sich die Finger schmutzig zu machen. So weckte ich ihre Neugier und den Wunsch, sich den Kibbuz anzuschauen. Um sie vorzubereiten, unternahmen wir eine Wanderung über die Felder bis zum Kibbuztor. Jeden Tag nahm die Spannung vor dem Treffen mit den legendären Regionalen zu.

Nachtsche hatte es nicht eilig, die versprochene Zusammenkunft zu organisieren, und vertröstete mich mit Ausflüchten:

»Wir wollen nichts überstürzen, müssen uns vorbereiten.«

Daraufhin weigerte ich mich, ihm zu erzählen, was im Lager vor sich ging.

»Du kannst in der *Ma'barah* nicht machen, was du willst!«, schrie er. »Du führst dich auf wie ein separatistischer Partisan.«

Plötzlich interessierte er sich für die *Ma'barah*!

»Du hast mir ein Treffen versprochen. Wann findet es statt?«, fragte ich.

»Vorher will ich Resultate sehen.«

»Was glaubst du? Dass sie in einem Tag werden wie du?«

Die Diskussionen und Beleidigungen hörten nicht auf. Schließlich rief ich Sonja, die einen Termin festlegte.

»Und komm ihnen nicht mit deinen -ismen«, warnte ich ihn.

»Und du, versuch nicht, mir Rhetorik beizubringen!«

An dem herbeigesehnten Tag fühlte ich ein Zwacken in meinem Bauch. Ich war nervös und machte mir Sorgen. Nach Wochen der mühevollen Vorbereitung war die Stunde der Prüfung gekommen. Rina hatte alles unternommen, damit wenigstens ein paar Mädchen an dem Treffen teilnahmen. Sie hatte sogar versprochen, dass Salima und ihre Kinder sie begleiten würden, aber die Eltern beharrten auf ihrem Standpunkt und sagten: »Es ist verboten.« Die Jungen trugen ihre besten Kleider und sahen trotzdem ärmlich aus. In zwei Reihen folgten wir der Landstraße und sangen die wenigen Lieder, die ich mit ihnen einstudiert hatte. Als wir die Farm erreichten, liefen die Lagerkinder in alle Richtungen auseinander. Einige pflückten Blumen, andere kletterten auf die Traktoren, Baruch schlich sich in den Kulturraum, und Asuri hatte es auf Doleks Arabergockel abgesehen.

»Gibt es keine Wächter? Ist hier alles erlaubt?«

Massul und Bouzaglo erwarteten uns auf dem Platz vor dem Speisesaal. Wie Bauern, die entlaufene Hühner einsammelten, versuchte ich mit meinen Freunden, meine Schützlinge einzufangen. Es dauerte einige Zeit, bis sie sich in einer Reihe aufgestellt hatten und wir sie zur Regionalschule führen konnten. Am Rand der Rasenfläche empfing uns Herzl und flüsterte:

»Ihr kommt zu spät! Sie haben schon alle Lieder gesungen.«

»Keine Sorge, es gibt noch mehr Lieder«, tröstete ihn Massul und warf sich in die Brust.

Nachtsche schwenkte tadelnd sein zusammengerolltes Manuskript, und in der Mitte des Rasens standen die Mitglieder von Hadar und Eschel. Auch Nitza war da. Die Regionalen stellten sich lässig im Halbkreis auf. Man sah ihnen ihre Verärgerung an, ihre Gesichter waren ernst. Die Kinder aus dem Lager schielten zu den Tischen mit den belegten Broten und Geschenken, die Sonja und unsere Mädchen vorbereitet hatten. Alle warteten auf Nachtsches Zeichen. Schließlich trat Rami einen Schritt vor, lächelte schwach und deklamierte in lautem, leicht schnodderigem Ton:

*»Das Ziel unserer Vision ist noch fern,
doch unsere Augen blicken ehrfurchtsvoll.
Vor uns liegt die Grenze, nach der es keine weiteren
Grenzen gibt,
und hinter uns, ohne anderen Ausweg, folgen alle
Karawanen.«*

Die Kinder aus der *Ma'barah* schauten einander an, Asuri und Baruch räusperten sich. Mit einer Handbewegung bedeutete ich ihnen, still zu sein. Unterdessen setzten Jigal, ein dicker Junge, der immer lächelte, und Chanan vom Hadar das Programm fort. Der eine stellte Fragen, der andere antwortete blitzschnell:

*»Bist du bereit?
fragte die Stimme
in der Stille der Nacht.«
»Ich bin bereit,
entgegnete die Stimme
in der Stille der Nacht.«
»Kannst du verlassen
dein Haus und deine Straße,
deine Nächsten und Verwandten?«
»Ich kann verlassen
mein Haus und meine Straße,
meine Nächsten und meine Verwandten.«
»Kannst du marschieren,
ohne Zittern,
weit, sehr weit?«
»Ich kann marschieren,
ohne Zittern,
weit, sehr weit.«
»Dann nimm in die Hand das Licht,*

*schau dich nicht um
und geh ohne Wiederkehr.«
»Ich nehme in die Hand das Licht,
schaue mich nicht um
und gehe ohne Wiederkehr.«*

Die Kinder aus der *Ma'barah*, die solch eine Aufführung noch nie erlebt hatten, bewegten sich unruhig auf ihren Plätzen, und ihre Blicke wanderten zwischen den belegten Broten und den Geschenken hin und her. Sie schienen nicht einmal uns, die irakische Jugendgruppe, wahrzunehmen.

Nitza stand am Ende des Halbkreises. Gelegentlich streckte sie sich, zog an ihren kurzen Hosen und brachte dadurch ihre muskulösen Schenkel und ihre kleinen Brüste zur Geltung. Asuri sah heimlich zu ihr hin und wurde knallrot, genau wie ich. Er leckte sich die Lippen und schüttelte bewundernd den Kopf. Nitza trat einen Schritt vor und rezitierte mit klarer Stimme:

*»Ein neuer Anfang wird gemacht, ein neues heiliges
                    Buch geschrieben,
die Zeit der Schmerzen ist vorbei. Mit lautem Brüllen
                    fangen wir von vorne an,
zum letzten Mal, doch gilt für jetzt und alle Zeiten:
Sei stark, sei stark und immer stärker!«*

Ich wollte ihr applaudieren, aber plötzlich zerriss ein gewaltiges Brüllen die Luft:

»Sei stark, sei stark und immer stärker!«

Asuri und Baruch wurden blass und ballten die Fäuste. Auch ich erschrak und wusste nicht, was los war. Als ich mich von dem ohrenbetäubenden Schrei, der so gar nicht hierher passte, erholt hatte, gab ich Asuri ein Zeichen, im Namen der *Ma'barah* ein Begrüßungswort zu sprechen, aber er stand schweigend da, ängstlich und gespannt wie eine Sprungfeder, und brachte keinen Laut heraus. Ich winkte Baruch, doch auch er weigerte sich. Also schlug ich die Hände zusammen und bedeutete Nachtsche, die Versammlung mit dem großen Vortrag, den er angekündigt hatte, zu beschließen. Er straffte seinen Rücken, hob den Kopf wie der Hahn mit dem rötesten Kamm, warf mir einen Blick zu, und als Stille herrschte, hob er an:

»Wir haben euch in unser Haus, nach Kirjat Oranim, eingeladen im Namen der sozialistischen Solidarität und der Vision von Brüderlichkeit ...«

Und da geschah das Unerhörte. Ovadia aus der *Ma'barah* nutzte eine kurze Pause in Nachtsches Rede, um vorzutreten und mit seinem kehligen Akzent zu rufen:

»Genug, hör mit dem Gerede auf. Wir wollen essen.«

Alle waren fassungslos. Die Kinder aus dem Lager durchbrachen die Reihen, griffen nach den belegten Broten und bissen heißhungrig hinein. Sonja fasste sich schnell und begann, gelbe Limonade in die Gläser zu füllen. Nachtsche blieb mit offenem Mund und seinen Papieren in der Hand zurück; der Rest der Rede war ihm in der Kehle stecken geblieben. Ich wollte Ovadia ausschimpfen, doch boshaft und mit halb ersticktem Lachen dachte ich, dass Nachtsche Recht geschah. Die Kinder aus dem Lager mischten sich unter die erstaunten Regionalen und forderten sie auf, mit ihnen zu essen; für einen Augenblick verschmolzen beide Gruppen, aber jede kehrte schnell an ihren Platz zurück. Auf der Rasenfläche wurde es still, man hörte nur das hastige Kauen der Lagerkinder. Als sie aufgegessen hatten, standen sie wieder starr da, so wie wir, die Mitglieder der Jugendgruppe, während der ganzen merkwürdigen Zeremonie. Mitleid ergriff mein Herz, Mitleid mit den Kindern aus der *Ma'barah*, aber auch mit mir selbst. Wochenlang hatten sie von dem Besuch im Kibbuz geträumt, und als sie endlich seine Tore durchschritten hatten, bestaunten sie verwundert wie Kamele den Block der Regionalen mit ihren blauen Hemden, lächelten mit einer Mischung aus Verlegenheit und Arroganz und versuchten unbeholfen, mit den anderen zu reden.

Nachdem er die Begrüßungsworte, die ich mühsam mit ihm geübt hatte, vergessen hatte, wusste Asuri nicht mehr, was er tun sollte, und näherte sich Nitza. Wie eine Biene schwirrte er um sie herum und streifte ihre Schenkel – oder bildete ich mir das nur ein? Meine Hand ballte sich zur Faust, aber noch ehe ich etwas sagen konnte, fuhr ihn Chanan vom Hadar an:

»Idiot! Was machst du da?«

»Ich hab's nicht absichtlich getan, nicht absichtlich«, stammelte Asuri und entfernte sich.

»Mein Vortrag!«, fluchte Nachtsche. »Alles wegen dir!«

Vielleicht hatte er Recht, überlegte ich, vielleicht hatte ich die beiden fremden Lager zu früh zusammengeführt. Und zu welchem gehörte ich? Stand ich zwischen den Fronten? Bevor ich eine Antwort fand, tauchte Massul mit seiner Ud auf, und hinter ihm her eilte Jigal Nab'a mit der Trommel. Die Lagerkinder jubelten und bildeten einen fröhlichen Kreis um sie. Massul forderte sie auf, sich auf den Rasen zu setzen, der inzwischen mit Abfall und Speiseresten übersät war; dann ließ auch er sich nieder, schlug die Beine übereinander und begann, ein munteres orientalisches Lied zu spielen. Nachtsche und die anderen Regionalen schienen sich aufzulösen wie der Nebel im Tal und entwichen in die Dunkelheit, die ihnen in diesem Augenblick gelegen kam. Der Klang der Ud verhüllte die Verwirrung in ihren und in meinem Herzen.

20. KAPITEL

Erste Liebe

Die blonde Nitza hatte Nein gesagt, so klar und eindeutig, dass kein Zweifel blieb. Ein scharfes, glattes, verletzendes Nein. Ich versuchte, die Kränkung still zu schlucken, aber in den langen Nächten verfolgte sie mich und trieb mich zur Verzweiflung. Um mich zu trösten, sagte ich mir: »Das geht nicht gegen dich persönlich; es ist nur, weil du keiner von *ihnen* bist.« Doch es half nichts. Ich verkroch mich und errichtete eine unüberwindbare Barriere um mich und meine Gefühle. Ich stürzte mich in meine neue Arbeit, hörte Musik und las alles, was mir in die Hände fiel. Jeden Tag holte ich aus der Regionalschule neuen Lesestoff. Die Bibliothekarin war eine kleine Frau mit einer großen Brille, die ständig auf ihrer langen Nase herunterrutschte. Eines Tages empfahl sie mir ein neues Buch.

»Es wird Zeit, dass du etwas Israelisches liest, du leihst immer übersetzte Werke aus«, bemerkte sie tadelnd und erzählte mir von Chanoch Bar-Tovs Roman »Rechenschaft und Seele«.

Der Titel gefiel mir, weil auch ich mir Rechenschaft ablegen und entscheiden musste, was ich mit meinem Leben anfangen wollte; meine Erziehung im Kibbuz würde bald enden.

»Vielleicht laden wir den Schriftsteller in den Kibbuz ein«, sagte die Bibliothekarin, aber ich war sicher, dass der Kibbuzrat den Vorschlag ablehnen würde, denn nur Minister, Fürsten und hoch stehende Persönlichkeiten wurden zu Diskussionsabenden empfangen.

Drei Wochen später hing am Schwarzen Brett ein Plakat, das alle Kibbuzmitglieder aufforderte, mit Chanoch Bar-Tov über sein Buch zu diskutieren. Ich war außer mir vor Freude. Noch nie hatte ich einen Schriftsteller reden hören oder von Angesicht zu Angesicht gesehen. Ich zählte die Tage bis zu seiner Ankunft und überlegte, wie ich heimlich an der Veranstaltung teilnehmen konnte. Uns war es nicht erlaubt, solchen Ereignissen beizuwohnen; wie zum House of Lords in England hatten nur Auserwählte Zutritt. An dem herbeigesehnten Abend war der Speisesaal hell erleuchtet, Stühle und Tische waren ordentlich aufgestellt, und wie es sich bei einem feierlichen Anlass gehörte, erschienen die Menschen frisch gebadet, rasiert und in Festtagskleidern. Manche gingen sofort in den Saal, andere warteten am Eingang oder in einer Ecke und unterhielten sich. Gott, sie durften mich nicht hinausschmeißen, flehte ich und war froh, dass ich meine Arbeitskluft anhatte. Ich nahm ein Handtuch und tat, als hätte ich Küchendienst, aber in der Küche war alles dunkel. Ratlos stand ich da. Plötzlich fiel mir die Geschichte ein, die mir Papa über Muhammad Abd al-Wahab, den großen ägyptischen Komponisten und Sänger, erzählt hatte.

Abd al-Wahab hatte im Kutab einer Moschee in Kairo studiert und schon mit sechs Jahren fasziniert den Koranrezitatoren gelauscht. Das waren ehrenwerte Scheichs, die an Fest- und Trauertagen religiöse Verse vortrugen – im Ramadan, beim Opferfest, zu Fastenbrechen, bei der Rückkehr eines Mekkapilgers und bei vielen anderen Gelegenheiten. Die größten Rezitatoren waren Scheich Rif'at und Scheich Ali Mahmud. Ihre Bewunderer folgten ihnen überallhin, in Privathäuser, öffentliche Säle und Moscheen. Der sechsjährige Muhammad Abd al-Wahab wünschte sich, zu werden wie sie.

Deshalb wollte er ihnen zusehen, wenn sie sangen – aber wie konnte er zusammen mit den Erwachsenen in die Moschee gelangen? Eines Tages dachte er sich eine List aus: Er schlich vor der Versammlung in den großen Saal und versteckte sich unter dem Tisch, an dem die Scheichs sitzen würden. Sollte ich es genauso machen?, überlegte ich. Aber die Tische im Speisesaal waren anders als die im Kutab; ihnen fehlte vorne die Verkleidung. In all der Angst, ich könnte schmählich aus dem Raum gewiesen werden, fiel mein Blick auf die Brotschneidemaschine, die an einem Pfeiler nahe der Küchentür stand.

Ich nahm einen Brotlaib aus dem Regal, legte ihn auf die Schneidefläche, schaltete die Maschine ein und zog an dem schwarzen Hebel. Das Brot rutschte auf die Klingen, und ich genoss das Gefühl, als das Vibrieren der Maschine auf meinen Körper überging. Das Geräusch zog Blicke an, denen ich lieber entgangen wäre. Einen Moment widersetzte sich der Brotlaib und zitterte wie ich, aber dann ergab er sich den Messern. Alle Scheiben wurden gleich groß, und ich dachte an die Kibbuzniks und ihren sozialistischen Traum. Aus der Schneidevorrichtung schob sich ein Regiment von Schnitten, die aufrecht nebeneinander standen wie Soldaten beim Appell. Nur die Kanten verdarben das erhabene Bild, kippten zur Seite und scherten aus der Gemeinschaft aus – wie wir Externen im Kibbuz. Ich hatte mir angewöhnt, die abfallenden Stücke zu verschlingen, noch während ich an der Maschine stand, und da kein Kibbuzmitglied in der Nähe war, zerschnitt ich noch ein Brot, damit ich auch dessen Kanten essen konnte – ich liebte das halb verbrannte Brot der Kibbuzbäckerei. Danach nahm ich einen Lappen und begann, mit langsamen, kreisenden Bewegungen die Maschine zu putzen. Mit pochendem Herzen stand ich im Schatten des dicken Pfeilers und sah in den Saal. Ich zählte die Sekunden bis zum Beginn der Veranstaltung; dann würden sich alle auf den Schriftsteller konzentrieren, und niemand dächte noch an die Brotmaschine.

Ein kleiner hagerer Mann trat ein. Er hatte krauses Haar und ein braunes Gesicht. War er das? Sah so ein Schriftsteller aus? Unmöglich! Er ähnelte den jemenitischen Arbeitern aus der Nachbarsiedlung. Der Mann setzte sich in die Mitte des Tischs, auf dem eine weiße Decke lag und eine Vase mit schönen Blumen stand. Es wurde still im Saal. Er erhob sich und las zwei Texte vor. In seinem Munde schienen die Wörter und Sätze zusätzliche Bedeutung zu erlangen.

Mir wurde sofort klar, dass es sich um keinen Jemeniten handelte, denn er sprach die semitischen Kehllaute nachlässig aus. Sein Ch klang zu hart, und die typischen Quetschlaute kamen bei ihm kaum vor. Wahrscheinlich stammte er aus Polen wie die anderen. Nachdem er ein paar erklärende Worte gesprochen hatte, begannen die Fragen und Kommentare. Pola A., eine beeindruckende, schöne Frau, schlank und groß, mit vorstehenden Wangenknochen, erhob sich und schalt ihn wie einen Schuljungen:

»Weshalb entscheidet sich der Held deines Buches nicht für ein aktives Kibbuzleben, sondern gibt alles auf, geht zum Studium in die Stadt und sitzt untätig in Cafés? Ist dies das ideologische Erbe, das dir der Kibbuz vermittelt hat?« In energischem Ton ging sie Punkt für Punkt seines Buches und seiner Ansichten durch. »Du solltest das Ende umschreiben und einen zweiten Teil verfassen, in dem er Rechenschaft ablegt und geläutert in den Kibbuz heimkehrt.«

Viele im Saal nickten. Der hagere dunkelhäutige Schriftsteller wand sich auf seinem Stuhl, zündete eine Zigarette an und hielt die Hand vor sein Gesicht, als wollte er die Vorwürfe der schönen Pionierin abwehren. Ich bemitleidete ihn und dachte an meinen großen Bruder. Alles hätte ich gegeben, wenn Kabi hätte hier sein können. Er hatte Schriftsteller immer bewundert und davon geträumt, in den Dienst des Königs zu treten; jeder abassidische oder omaijadische Kalif oder Sultan hatte einen Hofdichter. In Bagdad wurden Schriftsteller hoch geachtet; der König, die Paschas und Effendis luden sie in ihre Schlösser ein, und die jungen Mädchen machten ihnen schöne Augen, als wären es berühmte Sportler. Hier hingegen stand ein hebräischer Dichter mit gesenktem Kopf wie der Gekreuzigte vor seinen Richtern und rechtfertigte sein Werk. Die Pioniere zweifelten nicht nur an Gott, sondern an allem. Sie unterwarfen alles ihren Zielen. Woher nahmen sie die Frechheit zu glauben, dass jeder wie sie sein musste? Ich wusste bereits, welches Ansehen die Kibbuzim in diesem Land genossen; etwas von ihrem Glanz färbte ja auch auf mich, den Fremden, ab. Ich errötete, als stünde ich selbst auf dem Podium. Ich legte meine Arme um die Brotmaschine und lauschte der komplizierten Erklärung des Schriftstellers, mit der er die ungestüme Pionierin aber nicht zu überzeugen vermochte.

Zwei Monate später geschah etwas Unerwartetes.

An einem gewöhnlichen Werktag kamen drei Polinnen an. Sie betraten den Speisesaal, angeführt von einem Mädchen, dessen blondes Haar wie eine Orange bei Sonnenaufgang glänzte.

»Ich stelle euch unsere neuen Genossinnen vor«, sagte Sonja in offiziellem Ton. »Vera, Halina und Dalia.«

Wie gebannt schaute ich zu dem blonden Mädchen. Ich brachte keinen Ton heraus. Veras Haar reichte bis zu ihren Hüften, und ihre langen Wimpern beschirmten große blaue Augen, die wie Laternen über ihrer Stupsnase leuchteten. Sie sah herausfordernd auf mein zerknittertes Hemd, das keinen einzigen Knopf mehr hatte und mein flatterndes Herz nicht verhüllte. Obwohl ich eine Mischung aus Scham und Verlegenheit fühlte, konnte ich nicht umhin, ihre wohl geformten Beine anzustarren. Ein Zeh guckte aus ihrer Sandale, als klagte er ihre kokette Schönheit an. Sie kam mir bekannt vor, doch ich wusste nicht, woher. Meine Gedanken waren wie in Nebel getaucht. Ich setzte mich an den erstbesten Tisch und überlegte, wo ich Vera schon einmal gesehen hatte. Ich stützte das Gesicht in meine Hände und betrachtete einen unsichtbaren Punkt auf dem Tisch. Ich schien in einem Raum zu schweben, durch den die goldene Schleppe ihrer Haare wehte.

»Nuri, trink deine Milch.«

Sonjas Ermahnung holte mich in die Realität zurück. Ich schaute sie flehend an, als ginge es um mein Leben.

»Heute auch?«

»Jeden Tag!«

Sonja reichte mir das Glas.

Lange saß ich da und zermarterte mir den Kopf. Der Speisesaal leerte sich, und als auch ich hinausging, legte sich eine schwere Hand auf meine Schulter:

»Wie findest du die Blonde?«, fragte Massul und blähte seine Brust. »Besser als Nitza, wie?«

Ich antwortete nicht. Aus dem Blumenbeet vor dem Speisesaal ragte eine hellrote Rose. Ich bückte mich und roch an ihr. Plötzlich verspürte ich das heftige Verlangen, alle Blütenblätter abzureißen. Den kahlen Stängel schleuderte ich Massul ins Gesicht.

»Du bist völlig übergeschnappt«, schimpfte er und zog mich in die Kleiderkammer.

Dort wühlten Vera und ihre Freundinnen in Anziehsachen, die Etka vor ihnen aufgetürmt hatte. Als unsere Blicke sich trafen, fielen die Kleidungsstücke und Laken, die Vera in ihren Armen hielt, zu Boden. Sie straffte ihren Rücken und kicherte. Ich wollte ihr helfen, blieb aber wie ein Tölpel stehen.

An wen, zum Teufel, erinnerte sie mich? Plötzlich war Avner zur Stelle, kniete sich hin und hob die Kleider auf. Etka sagte etwas zu ihr, wahrscheinlich auf Jiddisch. Mein Vater hatte Recht: Man musste Jiddisch lernen, dann konnte man in Israel alles erreichen.

Wir verließen gemeinsam die Kleiderkammer. Avner trug Veras Sachen. Ich ging neben Massul und den beiden anderen Polinnen, denen ich gezwungen zulächelte.

Plötzlich begann ich zu laufen. Ich eilte in mein Zimmer, kämmte mir schnell die Haare und nahm die Mundharmonika. Als ich auf die Wiese zurückkam, war Vera nicht mehr da, und obwohl ich hingebungsvoll meine Lippen über die Löcher des Instruments gleiten ließ und ihm die ganze Fülle seiner Töne entlockte, blieb sie verschwunden. War sie taub? Schließlich sah ich sie undeutlich an einem der Fenster. Als Avner sie entdeckte, begann er mit einer spektakulären Show, machte Salti, Handstände und andere Kunststücke, sodass mir nur eine Chance blieb – ich musste mitmachen und versuchen, ihn auszustechen. Da ich mich hier nicht auf meinem Terrain bewegte, versuchte ich das Spiel zu entscheiden, bevor Avner zum gedrehten Salto am Boden ansetzte, den er meisterlich beherrschte. Aber Vera trat aus dem Haus und feuerte ihn an; ihr Blick war bewundernd, und in ihrem Mund bewegte sich ihre rote Zunge. Ich beneidete Avner, wie ich noch nie jemanden beneidet hatte.

»Pass auf, sonst brichst du dir den Arm«, rief Massul. Avner ging auf Händen neben ihr und wedelte mit seinen Beinen. »Komm lieber duschen.«

»Keine Lust!«, schallte Avners Stimme vom Rasen herauf.

Im Waschraum ergoss sich ein mächtiger Wasserstrahl über meinen Kopf. Ich wollte singen, aber nur laute Krächzer kamen aus meiner Kehle, und als mich der kühle Blick von Plabicz, dem Melker, streifte, verstummte ich. Verstohlen musterte ich seinen Unterkörper und seinen riesigen Penis, dann schaute ich an mir herunter und schämte mich.

Als ich die Augen schloss, sah ich mich in der Gemeinschaftsdusche der Kibbuzkinder, neben mir Vera, nackt wie am Tag ihrer Geburt. Nur das fehlte noch: dass auch wir Gemeinschaftsduschen benutzen mussten! Ein Glück, dass Papa und Mama nicht ahnten, was hier vorging. Wahrscheinlich hätten sie mich sofort aus dem Kibbuz genommen, und nie, nie hätte ich Vera wiedergesehen. Als mein Blick erneut zu Plabicz' Glied wanderte, spürte ich ein Pochen in meinen Lenden. Mein Fähnchen bäumte sich auf wie ein verrücktes Fohlen, das aus seinem Gatter drängte. Herr der Welt, was sollte ich tun? Ich drehte mich schnell zur Wand, aber der warme Wasserstrahl machte das Ding noch verrückter, und es schwoll an, als wollte es platzen. Auch Siwas Lied, das neben uns in der Frauendusche erklang, beschwichtigte es nicht – im Gegenteil. Ihre Stimme schien schöner als je zuvor. Ich hörte sie gern, obwohl sie polnisch oder jiddisch sang, und wartete jeden Tag um dieselbe Zeit auf sie, wenn auch Plabicz mit seinem großen, baumelnden Penis im Waschhaus erschien. All das machte meine sexuellen Fantasien zu einem täglich wiederkehrenden Fest.

»Hast du einen Rasierapparat?«, schreckte mich Massuls Stimme aus meinen Gedanken auf.

»Ja.«

Ich öffnete den Kaltwasserhahn, aber es nutzte nichts. Bevor ich mich umdrehte, schlang ich das Handtuch um meinen Leib und ging langsam zur Bank, damit der Mast, der zwischen meinen Beinen brannte, nicht herausrutschte. Ich gab Massul den Rasierer und versuchte, mich zu beruhigen.

»Warum bist du so blass?«, fragte er.

»Beeil dich, ich will auch«, entgegnete ich, um ihn abzulenken.

Als das verrückte Ding endlich abschwoll, schlüpfte ich in meine Unterhosen und Hosen. Zum ersten Mal rasierte ich mich angezogen.

»Soll ich auf dich warten?«, fragte Massul.

»Ja«, antwortete ich und schnitt mir ins Kinn.

Blut tropfte herab. Ich drückte den Rasierstein auf die brennende Wunde und schaute in den Spiegel: Sah ich gut aus? Wie immer fand ich lauter Fehler an meinem Gesicht. Nie würde ich so schön sein wie mein großer Bruder Kabi.

»Schneid dich nicht wegen ihr«, zwinkerte mir Massul zu.

»Du bist ja verrückt«, rief ich, »völlig verrückt.«

Dolek trat ins Waschhaus und unterbrach unser Gespräch. Ich war erleichtert.

»Wie geht's?«, fragte er mit seiner durchdringenden dunklen Stimme.

»*Fudsch an-nachla*«, sagte ich auf Arabisch.

»Was bedeutet *fudsch an-nachla*?«

Massul und ich brachen wegen seines komischen Akzents in schallendes Gelächter aus.

»Wie auf dem Wipfel der Palme«, übersetzte ich. »Und wie geht es unserer Mistpyramide?«

»*Fudsch an-nachla*«, erwiderte Dolek übermütig. »Und dem Ackerbau?«

»Wir fressen Stroh und schlucken Staub mit Limonade«, sagte ich.

»Du quillst heute über von Weisheit«, meinte Dolek und zog seine Unterhosen aus. Sein Glied war winzig.

»Das hab ich von dem Rothaarigen«, sagte ich.

»Fehlt dir die Arbeit im Mist nicht?«

»*Du* fehlst mir«, antwortete ich ausweichend.

»Und du hast keine Lust auf einen kleinen Ritt?«

»Doch, immer!«, rief ich und beeilte mich, aus dem Waschhaus zu kommen.

Als ich zum Speisesaal gelangte, saßen Vera und die beiden anderen Polinnen schon da, in Gesellschaft von Avner.

»Wie findet ihr die blonde Polin? Sie ist hübsch, nicht?«, fragte Massul inmitten des Lärms.

»*Ja allah*, schön wie der Mond«, schwärmte Bouzaglo.

»Und ihre Haare! Reines Gold!«, fügte Herzl hinzu und erntete einen spöttischen Blick von Rina, die dunkles Haar hatte.

»Wie der Mond ... wie der Mond«, wiederholte Bouzaglo.

»Vielleicht lasst ihr auch uns in aller Ruhe einen Blick tun?«, fragte Herzl und drehte seinen Stuhl um. Je länger er Vera anschaute, desto größer wurden seine Augen. Schließlich sagte er grinsend: »Nichts auszusetzen an der Kleinen. Vielleicht ein bisschen mager.«

»Ihr seid wie die Araber. Eine Blondine genügt, schon verliert ihr alle den Verstand«, schimpfte Rina.

»Für die verzichte ich gern auf meinen Verstand«, gab Herzl zurück. »Nuri, warum bist du plötzlich so still?«

»Was?«, stammelte ich und tat, als sähe ich Vera zum ersten Mal. »Die da? Sie ist ganz okay.«

Ich schnitt energisch in meinen Rettich.

»*Ja ajni*, wie du sie beim Mittagessen angestiert hast!«, versuchte Massul mich aufzuziehen.

Herzl stieß ins selbe Horn:

»Sie ihn auch?«

»Warum fallt ihr über ihn her?«, verteidigte mich Bouzaglo. »Was ist schlimm, wenn sie ihm gefällt?«

»Wenn ihr das komisch findet, bitte sehr!«, rief Rina.

»Ihr gebt uns doch nicht mal den kleinen Finger«, erwiderte Bouzaglo, und Herzl prophezeite:

»Wegen der Polinnen wird es hier eine Oktoberrevolution geben!«

Bouzaglo betrachtete Rina und sagte schadenfroh:

»Zwei Monate haben wir gewartet, dass ihr euch an unseren Tisch setzt. Durch die Polinnen wird alles anders.«

»Und wer behauptet, dass ihr von den Polinnen alles bekommt?«

»Das sieht man doch, *ja ruhi*, das sieht man doch«, meinte Herzl verschmitzt. »Guckt euch Avner an. Der plaudert ununterbrochen mit ihr!«

»Am Ende lernt er noch Jiddisch«, lästerte Bouzaglo.

»Du täuschst dich. Er wird lernen, mit den Händen zu reden«, sagte Massul und leckte sich die Lippen. Als er Rinas bekümmertes Gesicht sah, fügte er sanft hinzu: »Für mich bleibst du immer *samia dschamal*, die tollste Tänzerin des Orients.«

Rinas Züge entspannten sich. Sie wusste, dass Massul sie liebte und sich nach ihr sehnte, obwohl er mit dem rumänischen Mädchen »Psalmen übte«. Aber sie erwiderte seine Zuneigung nicht. Offenbar fürchtete sie sich vor seiner schweren Gestalt, seinem lauten Wesen und seiner scheinbaren Gewalttätigkeit. Auf charmante Art wich sie ihm aus, doch war erkennbar, dass sie sein Werben und vor allem den Schutz, den er ihr bot, genoss. Keiner außer ihm wagte, ihr den Hof zu machen. Alle beobachteten die beiden und erwarteten, dass ihre Liebe zu ihm reifen würde.

Ich hatte keine Ruhe mehr, konnte nicht mehr bei ihnen sitzen. Ich verließ den Speisesaal mitten in der Mahlzeit. Draußen war es dämmerig, und der kühle Abendwind trug starken Nelkenduft heran. Die Blätter meiner Palme raschelten angenehm. Ich rollte den grasbewachsenen Abhang hinunter und atmete den Geruch der Erde ein. Ich versuchte, das Gefühl der Beklemmung, das mich seit Veras Ankunft bedrückte, abzuschütteln. Im Klubhaus lag die Zeitung der Bewegung auf dem Boden. Zerfetzt und ohne Leser ging sie allmählich ihren Weg zum Abfalleimer und diente allen als Fußabtreter. Langsam füllte sich der Klub, und die Besucher scharten sich wie üblich um das Rundfunkgerät. Jigal Nab'a drehte am Knopf, bis der Zeiger bei einem bestimmten Sender angelangt war. Er drückte das Ohr an den Lautsprecher, und plötzlich leuchtete sein Gesicht.

»Still! Seid still!«, schrie er.

»Ich begehre dich, ferne Geliebte ...«

Die gefühlvolle Stimme von Farid al-Atrasch eroberte den Raum. Aber Nilli, die sich weigerte, die Gruppe zu verlassen, obwohl ihr Bauch von Tag zu Tag dicker wurde, wollte lieber das hebräische Wunschkonzert hören. Jigal Nab'a gab nicht nach, und Lärm brach los. Plötzlich verstummten alle und schauten zur Tür. Dort stand Vera wie eine glänzende goldene Statue. Ich straffte meine Brust und lächelte ihr zu; als ich jedoch Avner sah, der ihr wie ein Leibwächter folgte, senkte ich sofort den Blick. Er flüsterte ihr etwas zu, und beide traten ein. Hinter ihnen kam Halina und blieb allein in der Tür stehen. Sie hatte die weiße reine Haut eines kleinen Mädchens, und ihre Lippen, die ein wenig nach links verzogen waren, verliehen ihr einen besonderen Reiz; aber ihr Gesicht war traurig.

Bouzaglo ging zu ihr und stellte sich vor. Sie unterhielten sich. Nach einigen Minuten hörte ich, dass er fragte:

»Wie bist du nach Israel gekommen?«

»Das ist eine lange Geschichte«, antwortete sie und wirkte plötzlich wie eine Erwachsene.

»Erzähl«, bat er.

»Ich kann nicht genug Hebräisch«, erwiderte sie, und ihre Augen lächelten schüchtern.

»Und ich kann kein Polnisch«, sagte er und lächelte ebenfalls.

»Wir werden alle hebräisch sprechen«, antwortete sie, wieder mit diesem Lächeln.

Rina unterbrach das Gespräch und nahm Halina unter ihre Fittiche. Farid al-Atrasch sang:

»Ach süße Nachtigall, grüß meine Geliebte.«

»Vielleicht schaltest du das arabische Geträller aus?«, rief Hosen-Nilli.

»Ach, meine kleine Regionale«, spottete Massul.

»Hört auf, euch wie Exilanten zu benehmen!«

»Exilanten? Wegen eines Liebeslieds von Farid al-Atrasch?«, fragte Jigal Nab'a. Seine Augen weiteten sich, und seine Hände legten sich schützend auf das Radio.

»Beethoben? Schaikobski? Was anderes ist dir wohl nicht mehr gut genug?«, plusterte sich Massul vor Nilli auf.

»Du kannst ja nicht mal ihre Namen aussprechen und weißt nicht, wer sie sind!«

»Hauptsache, ich weiß, wer *du* bist!«, gab Massul zurück.

»Geh zum Teufel! Du wirst nie ein zivilisierter Mensch.«

Nilli hatte sich noch nicht mit ihm versöhnt. Als er entdeckt hatte, dass sie schwanger war, hatte er sie schwer beleidigt.

»Schämt ihr euch nicht vor den neuen Kameradinnen?«, versuchte Avner die beiden zu beschwichtigen.

»Vor den Polinnen?«, fragte Rina provozierend zurück.

»Alle schleichen um sie herum«, tuschelte Ilana. »Die Blonde klebt an Avner, seit sie angekommen sind, und nichts ist ihr peinlich. Man sieht gleich, dass sie eine *mahtufa* ist.« Und in lautem Ton fügte sie hinzu: »Hier wird arabisch gesprochen und arabische Musik gehört!«

Das meinte ausgerechnet Ilana, die immer gegen unsere *haflas* gewesen war!

»Ich sag's noch einmal – Oktoberrevolution!«, rief Massul.

Die Stimmung war verdorben. Ich verzog mich in mein Zimmer, aber das Summen der Mücken, die in Scharen um die Glühbirne auf der Veranda schwirrten, raubte mir den Schlaf.

Die Morgenglocke ließ mich hochfahren wie der Gong in einer Boxarena, genau in dem Moment, als sich Vera über mich beugte, nackt und mit zerzaustem Haar. Fluchend hüpfte ich zu Bouzaglos Bett und riss ihm die Decke weg; und während er noch überlegte, ob er wirklich aufstehen wollte, sprang ich wie jeden Morgen Seil.

Der Gedanke an die schmutzigen Arbeitskleider, die mit Flecken von Öl und Schmiere übersät waren wie ein Feld mit Wildblumen, behagte mir an diesem Tag nicht, aber ich wollte, dass mich Vera in meiner Traktorfahrerkluft sah. Ich setzte die Schirmmütze auf, die mir der rumänische Akkordeonspieler geschenkt hatte, und befestigte die große Staubschutzbrille daran. Im Speisesaal wetteiferten Bouzaglo und ich wie immer, wer mehr Brei verschlingen konnte, doch diesmal hatte ich keine Chance. Mein Mund hatte keine Lust auf Grießbrei, sondern sehnte sich nach Vera, die noch immer nicht da war.

»Wo sind die Mädchen?«, fragte ich Bouzaglo ungeduldig, und er, der erst nach dem dritten Teller Brei richtig wach wurde, gähnte mit vollem Mund, riss seine schwarzen Augen auf und sagte:

»Bist du blind? Sie sind doch da.«

»Ja, aber ...«

Das Erstaunen in seinen Augen wuchs. Er streckte sich, breitete die Arme aus, atmete tief durch und trommelte auf seine Brust, um zu zeigen, dass er erwacht und zu seinem Tagewerk bereit war.

»So schön sind ihre Augen, so blond ist ihr Haar«, trällerte er und seufzte: »Oh je, diese Vera!«

Dann verließ er mit plumpen Tanzschritten den Speisesaal.

»Moment! ... Moment!«, versuchte ich ihn zurückzuhalten, in der Hoffnung, dass Vera inzwischen auftauchte.

Und als erriete er meine Gedanken, sagte er gerade laut genug, dass alle es hörten:

»Sie kommt nicht. Sie haben einen freien Tag, um sich einzurichten.«

Auf dem Feld sah ich sie die ganze Zeit vor mir. Sie lief vor dem Traktor her, lachte, hüpfte, und ihr Haar glich einem goldenen Zelt, das sich wie ein Traum über den ganzen Acker breitete. Ich bremste, um sie nicht zu überfahren, und erst als ich gegen das Lenkrad prallte, kehrte ich aus meiner Märchenwelt zurück und fuhr zum Wirtschaftshof.

Trotz der glühenden Hitze drängten wir uns nachmittags am Eingang des Klassenzimmers und warteten auf Ischai, der wie immer zu spät zum Unterricht erschien. Der dicke Josef kniff Ilana, und ihre spitzen Schreie rissen uns aus unserer Lethargie. Der Dicke kreischte vor Freude und rannte hinter dem Mädchen her. Avner nutzte den Tumult, um Vera an die Verandabrüstung zu drücken und sie schnaufend festzuhalten.

»Ruhe! Hier schlafen Leute!«, rief ich und lief zu Ischais Baracke, um ihn zu wecken.

Als er endlich kam, breitete er die Arme aus wie ein Bauer, der seine Herde sammelte. Er sank erschöpft auf seinen Stuhl, zündete sich eine billige Zigarette an und steckte einen der vielen Pfefferminzbonbons, die er immer in den Taschen hatte, in den Mund. Als er laut zu husten anfing, fürchtete ich, seine Lungen würden zerreißen. Doch er rieb seine roten Augen, räusperte sich und hob den Finger, um uns zu zeigen, dass er bereit war, mit dem Unterricht zu beginnen.

Das Thema waren Karl Marx und das Kommunistische Manifest, und als wäre das nicht schwierig genug, würzte Ischai seinen Vortrag mit Schlagwörtern wie Klassenkampf, Befreiung des Proletariats, Emanzipation der Geschlechter, Kommunismus und – Sozialismus, einem Ausdruck, an dem ich mir jedes Mal die Zunge zerbrach, weil ich s und z verwechselte. Ischai bemühte sich, uns zu erklären, dass »das Sein das Bewusstsein bestimmt«, aber in der Schmelzofenhitze, die in der Baracke herrschte, verstand ich nicht, worauf er hinauswollte. Ich döste ein, und in meinem Traum war sie. Sie, immer wieder sie. Bouzaglos Ellbogen, der in meine Seite stieß, unterbrach die süße Vision. Am Ende der Stunde begrüßte Ischai die Polinnen und fragte, wer ihnen beim Hebräischlernen und den Hausaufgaben helfen wollte. Nilli zeigte zuerst auf, ich dagegen senkte den Blick wie jemand, der sich bemüht, nicht aufzufallen. Vera schoss ihre blauen Pfeile auf mich ab und drängte mich zu tun, was ich mir so sehr wünschte, wozu ich aber keinen Mut fand. Fürchtete ich mich vor einer neuen Niederlage? Oder schämte ich mich, allen zu zeigen, dass ich ihr nahe sein wollte?

Bouzaglo stieß mich abermals an und flüsterte:

»Wenn du es nicht tust, dann nutzt Avner die Gelegenheit.«

Und ehe ich mich versah, war mir dieser Bastard zuvorgekommen.

Die glutheißen Tage krochen träge dahin. Erstickende, leblose Sommerluft lag über dem Land wie ein urzeitliches Tier, ermattet von der Hitze, reglos und unfähig, weiterzuziehen. Sogar Dolek sagte, dass er sich an keinen solchen Sommer im Jesreeltal erinnern konnte. Auf den Feldern des Kibbuz brachen jeden Tag Brände aus. Alles suchte Schutz vor der sengenden Sonne.

Ausgerechnet jetzt, da wir Frische und kühlen Wind brauchten, brannten die Herzen in der Jugendgruppe lichterloh. Innere Spannungen, die seit der Sache mit Hosen-Nilli unter der Oberfläche brodelten, machten sich nun bemerkbar und drohten aufzubrechen. Die Jungen waren wie Hähne mit roten Kämmen. Wild und erregt, warteten sie darauf, dass die Mädchen gackernd um sie herumschwirrten, und vor allem, dass sie für sie die Gummibänder ihrer Hosen lösten. Massul, dessen Rumänin am Ende des Hebräischkurses abgereist war, spielte Ud und war mit den Gedanken weit weg. Sein Werben um Rina blieb erfolglos. Wenn Joram Hosen-Nillis Hintern sah, sprühten seine Augen Funken, obwohl sie schwanger war. Bouzaglo tänzelte ständig hinter Halina her, und wenn der dicke Josef neben Ilana arbeitete, schien er auf einmal schlank und schön. Er starrte auf die kleinen Äpfel in ihrer Bluse und wusste nicht, was er tun sollte.

»Du glaubst wohl, ich bin eine Polin«, antwortete Ilana auf seine Blicke. Doch wandte sich ihr ganzer Zorn gegen Nilli: »Schlampe! Mit dir hat alles angefangen.«

»Vertrocknete Ziege. Du hast keinen Pfeffer«, gab Nilli zurück, woraufhin Ilana ihre Frustration an Vera abreagierte:

»Du bist Dreck! Kannst nicht mal Hebräisch. Verschwinde bloß!«

»Man könnte meinen, du wärst eine *Sabre*«, schrie Bouzaglo.

Die *Madrichim* waren ratlos. Am Ende beschlossen sie, uns aufzuklären.

»Unter einer Bedingung: Jungen und Mädchen getrennt«, forderte Ilana.

Und so wurde verfahren.

Scharfer Schweißgeruch lag über dem Klubhaus. Hastiges Atmen oben, wallendes Blut unten. Ischai hängte Bilder und komplizierte Zeichnungen der männlichen Geschlechtsorgane an die Tafel und zeigte mit dem Stock darauf. Kaum hatte er seinen Vortrag beendet, stürzten die Jungen zur Klasse der Mädchen, um zu überprüfen, wie deren Skizzen aussahen. Deren Gekreische versetzte die ganze Nachbarschaft in Aufregung. Gott, was wäre los gewesen, wenn wir ihnen wirklich unter den Rock geguckt hätten! Eine Zeit lang drängte ich mich mit den anderen vor dem Klassenzimmer unserer Kameradinnen, aber plötzlich hatte ich genug davon, den Hals zu recken, um etwas Interessantes zu erspähen; außerdem schämte ich mich. Ich ging auf den Rasen hinaus und legte mich unter die Trauerweide, deren Zweige sich sanft zur Erde neigten. Auf einmal waren auf dem Gehweg leise Schritte zu hören wie von einer Katze. Vera ging vorüber, dann folgte Avner. Langsam verschwanden sie in der Dunkelheit. Mein Blut kochte, und ein wildes Pochen wütete in meinem Innern. Eine Ewigkeit, die nicht vergehen wollte, blieben die beiden fort. Schließlich raffte ich mich auf und kehrte in mein Zimmer zurück. Im Traum tanzten Brüste in meinem Bett, bis ich erschrocken hochfuhr.

Am nächsten Tag geschah nichts. Alles war wie zuvor, auch das ermüdende Spiel der Blicke zwischen ihr und mir. Ich floh vor ihr, aber sie ließ mir keine Ruhe. Ihre blauen Augen drangen tief in mich ein, ritzten ihr Bild in mein Herz und erinnerten mich an jene andere, die ich nicht bekommen hatte. Wollte ich Vera nicht, weil sie keine Regionale war? Weshalb traute sich Avner, aber nicht ich? Hatte jene Verletzung eine so tiefe Narbe in mir hinterlassen? Und warum sah ich jedes Mal, wenn ich sie anschaute, die Augen meiner Mutter und hörte die Stimme meines Vater, der sagte: »Frauen sind Teufelswerk«?

Dort waren alle Frauen verschleiert gewesen, und als einmal eine Engländerin in langen Hosen die Schaufenster der *Schari' ar-Raschid* betrachtet hatte, war ganz Bagdad hinter ihr her gewesen. Hier hingegen sah man ständig nackte Beine, aufreizende Brüste und offenes Frauenhaar. Herr im Himmel, war das die Welt von morgen, von der alle sprachen? Mein verrücktes Ding zuckte und rief mir zu:

»Idiot! Vergiss deinen Vater und deine Mutter, vergiss die Niederlage mit Nitza und umarme sie, Idiot, umarme sie!«

Doch ich verkroch mich wie eine Schnecke im Schneckenhaus. Floh ich vor einem Leben, das mir unheimlich war, und fürchtete ich, die innere Ruhe, die ich mir mit viel Leid und harter Arbeit erkämpft hatte, zu zerstören? Oder hatte ich Angst vor Vera und meiner Liebe?

Am Vorabend des Fests der Erstlingsfrüchte, nach einem langen Unterrichtstag, warf Vera ein zu einem Dreieck gefaltetes Blatt auf meinen Tisch und rannte fort. Darauf war ein rotes Herz gemalt, das ein grüner Pfeil durchbohrte.

»Was ist das?«, fragte ich Massul.

Doch statt mir zu antworten, sang er mit heiserer Kehle:

»Mein Herz, wer wird dich erringen
und dich dem Geliebten bringen?
Rote Blume, wer hat deine Lippen verletzt
und sie mit deinem Blut benetzt?«

»Wozu singst du das? Ich will wissen, was die Zeichnung bedeutet.«

»Das ist *al-fuad al-madschruh*, das blutende Herz«, erklärte Massul und leckte sich den Mund.

»Ja, und?«

»Ihr Herz blutet aus Liebe zu dir, du Einfaltspinsel!«, sagte er, jedes Wort betonend. »Du musst sie ansprechen.« Und als rede er zu sich selbst: »Nur Rina will nicht ...«

Aber was sollte ich tun? Eine Verabredung treffen, Hand in Hand mit ihr durch den Wald gehen, sie vor aller Augen umarmen, wie es die Regionalen mit ihren Mädchen taten? Warum war ich plötzlich wie versteinert? Als es um Nitza ging, hatte ich tausend Pläne geschmiedet. Wie würde Avner reagieren? Wenn ich ihn noch einmal in ihrer Nähe sah, würde ich sie umbringen. Ich schwor mir, sie nach dem ersten Kuss zu heiraten. Was sollte ich sonst meiner Mutter sagen?

»Das ist verboten. Bis zur Hochzeit«, hörte ich Mamas Stimme. »Und muss es unbedingt eine Polin sein? Hab ich dich großgezogen, damit du so eine heiratest?«

»Vera und ich werden ein Paar«, sagte ich mir, »die Jungen werden mich beneiden und die Mädchen sie hassen.«

Doch eigentlich taten sie das bereits. Unsere Mädchen nannten sie *gahba*, Hure, und überlegten schon, wie sie sie aus der Gruppe herausekeln konnten.

Am Fest der Erstlingsfrüchte stand ich in meinen besten Kleidern auf einem sonnenüberfluteten umzäunten Stoppelfeld, auf dem die Produkte jedes Betriebszweigs ausgestellt waren: Hühner und Küken, Weizen- und Gerstegarben, Körbe voll Obst und Gemüse, Kälber mit geflecktem Fell und natürlich der Käfig mit dem großen Zuchtbullen, der wie ein gelangweilter König zuschaute. Auf dem Feld rannten dutzende Kinder umher, mit Körben auf den Schultern und Blumenkränzen im Haar – wie kleine Prinzen und Prinzessinnen. Der Kibbuz war eine große Familie, ausgelassen und froh. Aus den Lautsprechern drangen Akkordeonklänge, Trommeln und lauter Gesang, der wie Wellen das weite Tal einnahm:

»Auf unseren Schultern tragen wir Körbe,
unsere Häupter sind blumenbekränzt.
Aus allen Richtungen sind wir gekommen,
um erste Früchte euch zu bringen.«

Sie stand nicht weit von mir. Immer wieder trafen sich unsere Blicke, bis sie sich ganz ineinander verfingen. Ich vergaß alles, das Fest, den Tanz, den Wettbewerb im Strohschaufeln, an dem ich teilnehmen sollte, einfach alles. Das Gefühl, das ich bei unserer ersten Begegnung gehabt hatte, ergriff mich von neuem. Es war wie im Traum. Ich kam erst wieder zu mir, als Massul sagte:

»Du bist ja *mastul*!«

»Es ist wegen der Sonne«, behauptete ich.

»Du meinst wegen der Blondine«, neckte er mich, und wie auf ein Zauberwort rührte sich das verrückte Ding. Es richtete sich auf, schubberte an meiner Hose und suchte eine Öffnung, um hinauszugelangen.

»Wann ist das endlich vorbei?«

»Erst wenn wir alle fix und fertig sind«, lachte Massul.

»Was für eine Hitze!«, stöhnte ich und hielt schützend die Hand vor meine Stirn.

»Sie sind ganz aus dem Häuschen. Sieh sie dir an. Bauernwettkämpfe, Hühnerjagd, wie kleine Kinder.«

Sensen wurden in die Höhe geschwungen und senkten sich in großem Bogen auf die Ernte herab.

Der Chor sang:

»Schau, ich bringe dir die Frucht meines Gartens,
mein Korb ist prächtig gefüllt.
Erstlingsfrüchte habe ich gesammelt
und meinen Kopf mit Kränzen geschmückt.«

Als es Abend wurde, endete das Fest, und die Kibbuzbewohner strömten langsam zu den Gebäuden zurück. Vera ging vor mir, wies mir die Richtung; ich ließ mich von ihr leiten wie Isaak auf dem Weg zum Opferplatz. Ganz anders als sonst kletterte sie mit energischem, ungeduldigem Schritt den Weinberg hinauf und wurde erst langsamer, als sie eine geschützte Stelle gefunden hatte. Als sie sich zu mir umdrehte, sah ich das leuchtende Blau ihrer Augen. Ich reichte ihr die Hände. Sie hielt sie fest, sodass ich nicht mehr fliehen konnte. Meine Lippen waren trocken.

»Sag etwas zu ihr, du Idiot! Steh nicht so da! Nein, rede nicht, sondern umarm sie, los!«, rief das verrückte Ding und reckte sich.

Ich stand still vor ihr; mein Herz raste, drohte meine Brust zu sprengen, und meine Ohren waren glühend heiß. Ihr keuchender Atem ging immer schneller. Unsere Hände waren wie aneinander geklebt. Eine unaufhaltsame Kraft stieß mich zu ihr, ich küsste sie. Das stählerne Blau ihrer Augen wurde weicher, ein Lächeln schwebte über ihrem Gesicht. Ihre Hände hielten meinen Nacken, und ich drückte mich an sie. Ich streichelte ihre Wangen, dann ihr Haar, küsste ihre Stirn und vergrub meinen Kopf in ihrer Brust. Mit der Zungenspitze leckte sie meine Lippen, sie brannten wie eine Flamme.

»Das ist verboten! Erst nach der Hochzeit!«, rief meine Mutter, aber eine Stimme antwortete:

»Du darfst es, du darfst es! Wir sind nicht mehr in Bagdad.«

Vera schwitzte, und ihr Geruch nahm mir die Sinne. Auf einmal war alles still, als wären wir allein auf der Welt. Ich wünschte, die Zeit bliebe stehen. Mein Kopf war leer, eine angenehme Trägheit befiel meine Glieder. Ihr Körper fühlte sich warm und weich an. Ich knöpfte ihre Bluse auf und schob meine Hand unter den Stoff. Ein unbekanntes Glücksgefühl ließ mich erzittern, doch plötzlich schämte ich mich, fürchtete mich vor mir selbst. Sie streichelte mein Gesicht, meine verschwitzte Stirn, mein feuchtes Haar. Mein Kopf lag zwischen ihren Brüsten, und die ganze Welt gehörte mir, mir allein. Für immer.

21. KAPITEL

Die Verwirklichung des Plans

»Nurik, du bist zum Nachmittagskaffee eingeladen«, sagte Sonja, als wir uns im Speisesaal begegneten. Warum wohl?, überlegte ich. Immer wenn sie mich Nurik nannte, wollte sie etwas von mir.

»Was haben wir diesmal angestellt? Sollen wir jemanden rausschmeißen?«, fragte ich deswegen halb ärgerlich, halb lachend.

»Ich möchte ein Gespräch unter vier Augen, einverstanden?«, entgegnete sie.

»Wird Koba da sein?«

»Nein.«

»Schade«, sagte ich und grinste, »dann gibt's polnischen Kaffee.«

»Tut mir Leid. Das ist alles, was ich dir anbieten kann.«

Schon durchs offene Fenster roch ich den Duft des Kardamoms. Sie bat mich, gegenüber von ihr Platz zu nehmen, und goss den Kaffee wie Koba in kleine Tässchen. Nicht nur für den Kaffee, auch für ihre Aufmerksamkeit war ich ihr dankbar. Im Gegensatz zu sonst kam sie nicht sofort zum Thema, sondern sprang immer wieder auf, um Dinge wegzuräumen oder aus der Küche neue Kekse zu holen. Ihre Nervosität wirkte ansteckend – ein Donnerwetter braute sich zusammen, oder es ging um eine sehr ernste Angelegenheit. Was es war, ahnte ich nicht. Ich machte mich über das Gebäck her und leerte fast alle Tellerchen, die Sonja auf den Tisch stellte. Endlich setzte sie sich, blickte mich mit ihren durchdringenden schwarzen Augen an und sagte:

»Nurik, es geht um Folgendes ...« Sie zögerte. »In zwei Wochen feiert der Kibbuz seinen Gründungstag. Ich möchte, dass du eine Rede hältst.«

»Nein!«

Ich sprang von meinem Sessel auf.

»Und das ist noch nicht alles. Bis dahin will ich jeden Tag ein Gruppengespräch – und eine Entscheidung.«

»Worüber?«

»Über eure Selbstverwirklichung.«

Inzwischen wusste ich, was dieses Wort bedeutete, auch wenn ich es anfangs nicht richtig verstanden hatte.

»Schlag das der Gruppe selber vor. Warum fragst du mich?«, protestierte ich und sank in den weichen Sessel zurück.

»Wenn ich *dich* nicht überzeugen kann, gelingt es mir auch bei den anderen nicht«, erklärte Sonja, die genau wusste, welche Saiten sie anschlagen musste: Ich sei das Rückgrat der Gruppe, der Rebell und Führer, schmeichelte sie mir, auch wenn ich Schwächen hätte und manchmal Fehler beginge. Letzteres sagte sie der Ausgewogenheit halber, damit ich nicht übermütig wurde.

»Keine Chance«, entgegnete ich. »Gib dir keine Mühe.«

»Nimrod, wie alt bist du?«

»Etwas über sechzehn.«

»Ich war auch sechzehn, als ich mich gegen meine Eltern aufgelehnt habe. Die ganze Zeit wolltest du zeigen, dass du genauso bist wie die Kibbuzkinder, jetzt bekommst du Gelegenheit dazu. Es ist leicht, Gleichheit zu fordern, aber es ist schwer zu beweisen, dass man gleich ist. Gleichheit muss man verwirklichen, sie wird einem nicht geschenkt. Das Schreien nach Rechten ist wie die Gebete, die ein anderer erfüllen muss. Es gibt keine dritte Adresse – es gibt nur Gott und dich selbst. Wenn du an Gott glaubst, dann begnüge dich damit zu beten, aber wenn du wie wir bist, bestimme selbst. *Das* ist die Bedeutung von Zionismus und Sozialismus, die in unseren Augen fast eine Einheit bilden. Was hältst du von meinem Vorschlag?«

»Ich weiß nicht. Ich muss darüber nachdenken.«

Aber im Grunde gab es nichts zu überlegen. Das Thema kam bei jedem Gespräch mit Kibbuzmitgliedern auf, wenn auch nicht so deutlich und scharf wie jetzt.

»Soll ich die Gruppe überzeugen, bei euch zu bleiben?«, fragte ich.

»Nein. Von dir, von euch allen, erwarte ich eine große Tat. Ihr sollt eine Siedlung im Negev gründen, *euren* Kibbuz.«

»Eure Kinder leben zu Hause und bauen keine neuen Siedlungen. Ich kann mir vorstellen, dass auch aus unserer Gruppe einige hier bleiben wollen, obwohl ...«

»Obwohl?«

»Wir und eure Kinder passen nicht zusammen, das ist mir mittlerweile klar. Weißt du, was Koba einmal zu mir meinte?«

»Nein.«

Ihr Blick verlor alle Strenge.

»Er meinte, das Verhältnis zwischen euren Kindern und uns sei eine unvermeidbare Tragödie. Und ich denke, was er sagt, ist wahr. *Sie* sind anders als wir, und wir haben es nicht geschafft, zu werden wie sie.«

»Jetzt begehst du den gleichen Fehler wie die *Sabres*. Sie glauben, dass ihr euch in allem anpassen müsst. Es ist beunruhigend, dass auch du so denkst, aber vielleicht ist das mein Fehler.«

»Dein Fehler?«

»Ja, ich bin auch schuld. Nimrod, ich habe immer Forderungen im Namen des Kibbuz und seiner Prinzipien an euch gestellt. Es stimmt doch, dass ihr mich nur als Repräsentantin des Kibbuz gesehen habt?«

»Ja.«

»Bald geht die Zeit der Jugendgruppe zu Ende, und deshalb macht es mir nichts aus, dir etwas zu sagen, das du vielleicht nicht weißt. In euren Augen habe ich für den Kibbuz gekämpft, aber in den Augen der Kibbuzniks stand ich auf eurer Seite. Manches ist mir geglückt, manches nicht. Wenn ihr keinen Kibbuz gründet, ist das der Beweis, dass die, die an eurer Kraft zweifeln, Recht haben. Wenn ihr in einen bestehenden Kibbuz geht, begnügt ihr euch mit einer halb fertigen Mahlzeit – baut ihr euch aber eure eigene Siedlung, dann zeigt ihr nicht nur, dass der Kibbuz Menschen verändern kann, sondern auch, dass ihr euch selbst ändern könnt. Nurik, ich glaube an dich und euch alle. Eins darfst du nicht vergessen: Selbstverwirklichung ist nicht nur das oberste Ziel der Erziehung in unserer Bewegung, sondern das höchste Streben überhaupt. Ich werde es als meine persönliche Niederlage betrachten, wenn sich die Jugendgruppe *Palme* zerstreut und von den Lagern aufsaugen lässt. Der Kibbuz und das Siedeln sind die einzig wahre Antwort auf die *Ma'barot*. Auch wenn die Menschen aus den Lagern eines Tages die Bevölkerungsmehrheit bilden, werden sie immer am Rande stehen, solange sie das Leben, das sie dort gelebt haben, fortsetzen. Die Alternative heißt Selbstverwirklichung und individuelle Kreativität.«

»Aber wir kommen aus einer anderen Welt.«

»Auch meine heutige Welt ist nicht die, in der ich aufgewachsen bin.«

»Kann sein, aber ...«

»Nurik, euretwegen und um des Landes willen muss der

irakischen Jugendgruppe glücken, was auch den Gruppen aus Deutschland, Bulgarien oder Rumänien geglückt ist. Euer Scheitern würde beweisen, dass die Regionalen in den letzten drei Jahren Recht hatten. Willst du, dass sie das letzte Wort behalten? Denk darüber nach. Wir werden uns noch einmal unterhalten.«

»Himmel, was verlangte sie von mir?«, fragte ich mich auf dem Rückweg zu meinem Zimmer. Ich war nicht als Prinzessin geboren wie sie oder als Prinz wie die anderen. Und ich war nicht Josef im seidenen Hemd, ausgestattet mit den Zeichen der Zugehörigkeit und Selbstsicherheit. Sie würden das letzte Wort behalten? Und wenn schon! Dann waren wir eben *nicht* wie diese umschwärmten *Sabres*, die uns ihre giftigen Stacheln hatten kosten lassen. Und sofort quälte mich wieder die Frage: Was hatten sie, was ich nicht hatte? Was machte sie zu dem, was sie waren? Um nicht weiter grübeln zu müssen, startete ich zu meinem täglichen Dauerlauf zur *Ma'barah*. Auf den Rasenflächen, an denen ich vorbeikam, versammelten sich Familien bei Tee und Kuchen. Auf einem Rasenstück sah ich Nitza, die den Kopf ihres kleinen Bruders streichelte. Vor Einsamkeit schrie ich stumm auf. Ich lief schneller, um Nitza zu vergessen, doch Füße und Herz funktionierten getrennt voneinander. Ich hatte von den Regionalen gelernt, wie man rannte, aber nicht, wie man der Welt, aus der man kam, entfliehen konnte. Während ich noch rannte, glaubte ich auf einmal, den Unterschied zwischen Sonja und mir gefunden zu haben. Ich nahm mir vor, es ihr bei unserem nächsten Treffen zu erklären, doch innerhalb von Sekunden hatte ich alles vergessen.

Tags darauf, wieder am Nachmittag beim Kaffee mit Kardamom, sagte ich:

»Sonja, ich habe lange nachgedacht, trotzdem weiß ich nicht, was ich von deinem Vorschlag halten soll. Ich spüre, dass du Recht hast, und weißt du, als ich gestern wegging, ist mir klar geworden, was der Unterschied ist zwischen dir, als du sechzehn warst, und mir: Ich bin nicht allein eingewandert wie du, Dolek und Fajbusz, sondern mit meiner Familie hergekommen, mit Freunden und Verwandten, ganz Bagdad ist umgezogen und sitzt jetzt in Durchgangslagern. So ist es viel schwerer, die Brücken hinter sich abzubrechen. Ihr habt eine Gemeinschaft von Einsamen gegründet, denn ihr wart alle allein. Aber ich gehöre zu einer Sippe – obwohl ich, wenn ich ehrlich bin, auch mit der nicht mehr viel zu tun habe. Eigentlich weiß ich nicht, wer ich bin. Ich renne ständig zwischen Berg und Tal, zwischen den Regionalen und der *Ma'barah* hin und her.«

»Und du gibst auf?«

»Nein, aber du wolltest offen mit mir reden. Also sag ich dir, was ich denke.«

»Hast du mit deinen Freunden über den Plan gesprochen?«

»Ich habe mit ihnen gesprochen, aber ich sehe keine Chance für das Projekt.«

»Die Chancen beginnen erst. Du redest von der Gemeinschaft der Einsamen, die allein hergekommen sind, und das stimmt. Aber auch damals waren die Einwanderer zerrissene Menschen wie du. Ich bin froh, dass ich dir wenigstens etwas habe vermitteln können. Nimrod, nur solche Persönlichkeiten führen Veränderungen herbei, weil sie zu dem Schluss kommen, dass die Scherben zusammengefügt werden müssen. Sobald ihr eure historische Verantwortung begreift, werdet ihr einsehen, dass ihr gegenüber den Regionalen einen Vorteil besitzt – *sie* waren nie hin und her gerissen, sondern bekamen alles geschenkt.«

»Ich möchte gern sein wie sie. In Bagdad war ich glücklich, weil ich nichts anderes kannte. *Sie* kennen nur Kirjat Oranim.«

»Du kannst es nicht ändern, Nimrod. Die wichtigste Frage ist: In was für einer Welt sollen deine Kinder leben? In Kirjat Oranim oder in Lagern und verkommenen Vorstädten? In einer Atmosphäre aus Missgunst und nie endendem kapitalistischen Wettbewerb oder in einer revolutionären Gesellschaft, die auf dem Prinzip der Gleichheit beruht? Hier teilt sich euer Weg, Nimrod, für euch alle ist die Stunde der Wahrheit gekommen. Du weißt, ich bin nicht gläubig, aber ich habe meine eigene Vorstellung vom Auserwählten Volk. Wir sind ein Volk, das immer wieder wählen muss, und jetzt ist es an dir, eine Entscheidung zu treffen.«

Sie trank einen Schluck Kaffee, dann fuhr sie fort:

»Ich verstehe, dass du bei deiner Rede zum Geburtstag des Kibbuz nicht die Gründung einer neuen Ansiedlung bekannt geben wirst, aber worüber willst du stattdessen sprechen? Willst du dem Kibbuz freundlich danken? Wir brauchen keinen Dank. Das jüdische Volk hat nichts von höflichen Floskeln, sondern benötigt Menschen, die ihr Schicksal in die Hand nehmen.«

»Aber ich kann mich nicht verstellen.«

»Es sind nur noch zwei Wochen bis zum Jahrestag, aber ich brauche noch zwei Jahre oder wenigstens eins. Ich werde mit der Kibbuzleitung sprechen, damit ihr noch ein Jahr bleiben könnt. Wir dürfen nicht aufgeben, Nimrod, du nicht und ich nicht.«

»Sonja, das alles ist zu groß für mich, ich bin erst sechzehn.«

»Die meisten Anführer, die von der Wiedergeburt des jüdischen Volkes träumten, waren in deinem Alter.«

»Es ist, als würdest du einen schweren Berg auf meine Schultern laden.«

»Ich glaube, dass du stark genug bist, Nimrod.«

»Auch dein Glaube ist wie ein schwerer Berg. Ich fühle mich, als würde mir der Schädel platzen.«

Als ich hinausging, hämmerte es in meinem Kopf. Plötzlich spürte ich das Bedürfnis, in die Ställe zu laufen, zu den Kühen, Hühnern und Pferden, in den Traktorschuppen und zum neuen Silo, zum Schwimmbassin, das in diesem Sommer eingeweiht worden war, und dem jungen Weinberg, den alle zusammen angelegt hatten. Auf einmal wurde mir klar, dass die landwirtschaftliche Siedlung größer geworden war; sie war gewachsen und hatte sich weiterentwickelt, und angesichts unseres Beitrags dazu regte sich Stolz in mir. Dann aber, ich weiß nicht, warum, versank ich in einem Meer von Trauer, einer Trauer, die nach vorzeitigem, erzwungenem Abschied schmeckte. Ich ging in mein Zimmer, legte mich aufs Bett und versuchte zu schlafen. Ich hätte gern das schwere Joch, das Sonja mir aufgeladen hatte, abgeschüttelt, aber auch im Traum hörte ich sie reden. Ich wusste, dass sie eine Entscheidung wollte und nicht locker lassen würde. So war es bei jedem unserer Treffen, gleichgültig, ob wir uns zu zweit unterhielten oder mit der ganzen Gruppe – sie setzte ihre Forderungen mit feurigen Reden durch. Gegen ihre Entschlossenheit kam man mit Worten nicht an. Wir hatten vereinbart, unsere Diskussion bald fortzusetzen.

Die Wochen bis zum Gründungstag blieben chaotisch, spannungsgeladen und anstrengend. Schnell waren sie vergangen, und am Abend des Fests traten wir in unseren schönsten Kleidern in den mit Blumen und Grünzeug geschmückten Speisesaal. Aus den Ecken beleuchteten farbige Scheinwerfer die Fotografien aus den Anfangstagen des Kibbuz. Über die Tische waren weiße Tücher gebreitet, darauf standen Weinflaschen. Die Gesichter der Kibbuzbewohner strahlten von echter Festtagsfreude. Die erste Generation, die Alteingesessenen und Gründer, stellten sich in Gruppen auf, nachdem sie einzeln der Toten gedacht hatten, die beim Kampf um das Land gefallen waren. Sie beschworen ferne

Tage herauf, Erinnerungen an den Traum, der allem zum Trotz Gestalt angenommen hatte – die Häuser, fruchtbaren Felder und Wiesen zeugten von ihrem Erfolg, ebenso die Blumen und die Bäume, die sich zum Himmel reckten, die gut gehenden Fabriken und die Kinder, die das große Werk einmal fortsetzen würden. Stolz und herausfordernd sangen sie:

»*Wir werden die Ersten sein,*
so sagten wir, Bruder zu Bruder.
Wir werden Erbauer sein,
spann das Seil und richte das Lot.«

Dolek stand auf, um eine Rede zu halten. Die schwarzen Locken an seinen Schläfen verliehen ihm etwas Jugendliches. Er erzählte von der Anfangszeit, von den Zweifeln und Träumen, Hoffnungen und Kriegen, von den Umgekommenen und den Gefallenen, dem Holocaust und der Vernichtung der Pionierbewegung in Polen – an dieser Stelle seines Vortrags stockte er. Als er sich wieder gefasst hatte, sagte er:

»Das Erreichte hat all unsere Träume übertroffen. Der Kibbuz gedeiht, und das Tal blüht.«

Danach erzählte er Geschichten über die Tage des Beginns, und die Helden jener Zeit schienen aus den vergilbten Fotos zu treten, um das zu sein, was sie immer gewesen waren: idealistische Mädchen und Jungen, die einen Fels den hohen Berg hinaufrollten – und keine alten Frauen und Männer, die an diesem Abend von allen Anwesenden mit liebevollen Blicken bedacht wurden, gekrümmt, grauhaarig, mit von der Sonne gegerbter Haut und von harter Arbeit knorpeligen Händen. Dann sprach Dolek Sätze, die an mich gerichtet schienen:

»Lasst mich ein paar Worte über unsere Jugendgruppe sagen. Diese Mädchen und Jungen haben bewiesen, dass sie echte Proletarier sind, Menschen, die keine Arbeit und Mühen scheuen. Ich wünsche ihnen, dass sie ihr Schicksal in die Hand nehmen und sich uns anschließen beim Aufbau des Landes und des Kibbuz.«

Errötend und dankbar für das Lob, musste ich an die Zeit nach unserer Ankunft denken, als sich Dolek und die anderen Alteingesessenen von uns distanziert hatten.

Nun war ich an der Reihe. Meine Zähne klapperten. Ich flehte, dass mich diesmal bloß nicht meine Stimme im Stich ließ. Das Blatt in meiner Hand zitterte; ich konnte nicht lesen, was darauf stand. Ich hob den Kopf und begann:

»Genossen! In Bagdad habe ich von einer Welt geträumt, wo alle arbeiten ohne Wettkampf und Ausbeutung und wo jeder für seinen Nächsten sorgt. Als ich nach Kirjat Oranim kam, sah ich, dass mein Traum hier Wirklichkeit war. Ihr, die Veteranen, habt dieses Land für uns aufgebaut. Wir lieben euch dafür und bewundern, was ihr geschaffen habt.«

Plötzlich schien ein böser Geist aus meiner Kehle zu sprechen:

»Aber auch wenn heute ein Feiertag ist, muss ich sagen, dass euch eine Sache nicht ganz gelungen ist: Eure Kinder wissen nicht, wie man Einwanderer aufnimmt. Sie sind hochnäsig, machen sich über uns lustig und beleidigen uns.«

Ein Rumoren ging durch den Saal, und Nachtsche rief:

»Warum verdirbst du das Fest?«

»Wenns dir hier nicht gefällt, geh in die *Ma'barah* zurück!«, schrie Chanan.

»Ruhe!«, griff Dolek ein. »Lasst Nuri aussprechen.«

Er blieb stehen, als wollte er mich beschützen.

»Ich wünsche dem Kibbuz Glück und Erfolg, und uns wünsche ich, dass wir würdig sind, bei euch zu leben und beim Aufbau des Kibbuz zu helfen.« Und ehe ich von der Bühne herunterstieg, sagte ich leise zu Dolek: »Tut mir Leid, tut mir wirklich Leid.«

Mit einer energischen Bewegung gab Plabicz, der Melker, der auch den Chor dirigierte, ein Zeichen, und die Sänger hoben mit mächtiger Stimme an:

»*Wir haben noch nicht gegessen, noch nicht getrunken.
Unsere Kehle ist schon ganz trocken.*«

Nach dem Essen wurde ein großes Spektakel aufgeführt, das die Gründerjahre des Kibbuz aufleben ließ. Ich versuchte, mir Papa und Mama unter den Paaren auf der Bühne vorzustellen, die über das Kommunenleben diskutierten und unermüdlich Bäume pflanzten, die von den Arabern wieder ausgerissen wurden. Aber ich sah meinen Vater nicht in einem Russenhemd und mit einem Spaten in der Hand sozialistisch-zionistische Losungen brüllen; und meine Mutter als Horatänzerin in kurzen Hosen erschien mir lächerlich.

Zu später Stunde wurden die Tische und Stühle beiseite gerückt und der Saal bereitgemacht zum Tanz zu den Klängen des Akkordeons und der Trommel. Die leere Fläche füllte sich, und die Tänzer bildeten Kreise. Selbst der Minister höchstpersönlich, der, der uns samstags das Essen servierte, reihte sich ein; Ben-Gurion hatte ihn in sein Kabinett berufen, doch nun drehte auch er sich im Tanz und hüpfte mit wackelndem Bauch. Im Herzen des tonangebenden inneren Kreises tanzten Sonja und Dolek mit arabischen Tüchern um ihre Köpfe gewunden. Später blieb Sonja allein im Kreis zurück, und alle bewegten sich um sie herum. Sie war wieder die Schönste im ganzen Jesreeltal, mitreißend und strahlend, aufrührerisch und kämpferisch, und verzauberte die Männer, die sich um sie drehten und begeistert klatschten. Seit frühester Jugend hatte sie sich aufgelehnt. Sie war die Erste gewesen, die Steine weggeschleppt, Wege planiert, mit dem Maultier oder Traktor gepflügt und zur Waffe gegriffen hatte. Sie übernahm alle Aufgaben der Männer und bewies, dass »die zionistische Revolution auch die Revolution der jüdischen Frau ist«. Sonja war für völlige Gleichberechtigung. Als man ihr die Führung der Frauenbewegung übertragen wollte, erhielt sie Zuspruch aus allen Genossenschaftssiedlungen, aber sie weigerte sich, eine Funktionärin zu werden.

»Die tägliche Arbeit ist wichtig. Was zählt, ist das persönliche Beispiel«, lautete ihr pädagogischer Leitspruch.

Als sie alle Tätigkeiten ausprobiert hatte, begann sie, sich der Erziehung der verlorenen Jugend der Städte zu widmen. Sie sammelte Jungen und Mädchen, schmiedete sie zu aktiven Zellen zusammen und erweiterte die Kibbuzim der Bewegung durch neue Jahrgänge. Dann wurde ihr die schwerste aller Aufgaben anvertraut: mit den Überlebenden des Holocaust und der Lager zu arbeiten, mit Jugendlichen, die bei den Brennöfen des Todes und in den Wäldern, auf der Suche nach einem Stück Brot und einem Versteck, den Glauben an Gott und die Menschen verloren hatten. Sie reiste nach Europa und zu den Internierungslagern auf Zypern und erfuhr, abgeschnitten von ihren Kindern und Koba, ihrem geliebten Mann, dass ihre ganze Familie ermordet worden war. Erschöpft und gebrochen kehrte sie nach Kirjat Oranim zurück, schloss sich in der Nähstube ein und steckte ihre unerschöpfliche Energie in die Arbeit mit Nadel und Faden, bis die Masseneinwanderung aus dem Orient anfing und die Kibbuzim junge Leute aus diesen Ländern aufnahmen. Anfangs, so wurde mir berichtet, hatte sie nichts damit zu tun haben wollen.

»Ich hab all meine Kraft bei den Überlebenden aus den Lagern gelassen«, sagte sie zu Ischai, der früher selbst ein Schützling von ihr gewesen war.

Aber er weigerte sich, die schwere Verantwortung der Leitung der irakischen Jugendgruppe allein zu tragen. Ihr blieb keine Wahl.

Seit dem Tag, an dem sie nach Achusah kam und uns auf dem Kindermarkt aussuchte, beschäftigte sie sich nur mit uns. Tage und Nächte opferte sie uns, dozierte und forderte, strafte und ermahnte, entschuldigte weder Furchtsamkeit noch Schwäche, war streng mit uns wie mit sich selbst, aber in allem, was sie tat, war eine große Fürsorglichkeit spürbar, in ihrer Stimme, ihren ständigen Vorträgen, ihrem Lächeln. Ich liebte sie, wie sie manchmal in ihrem Zimmer war, mütterlich und sanft, und fürchtete ihre Moralpredigten, wenn die Wirklichkeit hinter ihren Erwartungen zurückblieb. Sie hatte es eilig. Sie wollte uns ändern, verbot uns, arabisch zu sprechen, verbarg nur mit Mühe ihren Abscheu vor Massuls Partys und ließ uns in den Ferien widerwillig zu unseren Familien fahren.

»Die *Ma'barah* bringt euch ganz durcheinander. Sie wirft euch zurück«, behauptete sie und glaubte, wir seien wie sie, Pioniere und Siedler, nach ihrem Ebenbild geschaffen, und bräuchten nur die Brücken hinter uns abzubrechen, so wie sie es getan hatte, und schon würden wir ihren Weg gehen und ihren Traum vom Kibbuz verwirklichen.

Sonja wollte uns neu formen, und hätte Ischai nicht mäßigend eingegriffen, dann hätte keiner von uns ihre Hoffnungen erfüllt; die Gruppe wäre zerfallen. Das Argument, dass wir aus einer fremden Welt kamen und anders waren, wollte sie nicht akzeptieren, und sie gab nicht nach, als wir mehr Heimfahrten forderten. Hartnäckig nannte sie mich Nimrod und wollte, dass wir alle dem Nimrod aus der Bibel glichen und unsere Fesseln abwarfen, selbst auf die Gefahr hin, dass unsere Familien zerbrachen. Wir sollten von vorn beginnen wie sie. Gegenüber dem Kibbuz und seinen Bewohnern war sie loyal und duldete keine Kritik an ihnen. Und trotzdem, so verriet sie mir, hatte sie beantragt, unsere Arbeitsstunden zu verringern und den Unterricht auf die Stundenzahl der Kibbuzkinder auszuweiten. Sie besorgte uns schöne farbige Kleider, damit wir nicht länger »wie aus dem Waisenhaus« aussahen, und spannte die besten Lehrer und Dozenten für uns ein.

»Sie sind wie unsere Kinder«, erklärte sie jedem, der bereit war, ihr zuzuhören.

Aber das waren nur wenige, und es machte sie traurig, dass die meisten Kibbuzbewohner sagten:

»Heute sind sie hier und morgen irgendwo.«

Um ihnen zu beweisen, dass sie sich täuschten, unternahm sie einen Vorstoß und beraumte eine Sondersitzung an. Das Thema war unsere Selbstverwirklichung.

Doch gleich zu Beginn verkündete Herzl, dass er auf keinen Fall in einem Kibbuz leben wolle:

»Ich wüsste nie, was ich mittags zu essen bekomme!«

Alle lachten.

»*Ich* bin bereit«, sagte Hosen-Nilli. Sie hatte die Hände auf ihrem dicken Bauch gefaltet, und eine tiefe Ruhe strahlte aus ihrem Gesicht.

»Ketzer seid ihr! Ihr habt ja nicht mal eine Synagoge«, rief Bouzaglo, und Massul meinte:

»Ich will kein Sanitäter oder Melker sein, sondern Anwalt wie mein Vater!«

Sonja begann wieder, von der zionistischen Revolution und der Umkehrung der Pyramide zu sprechen, aber Massul fiel ihr ins Wort:

»Ammenmärchen! Lass uns in Ruhe mit deinen Pyramiden. Wir sitzen im Tal, und eure Kinder sehen vom Berg auf uns herab. Sie werden Direktoren, wir Arbeiter.«

»Massul, bei uns steuert jeder das bei, was er kann, und erhält dafür, was er benötigt. Bei uns sind alle gleich.«

Doch Massul beharrte auf seiner Meinung:

»Nicht mal vor Gott sind alle gleich, und wir und eure Kinder sind es schon gar nicht.«

In ihrer Bedrängnis schaute Sonja zu mir, aber mein Mund

war wie versiegelt. Ich wusste, dass Massul Recht hatte. Schließlich sagte sie leise, doch mit zunehmender Erregung:

»Ich weiß, dass die Verwirklichung unseres Plans Mühe kostet. Es ist ein täglicher Kampf, für den wir einen festen Willen brauchen und all unsere Kraft. Wer wüsste das besser als ich? Mir ist klar, dass unser Projekt tiefe Einsicht in den zionistischen Weg voraussetzt, ehrliche und vollkommene Hingabe, das Aufbegehren gegen die Vergangenheit und alles, was sie verkörpert, also auch gegen die Familie, die Eltern, und mir ist auch bewusst, dass euch im Ausland niemand vorbereitet hat. Aber es geht um einen Aufbruch in unbekannte Weiten, wir stehen am Anfang eines neuen Weges in eine revolutionäre Welt.«

Als keiner etwas sagte, fuhr sie fort:

»Die Verwirklichung des Plans bedeutet, das Joch der körperlichen Arbeit anzunehmen, als Religion, als Gebet, als täglichen Glauben. Unsere Gegenwart und Zukunft wurzeln in der Bestellung des Landes, in einer eigenen Lebensweise und Weltanschauung.«

In diesem Moment wurde mir, Nuri, dem Sohn von Fahima aus Bagdad, klar, dass meine Eltern, die auf mich warteten, damit ich ihnen half, ihren Lebensunterhalt zu verdienen, nichts von alledem begreifen und mir nie verzeihen würden, wenn ich sie im Stich ließ. Ich wusste auch, dass sie sich nicht damit würden abfinden können, wenn ich meinen Glauben verleugnete, ja, sie ahnten gar nicht, wie weit ich mich bereits davon entfernt hatte. In ihren Augen waren die Leute aus den Kibbuzim Sonderlinge, die arbeiteten, ohne Geld zu bekommen. Meine Mutter weigerte sich sogar, mich hier zu besuchen, weil sie die Kibbuzniks dafür verantwortlich machte, dass ich ihr weggenommen worden war. Sie und Papa würden nicht verstehen, weshalb man Eltern und Kinder getrennt wohnen ließ und die Familien spaltete, warum Kinder ihre Eltern beim

Vornamen nannten und bei den Regionalen der Name der Gruppe den Familiennamen ersetzte.

Sonja ahnte nichts von den Schuldgefühlen, die mich plagten, weil ich in einem Paradies wohnte, während meine Angehörigen in einem Lager darbten. Sie begriff nicht, dass ich kein Pionier war, kein Idealist und Revolutionär, und dass ich noch immer von jenem Schild träumte:

»Dr. Nuri – Facharzt für Kinderkrankheiten.«

Was zum Teufel verlangte sie von mir? Sah sie nicht, dass niemand aus unserer Gruppe einen Kibbuz gründen und dass wir alle in die *Ma'barah* zurückkehren würden? Massul wollte Rechtsanwalt werden, Herzl aß am liebsten *schischlik* und *kabab*, und Bouzaglo war auf der Suche nach einem verlorenen Gott. Sah sie nicht, dass ich mich unter meinen Freunden zum Außenseiter machte und keiner von ihnen mir folgen würde, wenn ich verkündete, dass im Negev ein irakischer Kibbuz entstehen sollte? Schon hier in Kirjat Oranim wollten sie nicht für die Bewegung kämpfen, und das aus einem einfachen Grund, den Sonja sich weigerte zu sehen: Unsere Konkurrenten, denen zu ähneln wir uns bemühten und in deren Gemeinschaft wir aufgenommen werden wollten, waren die *Sabres* – nicht Sonja, Dolek oder Fajbusz, sondern Nachtsche, Nitza und Chanan. Diese würden uns nie akzeptieren, und immer würden wir uns unter ihnen fremd fühlen. All das wollte ich bei unserer Versammlung herausschreien, aber ich schwieg.

»Ich hatte auf dich gebaut«, sagte Sonja nach der Sitzung.

Ich zog einen Brief meines Vaters aus der Tasche und zeigte ihn ihr.

»Was steht darin?«

»Sie erwarten mich, damit ich ihnen helfe, ihren Lebensunterhalt zu verdienen.«

»Ich werde nicht zulassen, dass sie dich zerstören!«

Sonjas Stimme überschlug sich.

»Und ich kann nicht zusehen, wie sie untergehen«, erwiderte ich ruhig, »auch wenn du Recht hast, Sonja.«

»Nach deiner Rückkehr reden wir weiter.«

»Ich bin nicht sicher, ob ich zurückkomme.«

»Du kennst mich, so schnell gebe ich nicht auf. Ich werde dich finden.«

»Es tut mir Leid. Schalom, Sonja.«

»Auf Wiedersehen!«

Nur Massul wusste von dem Brief. Ich hatte ihm gesagt, dass ich nicht zurückkommen würde und er mir meine Sachen nachschicken sollte. Ich hatte niemandem etwas davon sagen wollen, weder Sonja noch Ischai noch irgendjemand anderem, doch wie jedes Mal hatte ich mein Geheimnis Sonja verraten.

22. KAPITEL

Der Sühnehahn

Während sich der überfüllte Autobus der *Ma'barah* näherte, wurde der Ball der untergehenden Sonne größer und größer und eroberte den Horizont. Das Fahrzeug war erfüllt vom scharfen, durchdringenden Schweißgeruch der Arbeiter, die nach Hause fuhren. Ihr Akzent war mir fremd geworden; die meisten sprachen noch ss, wenn im Hebräischen ein z stand. Sobald jemand *halt!*, rief, trat der Fahrer wütend aufs Bremspedal, und wir schleuderten gegen die Sitze und die Menschen vor uns. Der Fahrer zog den Türhebel und rief mit dem spöttischen Unterton, den ich auch bei den Kibbuzkindern oft gehört hatte:

»*Jalla, jalla*, aussteigen!«

Die Abendsonne leckte am Himmel wie eine purpurne Zunge. Ein Blick nach rechts ließ mich die stickige Luft vergessen und in meine Träumereien zurücksinken, in dieses kühler werdende Licht, das mich verzauberte und nicht mehr losließ.

Heim! In die *Ma'barah*! Aber bedeutete das wirklich heim? In drei Monaten würde unsere Zeit im Kibbuz enden. Wer wollte, konnte sich einer Zelle anschließen, die eine neue Siedlung gründete; alle anderen mussten zurück. Aber wohin? Ins Lager? Plötzlich ließ ich die Schultern hängen und fühlte in meinem ganzen Körper große Mattigkeit. Ich lehnte die Stirn gegen das Fenster und wünschte, dass der Sonnenuntergang ewig dauern und mich der Bus immer weiterfahren würde, bis in die glühende Kugel hinein, die am Horizont unterging.

Wir hielten an.

»*Ma'barah*! Endstation!«

Ich strich meine kurzen blauen Hosen glatt, steckte das weiße Hemd hinein und rückte meine Kibbuzmütze schräg auf den Kopf. Dann nahm ich den Rucksack, tastete nach dem Hahn, den ich mitgebracht hatte, und sprang keuchend aus dem Bus. Es war jedes Mal wie ein Ersticken, wenn ich nach einem Vierteljahr wieder herkam. Wenn mich das Heimweh packte, stachelte ich meine Kameraden auf, machte den *Madrichim* das Leben schwer und verlangte mehr Urlaub, mehr Taschengeld, mehr von allem; war ich aber hier, stand ich verloren und ängstlich vor den Zeltreihen. Wie viel von Bagdad war uns geblieben? Am meisten fürchtete ich das Wiedersehen mit meinen Geschwistern, die sich von einem Urlaub zum nächsten so sehr veränderten.

Der Autobus schoss davon und ließ eine Staubwolke hinter sich und feine Rußpartikel, die ich nur mit Mühe von meinem weißen Hemd abschüttelte.

»*Abu Dschamila dschumlato, Abu Dschamila dschumlato!*«

Auf einer Anhöhe, wenige Schritte von mir entfernt, hockte er mit übereinander geschlagenen Beinen auf dem Boden. Ein Bettler mit heiserer Stimme. Zu seinen Füßen war ein Stück Zeltplane ausgebreitet, auf dem Kieselsteine und Münzen lagen. Abu Dschamila, die Legende Bagdads und seiner Feste. Keine Hochzeitsfeier, auf deren Höhepunkt er nicht erschienen war! Unerwartet, wie ein heimlicher Spion, war er aus der Menge aufgetaucht, beeindruckend und elegant. Er hatte nach Parfüm und Arrak gerochen und war von Tisch zu Tisch geschritten, hatte die Gäste mit Reimen begrüßt, Witze und anzügliche Bemerkungen gemacht, allen Feiernden zugeprostet und mit einer unmerklichen Handbewegung die Almosen eingesammelt, die ihm an jedem Tisch zuflossen, als Dankesopfer für den König, den König der Feste. War er es wirklich? Wie alt mochte er sein? Er erschien mir so alt wie Bagdad. Er *war* Bagdad. Eine dieser Naturgewalten, die keiner ändern konnte.

»*Abu Dschamila dschumlato!*«

Er wandte mir sein Gesicht zu und streckte die Hand aus. Seine Augen waren feucht, an den Lidern klebte Schorf. Als er sie schloss, tropfte dickflüssiger Schleim herunter. Mit einem alten Lappen versuchte er, sich das Gesicht abzuwischen, aber seine zittrigen Hände gehorchten ihm nicht. Er zog die Nase und bedrängte mich, ihm etwas zu geben. Der König von Bagdad, der König meiner Kindertage. Der Rucksack rutschte aus meiner Hand und fiel auf den Boden, einen Schritt von der Zeltplane entfernt, aber Abu Dschamila interessierte sich nicht dafür. Er brabbelte etwas und rang mit rasselndem Atem nach Luft.

»*Abu Dschamila dschumlato!*«

Ich rannte auf die Zelte zu. Als der Weg eine Biegung machte, verlor ich sie für einen Moment aus den Augen, dann aber tauchten sie wieder auf und füllten den ganzen Horizont: Zelte, Masten, Pflöcke, Wäsche, die im Wind flatterte. Ganz anders als unsere Sommerlager im Wald beim Kibbuz. So viele Zelte, und alle sahen gleich aus! Wo war das meiner Familie? Wie eine gesprenkelte Schlange zogen sich Gemüsebeete zwischen den Reihen hin, Petersilie, Nanaminze, Sellerie, und hier und da ragten Tomaten- und Zucchinisträucher aus den Mitleid erregenden Pflanzungen. Keiner konnte die prächtigen Märkte Bagdads wiederbeleben, nicht einmal im Kibbuz. Kabi und ich hatten immer zwischen den zu Pyramiden geschichteten Früchten Fangen oder Verstecken gespielt, und bei Einbruch der Nacht war noch so viel Obst für die Bettler übrig gewesen, dass man ein ganzes Lager damit satt bekommen hätte. Und hier? Hier bauten meine Landleute ihr Gemüse selbst an!

Vor den Zelten saßen Menschen auf einfachen Stühlen, die aus Kisten und Holzlatten gezimmert waren, und auf Kartons von einer nahen Plantage oder einem Kibbuz. Manche hatten ihr Bett in die Zeltöffnung geschoben, sodass man weder hinein- noch hinausgehen konnte. Sie lagen da und sahen den Hühnern oder einer Ziege zu, die an den Beeten knabberte. Die Männer trugen gestreifte irakische Anzüge, deren brauner, blauer oder schwarzer Stoff ausgeblichen war. Ihre Jacken hatten lächerlich breite Kragen und im Revers ein Knopfloch, in dem früher Blumen gesteckt hatten. Jetzt schmückten sie keine Blüten mehr, sondern an den Knien und Ellbogen aufgenähte Flicken, die wie so vieles vom Niedergang der Kleider und ihrer Träger zeugten – sie alle hatten ihre Welt verloren. Hier und da ersetzte Khakikleidung Teile der zerschlissenen Tracht; es entstand ein unglaubliches Mosaik, das sich mit den Farben der Zelte und der Erde verband.

Augenpaare musterten mich, als ich zwischen den primitiven Unterkünften hindurchging, meist gleichgültig, manchmal verwundert. Eine Frau, die auf einem Bett im Eingang ihres Zeltes lag, sagte:

»*Ja allah*, wie schön er angezogen ist!«

»Er ist aus dem Kibbuz«, erklärte der Junge neben ihr. »So eine blaue Mütze will ich auch.«

»Kommst du aus dem Kibbuz?«

»Ja«, antwortete ich und lächelte verlegen.

»Aber was tust du dann im Lager?«

»Ich stamme von hier.«

»Und wie lebt es sich dort? Gut?«

»Ja, gut«, sagte ich und ging weiter.

»Warte. Nur weil du im Kibbuz wohnst, kann man nicht mit dir sprechen?«

Wie auf einen Befehl blieb ich stehen und streifte den schweren Rucksack ab.

»Was hast du da drin?«

»Einen Hahn.«

Die Fragen der Frau machten mich nervös.

»Einen Hahn? Wer kann sich so etwas heute noch leisten?«

»Ich hab ihn vom Kibbuz bekommen«, entgegnete ich gereizt.

»Wirklich nett von denen. Und du hast da einen ganzen Hahn drin?«

Sie schien mir nicht zu glauben.

»Einen ganzen Hahn.«

»Im Kibbuz leben Jungen und Mädchen zusammen, stimmt's?«, fragte der Junge.

»Ja.«

»Ich hab's doch gewusst«, sagte er. Seine Wangen waren von spärlichem Flaum bedeckt.

»Das Ende der Welt!«, zeterte die Frau.

»Nicht ganz – Jungen und Mädchen wohnen in getrennten Zimmern«, verbesserte ich mich, doch der Junge machte eine abwehrende Handbewegung:

»Erzähl nichts! Ich rede von den Jugendlichen, die im Kibbuz geboren sind, nicht von denen aus der *Ma'barah*, die jetzt da arbeiten.«

»Ach so ... *Die* leben tatsächlich zusammen.«

Die Frau sah mich mit weit aufgerissenen Augen an:

»Das Ende der Welt! Übermorgen ist Jom Kippur. Wir müssen für ihre Seelen beten.«

»Ich hab's dir gesagt! Nur im Lager ist alles Scheiße«, rief der Junge.

»Verschwinde!«, schrie die Frau, und ich wusste nicht, wen von uns beiden sie meinte.

Ich ging weiter. Plötzlich war ich stolz. Zum ersten Mal freute ich mich, Kleider zu tragen, die allen zeigten, woher ich kam.

Mama fiel mir um den Hals, in ihren Augen waren Tränen. Papa umarmte mich herzlich, aber wie immer schwieg er. Moschi und Herzl stellten sich vor mich, damit ich sie küsste. Ich nahm Herzl auf den Schoß und steckte ihm den rosa Bonbon, den ich den ganzen Weg in meiner Tasche gehabt hatte, in den Mund. Als ich aufstehen wollte, weigerte er sich, mich freizugeben.

»Übermorgen ist Versöhnungstag, mein Junge. Woher nehme ich den Sühnehahn?«, fragte meine Mutter.

Ich wollte mein Geschenk herausholen, aber ich fürchtete mich vor Papa. Er hatte sich über das Obst und Gemüse, das ich aus dem Kibbuz mitbrachte, immer geärgert und jedes Mal gesagt:

»Wozu machst du dir solche Mühe, mein Sohn?«

Meist hatte er nichts davon gegessen. Mir schien, als habe er sogar die Diebstähle im Auffanglager mit mehr Wohlwollen betrachtet als meine bescheidenen Mitbringsel.

»Woher kriegen wir bloß den Hahn, den wir für den Feiertag brauchen?«, fragte meine Mutter mit verzagter Stimme.

Papa trat auf mich zu, setzte mir das Käppchen auf, das alle frommen Juden trugen, nahm einige Münzen und sagte:

»Das sind die Münzen deiner Auslösung, deines Opfers, deiner Sühne. Gib sie für einen wohltätigen Zweck, dann wirst du in ein gutes, friedliches Leben eintreten.«

Ich küsste seine Hand und wünschte ihm und meiner Mutter ein langes Leben.

Er gab mir die Münzen und sagte:

»Verteil sie an die Bedürftigen der *Ma'barah*.«

»Schenk sie Abu-Dschamila-Dschumlato«, riet mir meine Mutter.

»Hast du ihn gesehen?«, fragte Papa.

»Ist er das wirklich? Abu Dschamila aus Bagdad?«

»Ja. Vergiss nicht, ihm etwas zu geben«, wiederholte Mama.

»Der Ärmste«, sagte Papa nachdenklich.

Ich schaute ihn an: Auch er war ein König. Ein König, dem man die Krone gestohlen hatte.

Mama zündete den Ölofen an.

»Mama, ich habe einen Hahn mitgebracht«, sagte ich zögerlich.

»Prima! Prima! Wir haben einen Hahn.«

Moschi kam angesprungen und klatschte in die Hände.

»Wir haben einen Hahn!«, rief der kleine Herzl wie ein Echo.

Ich zog den Beutel aus meinem Rucksack und legte ihn vor Mama. Sie holte das geschlachtete Tier heraus, betrachtete den Hals und sah mich tadelnd an. Ihre Hand sank nieder, und der Hahn glitt zu Boden. Erschrocken wich sie zurück:

»Nuri! Wer hat ihn geschlachtet?«

»Der Schächter.«

Das Gesicht meiner Mutter färbte sich dunkelrot.

»Wo?«

»Im Kibbuz.«

»Der Schächter? Erzähl mir keine Märchen. Dein Großvater war Rabbiner, Beschneider und Schächter, und ich weiß, wie ein Hahn aussieht, der nach jüdischem Ritus geschlachtet wurde.«

»Aber es ist wahr!«

»Er ist unrein. Weg damit!«

Moschi hörte auf zu singen, und Herzl tanzte nicht mehr. Niemand rührte sich. Das Licht der Öllampe erlosch, und bedrückende Stille trat ein.

»Vielleicht will ihn ein Nachbar«, sagte ich.

»Nuri!«, schalt mich meine Mutter. »Kein Jude darf so etwas essen.«

»Schade. Ich hatte ihn extra mitgebracht.«

»Er ist unrein.«

»Wer wirft heutzutage Fleisch weg? Nicht mal im Kibbuz gibt es jeden Tag ...«

»Raus!«

»Aber Mama, die Kibbuzniks sind auch Juden.«

»In deinem Kibbuz gibt es keine Juden«, erklärte meine Mutter und runzelte die Stirn.

Moschi schaute zu Boden. Papa nahm den Beutel und verschwand in der Dunkelheit.

»Der Kibbuz hat dich verdorben, Nuri«, sagte meine Mutter.

»Ich bring euch nie wieder was mit!«

»Wir haben nichts von dir verlangt.«

Als Papa zurückkehrte, blieb er am Eingang unseres Zeltes stehen, rauchte eine Zigarette und schaute in die Ferne.

»Papa, hast du ihn weggeworfen?«, fragte Moschi.

»Ja, mein Sohn«, antwortete Papa nach kurzem Zögern.

»Aber wieso?«

»Wir dürfen keine Tiere essen, die nicht vom Schächter geschlachtet wurden.«

»Werden alle Tiere auf der Welt vom Schächter geschlachtet?«

»Nein.«

»Von wem dann?«

»Genug mit deinen Fragen!«, sagte Mama.

Ich legte mich aufs Bett. Der würzige Duft von geschmorten Okraschoten drang in meine Nase, und ich bekam großen Appetit, aber ich wollte Mama nicht bitten, mir etwas aufzutun. Das Zischen des Petroleumbrenners mischte sich mit dem schmachtenden Gesang Farid al-Atraschs, der von irgendwo herüberschallte.

Papa berührte zärtlich meinen Arm.

»Wie geht es dir, mein Sohn?«

»Danke, gut«, sagte ich leise.

»Wann kommst du nach Hause?«

»Ich weiß nicht ... noch nicht.«

»Wir brauchen dich hier. Der eine Sohn ist bei der Armee, der andere im Kibbuz.«

Mit dem glühenden Stummel zündete Papa eine neue Zigarette an.

»Fährst du noch Traktor?«, fragte Moschi.

»Ja«, antwortete ich erleichtert.

Herzl legte seinen Arm um mich, und als er die Rußflöckchen auf meinem weißen Hemd sah, begann er, kräftig zu pusten und Grimassen zu schneiden, bis ich lächelte.

»Dann fahr ich auch in den Kibbuz«, sagte Moschi, und unser Kleinster rief:

»Ich auch, ich auch!«

»Am Ende geht ihr alle in den Kibbuz, nur euer Vater und ich bleiben im Lager«, seufzte Mama.

»Niemand geht weg. Kümmer dich nicht um das Gerede der Kinder«, sagte Papa, aber Mama hörte nicht auf:

»Der Kibbuz ist jetzt in Mode. Alle Kinder aus der *Ma'barah* wollen dahin.«

»Im Kibbuz haben sie es besser«, meinte Papa.

»Und was wird aus uns?«

»Was können wir tun? So ist das nun mal«, entgegnete er.

»Die Familien werden zerrissen, wir sind hier und unsere Kinder weit weg«, sagte Mama.

»Das ist Israel«, antwortete Papa resigniert.

»Was für ein Leben!«

»Wir können nichts daran ändern, so läuft das hier.«

Mama hatte sich nie mit dem Kibbuz abgefunden. Jedes Mal wenn ich dorthin zurückgekehrt war, verfolgte mich noch tagelang die Erinnerung an ihre trübe Stimmung. Vergeblich versuchte ich, ihre Gestalt zu vergessen, die still in der Zeltöffnung stand und die Kante des harten Khakistoffs knetete. Selbst im Schlaf sprach ich mit ihr. Ich diskutierte, wollte überzeugen und wälzte mich von einer Seite auf die andere, manchmal bis zum Morgengrauen, aber Mama war wie eine unbezwingbare Mauer, ohne Fenster und ohne Ritzen.

Warum hatte ich einen geköpften Hahn nach Hause gebracht? Wer dachte im Kibbuz an einen Schächter? Ich? Die *Madrichim*? Seit dem großen Streit in der Gruppe hatten wir alle Gedanken an Gott verdrängt.

Es war schrecklich gewesen. Jigal Nab'a schlug Avner, und der dicke Jossi zerriss Jigals Hemd und hieb auf seine nackte Brust ein, aber Jigal schrie immer wieder:

»Es gibt keinen Gott! Es gibt keinen Gott! Gott ist tot!«

Niemand traute sich einzugreifen, auch nicht, als sich der Streit zu einer Massenschlägerei ausweitete. Ein paar von den Jungen kletterten auf den Wasserturm, wo sie dem Himmel näher waren, und riefen:

»Gott existiert nicht! Das ist alles Lüge! Gott ist tot!«

Se'eviks Frau, aus ihrem Mittagsschlaf aufgeschreckt, rannte im Nachthemd hinter ihnen her und keifte:

»Sind die Lagerkinder jetzt völlig übergeschnappt?«

Noch viele Nächte fürchtete ich mich vor dem Einschlafen: Sie hatten Gott getötet. Avner, der Schuft, und der verlogene Jossi legten keine Gebetsriemen mehr an. In der Jugendgruppe gab es Gott nicht mehr. Wer dachte da an einen Schächter? Ich? Die *Madrichim*? Wir hatten uns die geköpften Hühner geschnappt und gerufen:

»Hühner! Hühner! Wir haben etwas nach Hause zu bringen!«

Ja. Wir hatten etwas, das wir nach Hause brachten! Was hatte wohl Avners Vater gesagt, der Lagerrabbi von Kfar Ono? Es geschah ihm Recht, dem Armen. Avner hatte nie gewagt, seinen Vater in den Kibbuz einzuladen. Was hätte er dort getan? Überprüft, ob die schielende Mania koscher kochte?

»Nuri!«, rief Moschi.

»Was ist?«, sagte ich, als kehrte ich von weit zurück.

»An was denkst du?«

»An nichts.«

»Erzähl, was gibt's Neues im Kibbuz?«

»Alles läuft gut. Und bei dir?«, fragte ich und atmete tief durch.

»Der Herr sei gepriesen, es gibt Arbeit, es gibt Essen, gepriesen sei der Herr«, sang er traurig.

»Gehst du nicht mehr in die Schule?«

»Nein.« Er zuckte mit den Schultern. »Aber was macht das schon?«

»Also, was wird werden?«

»Nichts«, antwortete er. Sein Gesicht war ernst.

Als wir wieder ins Zelt gingen, betrachtete ich ihn. Er war gewachsen, seine Stimme war tiefer als früher, und in seinem Blick lag Trauer. Er war vor der Zeit erwachsen geworden.

»Was tust du den ganzen Tag?«, fragte ich.

»Wir ziehen rum ... malochen in den Plantagen ... sind froh, wenn uns einer für'n paar Stunden Arbeit gibt.«

»*Abuss ajnak*, wo hast du diese Sprache gelernt?«

»Auf der Straße.«

»Und wenn man auf der Straße so gut Hebräisch lernt, braucht man nicht mehr zur Schule?«

»Nuri«, rief meine Mutter, »was willst du essen und trinken?«

»Deinen irakischen Tee, wenn es nicht zu viel Umstände macht.«

»Nein, *min ajni*, gern! Und zu essen?«

»Nichts, ich hab keinen Hunger. Papa, warum geht Moschi nicht zur Schule?«

»Da sitzen alle in einer Klasse, mein Sohn. Das ist nicht wie in Bagdad, alle Altersgruppen werden zusammengesteckt.«

»Und wie sind die anderen Schulen?«

»Genauso. Sie kümmern sich um nichts.«

»Habt ihr kein Komitee?«

»Was für ein Komitee?«, rief Papa und lachte.

»Im Kibbuz werden gesellschaftliche, pädagogische oder arbeitstechnische Probleme immer diskutiert.«

»Wir sind in einer *Ma'barah*, mein Junge!«

»Tut euch zusammen und geht zum Lagerleiter.«

»Wer soll zum Lagerleiter gehen?«, fragte Papa und steckte sich eine neue Zigarette an.

»Ihr! Niemand wird euch helfen, wenn ihr euch nicht organisiert«, predigte ich wie Sonja.

»Aber mit wem kann ich mich zusammentun? Es gibt genug Parteien – die Frommen, die Sozialisten, die Allgemeinen Zionisten, die Kommunisten. Nur die *Ma'barah* hat keine eigene Partei.«

»Bildet ein Komitee und verlangt eine gute Schule!«

»Nein, mein Sohn. Es ist wie ein Knäuel, bei dem keiner das Ende des Fadens findet. Die Parteien haben das jüdische Volk gespalten.«

»Das ist Demokratie.«

»Demokratie? Jedes Pferd zieht in eine andere Richtung.«

»Ihr müsst aktiv werden.«

»Zum Teufel mit ihnen und ihrer Demokratie«, rief Mama. »Alles löst sich auf. Die Mütter wissen nicht, was ihre Töchter tun, und die Väter nicht, wo ihre Söhne hingehen.«

»Hat es in Bagdad nie Konflikte gegeben?«

»In Bagdad haben sich die Juden nicht gezankt wie hier die Parteien«, erklärte Papa.

»Wir sind nicht mehr in Bagdad, Papa«, sagte ich.

»Wenn die Leute ein Problem hatten, gingen sie zum jüdischen Gemeinderat oder zum Rabbiner. Aber hier?«

Er schnippte den Zigarettenstummel auf den Boden.

»Hier gibt es weder einen Rabbi noch eine Gemeinde«, schloss sich Mama seiner Klage an.

Würziger Teeduft erfüllte das Zelt. Schon als kleiner Junge in Bagdad hatte ich Mama beim Teekochen immer zugeschaut. Jetzt goss sie ihn aus einer verbeulten Aluminiumkanne, die sie von der Jewish Agency bekommen hatte, in die dünnen Bagdader Tässchen.

Als die Teezeremonie beendet war, war ich sehr müde. Mir drehte sich der Kopf vom Licht und Gestank der Öllampe und von all den anderen Gerüchen, die mir fremd geworden waren. Kurz darauf schlief ich ein, aber im Traum kreiste ein Hahn mit abgehacktem Hals über mir.

Anmerkungen des Übersetzers

AGORAH
kleinste israelische Münze (Mehrzahl: Agorot)

ALLIANCE (ISRAÉLITE)
eine französisch-jüdische Organisation, die in Israel und der Diaspora Schulen unterhält

ALIJAH
hebräisch: Aufstieg, Einwanderung (Mehrzahl: Alijot)

ARIEH LOVA ELIAV
der ehemalige Generalsekretär der israelischen Arbeiterpartei, Kritiker des Baus jüdischer Siedlungen in arabischen Gebieten

CHASEH-MAR-OLAM
hebräisch: eine Brust (so stark wie die) des Herrn der Welt

HABIBI
arabisch: mein Lieber; davon abgeleitet sagt man auf Hebräisch auch »habub«

JA ...
arabisch: (oh) ..., (du) ...!; kommt in den Kosewörtern »ja ajni«, »ja ruhi« u.Ä. vor

JA ALLAH
arabisch: (mein) Gott!; Ausdruck des Erstaunens, auch im Hebräischen gebräuchlich

JALLA
arabisch: los!

JUGENDALIJAH
die organisierte Jugendeinwanderung

KEFAK
arabisch: super, hurra!

KUSS UMMUK
arabisch: deine Mutter ist eine Hure

LA
arabisch: nein

MADRICH
hebräisch: Leiter, Gruppenführer (Mehrzahl: Madrichim; weiblich: Madrichah, Madrichot)

MA'BARAH
hebräisch: Durchgangslager (Mehrzahl: Ma'barot)

MAHTUFA
arabisch: leichtsinniges Mädchen

MAROKKO
die Juden aus Marokko sprachen Französisch, Spanisch und Arabisch

METAPELLET
hebräisch: Pflegerin, Hausmutter (Mehrzahl: Metaplot)

NA'AM
arabisch: ja

PALMACH
hebräisch: Sturmtruppen; paramilitärische Untergrundorganisation der Juden in Palästina vor der Gründung des Staates Israel

SABRE
hebräisch: Kaktus mit süßen Früchten; auch Bezeichnung für die im Mandatsgebiet Palästina oder im Staat Israel geborenen Juden

SCHA'AR HA-ALIJAH
hebräisch: Tor des Aufstiegs; Name eines Auffanglagers; die meisten Einwanderer kamen von dort in eine andere »Ma'barah«

SCHAJ-KHANEH
persisch-arabisch: Teehaus

TIS
arabisch: Hintern

TISCHSITTEN
die Orientalen kannten die Tischgebräuche der Europäer nicht; die Speisen in ihrer Heimat werden in großen Schalen gereicht, aus denen sich alle Esser bedienen, und statt Besteck benutzt man Fladenbrot, das so geschickt gehalten wird, dass man sich nicht die Finger schmutzig macht; man isst immer

mit der »reinen«, d.h. der rechten Hand, und wie bei einem Büffet werden alle Speisen gleichzeitig aufgetragen

TOR VON BAT-RABBIM
Hoheslied 7,5; biblische Metapher

WALLA
arabisch: wow, prima!; etwa in »walla mabsut« (prima, mir geht es gut!)

ZADDIK
hebräisch: gerecht; Frommer, der sich über die Schlechtigkeit des Diesseits hinwegtröstet und auf ein besseres Leben im Jenseits hofft (Mehrzahl: Zaddikim)

Eli Amir

SHAULS LIEBE

Ein Gedicht von Uri Zwi Greenberg, dem »Dichter des Zorns und der Erlösung«, gehört seit der Gründung des Staates Israel zur Feier jedes Pessachfests in Shauls Elternhaus. Damit gedenkt die Familie, die seit sieben Generationen in Israel zu Hause ist, der Heimführung der Geretteten. Shaul ist stolz auf seine Wurzeln, doch eines Tages verliert alles, was sein Leben bisher bestimmte, an Bedeutung. Denn er lernt Chaja kennen und mit ihr Gefühle, neben denen alles andere zu verblassen scheint.

Nr. 92110

Mit der Welt auf Buchfühlung

Nr. 92152

Alicia Giménez-Bartlett

GEFÄHRLICHE RITEN

Ein Vergewaltiger treibt in Barcelona sein Unwesen. Sein Kennzeichen: ein mysteriöses Mal in Form einer Blume, das er bei allen Opfern hinterlässt. Ein komplizierter Fall und ein nicht minder komplizierter Kollege fordern Inspectora Petra Delicado heraus. Denn Fermín Garzón ist nicht nur neu in Barcelona – für den Dickschädel aus der Provinz sind auch die ganz eigenen Methoden seiner Chefin neu.

Spannend und witzig erzählt.
BRIGITTE YOUNG MISS